HEYNE

Das Buch

Die Milchstraße im 49. Jahrhundert. Die Erde ist das Zentrum der Liga Freier Terraner, der mehrere tausend besiedelte Welten angehören. Der wichtigste Repräsentant der Liga ist Perry Rhodan, jener Mann, der die Menschheit zu den Sternen führte.

Durch einen Zufall stößt Rhodan auf ein riesiges Raumschiff, das mit nahezu Lichtgeschwindigkeit durch das All rast. Es ist eine Sternenarche, bewohnt von Menschen, die vor über 55 000 Jahren ihre Reise angetreten haben. Bald erweist es sich als Teil einer ganzen Flotte von Schiffen.

Der Zweck der Archen bleibt im Dunkeln. Wer hat dieses gewaltige Projekt initiiert? Zu welchem Zweck? Und wie kann es sein, dass ihre Kommandanten Zellaktivatoren tragen, die sie unsterblich machen? Die drängenden Fragen bleiben unbeantwortet – bis Perry Rhodan in ein Koma verfällt und sein Geist in die ferne Vergangenheit reist ...

Der Autor

Andreas Brandhorst, Jahrgang 1956, lebt seit zwanzig Jahren in seiner Wahlheimat Italien. Er schrieb bereits in jungen Jahren phantastische Erzählungen und Romane für deutsche Verlage. Aufsehen erregte er mit seinem farbenprächtigen Kantaki-Universum, dessen Romane »Diamant« sowie »Der Metamorph« ebenfalls bei Heyne erschienen sind.

Mehr Informationen zu Autor und Werk unter: www.kantaki.de.

Der Umschlagillustrator

Der 1964 in Stuttgart geborene Oliver Scholl gestaltete bereits als Jugendlicher Risszeichnungen für die PERRY RHODAN-Serie. Seit Anfang der 90er Jahre arbeitet er als Production Designer in Hollywood, unter anderem für Science-Fiction-Filme wie *Independence Day*, *Godzilla* und *Time Machine*.

Perry Rhodan
LEMURIA

ANDREAS BRANDHORST

EXODUS DER GENERATIONEN

Roman

PERRY RHODAN
LEMURIA
BAND 3

Mit einem Anhang
von Hartmut Kasper

Originalausgabe

WILHELM HEYNE VERLAG
MÜNCHEN

Das Umschlagbild ist von Oliver Scholl
Die Zeichnungen auf den Seiten 5 und 6
sind von Michael Fey

Umwelthinweis:
Dieses Buch wurde auf chlor- und
säurefreiem Papier gedruckt.

2. Auflage
Redaktion: Klaus N. Frick/Frank Borsch/Sascha Mamczak

www.heyne.de
Printed in Germany 11/2004
Umschlaggestaltung: Nele Schütz Design, München
Satz: C. Schaber Datentechnik, Wels
Druck und Bindung: GGP Media GmbH, Pößneck

ISBN-10: 3-453-53012-8
ISBN-13: 978-3-453-53012-6

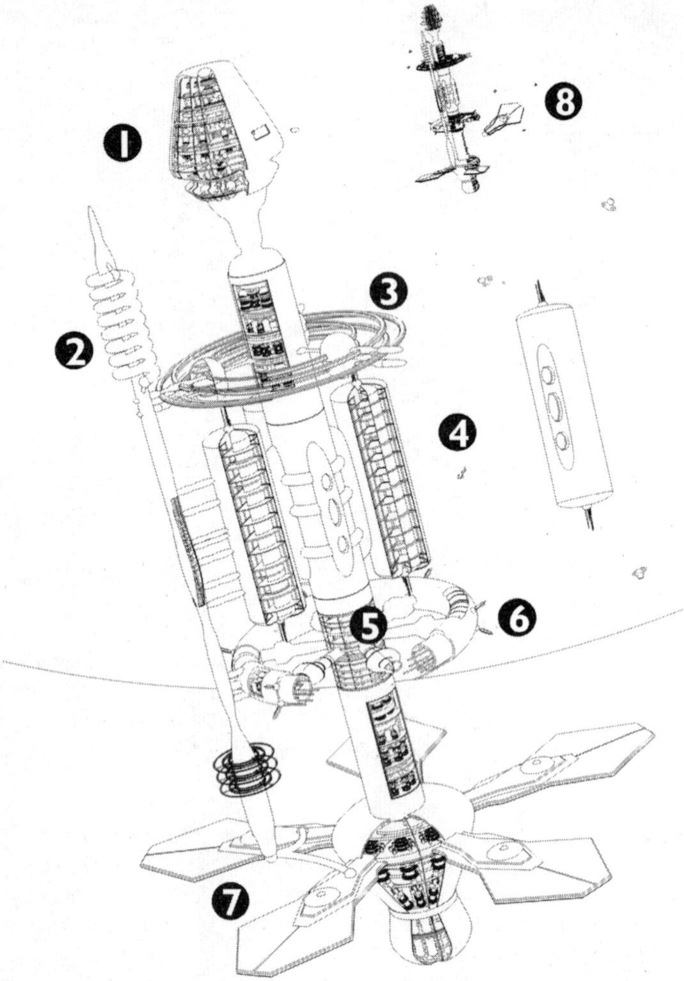
1
2
3
4
5
6
7
8

Sternenarche ACHATI UMA
»Unser Leben«

Bei diesem »Raumschiff« auf technisch niedrigem Niveau handelt es sich um eines der lemurischen Generationenschiffe, die im Jahr 1327 NGZ in der Milchstraße entdeckt wurden. Seit mehr als 50 000 Jahren ist die ACHATI UMA im Dilatationsflug unterwegs.

Größenangaben:

Länge über alles:	4165 Meter	
Passagierzylinder:	Höhe:	815 Meter
	Durchmesser:	250 Meter
Zentralring:	Durchmesser:	1100 Meter
	Dicke:	150 Meter

Legende

1. Kegelspitze mit Observatorium und Hangar für kleine Landungsboote.
2. Schlanke Röhrenkonstruktion mit Spiralstruktur im Bugbereich (Ortungsschutzprojektor).
3. Ringantenne zwischen Passagierteil und Kegelspitze (Reservesystem für die Projektion von Neutrino-Fangfeldern mit allen Details).
4. Passagierzylinder (vier außenliegend) und die entsprechenden Räumlichkeiten des Mittelzylinders. Jeder Zylinder ist für 2000 Personen konzipiert.
5. Zentraler Mittelzylinder.
6. Zentraler Mittelring/Zentralring. Seitlich sind Projektoren für die Erzeugung und Justierung einer Vielzahl kleiner Fangfelder angeflanscht. Ferner enthält dieser Bereich die schwachen Andrucksneutralisatoren, Bereitschaftsräume für die parapsychisch begabten Besatzungsmitglieder sowie die Lebenserhaltungssysteme.
7. Gitterkonstruktion der Neutrino-Fangfeldprojektoren (mit Ortungsschutzprojektor verbunden) und heckseitiger Maschinensektor der Arche.
8. Schwesterschiff der ACHATI UMA im frühen Konstruktionsstadium.

1

Jorgal

Die Maschinen sangen nicht mehr an diesem dunklen, kalten Ort. Sie wisperten und raunten nur noch, wenn überhaupt, und das fand Jorgal sehr schade. *Sie sterben, wie auch wir sterben,* dachte er voller Kummer. *Ihr Tod ist unser Tod.*

»Habt ihr das gehört?«, erklang Taniras Stimme in der Finsternis, die Jorgal umgab. Sorge zitterte in ihr.

Es knackte in der Dunkelheit, ein metallisches Ächzen, das Jorgal auf unangenehme Weise vertraut geworden war, denn es störte die letzten Melodien der Maschinen.

»Strukturelle Instabilität«, antwortete Darhel, der über solche Dinge Bescheid wusste. Er kannte Zusammenhänge, die Jorgal immer wieder erstaunten, und manchmal fragte Jorgal sich, wie so viel und so komplexes Wissen in einem einzelnen Kopf Platz finden konnte. »Wir sind hier im Außenbereich des Fragments, in einem Sektor, der bei der Kollision stärker in Mitleidenschaft gezogen wurde als die inneren Bereiche.«

»Wir hätten drinnen bleiben sollen«, jammerte die immer ängstliche Hilaila leise.

»Drinnen ist alles tot«, erwiderte Jorgal, umgeben von Schwärze. »Drinnen ist der Gesang der Maschinen endgültig verstummt.«

»Es tut mir Leid für dich«, sagte Memerek, die wusste,

wie viel der Gesang dem Maschinenflüsterer Jorgal bedeutete. Ohne jene Melodien erstickte er fast am Gefühl der Einsamkeit, obwohl er den ganzen Hort in der Nähe wusste. Beziehungsweise die Reste davon. Einige von ihnen waren unterwegs gestorben.

»Es tut mir Leid für uns alle«, erwiderte Jorgal leise.

»Ich habe mir den Plan genau eingeprägt«, sagte Darhel. »Es kann jetzt nicht mehr weit sein bis zum Kapselraum.«

Wie lange sind wir schon unterwegs?, fragte sich Jorgal und spürte die Müdigkeit wie ein schweres Gewicht auf Geist und Körper. Es war ihm immer schwer gefallen, einen präzisen Eindruck vom Ausmaß verstrichener Zeit zu gewinnen. Selbst das eigene Alter war eine Größe mit nur vager Bedeutung. Manchmal fühlte er sich jung, jünger als die anderen, manchmal aber auch greisenhaft alt, insbesondere dann, wenn er längere Zeit ohne den Gesang der Maschinen auskommen musste.

Das Knacken wiederholte sich, noch etwas lauter und bedrohlicher. Jorgal hörte leises Wimmern, etwas weiter entfernt als die anderen Stimmen, und dann beruhigende Worte, die von Tanira stammten. Sie hatte die Aufgabe übernommen, sich um die Jüngsten aus dem Hort zu kümmern.

»Jorgal?«, fragte Darhel.

»Hier wispern die Maschinen so leise, dass ich kaum etwas höre. Vielleicht können sie weiter vorn wieder singen.«

»Memerek? Siehst du etwas?«

Jorgal wusste, dass Memerek Wärme sehen konnte. Genauer gesagt: Sie sah Temperaturunterschiede. Ihm kam das seltsam vor, und er hatte sich oft gefragt, wie Augen sehen sollten, was sich nur seinem Tastsinn offenbarte. Aber er wusste auch, dass solche Fragen müßig waren. Bei den Kindern des Hortes gab es viele seltsame Dinge; deshalb *gehörten* sie ja zum Hort.

»Ja«, hörte er Memereks Stimme. »Die Luke ist nicht mehr weit. Aber vor ihr auf der linken Seite ist etwas geborsten. Scharfkantige Trümmerteile ragen über den Weg.«

»Können wir ihnen ausweichen?«, fragte Darhel, der seit Anhalos Tod im verwüsteten Raum mit den Pflanzen die Führung der Gruppe übernommen hatte.

»Rechts gibt es eine Lücke, durch die wir klettern können«, antwortete Memerek. »Ich helfe euch.«

Jorgal hörte ein Klicken, als Darhel seine Lampe einzuschalten versuchte. Das erhoffte Licht blieb aus. Die Lampe hatte längst aufgehört zu singen.

Eine Hand berührte ihn am Arm und zog sanft. »Komm«, sagte Memerek. »Wir sind die Ersten. Ich zeige dir den Weg.«

Jorgal zog sein drittes, derzeit nutzloses Bein hinter sich her, als er Memerek folgte, von der nun ein dumpfes Brummen kam. Damit half sie den anderen bei der Orientierung. Er zog den Kopf ein, als sie ihn dazu aufforderte, streckte sich, kroch und erreichte kurz darauf das Ende des Ganges: eine Wand, darin eine Tür mit geschlossenen Siegeln.

Während Memerek den anderen half, das Hindernis zu passieren, ohne dabei an die scharfen Kanten zu stoßen, konzentrierte sich Jorgal auf die Tür. Eine leise, leise Stimme sang in ihr, und ihre Melodie war nicht annähernd so schön und belebend wie jene, die er vor der Kollision gehört und genossen hatte. Aber als er sein drittes Bein nach ihr ausstreckte, konnte er einen Kontakt herstellen und entsann sich dabei an einen von Darhels Hinweisen. Bevor man eine Tür öffnete, musste man feststellen, ob es auf der anderen Seite noch Luft gab. Ohne Luft, so hatte Darhel betont, konnte man nicht mehr atmen, und wenn man nicht mehr atmen konnte, starb man. Wie seltsam. Es gab so viele Dinge, durch die man sterben konnte, aber nur wenige, die Leben gaben.

Jorgal lauschte über das Singen hinaus und vernahm ein Echo, das auf die Präsenz von Luft hindeutete. Eins hatte er inzwischen gelernt: Kein Echo bedeutete Leere.

Es zischte, als Jorgal mit dem leisen Lied die Siegel löste, und anschließend brauchte er nur noch an dem Hebel zu ziehen, um die Tür zu öffnen. Licht fiel ihm entgegen, nicht annähernd so hell wie in den Räumen vor der Kollision, aber hell genug auch für seine Augen, um wieder zu sehen.

Ein Toter schwebte zwei Meter vor ihm, wie von unsichtbaren Händen in der Leere festgehalten. Eine fehlende Melodie wies Jorgal darauf hin, dass es jenseits der Tür keine Schwerkraft mehr gab. *Darum* fiel der Tote nicht zu Boden.

Darhel verharrte neben Jorgal.

»Einer der Normalen«, sagte er, als er den Toten bemerkte. Er benutzte diesen Ausdruck nicht zum ersten Mal, und erneut wunderte sich Jorgal darüber, denn das Wort bedeutete, dass er selbst, der Maschinenflüsterer, nicht normal war. Und das erschien ihm so seltsam wie gewisse andere Dinge, denn er fühlte sich normal, hatte sich nie anders gefühlt. *Weil du nichts anderes kennst,* lautete Darhels Erklärung, die aber eigentlich gar nichts besagte, denn wie *sollte* er etwas anderes kennen? Schließlich war er immer Jorgal gewesen, seit seiner Geburt, immer verbunden mit dem Gesang der Maschinen.

»Dort gibt es keine Kraft-die-nach-unten-zieht«, sagte Jorgal. Er fand diese Bezeichnung viel treffender, fügte aber trotzdem den von Darhel verwendeten Fachausdruck hinzu. »Keine Schwerkraft.«

Darhel nickte, und dabei schien sein Kopf sich vom Körper lösen zu wollen. Als große Kugel steckte er auf einem dünnen, von flexiblen Stützschienen verstärkten Hals und wirkte sehr schwer. Vielleicht lag es daran, dass so viel Wissen darin steckte. Welches Gewicht hatte Klugheit?

»Da drüben ist die Kapsel«, sagte Darhel. Es klang sehr erleichtert. »Ich habe mich also nicht geirrt.«

Jorgal blickte in die entsprechende Richtung und sah auf der gegenüberliegenden Seite des Raums eine silberne Kugel, aus der an mehreren Stellen Dinge ragten. *Düsen,* wusste er. *Manövrierdüsen.* Und *in* der Kugel wartete ein schlafendes Lied.

»Damit haben die Normalen die Außenbereiche des Schiffes gewartet«, fügte Darhel hinzu. »Die Kapsel kann uns von hier fortbringen.«

Jorgal sah zur rechten Seite, zum breiten Fenster – von dort kam das Licht, das seine Augen sehen ließ. Es stammte nicht nur von Sternen und einer fernen, kalt leuchtenden Sonne, sondern auch von glühenden Objekten im Weltraum. Jorgal glaubte zu verstehen.

»Du hattest Recht, Darhel«, sagte er. »Es gibt noch andere Fragmente. Aber sie ... brennen?«

Darhel schaute ebenfalls zum Fenster, und ein Schatten schien durch sein Gesicht zu streichen. Jorgal glaubte, Trauer und Niedergeschlagenheit zu erkennen, doch Zuversicht schob beides rasch beiseite. »Wir müssen in jedem Fall aufbrechen. Hier können wir nicht bleiben. Die strukturelle Instabilität nimmt immer mehr zu. Es ist nur eine Frage der Zeit, wann dieser Teil des Schiffes auseinander bricht.« Darhel deutete zur Kapsel. »Kannst du sie erreichen und einsatzbereit machen?«

»Ich fühle das Lied in ihr«, erwiderte der Maschinenflüsterer. »Es schläft, und ich kann es wecken.«

»Dann lass uns keine Zeit verlieren. Ich helfe den anderen.«

Jorgal stieß sich mit allen drei Beinen von der Wand ab und flog der Kapsel entgegen. Er kam dicht an dem Normalen vorbei, sah das im Tod erschlaffte, leere Gesicht, die trüben, blicklosen Augen, dann die klaffende Wunde im Hinterkopf, das Blut weiter unten, eine Wolke aus roten Tropfen, die bis zur Wand reichten, bis zu einem großen Fleck an einer kantigen Stelle. Als es zu der Kollision gekommen war, musste der Mann mit dem Hinterkopf an die Kante geprallt sein. Wie viele Gesichter der Tod doch hatte ...

Jorgal erreichte die Kapsel, hielt sich in der Schwerelosigkeit an einer der Düsen fest und blickt zurück. Darhel und die Seherin Memerek – die grazile, geschmeidige Memerek mit den großen smaragdgrünen Augen, die auch im Dunkeln sahen, mit dem weichen Hautflaum und den gelenklosen, flexiblen Fingern – halfen den anderen: Tanira, Hilaila, Tortek, Mindahon und den Jüngsten, einer piepsenden Schar aus sieben Hortkindern, die ihre amorphe Phase noch nicht abgeschlossen hatten und immer wieder die Gestalt veränderten. Vierzehn von neunzehn, die aufgebrochen waren, nach der Kollision, die ihnen – fast – das Ende der Welt gebracht hatte. Fünf von ihnen waren unterwegs gestorben, weil sie nicht aufgepasst hatten, oder weil ihnen die Krankheit genau im falschen Augenblick Schwäche beschert hatte.

So nannten die Normalen das, was Jorgal zum Maschinenflüsterer, Memerek zur Seherin und die anderen zu dem gemacht hatte, was sie waren: Krankheit. Aber Jorgal fühlte sich nicht krank, nur müde, und außerdem erinnerte er sich an ein Gespräch, das Darhel kurz vor der Kollision mit einem der Normalen geführt hatte. Von dem Versuch, der Krankheit mit genetischer Manipulation Herr zu werden, war darin die Rede gewesen, von der Möglichkeit, dass die gentechnischen Eingriffe alles noch schlimmer gemacht hatten.

Mit solchen Dingen kannte sich Jorgal nicht aus, und sie interessierten ihn auch nicht sonderlich. Sein Interesse galt in erster Linie den Liedern, die die Maschinen für ihn sangen. Wenn er ihre Melodien hörte, weilte er in einer Sphäre der Zufriedenheit, in der alles andere – auch die Dinge, die manchmal mit seinem Körper geschahen – keine Rolle spielte. Aber seit der Kollision sangen die Maschinen immer weniger und leiser, und dadurch fühlte er sich immer einsamer. Außerdem fehlte ihm die *Kraft* der Lieder.

Es fiel ihm nicht weiter schwer, die Luke der Kapsel zu öffnen, und als er hineinglitt, stellte er fest, dass der Platz für sie ausreichte, wenn sie ein wenig zusammenrückten. Mit dem dritten Bein tastete er über die Hauptkonsole, bis er die leise Wartemelodie berührte, einen Kontakt mit ihr herstellte und dann sanft die Hauptmelodie weckte.

Die Kapsel *sang* für ihn.

Licht erstrahlte in ihrem Innern, und die Displays der Hauptkonsole erhellten sich. Das Summen und Surren der Bordsysteme gesellte sich dem Maschinengesang hinzu, und eine Zeit lang gab Jorgal sich ihm hin, ohne auf irgendetwas anderes zu achten. Das Gefühl der Einsamkeit löste sich nur zum Teil auf, denn dies war eine winzige Maschine im Vergleich mit der großen Maschinerie, die das Schiff vor der Kollision gewesen war. Voller Wehmut lauschte er dem Lied, das ihn an die große, prächtige Symphonie erinnerte, die seinem Geist Flügel verliehen und ihn mit Freude erfüllt hatte. Wenigstens gab ihm der leise Gesang neue Kraft, und es war angenehm zu spüren, wie die Schwäche aus ihm wich.

»Jorgal?«

Er wandte sich um, ohne das dritte Bein von der Hauptkonsole zu lösen. Darhel erschien in der Luke und half Memerek, Tanira und den anderen ins Innere der Kapsel. Jorgal hörte nicht nur das Piepsen der Jüngsten, sondern auch noch etwas anderes: ein Knistern und Ächzen, das aus den inneren Bereichen des Fragments kam, die dissonante Melodie der Zerstörung und des Todes.

»Schnell, schnell!«, drängte er und wies Plätze zu. »Auf den Boden. Nein, nicht an den Wänden festhalten. Wenn die nach unten ziehende Kraft zurückkehrt, fallt ihr und verletzt euch vielleicht. Schnell, schnell!«

»Jorgal ...«, begann Darhel erneut, nachdem er Hilaila

in die Kapsel geschoben hatte, selbst hereinglitt und die Luke schloss. »Kannst du uns nach draußen bringen und ... steuern?«

Jorgal erschrak. »Ich dachte, du ...«

Darhel schüttelte den großen, schweren Kopf, in dem so viel Wissen steckte. »Ich könnte den Inhalt der Datenspeicher aufnehmen, aber es würde zu lange dauern, die Informationen zu sortieren, zu verarbeiten und zu *verstehen*. Wenn du Teil des Navigationslieds wirst ...«

Jorgal wusste, was er meinte. Früher, als das Schiff noch ganz gewesen war, hatte er oft gespielt, Teil dieser oder jener Maschine zu sein. Am glücklichsten war er gewesen, wenn ihm eine besonders tiefe Verschmelzung gelang, wenn er zu einem Ton in den entsprechenden Maschinenliedern wurde.

Etwas verschob sich.

»Festhalten!«, rief Jorgal und griff mit beiden Händen nach der Hauptkonsole.

Außerhalb der Wartungskapsel brach etwas, und damit einher ging ein lautes Zischen, das aber schnell leiser wurde. Die Kapsel geriet in Bewegung, und durch das Fenster sah Jorgal, wie sie sich einem Riss näherte, der in der Außenwand entstanden war und durch den die Luft entwich. Metall traf auf Metall, und einen Augenblick lang befürchtete Jorgal, dass die Kapsel beschädigt worden war. Aber er hörte nach wie vor ihr Lied, das sich nicht verändert hatte.

Darhel und die anderen sahen ihn an.

»Na schön, ich versuche es«, sagte Jorgal und schloss die Augen. Er versuchte sich vorzustellen, mit einem Spiel zu beginnen, öffnete sich ganz der Melodie, verglich ihre Tonfolgen miteinander und hielt nach der Struktur Ausschau, die es ihm erlaubte, das eigene Selbst dem Lied als zusätzlichen Ton hinzuzufügen. Er ließ sich von den Resonanzen tragen und umarmen, von Vibrationen auf angenehme Weise kitzeln, und ruhte in den kurzen Pausen, die einzelne Melodienteile voneinander trennten und ihr Tiefe verliehen. Dies war seine Welt; *hierher* gehörte er, in die Welt des Maschinengesangs. Hier gab es nichts, vor dem er sich fürchten musste; hier erwarteten ihn Schutz und Geborgenheit. Warum hatten die Normalen das nie verstanden? Warum hatten sie einmal die Verbindung unterbrochen, als es ihm fast gelungen wäre, ganz in der Schiffssymphonie aufzugehen?

Jorgal ließ sich von den Schwingungen der Tonfolgen den Weg zeigen, erforschte ihre zahlreichen Verzweigungen und *wusste* plötzlich, welche Töne er verändern musste, um mit einem Funksignal ein Schott zu öffnen, die Manövrierdüsen zu zünden und die Kapsel hinauszusteuern.

Etwas berührte ihn am dritten Bein, und er öffnete die Augen, ohne die Verbindung zu unterbrechen. Bilder überlagerten sich, und eins von ihnen zeigte ihm Darhel an seiner Seite, und neben ihm Memerek, der sanfte Blick ihrer großen Augen – fast so schön wie der Maschinengesang – auf ihn gerichtet.

»Dorthin.« Darhel deutete durchs Fenster, auf etwas, das sich schattenhaft vor dem Hintergrund der Sterne abzeichnete. »Bring uns dorthin. Es ist ein anderes Fragment des Schiffes, größer als jenes, das wir verlassen haben. Und die Sensoren sagen, dass seine ambientalen Systeme funktionieren. Vielleicht finden wir dort Sicherheit.«

Jorgal erhoffte sich mehr als das. Er wünschte sich laute Maschinengesänge.

2

Roder Roderich

Zwei große Raumschiffe blieben hinter den vier Kriechern zurück, beide kugelförmig, aber eins mit einem Ringwulst und das andere mit abgeplatteten Polen: die PALENQUE und die LAS-TOÓR. Auf den Bildschirmen und Displays vor Roder Roderich schrumpften sie ebenso wie der Planet, auf dem der größte Teil der Sternenarche LEMCHA OVIR abgestürzt war.

»Kriecher I an PALENQUE«, klang Catchpoles Stimme aus dem Lautsprecher des Hyperfunkgeräts. »Bestätige volle Einsatzbereitschaft.«

Die beiden anderen Kriecher meldeten sich ebenfalls, und schließlich ging Roderich auf Sendung.

»Hier ist Nummer Vier, Oma. Auch bei uns funktioniert alles bestens.«

»Wenn du mich noch einmal ›Oma‹ nennst, drehe ich dir den Hals um, Jungchen.« Das Bild auf einem Display wechselte und zeigte Sharita Coho, die mehr als siebzig Jahre alte Kommandantin der PALENQUE. Es blitzte in ihren dunklen Mandelaugen, als sie einen gespielt bösen Blick auf Roderich richtete und drohend den Zeigefinger hob.

»Das dürfte dir bei meinen beiden langhalsigen Begleitern leichter fallen«, erwiderte Roderich und grinste. »Bis später, Oma.« Er schloss den Übertragungskanal.

Hinter ihm zwitscherte es.

»Hast mal wieder vergessen, den Translator einzuschalten, Yülli«, sagte Roderich.

Es klickte leise, und dann ertönte ein eindrucksvoller Bass. »Irgendwann wird es ihr zu viel, und dann macht sie die Drohung wahr. Und ich heiße nicht Yülli, sondern Yülhan-Nyulzen-Y'sch-Takan-Nyül.«

Roder Roderich hob erstaunt die Brauen, drehte sich um und sah den Blue an. »Das hast du mit Absicht getan.«

»Was?«

»Den Translator auf eine so tiefe Stimme programmiert. Klingt fast so, als käme sie aus einem Grab.«

»Ich fühle mich noch sehr lebendig. Im Gegensatz zu dir, wenn Sharita wirklich mal der Kragen platzt.«

Yülhan saß zwei Meter hinter dem Piloten an den komplexen Kontrollen der Sondierungsapparaturen, mit dem Rücken zu Roderich. Er brauchte sich natürlich nicht umzudrehen, denn der scheibenförmige, fast einen halben Meter breite und nur etwa zehn Zentimeter hohe Kopf wies auch hinten zwei ellipsoide Augen auf.

Ein zweiter Blue kam aus dem winzigen Labortrakt im Heck von Kriecher IV und duckte sich durch die für ihn zu kleine Tür. Trülhan-Nyulzen-Y'sch-Takan-Trül, von Roderich Trülli genannt, war zwei Meter zwölf groß und überragte seinen Bruder damit um genau zehn Zentimeter. Es gab noch einen zweiten Unterschied, einen gelben Fleck über dem vorderen rechten Auge. Abgesehen davon glichen sie sich für Roder Roderich wie ein Ei dem anderen.

Er lächelte, als ihm etwas einfiel.

»Hat euch schon mal jemand ›Blues-Brothers‹ genannt?«, fragte er.

»Ich vermute, das ist irgendeine humorvolle Anspielung«, erklang Yülhans tiefe Grabesstimme.

»Wir verstehen nicht, warum du immer versuchst, lustig zu sein«, sagte Trülhan, dessen Translator auf eine

Stimme mit normaler Klangfarbe eingestellt war und der dazu neigte, auch für seinen Bruder zu sprechen.

»Weil das Leben so ernst ist, dass man heulen müsste, wenn es nicht ab und zu etwas zu lachen gäbe«, erwiderte Roder Roderich. Sein Lächeln wuchs in die Breite, als er die beiden Blues musterte. Yülli und Trülli zählten zu seinen besten Freunden, nicht nur unter den Prospektoren der PALENQUE, sondern überhaupt, und ganz gleich, was alle anderen behaupteten: Blues *hatten* ein Mienenspiel. Allerdings war es sehr subtil, und Roderich glaubte inzwischen, die ersten halb verborgenen Hinweise deuten zu können. So ernst und erhaben sich Yülli und Trülli manchmal gaben, die kleinen verbalen Duelle gefielen auch ihnen. »Manchmal habe ich das Gefühl, dass nur Catchpole mich versteht. *Er* sieht die Dinge nicht so eng.«

»Zwar habt ihr Menschen nur zwei Augen«, sagte Yülhan. »Aber es ist mir trotzdem ein Rätsel, wie ihr Dinge ›eng‹ sehen könnt.«

»He, Yülli, was bist du, ein als Blue verkleideter Maahk? Wir sollten deinen Atem mal auf Methanspuren untersuchen.«

»Ich wollte nur darauf hinweisen, dass es gewissen von dir benutzten Redewendungen an Präzision mangelt«, erwiderte Yülhan mit einer Stimme, wie sie tiefer kaum sein konnte. »Etwas mehr Rationalität wäre nicht schlecht für dich.«

Roder Roderich warf einen kurzen Blick auf die Kontrollen, obwohl das eigentlich nicht nötig war – der Bordsyntron steuerte den Kriecher zuverlässiger als jeder organische Pilot. Das galt insbesondere, seit sie die Kriecher zusammen mit Pearl Laneaux zu Fahrzeugen mit größerer Eigenständigkeit aufgerüstet hatten.

»Zu viel Rationalität ist wie zu viel Salz in der Suppe des Lebens«, dozierte er. »Sie verdirbt den Geschmack. Ich nehme an, ich bin noch in der Wiege von eurer Kreatur des Humors berührt worden.«

»Es gibt keine Kreatur des Humors«, sagte Yülhan.

»Aber es gibt die Kreatur der Leichtfertigkeit und der Dummheit«, fügte Trülhan hinzu.

»Ich bin weder leichtfertig noch dumm«, verteidigte sich Roderich. »Falls eure Kreatur nach mir gesucht hat, dann am falschen Ort.« Er deutete am größeren der beiden Blues vorbei zum Heckbereich. »Ist da hinten alles in Ordnung, Trülli?«

»Diesmal dürfte es kaum darum gehen, Gesteinsproben und dergleichen zu analysieren. Und ein Lazarettschiff sind wir gewiss nicht. Dieser Einsatz erscheint mir nicht besonders sinnvoll.«

»Ich verstehe, was du meinst. Wenn wir im Asteroidengürtel Überlebende der Arche finden, können wir kaum medizinische Hilfe leisten, das stimmt. Aber wir sind sehr wohl imstande, die PALENQUE und auch die Akonen der LAS-TOÓR zu benachrichtigen.«

»Wenn wir Überlebende finden, wird dir das Lachen vergehen, Roder«, sagte Yülhan, und diesmal schauderte Roderich, denn die Stimme schien *wirklich* aus einem Grab zu kommen. So stellte man sich die Stimme des Todes vor, der zu einem sprach. »Weil die vielgestaltige Kreatur des Chaos bei ihnen sein wird.«

»Yülli?«

»Ich heiße nicht ...«

»Ja, ja, ich weiß. Bitte verändere die Justierung deines Translators. Da kann man wirklich das kalte Grausen kriegen.«

»Vier?«, kam die Stimme von Crest Julian Catchpole aus dem Hyperfunk-Lautsprecher. Er hatte die Leitung der aus vier Kriechern bestehenden Einsatzgruppe übernommen.

»Noch immer hier«, sagte Roder Roderich.

»In zehn Minuten erreichen wir den Asteroidengürtel. Ausschwärmen wie geplant.«

»In Ordnung, Opa. Nummer Vier übernimmt zugewiesenen Suchsektor.«

»Vier, ich sollte mit Sharita über dich reden, Roder. Du lässt es an Respekt dem Alter gegenüber mangeln.«

»Zwei gegen einen, ist das etwa fair?«

Catchpoles Gesicht erschien kurz auf dem Schirm: der Kopf kahl, die Haut gebräunt und faltig. In den Augen lag der Glanz von ruhiger, gemütlicher Abgeklärtheit. »Wer hat behauptet, dass das Universum immer fair sein muss, *Jungchen*? Haltet aufmerksam Ausschau, Vier. Dort vor uns könnte es Wrackteile mit Überlebenden geben.«

»Alles klar, Julian. Wir passen auf.«

»Und treib Yülhan und Trülhan nicht zur Verzweiflung. Bis später. Catchpole Ende.«

Die beiden Blues zogen sich in den rückwärtigen Bereich des Kriechers zurück und bereiteten dort die Instrumente vor, die normalerweise dazu dienten, Erze, Mineralien und andere Substanzen zu lokalisieren, aus denen sich wertvolle Ressourcen gewinnen ließen. Diesmal sollten sie dazu verwendet werden, Wrackteile einer Sternenarche und Menschen zu finden, beziehungsweise Lemurer: die Nachfahren von Auswanderern, die vor fast fünfhundertsechzig Jahren ihrer subjektiven Zeit Lemur – die Erde – an Bord von Raumschiffen verlassen hatten, die mit knapp Lichtgeschwindigkeit flogen. Ein Dilatationsflug in die Zukunft. Für die Lemurer vergingen fast sechs Jahrhunderte, doch außerhalb ihrer Schiffe verstrichen fast sechsundfünfzig Jahrtausende. Roder Roderich staunte noch immer, wenn er daran dachte. Fast sechsundfünfzigtausend Jahre! Hier konnte man die Vergangenheit *berühren*.

Yülhan und Trülhan arbeiteten im Hecklabor und unterhielten sich dabei auf Gatasisch – für Roders Ohren klang es nach einem hellen Zwitschern. Er war allein, für einige Sekunden, vielleicht sogar für einige Minuten, und ein verborgener Beobachter hätte die Veränderung seines Gesichts bemerkt. Eine Maske schien sich davon zu lösen, und darunter kam etwas anderes zum Vorschein, ein anderer Roder Roderich, viel ernster und schwermütiger als der immerzu lächelnde und scherzende junge Mann, den die anderen Prospektoren der PALENQUE kannten. *Dieser* Roder Roderich schien Jahre älter zu sein als der, den er seinen Freunden und Kollegen zeigte, das Gesicht hohlwangiger, die Augen etwas trüber. Dieser Roderich hatte irgendwann etwas gesehen, das ihn erschreckt hatte, und zwar so sehr, dass er sich hinter einer Verhaltensweise versteckte, die man für Oberflächlichkeit halten konnte. Sie war ein Schild, mit dem er ein verletztes, empfindliches Selbst schützte.

Yülhan kehrte aus dem rückwärtigen Teil des Kriechers zurück. »Die Instrumente sind bereit«, sagte er und wandte sich den Kontrollen der Scanner zu. Seine Translatorstimme klang nicht mehr wie aus einer Gruft, sondern nach einer Frau, die jemanden verführen wollte.

Roderich drehte den Kopf und lächelte. »Viel besser!«

»Macht es dir keine Mühe, dauernd den Kopf zu drehen, wenn du zur Seite oder nach hinten sehen willst?«, fragte Yülhan. »Du könntest dir künstliche Augen in den Hinterkopf implantieren lassen.«

»Ich möchte dich nicht die *ganze* Zeit über sehen, Yülli, *herzlichen* Dank.«

Roderich beugte sich zu den Kontrollen vor, als ihn ein akustisches Signal auf die Kursänderung hinwies. »Es geht los, Jungs.« Die Sterne im Bugfenster glitten zur Seite, als er den Kurs änderte. »Wir haben die Peripherie unseres Suchsektors erreicht. Trülli?«

»Sondierung läuft.«

Roderich berührte Schaltelemente, und vor dem Bugfenster entstand ein holografisches Feld, das den Eindruck erweckte, als hätte jemand hier und dort dezent im All platzierte Scheinwerfer eingeschaltet. Aus vagen Schatten wurden die pockennarbigen Felsen von Asteroiden, manche nicht einmal so groß wie der Kriecher, andere mit einem Durchmesser von mehreren hundert Kilometern. Der Prallschirm des Kriechers war aktiv und schützte ihn vor den kleineren Brocken. Den größeren wich der Bordsyntron mit rechtzeitigen Kursänderungen aus, die er sofort in das allgemeine Suchmuster integrierte. Eine Zeit lang lauschte Roderich den Routinemeldungen, die der Hyperfunk übermittelte, und fügte ihnen eigene hinzu, während sein Blick zwischen Anzeigen und Bugfenster hin und her wechselte. Datenkolonnen wanderten durch die Peripherie des Holofelds, gaben Auskunft über Zusammensetzung und Struktur bestimmter Asteroiden.

»Hier würde sich ein Abbau lohnen«, kam Trülhans Stimme von hinten. »Eine Station aus kostengünstigen Fertigteilen, die übliche Infrastruktur aus Antigravmodulen, Kompensatoren und Wartungseinheiten, außerdem automatische Verarbeitungsanlagen. Eine kleine Gruppe könnte viel produzieren. An Rohstoffen mangelt es gewiss nicht.«

»Ich bezweifle, ob wir lange genug hier bleiben, um mit dem Bau einer solchen Station auch nur zu *beginnen*«, sagte Roder Roderich und blickte weiterhin ins All. »Seit Perry Rhodan an Bord ist, scheint Sharita Coho vergessen zu haben, dass die PALENQUE Geld verdienen soll. Wenn es so weitergeht, wird man bei der GEMC nicht gerade in Begeisterungsstürme ausbrechen.«

»Vielleicht will sie die historischen Informationen verkaufen, die wir aus den Datenspeichern der Sternenarchen gewonnen haben«, warf Yülhan ein. »Unsere Anteile ...«

»Energetische Signaturen«, unterbrach Trülhan seinen Bruder.

Sie erschienen sofort im holografischen Feld vor dem Bugfenster: bunte Balken, deren Farben und Länge auf Art und Ausmaß der angemessenen energetischen Emissionen hinwiesen.

»Plasmabrände bei zwei Wrackteilen«, sagte Trülhan, der die Auswertung vornahm. »Bei einem weiteren Fluktuationen, die auf unterschiedlich starke chemische Reaktionen hindeuten.«

Der Zoom holte die entsprechenden Teile heran, und Roderich sah geborstene Komponenten, die einst Teil der Sternenarche LEMCHA OVIR gewesen waren. Die Faust eines Titanen schien sie gepackt, geschüttelt und dann fortgeworfen zu haben. Kabelstränge ragten wie zerrissene Sehnen ins All, und geplatzte Fenster starrten wie tote Augen in die kalte Dunkelheit. Ein stummer Tanz fand dort draußen statt, choreografiert von einer Katastrophe, von einer Kollision, die enorme kinetische Energie freigesetzt und die Arche auseinander gerissen hatte: Asteroiden und Wrackteile drehten sich auf der Bühne dieses bizarren Balletts, jedes Objekt mit einem eigenen Bewegungsmoment ausgestattet, das es von den anderen forttrug oder ihnen näher brachte. Während Roderich das Geschehen noch beobachtete, stieß ein Fragment mit einem kleineren Asteroiden zusammen und platzte wie eine Samenkapsel, die darauf gewartet hatte, ihren Inhalt freizusetzen. Hervorgerufen wurde dieser Effekt von einer explosiven Dekompression. Zumindest ein Teil des Fragments schien noch eine Atmosphäre enthalten zu haben, und die verlor sich schlagartig im Vakuum des Weltraums, riss dabei alles mit sich, kleine Trümmer und ...

»Roder ...«, zwitscherte Trülhan.

»Ja, ich habe sie gesehen.« Zwei humanoide Gestalten, die der Zoom mit der gleichen gnadenlosen Gleichgültigkeit zeigte wie den Rest. Zwei Lemurer, Nachkommen jener, die vor fünfzigtausend Jahren objektiver Zeit aufgebrochen waren. Tot.

»Sie sind beide hier«, sagte Yülhan, und die Frauenstimme des Translators bildete einen sonderbaren Kontrast zu den Worten. »Die vielgestaltige Kreatur des Chaos *und* die schwarze Kreatur des Todes.«

Roderichs Finger huschten über die Kontrollen, als er die aktuellen Ortungsdaten abrief und korrelierte. »Gibt es Wrackteile mit funktionierenden Lebenserhaltungssystemen?«

Die meisten bunten Balken verschwanden aus dem Holofeld. Zwei blieben, und nach wenigen Sekunden war nur noch einer übrig.

»Eine weitere energetische Signatur«, sagte Trülhan. »Und sie nähert sich dem Wrackteil mit den noch funktionierenden Lebenserhaltungssystemen.«

Eine Kugel erschien im Holofeld, und Roderich sah, wie Manövrierdüsen feuerten, den Kurs korrigierten. »Überlebende!«

»Darauf deutet alles hin«, bestätigte Yülhan.

Roder Roderich aktivierte das Hyperfunkgerät. »Nummer Vier ist fündig geworden, Julian. Wir haben nicht nur Wrackteile gefunden, sondern auch Überlebende. Ich beabsichtige ...«

»Achtung«, ertönte plötzlich die synthetische Stimme des Bordsyntrons, und Roderich sah, wie sich das grüne Glühen des HÜ-Schirms um den Krieger legte. »Invasive energetische Interferenzen.«

»Yülli? Trülli?«

»Sondierung läuft.« Diesmal beklagte Yülhan sich nicht über den Spitznamen. »Starke Emissionen bei einem der größten Asteroiden. Sie stammen *nicht* von Wrackteilen der lemurischen Sternenarche.«

»Menttia?«

Damit meinte Roderich die Energiewesen, die vom fünften Planeten des Ichest-Systems stammten und sich bis vor wenigen Tagen Menschen gegenüber feindselig verhalten hatten.

»Negativ.«

Der HÜ-Schirm flackerte, und Kriecher IV begann zu zittern wie ein Geschöpf, das sich fürchtete.

»Wir haben Probleme, Julian«, sagte Roderich laut. »Irgendwer oder irgendwas versucht, Einfluss auf uns zu nehmen.«

»Es besteht keine Hyperfunkverbindung mehr«, teilte ihm die Syntronstimme mit.

Erneut veränderte sich die Darstellung des holografischen Felds, und ein großer Asteroid erschien, fast tausenddreihundert Kilometer lang und mehr als achthundert breit. Zahlreiche Krater zeigten sich in der grauschwarzen Oberfläche.

»Von dort kommen die invasiven Interferenzen?«

»Ja«, bestätigte Yülhan knapp.

»Aber dort gibt es ... *nichts.*«

»Auf ihm nicht, aber *in* ihm.« Yülhan trat neben den Pilotensitz, streckte eine mit vier Hauptfingern und drei Daumen ausgestattete Hand aus und betätigte mehrere Schaltelemente. Ein Konfigurationsdiagramm erschien, mit der gleichen externen Struktur wie der Planetoid. In ihrem Innern bemerkte Roderich mehrere Bereiche, die ihn an Gebäude erinnerten.

»Eine ... Station im Innern des Planetoiden?«

»Kein Zweifel.«

»Hier wird's mir entschieden zu heiß«, sagte Roderich und aktivierte das Haupttriebwerk. Das heißt, er *wollte* es aktivieren, aber das erwartete Brummen blieb aus. Dumpfer Schmerz entstand in seinem Nacken, wuchs von dort durch Rücken und Kopf, offenbar mit der Absicht, an jedem einzelnen Nerv zu kratzen. Der HÜ-Schirm flackerte noch einmal und verschwand dann wie eine ausgepustete Kerzenflamme. Der Kriecher erbebte heftiger, und es knirschte in seiner Außenhülle.

Der Schmerz wurde so heftig, dass Roderich laut schrie. Dunkelheit umfing ihn, schwarz wie das All, und während er durch diese Finsternis stürzte, hörte er das schrille Zwitschern der beiden Blues wie aus einer fernen Welt, die ihn verstoßen und der Chaos-Kreatur überlassen hatte.

3

Perry Rhodan

Die technische Abteilung der PALENQUE erschien Perry Rhodan wie ein Labyrinth, in dem es überall summte, zirpte und klickte. Bei den meisten Geräten schien es sich um feste Installationen zu handeln, aber es gab auch Dinge, die improvisiert wirkten: neue Anordnungen positronischer Elemente, die aussahen wie exotische Spinnweben; Holofelder, die mit modifizierten Hypersensoren verbunden waren und in denen immer wieder kleine Blitze flackerten; Projektoren, zwischen denen bunte Kraftfelder wallten, wie vom Wind bewegte Gardinen. Rhodan sah das alles, als er daran vorbeiging, begleitet von der Kommandantin Sharita Coho – sie trug erneut eine sehr martialisch wirkende dunkle Uniform, im Halfter den Kombilader, von dem sie sich nie zu trennen schien –, aber seine Aufmerksamkeit galt etwas anderem: einem sonderbaren Flüstern, das nur für ihn zu existieren schien.

»Hörst du noch immer nichts?«, fragte er Sharita.

Sie wölbte eine dunkle Braue. »Hier drin ist es ziemlich laut.«

»Du weißt, was ich meine.«

»Kurd?«, rief die Kommandantin.

»Wir sind hier«, ertönte es irgendwo aus dem Labyrinth, das Rhodan ziemlich chaotisch erschien. Doch Sharita erkannte offenbar Ordnung und Struktur darin, denn sie wusste genau, wohin sie sich wenden musste, um den Ursprung der Stimme zu erreichen. Rhodan folgte ihr durch einige schmale Gänge, und schließlich gelangten sie in einen offenen Bereich, in dem zwei Männer an einer sehr komplex wirkenden Vorrichtung hantierten: Kurd Brodbeck, Cheftechniker der PALENQUE, und Huang Lee, einer seiner Mitarbeiter. Sie sahen nur kurz auf und setzten ihre Tätigkeit dann fort.

»Wem oder was verdanke ich die Ehre?«, fragte Brodbeck.

»Unserem Gast an Bord, mehr oder weniger.« Sharita lächelte kurz. »Nein, Perry, ich höre jenes Etwas noch immer nicht. Bist du sicher, dass du es dir nicht nur einbildest?«

»Ganz sicher. Inzwischen ist aus dem Flüstern ein leises Pfeifen geworden. Es wird lauter. Und es kommt von hier.«

»Kurd?«

»Bist du sicher, dass es kein Phantomgeräusch ist?«, fragte der Cheftechniker, während er mit einer Sensortraube die leuchtenden Bänder einiger hyperenergetischer Verbindungen überprüfte. »Manchmal klingelt es einem in den Ohren, aber man hört eigentlich gar nichts.«

Rhodan lauschte in sich hinein. Seit fast drei Stunden vernahm er das Geräusch, das eigentlich gar kein richtiges Geräusch war. Manchmal flüsterte es wie die Stimme des Winds in fernen Baumwipfeln, und bei anderen Gelegenheiten klang es nach einem zornigen Insekt, das mal neben seinem rechten, mal neben dem linken Ohr flog. Derzeit hörte es sich an wie eine Alarmsirene, die in einer Entfernung von mehreren Kilometern heulte.

Etwas lenkte seine Aufmerksamkeit auf mehrere dunkle Objekte in dem Gespinst aus hyperenergetischen Strängen, die mit einem mobilen Syntron verbunden waren. Das Projektionsfeld darüber zeigte hin und her gleitende

Datenkolonnen, außerdem kompliziert wirkende geometrische Muster, die sich immer wieder verschoben. Huang Lee hob die Hand und berührte ein holografisches Schaltelement, woraufhin ein weiterer Hyperfaden in dem Netz aufleuchtete und wie ein dünner Finger aus Licht über die Objekte tastete.

»Was ist das?«, fragte Rhodan und deutete auf die dunklen Gegenstände: kleine Scheiben mit einem Durchmesser von wenigen Zentimetern.

Brodbeck richtete sich auf. Der Cheftechniker war mittleren Alters, hager und sehnig, hatte wasserblaue, wach blickende Augen und eine Brandnarbe auf der rechten Wange. »Das sind Submodule des Datenspeichers von der LEMCHA OVIR. Wir versuchen seit einigen Stunden, auf die darin abgelegten Informationen zuzugreifen.«

»Es ist erstaunlich, wie sehr sich diese Technik von der unterscheidet, die die Lemurer in der NETHACK ACHTON verwendet haben«, sagte der untersetzte Huang Lee. »Die beiden Sternenarchen stammen nicht nur aus verschiedenen Zeitabschnitten. Während der fünfhundert subjektiven Jahre, die an Bord vergangen sind, entwickelte sich ihre Technik auch in unterschiedliche Richtungen weiter.«

Brodbeck nickte. »Diese Datenspeicher bestehen aus einem anderen Material, und auch die Art der Datenspeicherung ist anders. Von der Formatierung ganz zu schweigen.« Er deutete auf die Vorrichtung aus hyperenergetischen Strängen und dem mobilen Syntron. »Dies ist ein spezieller Scanner. Wir tasten die Datenstrukturen auf einem quantenmechanischen Niveau ab, und zwar ohne in die Kiste mit Schrödingers Katze zu schauen.«

Rhodan verstand, was der Cheftechniker meinte. Der Vorgang des Abtastens hatte also keinen Einfluss auf die Datenstrukturen. Schrödingers Katze blieb tot *und* lebendig. Anders ausgedrückt: Die Informationen in den Datenspeichern blieben intakt.

Eine dünne Falte bildete sich in Rhodans Stirn. »Wann habt ihr mit der Untersuchung begonnen?«

»Vor einigen Stunden.«

»Wann genau?«

Brodbeck blickte auf ein Chronometer. »Vor knapp drei Stunden.«

Rhodan sah Sharita Coho an. »Und vor knapp drei Stunden habe ich das Flüstern zum ersten Mal gehört.« Plötzliche Schwäche entstand in ihm, und er wankte.

»Ist alles in Ordnung mit dir?«, fragte Sharita besorgt.

»Ich ... denke schon«, erwiderte Rhodan. Seltsam: Ein Teil der Schwäche blieb in ihm, trotz des Zellaktivators, der seine vitalen Kräfte ständig erneuerte. Er atmete tief durch. »Es muss einen Zusammenhang geben.«

»Vielleicht steckt nicht mehr dahinter als ein Zufall«, sagte Sharita und maß Rhodan mit einem aufmerksamen Blick.

Er deutete auf die Datenspeicher der LEMCHA OVIR. »Was auch immer ich wahrnehme, es kommt von dort.«

Er war ganz sicher, obgleich er keine rationale Erklärung dafür hatte. Emotionale Gewissheit verband das »Geräusch« mit den Speichermodulen, die aus der auf dem Planeten Mentack Nutai abgestürzten Sternenarche stammten.

Lee berührte erneut holografische Schaltelemente, und das Gespinst aus Hyperfäden drehte sich. Ein akustisches Signal ertönte, ein leises *Ping*, und die schrumpfenden und anschwellenden geometrischen Muster im dreidimensionalen Projektionsfeld wuchsen zu einer einheitlichen, stabilen Form zusammen.

»Ich glaube, wir sind so weit«, sagte Lee. »Wir sollten jetzt in der Lage sein, die ersten Daten auszulesen.«

Brodbeck richtete einen fragenden Blick erst auf Sharita Coho und dann auch auf Rhodan.

»Ich bin ebenso neugierig wie ihr«, sagte der Resident.

»Na schön.« Brodbeck nickte Huang zu. »Versuchen wir's beim ersten Modul.«

Lees Finger glitten über holografische Kontrollen hinweg, und das glühende Hypergespinst geriet erneut in Bewegung. Wie eine Hand mit Dutzenden von bunten Fingern tastete es nach dem ersten Datenspeicher und den Informationen, die Lemurer im Verlauf von fast sechs Dilatationsjahrhunderten darin abgelegt hatten – die ältesten Informationen waren objektive sechsundfünfzigtausend Jahre alt.

Rhodans Hände flogen an die Schläfen, als ihn jäher Schmerz durchzuckte – jemand schien bestrebt zu sein, einen Dolch durch sein Gehirn zu bohren. Doch nach ein oder zwei Sekunden verwandelte sich die heiße Pein in ein sonderbares mentales Jucken, als striche eine Feder über jeden einzelnen Gedanken und jedes einzelne Gefühl. Aus einem Reflex kratzte er sich am Kopf.

»Perry?«, fragte Sharita. Sie stand noch immer neben ihm, aber ihre Stimme war leise geworden, kam wie aus der Ferne. Andere Geräusche drängten sich in den Vordergrund, Geräusche, die ihren Ursprung nicht in der technischen Abteilung der PALENQUE hatten.

Rhodan wollte antworten, aber es gelang ihm nicht, den Mund zu öffnen, Zunge und Lippen zu bewegen. Ein schrecklicher Verdacht suchte ihn heim – *Ist mein Zellaktivator defekt?* –, löste sich aber gleich wieder auf und verschwand im grauen Dunst eines Vergessens, das dem Hier und Heute galt. Er wusste, dass er zu Boden sank, doch das spielte keine Rolle, es war Teil einer Welt, die über ihm zurückblieb, als er durch einen Strom aus Bildern fiel, die völlig fremd und gleichzeitig seltsam vertraut waren, aus Bildern, deren Einzelheiten er zunächst nicht verstand, die aber *Substanz* gewannen. Etwas zog seine Gedanken wie Gummibänder in die Länge, und als sie rissen, nahm etwas anderes ihren Platz ein.

Sharita Coho blickte auf Perry Rhodan hinab. Er lag auf einem Diagnosebett in der Medo-Station der PALENQUE, verbunden mit einem medizinischen Syntron, der seine Biofunktionen überwachte. Der Bordmediker Dr. Hyman Mahal hatte ihn gerade untersucht.

»Wie sieht's aus mit ihm, Doktor?«

»Puls und Atmung haben sich stabilisiert«, sagte Mahal. »Das gilt auch für die metabolischen Werte. Er ... schläft.«

»Das sieht mir nicht nach normalem Schlaf aus. Was ist mit seinem Aktivator?«

»Alles in Ordnung, soweit ich das feststellen kann.«

»Aber ganz sicher bist du nicht?«

»Ich hatte noch nie einen Aktivatorträger unter meinen Patienten, Sharita.«

Die Kommandantin bemerkte, wie sich Rhodans Augen unter den geschlossenen Lidern bewegten. Der Rest des Körpers verharrte in völliger Reglosigkeit, aber bei den Augen herrschte eine geradezu hektische Aktivität.

Sharita zeigte darauf. »Was bedeutet das?«

»Er träumt. Er scheint gewissermaßen in einem Traum gefangen zu sein.«

Sharita wandte sich an Brodbeck. »Sind die Speichermodule vom Scanner getrennt worden?«

»Ja. Aber die mentale Verbindung zwischen ihm und den Datenspeichern existiert nach wie vor.«

»Hm.« Sharita überlegte, ob sie sich mit Terra in Verbindung setzen und Hilfe anfordern sollte. Immerhin ging es hier um den Terranischen Residenten. »Besteht Lebensgefahr?«

»Nein«, antwortete Mahal und deutete auf die Anzeigen der Diagnoseliege. »Wie gesagt, sein Zustand ist stabil. Wenn er länger andauert, muss Rhodan künstlich ernährt werden, aber Lebensgefahr besteht gewiss nicht.«

Sharita dachte an das prekäre Gleichgewicht mit Jere von Baloy und den Akonen der LAS-TOÓR, das trotz der in den vergangenen Tagen überstandenen Gefahren weiter anhielt. Wie würden sie reagieren, wenn sie Hyperfunkimpulse empfingen, die von der PALENQUE ausgingen und der Erde galten? Mussten sie sich nicht hintergangen fühlen und vermuten, dass die Terraner Verstärkung anforderten?

»Wir warten zunächst ab«, entschied Sharita schließlich, den Blick erneut auf das starre Gesicht mit hyperaktiven Augen unter geschlossenen Lidern gerichtet. »Vielleicht erwacht er von ganz allein.«

Sie hob den Kopf, als eine Stimme aus dem Interkom-Lautsprecher kam. »Sharita?«

»Ich höre dich, Alemaheyu.«

»Es gibt einen Neuankömmling im Ichest-System. Er hat sich gerade mit uns in Verbindung gesetzt.«

»Wer?«

»Icho Tolot.«

4

Icho Tolot

Das schwarze Kugelraumschiff fiel zwei Lichtminuten über der Ekliptik des Zielsystems in den Normalraum zurück, und an seinen Kontrollen saß ein Ungetüm mit friedlicher Seele: dreieinhalb Meter groß, die Schultern zweieinhalb Meter breit, vier Arme, die Haut schwarz, im halbkugelförmigen Kopf drei rot glühende Augen. Icho Tolot begann sofort mit Sondierungen, um einen Eindruck von der aktuellen Situation zu gewinnen. Ein biopositronisches Interface verband ihn mit den Scannern und Sensoren seines Schiffes. Die eintreffenden Ortungsdaten wurden nicht nur vom Bordsyntron empfangen, sondern auch vom Planhirn des Haluters, das sie sofort auswertete und verarbeitete.

Irgendetwas hatte Perry Rhodan veranlasst, ihn mit einer Dringlichkeitsnachricht hierher zu rufen, zu diesem abgelegenen Sonnensystem. Icho Tolot bedauerte, dass er keine Einzelheiten kannte, aber zweifellos handelte es sich um eine wichtige Sache, und er hielt es für besser, auf alles vorbereitet zu sein. Sein Raumschiff hüllte sich unmittelbar nach der Rückkehr ins normale Raum-Zeit-Kontinuum in einen Paratronschirm, und der Syntron hielt die Paratron-Projektoren in Bereitschaft, ebenso die Kombi-Geschütze – wenn es zu einem Angriff kommen sollte, war Icho Tolot gut geschützt und konnte sich innerhalb weniger Sekunden auf sehr wirkungsvolle Weise zur Wehr setzen.

Aber in seiner kurzen Nachricht hatte Perry Rhodan nicht von einer direkten Gefahr gesprochen, und deshalb war der Haluter nicht überrascht, als ein Angriff ausblieb. Icho Tolot blickte auf die Anzeigen der Instrumente, und sein Ordinärhirn griff auf die ersten Ergebnisse der vom Planhirn vorgenommenen Datenanalysen zu: eine große rote Sonne mit elf Planeten, drei von ihnen – Nummer vier bis sechs – in der Ökosphäre, ein ausgedehnter Asteroidengürtel zwischen dem siebenten und achten Planeten.

Zwei Raumschiffe befanden sich in der Nähe der fünften Welt. Konfiguration und energetische Muster ermöglichten eine sofortige Identifizierung: Das eine Schiff war terranisch, das andere akonisch. Es gab keine erkennbaren Feindseligkeiten zwischen ihnen.

Stand Perry Rhodans Hyperfunkruf mit den Akonen in Zusammenhang?

Icho Tolots Planhirn befasste sich mit dieser Frage, während es weiterhin Ortungsdaten empfing, sie verarbeitete und das Ergebnis dieser Elaborationen mit den Analyseresultaten des Bordsyntrons verglich. Es war ein automatischer Vorgang, dem Haluter längst zur Routine geworden, und das Ordinärhirn nutzte die Gelegenheit zu emotionaleren Überlegungen. Perry Rhodans Stimme hallte aus seinem Gedächtnis, eine Stimme, die Tolot gut kannte und deren Nuancen er zu deuten wusste. Etwas in dieser Stimme deutete auf Verwunderung und Aufregung hin, auch auf eine gewisse Anspannung. In diesem Sonnensystem war etwas geschehen, das Rhodan sehr erstaunt hatte.

Die Anzeigen der Instrumente vor Icho Tolot veränderten sich, und neue Ortungsdaten erreichten sein Planhirn. Er reagierte sofort und betätigte mehrere Schalteinheiten. Ein Diagramm erschien auf dem Hauptschirm, eine schematische Darstellung des Sonnensystems, mit dem anschwellenden Asteroidengürtel im Zentrum. Die Scanner stellten dort mehrere energetische Signaturen fest: Vier stammten von Kriechern des terranischen Schiffes, eine fünfte und wesentliche schwächere von einer Kapsel, die sich zwischen den Wrackteilen eines primitiven und energetisch weitgehend toten Raumschiffs bewegte.

Doch damit nicht genug. Draußen im All, in der kalten Nacht zwischen den zahlreichen leblosen Wanderern des Asteroidengürtels, entfaltete sich noch eine andere Art von Aktivität.

Das Planhirn des Haluters kam nur einen Sekundenbruchteil nach dem Bordsyntron zum gleichen Schluss, wie das Ordinärhirn stolz feststellte: *Transmitter*.

Drei rote Augen sahen, wie die Signaturen der vier Kriecher aus dem Schema auf dem Hauptschirm verschwanden, und einher ging dieser Vorgang mit Entladungsspitzen bei der Transmitterenergie. Wenige Sekunden später verschwand auch die Kapsel.

Die hochempfindlichen Ortungsanlagen des Haluter-Schiffes registrierten ein Impulsecho aus den Tiefen des Asteroidengürtels, und der Bordsyntron berechnete sofort geeignete Kursvektoren.

Icho Tolot beugte sich vor, schaltete das Hyperfunkgerät ein und sendete dem terranischen Schiff ein Identifizierungssignal. Gleichzeitig übermittelte sein Planhirn dem Syntron einen Befehl – das Schiff nahm Fahrt auf, näherte sich von »oben« dem Asteroidengürtel. Das defensive und offensive Bereitschaftsniveau blieb unverändert.

Das Gesicht eines Menschen erschien auf dem Dialogschirm, die Haut dunkel, das Haar üppig und kraus. »Ich bin Alemaheyu Kossa, Funker der PALENQUE. Sei gegrüßt, Icho Tolot.«

»Ich grüße auch dich«, antwortete der Haluter. Es klang nach dem Grollen eines bedrohlich nahen Gewitters. »Mein Freund Perry Rhodan hat mir eine Nachricht übermittelt und mich hierher gerufen. Angeblich hat er mir Wichtiges mitzuteilen.«

»Ich gebe der Kommandantin Bescheid. Bitte hab ein wenig Geduld.«

Icho Tolot gestikulierte bestätigend mit einem seiner vier Arme, während die anderen drei die Kontrollen vor ihm bedienten. Das Impulsecho der Transmitterenergie wurde immer leiser und verschwand schließlich ganz, aber die Orter hatten seinen Ausgangspunkt festgestellt: ein Asteroid, eigentlich schon ein Planetoid, mit einem Durchmesser von 1259 Kilometern.

Der Mann mit dem krausen Haar verschwand vom Dialogschirm, und wenige Sekunden später sah Icho Tolot eine Frau mit kurzem schwarzem Haar, deutlich ausgeprägten dunklen Mandelaugen und hervortretenden Wangenknochen.

»Ich bin Sharita Coho, Kommandantin der PALENQUE. Willkommen im Ichest-System. Ich weiß, dass Perry Rhodan dir eine Nachricht übermittelt hat.«

»Ich habe mich sofort auf den Weg gemacht.« Icho Tolot wartete, und als die Kommandantin schwieg, fragte er: »Kann ich mit Rhodanos sprechen?«

»Ich bedauere«, sagte die Terranerin. »Es kam zu einem Zwischenfall an Bord. Perry Rhodan liegt in einer Art Koma.«

Sorge prägte die Gedanken des Ordinärhirns, während das Planhirn die veränderte Situation einschätzte. »Ist er in Lebensgefahr?«

»Nein. Er scheint in einer Art Traum gefangen zu sein. Offenbar ist sein Selbst irgendwie mit Teilen des Datenspeichers verbunden, der aus dem Wrack eines lemurischen Generationenschiffes stammt.«

Das Planhirn fügte diese Informationen einem komplexen mathematischen Analysemodell hinzu und versuchte, mit ersten Extrapolationen Verbindungen zwischen noch unbekannten Faktoren herzustellen.

»Unmittelbar nach meiner Ankunft habe ich energetische Signaturen im Asteroidengürtel gemessen«, grollte Tolot. »Vier eurer Kriecher und eine Kapsel, die offenbar aus einem Wrackteil des Generationenschiffes stammt. Transmitterfelder haben sowohl die Kriecher als auch die Kapsel transferiert. Ich fliege dorthin, wo die Felder generiert wurden.«

Ein oder zwei Sekunden lang starrte Sharita Coho ihn verblüfft an, beugte sich dann zur Seite und sprach mit einem Mitglied ihrer Crew. Tolot verstand nur einen Teil, vermutete aber, dass die Kommandantin seine Angaben verifizierte. Perry Rhodans Nachricht an ihn, bei der es um eine wichtige Sache ging, die Entdeckung eines lemurischen Generationenschiffes, die Präsenz von Akonen und außerdem Transmitterfelder, die vier Kriecher und eine lemurische Kapsel transferiert hatten – das Interesse des Haluters war geweckt.

»Du hast Recht«, sagte Coho kurze Zeit später. »Die Kriecher sind tatsächlich verschwunden. Wir haben keine Verbindung mehr mit ihnen.«

»Der Retransfer scheint auf oder in einem Planetoiden erfolgt zu sein.« Tolot übermittelte die Koordinaten. »Ich versuche, dort mehr herauszufinden.«

»Bitte unternimm nichts auf eigene Faust«, sagte die Kommandantin der PALENQUE. »Warte, bis die LAS-TOÓR zu dir aufgeschlossen hat.«

»Du meinst das akonische Schiff?«

»Ja.«

»Arbeitet ihr mit den Akonen zusammen?«

Sharita Coho seufzte leise. »Es ist eine lange Geschichte.«

»Und die Zeit drängt, nicht wahr?« Icho Tolot lachte kurz, laut und donnernd, was Coho veranlasste, wie schmerzerfüllt das Gesicht zu verziehen.

Dann wurde der Dialogschirm dunkel.

Dutzende von Anzeigen vor dem Haluter teilten das Schicksal des Hyperfunkdisplays. Das Planhirn nahm diesen Vorgang mit analytischer Aufmerksamkeit zur Kenntnis und begann sofort mit neuen Berechnungen, während das Ordinärhirn noch versuchte, eine erstaunliche Wahrheit zu verarbeiten: Wichtige Bordsysteme des Schiffes fielen aus. Und das war unmöglich, denn halutische Technik funktionierte immer absolut zuverlässig.

Es sei denn, eine manipulierende Kraft nahm Einfluss auf sie.

Das Planhirn übermittelte dem Bordsyntron die Anweisung, den Paratronschirm zu aktivieren. Nichts geschah. Das biopositronische Interface funktionierte nicht mehr.

Das grüne Leuchten des HÜ-Schirms flackerte und verschwand. Fremde Energie tastete nach dem Raumschiff des Haluters, fand einen Weg hinein, glitt durch die Bordsysteme ...

Der Syntron begann mit einer Notabschaltung noch funktionierender Systemkomponenten, um Schäden zu vermeiden. Innerhalb weniger Sekunden verlor das Schiff sein gesamtes offensives und defensives Potenzial. Verblüffung hinderte das Ordinärhirn daran, Entscheidungen zu treffen, doch das Planhirn reagierte mit kühler Syntronlogik und veranlasste Icho Tolot, eine sechsfingrige Hand nach den Triebwerkskontrollen auszustrecken. Es galt, den Gefahrenbereich so schnell wie möglich zu verlassen.

Die Hand bekam keine Gelegenheit, die Kontrollen zu erreichen.

Etwas ließ Icho Tolot erstarren, während um ihn herum die letzten summenden Stimmen seines Schiffes verstummten. Jäh umgab Dunkelheit den Haluter, was seine Wahrnehmung aber kaum beeinträchtigte, denn die drei roten Augen waren infrarotempfindlich. Das Planhirn setzte seine Analysen und Situationsbewertungen fort und stellte fest, dass nicht alle Anlagen des Schiffes ihre Funktion verloren: Es wurde noch immer Energie erzeugt und ein Teil von ihr für die künstliche Schwerkraft verwendet. Der Rest erfuhr eine Konversion durch den fremden Einfluss, verwandelte sich dadurch in sein Instrument.

Tief in Icho Tolots Innern prickelte es, und vieltausendjährige Erfahrung wusste dieses Empfinden zu deuten: Das Schiff geriet in einen hyperdimensionalen Sog.

Der Haluter versuchte, sich aus der Starre zu befreien, und als ihm das nicht gelang, obwohl sich beide Gehirne darauf konzentrierten, trachtete er danach, die Molekularstruktur seines Körpers zu verändern.

Diese Bemühungen bewirkten etwas völlig Unerwartetes.

Die Verhärtung seines Körpers, die ihn praktisch unangreifbar und unverletzlich machen sollte, blieb aus. Stattdessen gesellte sich dem Prickeln des hyperdimensionalen Sogs ein Brennen hinzu, das entsetzlich vertraut war, ein Erbe der Vergangenheit, das die Haluter längst unter Kontrolle gebracht hatten. Das Gefühl ähnelte dem Beginn einer Drangwäsche, aber es steckte mehr dahinter, viel mehr. Dies war der Drang, hemmungslos zu zerstören, alles zu zerschmettern, was in seine Reichweite geriet, alles niederzuwalzen, was sich ihm in den Weg stellte. Und je stärker dieser Drang wurde, je mehr ließ die Starre nach.

Icho Tolot begriff, was sich anbahnte. Er konnte dem Brennen nicht mehr lange standhalten, und wenn er ihm erlag, würde er mit einem Zerstörungswahn an Bord seines eigenen Schiffes beginnen.

5

Jorgal

Die Jüngsten des Hortes wimmerten – die Wartungskapsel war gewiss nicht ihre gewohnte Umgebung –, und Furcht veranlasste einige von ihnen, sich zu verändern. Tanira kümmerte sich um sie und versuchte auch, die ängstliche Hilaila zu beruhigen. Darhel kauerte am Gehirn der Kapsel, an dem Gerät, das Wissen enthielt wie ein lebender Kopf, und er versuchte, während des Flugs zumindest einen Teil dieses Wissens in sich aufzunehmen, auf dass sein Kopf noch schwerer wurde.

Von all dem bemerkte Jorgal nichts. Während er mit den Liedern in den Kapselapparaten sang, träumte er gleichzeitig den Traum von der Maschinenmutter.

Der Traum hatte ihn sein ganzes langes – oder kurzes; das wusste er nicht genau – Leben begleitet. In ihm wanderte er hoch aufgerichtet und leichtfüßig durch eine große Maschinenwelt, größer als die, die hinter ihnen lag, und überall erklangen die herrlichsten Gesänge. Hunderte, Tausende von Melodien verwoben sich miteinander und bildeten ein symphonisches Netz, und im Zentrum dieses Netzes wartete die Maschinenmutter, nicht wie ein hungriges Insekt, das auf Beute hoffte, sondern wie ein neuer Hort, der endgültige, definitive Geborgenheit schenkte, in dem es immer sicher und warm war, ein Ort, an dem nicht nur Geist und Seele Ruhe fanden, sondern auch die Ungewissheiten des Körpers verschwanden. Die Maschinenmutter sang das schönste aller Lieder, mit den komplexesten und elegantesten Harmonien, und Jorgal wusste, dass er dort für immer glücklich sein würde. Die Freude, die bei ihr auf ihn wartete, war sogar noch größer als die, die ihm manchmal Memereks große grüne Augen verhießen.

Er glaubte fest daran, dass die Maschinenmutter mehr war als nur ein Wunsch. Einige Male hatte er versucht, im Schiff nach ihr zu suchen, aber dort waren seiner Bewegungsfreiheit Grenzen gesetzt gewesen – die Normalen des Horts hatten die Kontakte der Gemeinschaft mit den anderen Normalen auf ein Minimum beschränkt. Vor der Kollision waren die Melodien der Maschinen sehr schön gewesen, und er vermisste sie sehr, aber die in der Maschinenwelt seiner Vision lockten ihn mit einem noch viel größeren Zauber.

Und dann sah er sie, am Ende eines Korridors, gesäumt von singenden Aggregaten: die Maschinenmutter, nach der er gesucht und die ihn erwartet hatte. In Gestalt einer Frau präsentierte sie sich ihm, eine Projektion der Gesänge, gehüllt in ein weißes Gewand, das hin und her wogte, obwohl die Luft im Korridor unbewegt blieb – hier wehte kein Wind. Ebenfalls weißes Haar reichte ihr weit über die Schultern, und ihre blauen Augen versprachen all das, was sich Jorgal jemals erhofft hatte. Er lief ihr entgegen – wobei ihn das dritte Bein nicht wie sonst behinderte –, im Herzen ein Glück, das ihm eine neue Melodie gab und seinem Leben einen Sinn.

Doch als er die Frau, die Maschinenmutter, fast erreicht hatte, veränderten sich ihre Augen, sie schwollen an und wurden grün ...

»Jorgal?«, fragte Memerek und blickte ihn aus den grünen Augen an, die ihr Gesicht dominierten. Er sah ihren weichen Hautflaum, weiß wie Gewand und Haar der Maschinenmutter. »Etwas geschieht ...«

Er spürte es unmittelbar nach seinem Erwachen. Die Lieder der Kapsel wurden leiser, obwohl ihn sein drittes Bein noch immer mit ihnen verband. Ihr Gesang verwandelte sich in das schwache Flüstern, das ihn im Schiff so traurig gestimmt hatte.

Die Jüngsten wimmerten lauter – oder vielleicht erschien Jorgal das Wimmern nur lauter, weil der Maschinengesang verklang –, und Memerek kroch zu den anderen, um Tanira dabei zu helfen, die Hortkinder zu trösten.

Darhel schob sich näher und neigte Jorgal die große Kugel seines Kopfes entgegen. »Unsere Energiereserven gehen zu Ende«, sagte er leise. »Und wir haben das Wrackteil mit den funktionierenden ambientalen Systemen noch nicht erreicht.«

Der Ernst in Darhels Stimme beunruhigte Jorgal. Manchmal sprach er so zu ihm, als wäre auch sein Kopf schwer von Wissen, obwohl er sich ganz leicht anfühlte und viele leere Stellen enthielt. Mit der halb verkrüppelten rechten Hand deutete Darhel zum Fenster.

Jorgal blickte hinaus ins All und versuchte, im schwachen Licht der fernen roten Sonne Einzelheiten zu erkennen. Er sah kaum mehr als einige vage Schatten und Schemen.

»Memerek?«

Sie kehrte zurück und verharrte dicht neben ihm. Jorgal empfand ihre Nähe als sehr angenehm; ihre Präsenz berührte etwas in ihm, das berührt werden wollte.

»Du kannst dort draußen sicher mehr erkennen als ich. Wo ist das Fragment?«

Memerek blickte hinaus und schüttelte verwundert den Kopf. »Ich sehe es nicht. Ich ...« Sie unterbrach sich, und Jorgal bemerkte es im gleichen Augenblick: Das Glühen der fernen roten Sonne verschwand.

»Die Schwärze dort draußen hat die Sonne verschluckt!«, brachte er erschrocken hervor.

»Das ist unmöglich«, erwiderte Darhel.

Jorgal fühlte einen sonderbaren Schmerz im Nacken, ein Stechen, das sich zwischen ihn und die restlichen Lieder der Kapsel schob. Das Wimmern der Jüngsten verstummte kurz, und dann schrien sie plötzlich – offenbar spürten auch sie den Schmerz.

Um Jorgal herum wurde es dunkel, und er befürchtete, dass ihm sein Körper erneut eine Ungewissheit bescherte, dass sich vielleicht seine Augen veränderten und sie vorübergehend ihr Sehvermögen verloren.

Doch dann sagte Memerek: »Es wird dunkel.«

»Selbst für dich?«, brachte Jorgal hervor. Er konnte gar nichts mehr sehen und fühlte, wie Darhel neben ihm zu Boden sank – um gleich darauf wieder aufzusteigen, als es plötzlich keine Kraft mehr gab, die nach unten zog. Die Jüngsten quiekten, als sie durch die Kapsel schwebten. Tanira und Mindahon versuchten, sie zurückzuholen, aber dadurch verloren sie selbst den Halt.

»Es ist finster«, hauchte Memerek. »Zum ersten Mal ist es völlig finster für mich.«

Jorgal schlang die Arme um sie, und dann explodierte der Schmerz in seinem Nacken und zerfetzte die Gedanken des Maschinenflüsterers.

6

Memoriale Splitter

Dies war der Ort, an dem Erinnerungen Bilder malten und neues Leben bekamen, aufblühten wie Blumen in einem verwilderten Garten. Ein fast dreitausend Jahre langes Leben, das noch vor der Mitte des zwanzigsten Jahrhunderts der alten Zeitrechnung begonnen hatte ... Drei Jahrtausende des Denkens, Fühlens und Handelns, dreitausend Jahre Verantwortung und Neugier, unstillbare Neugier, die ihn veranlasste, immer weiter vorzustoßen, mehr zu erforschen, sich neuen Gefahren zu stellen.

Perry Rhodans Selbst hing in einem zeitlosen Moment, allein in einer Welt, an deren Peripherie sich substanzlose Dinge bewegten und Vorbereitungen trafen, eine Verbindung herstellten. Und während sie an der Peripherie dieser Welt Aktivität entfalteten, die dem schwebenden Ich galten, öffneten sich seit langem geschlossene Türen des Gedächtnisses und zeigten ihm in aller Deutlichkeit das Wunder der eigenen Existenz. Thora, voller Stolz und Selbstbewusstsein, seine erste Frau, eine Arkonidin ... Wann hatte er zum letzten Mal an sie gedacht? Vor hundert Jahren? In seiner Erinnerung lebte sie weiter, ebenso wie die Plophoserin Mory Abro, wie Orana Sestore, Gesil und all die anderen Frauen, die in seinem langen Leben eine kleine oder große Rolle gespielt hatten, seine Söhne und Töchter, Freunde und Bekannte, Sterbliche, für kurze Zeit Begleiter auf seinem Weg. Sie lebten in seinem Gedächtnis weiter, doch starben sie, wenn er nicht an sie dachte? Die Dritte Macht, das Solare Imperium, Hanse und Liga, eine Vergangenheit, wie sie kaum reicher sein konnte, und es gab noch mehr, noch viel mehr, eine Zukunft mit Wundern ohne Grenzen. Ein kleiner Chip in seinem Körper, ein Geschenk der Superintelligenz ES, verlieh ihm relative Unsterblichkeit und machte ihn zu einem Wanderer durch die Zeiten. Der Körper ... Er befand sich nicht an diesem Ort der Erinnerungen, wurde hier auch gar nicht gebraucht. Rhodan fragte sich kurz, ob Ernst Ellert auf diese Weise empfunden hatte, während er völlig losgelöst vom Körperlichen durch Raum und Zeit gereist war.

Etwas veränderte sich am Rand der geistigen Welt, und Schatten näherten sich, erste Andeutungen von Bildern, die nicht aus Rhodans Erinnerung stammten, sondern aus den Erlebnissen eines fremden Ichs. Das schwebende Selbst fühlte ein sanftes Zerren, das es in Bewegung setzte, und es begriff, dass der zeitlose Moment zu Ende ging. Die Türen und Fenster seines Gedächtnisses schlossen sich wieder, ohne verriegelt zu sein, und die Aufmerksamkeit richtete sich nach vorn. Rhodan spürte etwas Externes, das seine Wahrnehmungen beeinflusste, aber er fühlte keine Gefahr und verzichtete darauf, Widerstand zu leisten.

Das langsame geistige Dahingleiten wurde schneller, zu einem Flug und dann einem jähen Sturz, der Perry Rhodan zu einer anderen geistigen Welt brachte, voller fremder Bilder. Eine Verbindung entstand, geschaffen von mentalen Projektoren in Datenmodulen, die aus einer fernen Vergangenheit stammten. Rhodans Selbst öffnete sich über fünfzigtausend Jahre alten Erinnerungen ...

7

Deshan Apian

Lemuria 4500 dha-Tamar (51 900 v. Chr.)

Der Tag für das große Ereignis hätte nicht besser sein können: klar, nicht zu kühl und nicht zu warm, der Himmel wolkenlos. Apsu leuchtete über den Bergen im Südosten, und auf den jungen Deshan Apian wirkte das Licht der Sonne wohlwollend und freundlich. An diesem Tag hätte nichts negativ auf ihn wirken können, denn nach seinem langen Studium hatte er endlich den Chronistenschlüssel erhalten, mit dem er den Turm der Wahrheit ganz allein durchstreifen und all seine Möglichkeiten nutzen konnte. Er trug ihn an einer Halskette, deutlich sichtbar neben dem Verdienstsymbol, das ihm den Aufenthalt auf dieser Observationsplattform erlaubte. Trotzdem hielt er sich zurück und wahrte einen respektvollen Abstand zu den anderen Honoratioren, die sich an diesem besonderen Tag auf der Plattform eingefunden hatten – ihre Verdienste waren weitaus größer als seine eigenen. Deshan wagte es nicht einmal, sich Mira aus dem Hause Lemroth zu nähern, zumindest nicht hier. Sie kannten sich schon seit einer ganzen Weile, und sogar ziemlich gut, aber dies war nicht der geeignete Ort, um andere auf bestimmte Dinge hinzuweisen. Was zwischen ihnen existierte, gehörte – noch – allein ihnen.

Er stand an einem seitlichen Geländer der Plattform

und blickte aus einer Höhe von etwa zweihundert Metern über die Stadt Marroar, die fast so groß wie Pataah im Westen war. Sie gehörte zum Sechsten Solidaren Komitee, in dem die Wissenschaften eine besonders wichtige Rolle spielten und heute einen neuerlichen Triumph erleben sollten. Der etwa zwanzig Kilometer entfernte Startbereich lag ein ganzes Stück außerhalb der Stadt und war von der Plattform gut zu sehen. Ein weißer Zylinder ragte dort auf, dazu bereit, drei Lemurer zum Mond zu bringen. Zum ersten Mal sollte eines Menschen Fuß die Oberfläche eines anderen Himmelskörpers berühren.

Deshan Apian spürte, wie seine Aufregung weiter zunahm. Er verdankte dieses Hochgefühl nicht allein der Ernennung zum Chronisten und der Einladung, sich zu den Verdienstvollen auf der Observationsplattform zu gesellen. Zwar war er kein Mitarbeiter des Raumfahrtprogramms, gehörte aber zu dem Volk, das diesen großen Erfolg erzielt hatte und sich anschickte, nach den Sternen zu greifen. Dies war das Verdienst aller neunundvierzig Solidaren Komitees, *aller* Lemurer des Großen Solidars. Sie alle hatten zusammengearbeitet, damit dieser erste große Schritt in den Weltraum möglich war, gemäß dem Motto des Solidars: »Nur gemeinsam gehört uns die Zukunft.«

Deshan drehte den Kopf und sah zu den anderen Beobachtern: Dutzende von Männern und Frauen, unter ihnen die Primären Solidaren einiger Komitees, Wissenschaftler, Konflikträte, Mediziner der Fruchtbarkeitsinstitute, besonders kreative Innovatoren, soziale und administrative Assistenten, kulturelle und industrielle Mäzene, Kuraten, Arbeiter, die besondere Leistungen vollbracht hatten – ein Querschnitt der Gesellschaft des Sechsten Komitees im Allgemeinen und der Stadt Marroar im Besonderen.

Zwei große nussbraune Augen glänzten in Apsus Licht,

und Deshan begegnete ihrem Blick. Mira Lemroth stand neben ihrem Vater Thanh, und das Lächeln der jungen Frau versprach mehr als Verdienst, Anerkennung und beruflichen Erfolg.

Ein dumpfes Grollen erklang, wie von einem fernen Unwetter, und Deshan Apian blickte wieder zum Startbereich. Weiße Dampfwolken wogten – verdampftes Wasser, mit dem die Triebwerke gekühlt wurden, wusste der Chronist –, und der Zylinder stieg mit fast quälender Langsamkeit auf, ein träger Riese, der sich anschickte, die drei Menschen in der Kapsel an seiner Spitze ins All zu schleudern. Aus der zeitlupenhaften Gemächlichkeit wurde ein schneller Ritt auf Feuer, als die Rakete immer agiler in den Himmel kletterte. Deshans Finger bewegten sich wie eigenständige kleine Helfer, als sie ein Aufzeichnungsgerät aktivierten, während der Blick des Chronisten der Rakete folgte. Er prägte sich alle Einzelheiten ein und machte dabei Gebrauch von den mnemotechnischen Disziplinen, die er während seiner Ausbildung erlernt hatte. Später wollte er einen Bericht verfassen, sein erster Chronistenbeitrag für den Turm der Wahrheit.

Die Honoratioren am vorderen Geländer applaudierten, und Deshan Apian klatschte ebenfalls, als die Rakete immer kleiner wurde, bis schließlich nur noch das Feuer zu sehen war, das sie ins All trug. Ein kurzes Aufblitzen wies auf die Absprengung der ersten ausgebrannten Stufe hin, und unmittelbar darauf zündete die zweite.

Deshan fühlte ganz deutlich, dass für sein Volk eine neue Ära begann, und es erfüllte ihn mit Stolz.

Hinter ihm klapperte etwas, ein Geräusch, das die Erhabenheit des Augenblicks störte, laut genug, um den Chronisten zu erreichen, nicht aber die Beobachter weiter vorn auf der Plattform.

Das Klappern kam aus dem offenen Zugang, von den Aufzügen. Deshan trat durch die Tür in den Schatten und sah einen Mann, der neben mehreren Behältern mit Getränken und einem kleinen Zephalon für die strukturelle Überwachung zu Boden gefallen war. Er stand gerade wieder auf und klopfte sich die Kleidung ab.

»Bist du verletzt?«, fragte Deshan.

Der Mann bemerkte den Chronisten erst jetzt und richtete einen verwunderten Blick auf ihn. »Was?«

Das Gesicht des Fremden schien sich in eine Leinwand zu verwandeln, auf die jemand in rascher Folge verschiedene Emotionen projizierte. Deshan Apian sah Verwirrung, Freude, Hoffnung und Erschrecken, alles miteinander vermischt.

»Hast du dich bei dem Sturz verletzt?«, fragte Deshan noch einmal.

»Nein.« Der Mann sah sich um. »Nein, es geht mir gut.« Er atmete tief durch, und es klang erleichtert.

Er trug ein beigefarbenes Hemd mit hohem Kragen und eine etwas dunklere Hose ohne besondere Merkmale. Seltsam erschien Deshan allein der Gürtel, an dem mehrere Taschen hingen; einige von ihnen schienen gefüllt zu sein. Nach einem Verdienstsymbol hielt er vergeblich Ausschau.

»Gehörst du zu den Eingeladenen?«

»Ich ...« Der Mann zögerte und suchte nach Worten.

»Wie bist du hierher gekommen? Die Aufzugszephalone gewähren nur Trägern von Verdienstsymbolen Zutritt.«

»Ich muss meins ... verloren haben«, erwiderte der Mann, und sein Blick glitt über den Boden, wie auf der Suche nach dem Symbol. Schließlich sah er wieder auf. »Du bist Deshan Apian, nicht wahr?«

»Ja«, sagte der junge Chronist erstaunt. »Kennen wir uns?«

»Ich ...« Wieder erweckte der Mann den Eindruck, nach geeigneten Worten zu suchen. »Ich ... habe von dir gehört.«

Das erschien Deshan absurd, denn immerhin war er

erst seit wenigen Stunden ein voller Chronist. Der gute Abschluss seines Studiums hatte ihm die Ehre eingebracht, den Start der Mondmission von der hohen Observationsplattform aus zu beobachten, nicht etwa spezielle Chronistenleistungen.

»Wie kannst du von mir gehört haben? Und wer bist du überhaupt?«

Der Wind trug Stimmen durch die offene Tür, die von den Aufzügen auf die Plattform führte, aber Deshans Aufmerksamkeit galt jetzt allein dem Mann. Er schien um die vierzig zu sein, war groß und normal gebaut, hatte schwarzes, glatt zurückgekämmtes nackenlanges Haar. Die grauen Augen unter den buschigen Brauen ... In ihnen leuchteten nicht nur Intelligenz und Wissen, sondern auch noch etwas, das Deshan an die innige Leidenschaft eines Kuraten erinnerte.

»Du kennst mich nicht.« Es klang fast entschuldigend. »Ich bin Levian Paronn. Dies ist *der* Tag, nicht wahr?«

»*Der* Tag?«, wiederholte Deshan. Vielleicht hatte sich der Mann bei seinem Sturz doch verletzt.

»Die Mondmission.«

»Ich fürchte, du hast den Start verpasst. Die Rakete hat vor ein paar Minuten abgehoben.«

»Sie ist der Anfang«, sagte Paronn leise. »Der erste Schritt. Weitere werden folgen. Schon bald. Das All ist unsere Zukunft.«

Erneut musterte Deshan den Mann. »Das klingt sehr überzeugt.«

»Ich weiß, wovon ich rede. Ich ... arbeite für das Raumfahrtprogramm.« Er deutete auf die Tür eines Aufzugs. »Ich wäre dir dankbar, wenn du mich nach unten begleiten könntest.«

Deshan wollte darauf hinweisen, dass für die Rückkehr nach unten kein Verdienstsymbol notwendig war – die Zephalonkontrolle fand nur beim Transfer nach oben statt. Aber er verzichtete auf diesen Hinweis. Paronns

Bitte bot ihm Gelegenheit, noch etwas mehr Zeit mit ihm zu verbringen und vielleicht mehr über ihn zu erfahren.

Sie betraten eine Liftkabine, die sich wenige Sekunden später in Bewegung setzte und dem fernen Boden entgegenglitt. Auf der einen Seite bot ein großes Fenster Ausblick über die Stadt. Türme, Minarette und Kampanile ragten aus einer urbanen Landschaft, die vorwiegend weiß oder lohfarben war, in der es aber auch viele bunte Kleckser gab, die auf Individualität oder gar Exzentrizität hindeuteten – so etwas hatte im Großen Solidar durchaus seinen Platz. Fahrzeuge rollten über die breiten Straßen, nur noch wenige mit Verbrennungsmotoren ausgestattet. Die meisten bezogen ihre Betriebsenergie inzwischen aus leistungsstarken Batterien oder aus Wasserstoff-Reaktionszellen. Sie summten und surrten an Gebäuden vorbei, die hier den Regeln des Nützlichen und Funktionellen gehorchten, während sich dort mehr gestalterische und architektonische Phantasie zeigte: an Arenen erinnernde Rundbauten, die Tausenden von Großfamilien Platz boten, umgeben von weiten Parkanlagen; die Oktaeder der vielen kreativen Zentren, in denen neue Ideen täglich das Potenzial für die Zukunft vergrößerten; Distributionszentren und -zweigstellen, in denen die Konsumgüter des elementaren Bedarfs allen gratis zur Verfügung standen. Auch darin kam das Motto des Großen Solidars zum Ausdruck. Niemand sollte Not leiden und jeder Gelegenheit erhalten, an der Gestaltung der gemeinsamen Zukunft mitzuwirken. Für den Erwerb von Gütern, deren Produktion einen höheren Aufwand erforderte, oder den von Artikeln der Kategorie Luxus waren entsprechende Verdienstboni erforderlich. Das System funktionierte, solange die überwiegende Mehrheit tatsächlich dem Wohl der Gemeinschaft den Vorrang gab, aber Deshan Apian zweifelte nicht daran, dass das auch weiterhin der Fall sein würde. Die Konos-Erfahrung war Teil des psychologisch-kulturellen, wenn nicht gar des genetischen Erbes aller Bewohner von Lemuria. Der entsetzliche, endlose Kampf gegen die Präbios hatte sich in der lemurischen Seele niedergeschlagen und das Prinzip des Überlebens der Spezies an die erste Stelle aller Bemühungen gesetzt.

Der Turm der Wahrheit, höchstes und eindrucksvollstes Bauwerk in der Stadt, stand am Rand des Inneren Distrikts, an der äußeren Verdienstschwelle. Deshan Apian tastete unwillkürlich nach dem Schlüssel an seiner Halskette und stellte sich vor, den Turm ganz allein zu durchstreifen. Morgen. Oder vielleicht noch heute Abend.

»Ist es nicht erstaunlich, wie viel wir in den letzten Jahrzehnten erreicht haben?«, fragte Deshan. »In wenigen Tagen werden Menschen zum ersten Mal einen anderen Himmelskörper betreten!« Er sah Levian Paronn an, der ein wenig verwirrt wirkte und über die Stadt hinwegsah. »Für welchen Teil des Raumfahrtprogramms arbeitest du?«

»Was?« Paronn schien sich wieder daran zu erinnern, dass er nicht allein war. »Für die ... Entwicklung.«

»Vielleicht kann ich einmal darüber berichten.«

Daraufhin drehte Levian Paronn den Kopf und bedachte den jungen Chronisten mit einem sehr intensiven Blick. »Ja«, sagte er langsam. »Ja, das wäre durchaus möglich.«

Der Lift hielt an, und im gleichen Moment wurde der Aufzugszephalon aktiv. »Der Person ohne Verdienstsymbol ist es nicht gestattet, mit diesem Lift zur Observationsplattform zu fahren«, erklang eine aufgezeichnete Mitteilung.

Die Tür öffnete sich vor einer wartenden Menge in der Eingangshalle des Turms, bestehend aus Personen mit geringeren Verdienstboni als jene, die den Start der Mondmission beobachtet hatten. Erstaunlicherweise schien Levian Paronn nicht zu wissen, wohin er seine Schritte lenken sollte, und deshalb griff Deshan nach seinem Arm und führte ihn zur Seite, dem lateralen Ausgang entgegen.

Draußen herrschte dichter, aber geordneter Verkehr, auf den Straßen ebenso wie in den Fußgängern vorbehaltenen Bereichen.

Levian Paronn blickte sich staunend um, fast so, als sähe er Marroar zum ersten Mal. Er atmete tief durch, so wie nach Deshans Frage, ob er sich bei dem Sturz verletzt hatte, aber diesmal klang es nicht erleichtert, eher melancholisch. »Ich muss jetzt gehen«, sagte er.

Der Chronist in Deshan spürte, dass er auf etwas Wichtiges gestoßen war, und er drängte auf eine Fortsetzung des Gesprächs. »Wenn ich dich einladen darf ... Hiermit biete ich dir die Gastfreundschaft des Hauses Apian an.«

Levian Paronn sah ihn an, und in seinen Augen lag eine unausgesprochene Botschaft, die Deshan nicht entziffern konnte. »Ich danke dir, aber ...« Er winkte einen Gruß. »Wohlergehen dir, Deshan. Wir sehen uns wieder.«

Und bevor Deshan Apian antworten konnte, verschwand Levian Paronn zwischen den anderen Fußgängern.

8

Deshan Apian

Lemuria 4502 dT (51 898 v. Chr.)

Erhabene Ruhe herrschte an diesem Ort, die Ruhe friedlicher Seelen. Langsam schritt Deshan Apian durch die Katakomben der Bastion Tuamar am Rande des Zentrums mnemonischer Beschaulichkeit. Sie stammte aus der Konos-Zeit und war in eine Aura ehrwürdigen Alters gehüllt, die Botschaften zu flüstern schien: *Besinne dich auf das, was gewesen ist. Vergiss nie. Trage die Vergangenheit mit dir in die Zukunft.*

Lichter in der Form kleiner Fackeln glühten hier und dort in Ecken, und ein ungleichmäßiger Schein ging von ihnen aus, ließ viel Platz für Schatten. Sie gehörte dazu, die Dunkelheit, die alles bedeckte, letztendlich alles für sich beanspruchte.

Deshan blieb vor einer Wand stehen und deutete auf die vielen Tafeln, jede von ihnen mit einem Namen versehen. »Hier ruhen die alten Maximalen«, sagte er leise. »Jene von uns, die vor Jahrtausenden die größten Verdienste errangen. Jeder Chronist lernt ihre Namen auswendig.«

Die neben ihm stehende Mira Lemroth sah sich erstaunt um. »Es sind Tausende.«

»Ja.« Deshan lächelte sanft. »Kein Problem für die richtige Mnemotechnik.«

»Es ist mir noch immer ein Rätsel, wie ihr Chronisten so viel behalten könnt. Und warum ihr euch überhaupt die Mühe macht. Es gibt leistungsstarke Zephalone mit genug Datenspeichervolumen.«

Deshan hob die Hand und strich ihr über die Wange. Am rechten Handgelenk trugen sie beide das Siegel des Versprechens, das auf ihren bevorstehenden Partnerschaftsbund hinwies – die Zeit der Diskretion lag hinter ihnen. Das Licht einer nahen Fackellampe glitt über Miras schwarzes Haar und spiegelte sich in ihren großen braunen Augen wider. Sie war groß, fast so groß wie er, und der hellbraune Hosenanzug, den sie trug, ließ die geschmeidige Schönheit ihres Körpers erahnen. An der Schulter trug Mira das Zeichen des Zephalonadepten.

Seine Finger berührten kurz ihre Lippen, eine sehr intime Geste, und dann ließ Deshan die Hand sinken.

»Wissen ist zu kostbar, als dass es allein Maschinen und totem Material anvertraut werden darf. Es bleibt nur dann lebendig, wenn sich Menschen erinnern. Deshalb müssen die wichtigsten Dinge in uns bleiben.«

Sie setzten den Weg fort, durch kühles, stilles Halbdunkel, vorbei an Wänden, in denen die Vergangenheit schlief. Nur wenige andere Wanderer waren in diesen dunklen Gewölben unterwegs, und wenn sie sprachen, dann nur leise, aus Ehrfurcht und Respekt vor den Toten und der Zeit. Nach einer Weile nahm Deshan Miras Hand, und ein Lächeln huschte hin und her, bevor sie den Weg fortsetzten. Eine steile Treppe führte sie nach unten, noch tiefer hinein ins Urgestein des Berges, in ein Labyrinth aus natürlichen Höhlen und in den Fels gehauenen Alkoven. Dies war der älteste Teil von Tuamar, das Letzte Refugium, wie es die Kuraten nannten. Vor Jahrtausenden hatten hier Menschen Zuflucht gesucht vor den Konos und vielleicht gebetet, in der Hoffnung auf Hilfe. Fluoreszierende Zeichen an den Wänden und Fackellampen wiesen dem jungen Paar den Weg, und schließlich blieben

Deshan und Mira vor einer Wand mit Malereien stehen. Mischwesen aus Pferden und Menschen dominierten die Darstellung; sie jagten viel kleinere, gewöhnliche Menschen.

Deshan spürte, wie Mira an seiner Seite schauderte.

»Damals standen wir am Rand des Untergangs«, sagte der Chronist leise. »So etwas darf nie wieder geschehen.« Er lauschte dem Klang der eigenen Worte und glaubte, ein Echo zu hören, das aus seiner eigenen Vergangenheit stammte, aber dieser Eindruck verflog sofort wieder. Er wandte sich Mira zu. »Wir Lemurer sind das, was wir waren. Und heute schaffen wir das Fundament dafür, was wir in Zukunft sein werden.«

Sie verstand ihn. Mira brauchte gar nicht mit Worten darauf hinzuweisen. Ihr Blick genügte.

»Und das ist die Aufgabe von uns Chronisten: Wir bewahren die Vergangenheit, um sie durch die Gegenwart in die Zukunft zu tragen.«

»Du bist stolz darauf, Chronist zu sein.«

»Sehr. Und du?« Deshan zeigte auf das Symbol an Miras Schulter.

»Wenn du wissen möchtest, ob ich stolz bin ... Nein, nicht in dem Sinne. Eher zufrieden. Ich bin immer gut mit Zephalonen zurecht gekommen; die Arbeit mit ihnen macht mir Spaß. Es ist ein Beruf für mich, keine Berufung wie bei dir.«

Sie wandten sich der schmalen Treppe neben der bemalten Felswand zu und stiegen empor, brachten eine ausgetretene Stufe nach der anderen hinter sich. Deshan versuchte, sie zu zählen, gab aber schließlich auf und lauschte der Stille um sie herum, nur gestört vom Geräusch ihrer Schritte. Nach einer Weile kam erstes Licht von oben und drängte die Schatten zurück. Angenehme Wärme ersetzte die Kühle der Katakomben, des »Saals der Seelen«, wie man sie auch nannte, und Sonnenschein empfing sie im Innenhof der Bastion Tuamar. Der graue

Granit eines wuchtigen Bollwerks ragte um sie herum auf, Ausdruck des lemurischen Willens, auf keinen Fall aufzugeben, allen Gefahren zu trotzen. Sie verharrten kurz, um wieder zu Atem zu kommen, und stiegen dann eine weitere Treppe hoch, die zu einer der Verteidigungsterrassen führte. Von hier aus hatten sie einen prächtigen Blick auf den großen türkisfarbenen See im Tal der Stille, mit den tempelartigen Bauten des Zentrums mnemonischer Beschaulichkeit an seinem südlichen Ufer. Dort, nach Süden hin, öffnete sich das schmale, im Westen und Osten von hohen Bergen eingefasste Tal, und unten in der Ebene, halb im Dunst verbergen, lag Marroar.

»Die Stadt sieht aus wie Schnee«, sagte Mira.

Deshan dachte an die gewaltigen Gletscher, die weite Teil der Nord- und Südhabkugel bedeckten. *Wir sind privilegiert,* dachte er.

»Zum Glück haben wir es warm genug«, erwiderte er und glaubte zu spüren, wie sich der Augenblick dehnte und Perfektion gewann. Er fühlte eine Ruhe, wie er sie sonst nur in der Meditation fand, einen profunden, unerschütterlichen Frieden. »Wie viele?«

»Wie viele was?«

»Wie viele Kinder werden wir haben?«

Mira lachte leise und schlang den Arm um Deshans Taille. »Zehn?«

»Mindestens.« Und so standen sie da, vereint in einem perfekten Moment, begleitet von Stille und Frieden.

Halb versunken in kognitiver Trance ging Deshan Apian langsam über die Empore, auf halbem Wege zwischen Boden und Decke des großen Meditationsraums. Andere Chronisten kamen ihm entgegen, junge Männer und Frauen, individuell gekleidet, fast alle von ihnen mit dem einen oder anderen Verdienstsymbol ausgestattet. Als sie ihn passierten, sprachen sie Worte, so wie auch er Worte sprach. Das durch die hohen ovalen Fenster fallende Licht malte wechselnde Muster auf den alten Fliesenboden. Weitere Chronisten saßen dort, auf Bänken und in Gruppen, und manche von ihnen lasen halblaut aus alten Büchern.

Deshan öffnete sein Selbst allen Eindrücken, damit es wie ein Schwamm wurde, der Wissen wie Wasser aufnahm. Er verdrängte innere Bilder, die ihm immer wieder Mira zeigen wollten, die ihn besucht hatte und inzwischen auf dem Rückweg nach Marroar war, und besann sich auf die mnemotechnischen Methoden, mit denen er sich während der vergangenen vier Wochen auseinander gesetzt hatte. Jedes Detail prägte er sich ein: das Spiel von Licht und Schatten unten auf dem Boden, das Geräusch der Schritte jener Personen, die ihm entgegenkamen und sich entfernten, ihre Kleidung, ihr Bewegungsmuster, das Mienenspiel, während sie die Worte sprachen, die Chronisten unten im Saal, die kamen und gingen, Gerüche, das Gefühl des Augenblicks. Während er wanderte, zwei oder drei Stunden lang, verarbeitete er all diese Dinge zu einer *Textur* des Geschehens, zu einer Art mentalen Tapisserie, deren Muster ein Bild erlebter Wirklichkeit zeigten.

Später, im Büro des Kuratoriums, trat Deshan dem fast hundert Jahren alten Ersten Kuraten Dauzart gegenüber. Abgesehen von den Wimpern wuchs kein einziges Haar an Dauzarts Kopf, und die wässrigen Augen über den hohlen Wangen lagen tief in den Höhlen. Aber ihr Blick hatte eine Tiefe, die Deshan immer wieder beeindruckte.

»Schildere mir deine Wahrnehmungen«, sagte Dauzart.

Deshan beschrieb sie, orientierte sich dabei mit Hilfe des geistigen Bilds.

Zehn Minuten später beendete er seinen Bericht, davon überzeugt, nicht ein einziges Detail ausgelassen zu haben.

Dauzart nahm mit einem leisen Ächzen hinter seinem

Schreibtisch Platz und musterte den jungen Chronisten mit einer Aufmerksamkeit, der nichts entging.

»Die siebenundzwanzigste Person, der du in der zweiten Stunde begegnet bist – welches Wort richtete sie an dich?«

»Diga«, antwortete Deshan sofort.

»Nein«, widersprach der Kurat. »Es lautete ›Mira‹.«

Deshan hob verblüfft die Brauen.

»Du hast versucht, alles Persönliche zu verdrängen, und dieses Bemühen hat einen Filter vor deine Wahrnehmungen geschoben.«

»Ich bedauere den Fehler.«

»Fehler sind dazu da, aus ihnen zu lernen. Du hast ausgezeichnete Fortschritte gemacht, Deshan. Ich bin sehr stolz auf dich. Aber vermeide es, dich von persönlichen Dingen beeinflussen zu lassen, auf die eine oder andere Weise. Was geschieht, geschieht, ganz gleich, welche Haltung wir dazu einnehmen.«

Deshan Apian senkte den Kopf. Als er ihn wieder hob, kam Dauzart hinter dem Schreibtisch hervor, in der rechten Hand ein Verdienstsymbol, das er dem an Deshans Kragen hinzufügte.

Der junge Chronist blinzelte verwirrt. »Aber ich habe einen Fehler gemacht!«

»Ja, nur einen«, erwiderte der Kurat. »Du bist unser bester Schüler.« Er deutete zur Tür. »Ein Besucher wartet auf dich.«

»Mira wollte nach Marroar zurückkehren. Sie ...«

»Jemand anders«, sagte Dauzart.

Es war ein Mann, und er stand am breiten Fenster des für Gäste bestimmten Salons, kehrte Deshan den Rücken zu, während er hinausblickte auf den See. Apsu war bereits hinter den Bergen verschwunden, und die länger werdenden Schatten der Gipfel krochen über das türkisfarbene Wasser. Hoch aufgerichtet stand er da, die Schultern straff, und obwohl Deshan ihn nur von hinten sah, fühlte er etwas in seinem Innern berührt.

»Ein ruhiger Ort für die Besinnung auf das Wesentliche«, sagte der Besucher.

»Levian Paronn?«, fragte Deshan und trat näher.

Der Mann drehte sich um. »Du hast ein gutes Gedächtnis. Aber wie könnte es auch anders sein, als Chronist?«

Paronn sah genau so aus wie bei ihrer ersten Begegnung auf dem Aussichtsturm, trug das volle schwarze Haar noch immer glatt zurückgekämmt. Aber in seinem allgemeinen Gebaren gab es eine Veränderung, die Deshan sofort bemerkte. Dieser Levian Paronn wirkte nicht mehr verwirrt und unsicher, sondern sehr selbstbewusst, wie jemand, der seinen Platz in der Welt gefunden hatte.

Die grauen Augen unter den buschigen Brauen ... Das Feuer, das Deshan vor zwei Jahren in ihnen gesehen hatte, brannte dort noch immer, vielleicht mit einer noch größeren Intensität.

»Du giltst als einer der vielversprechendsten jungen Chronisten«, sagte Paronn, und Deshan glaubte plötzlich, sich selbst zu sehen, sein Spiegelbild in den grauen Augen, die ihn musterten: das Haar nicht schwarz, sondern aschblond und vielleicht ein wenig zu struppig, die Augen graugrün, die Nase gerade, das Gesicht schmal und ausdrucksvoll.

»Hast du dich über mich informiert?«

»Ich habe deinen Werdegang mit großem Interesse verfolgt. Ich weiß, dass du bald den Partnerschaftsbund mit Mira Lemroth schließen wirst, und ich möchte dir etwas anbieten, das deiner Zukunft Sicherheit gibt.«

»Was?«

»Einen Hauptkontrakt. Werde mein Chronist und berichte darüber, wie ich Lemurs Kinder zu den Sternen bringe.«

9

Alahandra

Sie hieß Alahandra und wusste, dass sie nur Teil dieses Namens war, besser gesagt: Der Name beschrieb nur einen Teil von ihr. Alahandra, so hießen *sie beide*, das Mädchen und die Frau, das Kind und die Erwachsene. Und auch diese Worte wurden dem ganzen Ausmaß ihrer besonderen Realität nicht gerecht, denn Alahandra war weder ein Mädchen noch eine Frau, weder kindlich noch erwachsen. Aber in einem *Kondensat* dieser tatsächlich existierenden, größeren Realität gab es Raum für eine Beziehung, die sich mit der von Mutter und Tochter vergleichen ließ.

Die kleinere Alahandra, das »Kind«, hatte das dunkle Kastell erneut verlassen, obwohl sie wusste, was sie draußen erwartete. Trotzdem war sie aufgebrochen, angetrieben von einer Unruhe, die aus dem *Damals* kam, aus dem *Vorher*. So viel stand fest: Sie war nicht immer Teil Alahandras gewesen. Irgendwann einmal hatte sie wahrhaft grenzenlose Freiheit genossen, und in diesem Zusammenhang erinnerte sie sich an ein Gefühl des Schwebens und Fliegens. Danach sehnte sie sich zurück, aber sie hatte keine Flügel, um aufzusteigen und das Kastell endgültig hinter sich zurückzulassen. Sie hatte nur zwei dünne Beine, die sie durch den Nebel trugen, der die dunklen Mauern umschloss und alle Geräusche aufzusaugen schien. Und obwohl sie wusste, was sie erwartete, setzte sie den Weg entschlossen fort, ging sogar noch schneller und begann schließlich zu laufen. Bis sich der Nebel vor ihr lichtete, bis eine Lücke zwischen träge dahinziehenden Schwaden entstand ...

Und das Kastell ragte vor ihr auf, dunkel, wenn auch nicht so düster wie etwas anderes, an das sich die kleine Alahandra vage erinnerte. Im offenen Tor stand *sie*, die große Alahandra, die Frau, die mehr war, als ihr Erscheinungsbild verriet. Immer richtete sie die gleichen Worte an sie, so wie auch jetzt: »Geh nicht fort. Bleib bei mir. Ich brauche dich. Wir gehören zusammen.« Und die kleine Alahandra nahm die Hand der großen, und Seite an Seite schritten sie durchs Kastell, durch Räume, die ebenso schwiegen wie draußen der Nebel.

Im Saal mit den Hunderten von Säulen, in denen es glitzerte und funkelte, in denen Schlangen aus Licht nach oben und unten krochen, sprach die große Alahandra seltsame Worte, wie so oft.

»Artifizielle Flugobjekte nähern sich, vier kleine und ein größeres«, sagte die Frau mit sanfter, melancholisch klingender Stimme. »Verteidigungsbereitschaft wird hergestellt.«

Sie begann mit einem kuriosen, langsamen Tanz zwischen den Säulen, berührte hier etwas, strich dort über etwas anderes. Das Leuchten veränderte sich, reagierte auf sie, und einmal zeigte sich ein Hauch von Glück in ihrem Gesicht. Doch dann kehrten die Schatten von Trauer und Schmerz zurück, und als die kleine Alahandra sie sah, fühlte sie eigene Trauer und eigenen Schmerz. Die Frau wusste, dass sie krank war. Sie hatte sich Heilung erhofft durch die kleine Alahandra, aber es gab noch immer viele wunde Stellen in ihr.

»Ich würde dir gern helfen«, sagte das Mädchen. »Anschließend finde ich vielleicht den richtigen Weg durch den Nebel.«

»Fehlfunktionen in den Bereichen Achtzehn und Neunzehn«, erwiderte die Frau und setzte ihren langsamen Tanz durch den Säulenwald fort. »Defensivparameter müssen neu bestimmt werden.«

»Warum sprichst du diese seltsamen Worte? Was bedeuten sie?«

»Sie betreffen meine Subsysteme«, antwortete die Frau. »Normalerweise arbeiten sie vollkommen automatisch, aber es ist viel Zeit vergangen, und dadurch kam es zu Komponentenversagen. Ich muss einen Teil der Kontrolle ... übernehmen ...«

Beim letzten Wort dehnte sich ihre Stimme, und plötzlich verharrte die Frau, die rechte Hand nach einer Säule ausgestreckt, deren Lichter den Kontakt zu erwarten schienen. Das traurige Gesicht wurde zu einer Fratze, die das Mädchen erschreckend fand, und es versuchte zu fliehen, bevor das Kreischen begann. Bis zur großen Eingangstür des Saals kam die kleine Alahandra, und dann heulte es hinter ihr, so laut, dass sie sich die Hände an die Ohren presste und in der nächsten Ecke niederkauerte.

Nach einer Weile kehrte die Stille zurück, und das Mädchen stand auf, trat langsam zu der Frau, die noch immer wie erstarrt dastand, das Gesicht eine Grimasse. Die Reglosigkeit betraf nicht nur die große Alahandra, sondern auch die Lichtschlangen in den Säulen, das Funkeln und Glitzern. Alles wirkte wie in einem Moment der Zeitlosigkeit gefangen. Die kleine Alahandra wusste, worauf es jetzt ankam, denn sie erlebte dies nicht zum ersten Mal. Sie berührte die Frau, stellte einen Kontakt her, der über das Körperliche hinausging, und schenkte ihr einen Teil der eigenen Kraft.

Die Züge der großen Alahandra glätteten sich, und sie seufzte schwer, als die ausgestreckte Hand die Säule berührte.

»Verteidigungssysteme aktiv«, sagte sie. »Transmitterenergie wird fokussiert.« Und hoffnungsvoll: »Vielleicht kehren die Erbauer zurück.«

»Mich hat niemand erbaut«, sagte das Mädchen und wusste, dass es stimmte. Es war eine der wenigen Gewissheiten in seiner Existenz.

»Die Erbauer sind wichtig«, fuhr die Frau fort. »Ich muss für sie wachen. Und wenn es nicht die Erbauer sind, wenn der alte Feind kommt ... Dann muss ich kämpfen.«

Der alte Feind ... Bilder der Verwüstung strömten dem Mädchen entgegen, und es schauderte erschrocken.

Kampf ... Derartige Vorstellungen blieben der kleinen Alahandra fremd. Ihre ältesten Erinnerungen betrafen Harmonie, verbunden mit dem herrlichen Gefühl des Fliegens, Harmonie und Geborgenheit im Schwarm.

Dann war etwas geschehen. Eine Veränderung, die ihr Dasein neu gestaltete, sie zu einem *Teil* von etwas Größerem machte. Und auch in diesem Größeren kam es jetzt zu Veränderungen.

»Das sind die Verteidigungssysteme«, sagte die große Alahandra, ohne dass das Mädchen eine Frage gestellt hatte. »Transmitterenergie wird ausgerichtet. Transfer erfolgt ... *jetzt.*«

Das Mädchen fühlte, wie etwas *in ihm* erschien, in dem Größeren, das die Welt der ganzen Alahandra war. Seine Neugier erwachte.

»Lass mich sehen«, sagte es. »Lass mich hören und sprechen.«

»Dies ist nichts für dich«, erwiderte die große Alahandra und begann mit einem neuen, schnelleren Tanz zwischen den Säulen. »Dies betrifft nur mich.«

»Ich bin ein Teil von dir«, sagte die kleine Alahandra, aber ihre Worte hallten von den Wänden des grauen Zimmers wider, in dem sie manchmal gefangen war, wenn die große Alahandra allein sein wollte.

Sie konnte nur warten.

10

Denetree

Zwei Kriecher glitten durch die kalte Leere des Alls, unterwegs zum Planetoiden, von dem die Transmitterechos gekommen waren, auf der Suche nach Hinweisen und Antworten. An Bord eines der beiden kleinen Raumschiffe fühlte sich Denetree wie in einem Traum und wusste nicht recht, ob sie hoffen oder fürchten sollte, daraus zu erwachen. Während ihres Lebens in der Sternenarche NETHACK ACHTON hatte sie sich immer gewünscht, die engen Horizonte jener künstlichen Welt zu überwinden und die Sterne zu erreichen. Dieser Wunsch war vor kurzer Zeit in Erfüllung gegangen, doch der Tod ihres Bruders Venron lastete so schwer auf ihrer Seele, dass sie kaum Freude finden konnte an dem gewaltigen Universum, das sich ihr plötzlich eröffnete. Außerdem verunsicherte sie diese weitaus größere Welt mit überwältigend vielen unbekannten Dingen. In der Arche hatte sie gelernt, sich schnell auf neue Situationen einzustellen, aber hier, unter Fremden, die erst allmählich zu Bekannten wurden, konnte sie auf nichts Vertrautes zurückgreifen. Immer wieder geschah Überraschendes, wie zum Beispiel die erstaunliche Begegnung mit dem Hüter, der ihr das Leben gerettet hatte – die Erinnerung daran weckte neue Ehrfurcht in ihr. Und auch Neugier, von der sich Denetree immer wieder angetrieben fühlte. Sie versuchte ständig, alle Eindrücke aufzunehmen und zu verarbeiten.

Stille herrschte an Bord des Kriechers, der begleitet von einem zweiten kleinen Raumschiff auf einem genau berechneten Kurs durch den Asteroidengürtel des Ichest-Systems glitt, nach einer anfänglichen Schubphase ohne eigenen Antrieb. Die anderen Personen an Bord schienen zu befürchten, sich schon mit einem laut ausgesprochenen Wort dem Etwas dort draußen zu verraten. Derzeit waren nur die unbedingt notwendigen Lebenserhaltungssysteme aktiv. Alle anderen Systeme der beiden Kriecher schliefen, damit ihre energetischen Signaturen möglichst klein und diffus blieben. Es ging darum, eine frühzeitige Ortung zu vermeiden; soviel hatte Denetree verstanden. Nicht einmal die künstliche Gravitation funktionierte – ohne die Gurte, die sie an ihrem Sitz festhielten, wäre sie umhergeschwebt.

Sharita Coho, Kommandantin der PALENQUE, saß an den Kontrollen, trug jetzt keine Uniform mehr, sondern einen schwarzen, vakuumfähigen Kampfanzug, in dem sie sehr gefährlich aussah, wie Denetree fand. Ihr Gesicht wirkte ein wenig verkniffen, als sie aus dem Fenster sah und die vorbeistreichenden Asteroiden beobachtete, vielleicht deshalb, weil sie Echkal cer Lethir im anderen Kriecher wusste, den Ma-Techten beziehungsweise Ersten Offizier der LAS-TOÓR, der darauf bestanden hatte, an dieser Mission teilzunehmen.

Man musste kein Psychologe sein, um zu erkennen, dass sie sich nicht gut leiden konnten und einander misstrauten. Neben ihr saß Solina Tormas, die akonische Historikerin, deren würdevolle, fast erhabene Eleganz Denetree bewunderte. Außerdem fühlte sie in ihr eine tief verwurzelte Neugier und sah deshalb in der Akonin fast so etwas wie eine große, exotische Schwester. Dass Solina oft auf Lemurisch mit ihr sprach, machte sie noch sympathischer.

Die Besatzung des zweiten Kriechers, der dem ersten wie ein Schatten folgte, bestand aus Lethir und zwei weiteren Akonen, deren Namen Denetree nicht kannte. Aber sie erinnerte sich daran, dass Coho etwas von »Spitzeln« und »Energiekommando« gemurmelt hatte, was auch immer das bedeutete.

Bis auf Sharita trugen sie alle Raumanzüge, die Helme noch geöffnet. Im Kriecher war es inzwischen so kalt geworden, dass ihr Atem kondensierte.

»Da vorn ist er«, sagte die Kommandantin leise und deutete durchs Bugfenster. Denetree beugte sich vor und sah direkt in Flugrichtung einen pockennarbigen Asteroiden. »Von dort kamen die Transmitterechos.«

»Selbst wenn es hier Wrackteile der Arche gibt ...«, überlegte Tormas laut. »Die lemurische Technik einer Sternenarche kommt für den Transfer gewiss nicht in Frage. Dafür ist sie viel zu primitiv.«

Primitiv, wiederholte Denetree in Gedanken und dachte an die Welt, in der sie aufgewachsen war, bestimmt von Technik und strengen Regeln. Die Möglichkeiten der Technik, die sie bei Terranern und Akonen gesehen hatte, liefen für sie fast auf Magie hinaus.

»Denkt daran, was wir auf Mentack Nutai gefunden haben«, sagte der Erste Offizier der LAS-TOÓR. Auf eine Reichweite von 15 Metern beschränkte Funksignale übertrugen seine Stimme. »Es könnte sich um eine altakonische Anlage handeln – unsere Transmittertechnik war schon damals sehr hoch entwickelt«, betonte er stolz. »Wenn das der Fall ist, erhebe ich offiziell im Namen meines Volkes Anspruch darauf.«

Denetree stellte sich die Arroganz in Lethirs Gesicht vor. Sie teilte Sharita Cohos Abneigung ihm gegenüber.

Die Kommandantin der PALENQUE ließ sich nicht aus der Ruhe bringen. Demonstrativ überprüfte sie den Kombilader im magnetischen Halfter an ihrer Hüfte. »Vier Kriecher sind verschwunden, zwölf Mitglieder meiner Crew. Außerdem ein Haluter und sein Schiff. *Darum* geht es. Nicht um irgendwelche Ansprüche.«

Denetree beobachtete, wie Solinas Augen aufleuchteten. »Wenn wir es wirklich mit einer altakonischen Station zu tun haben, bekommen wir vielleicht ganz neue Einblicke in Akons Frühgeschichte.«

Dass Denetree Terraner und Akonen verstand und mit ihnen sprechen konnte, zählte zu den vielen Wundern ihres Universums. So genannte Translatoren ermöglichten eine Verständigung über sprachliche Grenzen hinweg. Trotzdem versuchte Denetree, die Sprache dieser Leute zu erlernen, und dabei machte sie gute Fortschritte.

Das Funkgerät übertrug ein Geräusch, das offenbar von Lethir stammte und nach einem leisen Schnaufen klang. Es wies darauf hin, dass er sich nicht um Historisches scherte. Tormas blieb ungerührt, wölbte nur kurz die Brauen.

Die beiden Kriecher flogen so nahe an einem kleineren Asteroiden vorbei, dass Denetree eine Kollision befürchtete und unwillkürlich zurückwich. Solina bemerkte ihre Reaktion und warf ihr einen beruhigenden Blick zu.

»Es ist gleich so weit«, sagte Sharita. Der Zielplanetoid füllte längst das Bugfenster aus, wurde zu einer graubraunen Welt aus Kratern, Schluchten und Schründen. Nirgends zeigten sich Bauwerke oder dergleichen. »Bisher hat man uns noch nicht entdeckt.«

»Dass kein Transfer erfolgte, bedeutet nicht, dass wir nicht geortet wurden«, gab Echkal cer Lethir zu bedenken.

Sharita schloss den Helm, und Solina und Denetree folgten ihrem Beispiel. Die Indikatoren der verschiedenen Displays im Helminnern wiesen auf eine einwandfreie Funktion aller Anzugsysteme hin.

»Kommunikationsreichweite bleibt bei fünfzehn Metern«, sagte Sharita. »Achtung, Bremsmanöver in wenigen Sekunden.«

Denetree beobachtete, wie der Planetoid immer mehr anschwoll und sich kleinere Krater den größeren hinzugesellen schienen. Sie fühlte sich wie im Innern eines Projektils, das sich in einen riesigen Felsbrocken bohren wollte.

Und dann erwachten die Instrumente des Kriechers plötzlich zu neuem Leben.

Eine wahre Lichterflut leuchtete vor Sharita und Solina, und Denetree spürte, wie die künstliche Gravitation ihr wieder Gewicht verlieh. Das Triebwerk summte, und sein Schub fraß das Bewegungsmoment, während Pumpen die Luft absaugten. Alles war genau geplant, zeitlich präzise aufeinander abgestimmt.

Die Luke schwang auf.

Die Leere des Weltraums wartete auf sie.

Sharita hatte die Gurte bereits gelöst und sprang hinaus. Denetree verharrte in der Luke, erschrocken von der Tiefe vor ihr – die Oberfläche des Planetoiden befand sich viel zu weit unten. Solina erschien hinter ihr und gab ihr einen behutsamen Stoß, der sie nach draußen trug.

»Es besteht keine Gefahr«, tönte ihre entschuldigend klingende Stimme aus dem Helmlautsprecher des Funkgeräts.

Denetree wusste, wie die Kontrollen des Raumanzugs funktionierten, und benötigte ihre ganze Disziplin, um sie nicht zu betätigen, das Triebwerksmodul zu aktivieren und den Sturz in die Tiefe abzubremsen. Das wäre ein großer Fehler gewesen. Es kam darauf an, möglichst schnell eine möglichst große Distanz zum Kriecher zu schaffen und dabei keine verräterischen energetischen Emissionen zu verursachen.

Andere Personen fielen in der Nähe durchs Nichts, und aus den Augenwinkeln sah Denetree dicht neben dem ersten den zweiten Kriecher. Die beiden kleinen Raumschiffe blieben hinter ihr zurück.

Das Licht der fernen roten Sonne verschwand hinter dem Horizont des Planetoiden, und Denetree fiel in eine pechschwarze Welt. Die Helmdisplays zeigten ihr grafische Darstellungen, aus denen ihre Position relativ zur Umgebung hervorging, und blinkende Punkte symbolisierten Coho, Solina und die Akonen aus dem zweiten Kriecher. Ein finsterer, staubiger Boden neigte sich Denetree entgegen, und als die Entfernung auf das vorher programmierte Mindestmaß sank, reagierte die Automatik und aktivierte ein Antigravfeld. Der Kloß in Denetrees Kehle löste sich schnell auf, als sie langsamer wurde und ganz sanft landete, in unmittelbarer Nähe der akonischen Historikerin.

»Alles in Ordnung?«, fragte Solina.

»Ja.« Denetree überprüfte wie die anderen die Systeme ihres Raumanzugs. »Bei mir funktioniert alles einwandfrei.«

Bevor die übrigen Gruppenmitglieder ebenfalls ihren Status melden konnten, blitzte es hinter ihnen kurz auf.

»Was war das?«, fragte Solina.

Sharita Coho blickte auf das Multifunktionsgerät an ihrem Arm. »Transmitterenergie. Die Kriecher sind transferiert worden.«

Einige Sekunden lang herrschte Stille.

»Ich schätze, jetzt bleibt uns nichts anderes übrig, als den Transmitter zu finden.«

Die Kommandantin der PALENQUE sah noch immer auf die Anzeigen ihres Multigeräts. »Transmitterecho«, sagte sie schließlich und nannte die Koordinaten. »Entfernung: achtzig Kilometer. In diese Richtung.« Sie streckte den Arm aus und deutete zu einem relativ nahen Kraterwall.

Sie machten sich auf den Weg. In einer Höhe von nur wenigen Metern flogen sie über die teils staubige und teils sehr zerklüftete Oberfläche des Planetoiden. Sie nutzten einen nur geringen Teil des vollen energetischen Potenzials der Anzüge, um die Gefahr einer Ortung so gering wie möglich zu halten. Sharita übernahm zusammen mit Lethir die Spitze, und die anderen folgten ihr in unterschiedlichen Abständen. Unterwegs sprachen sie nur wenig miteinander, und Denetree bekam Gelegenheit, ihren Gedanken nachzuhängen und sich Fragen zu stellen. Zum Beispiel diese: *Warum habe ich mit solchem Nachdruck darauf bestanden, an diesem Einsatz teilzunehmen?* Weil ein Abenteuer lockte? Vielleicht. Obwohl: An Abenteuern mangelte es ihr in letzter Zeit gewiss nicht. Ein wichtiger Punkt war natürlich, dass nicht nur die Besatzungen von vier Kriechern verschwunden waren, sondern auch Icho Tolot, ein Wesen, das womöglich mit dem Hüter identisch war, dem Denetree ihr Leben verdankte. Erneut vermischte sich Ehrfurcht mit Neugier – sie wollte mehr erfahren.

Nach einer Weile erschien Solina an ihrer Seite, und hinter dem Helmvisier sah Denetree das aufmunternde Lächeln der Historikerin. Vielleicht war das der Grund. Vielleicht war Solina zu einem Vorbild für sie geworden, zum Ideal einer weitgehend unabhängigen, selbstbewussten Frau, dem sie nachzueifern versuchte.

Denetree beobachtete, wie die tote Landschaft des Planetoiden unter ihr hinwegstrich, überlegte dabei, was sich darunter befinden mochte. Verborgene Anlagen wie die auf Mentack Nutai? Irgendetwas hatte vier Kriecher und das Schiff eines Hüters – eines Hüters! – verschwinden lassen. Wie seltsam. Inzwischen hatte sie erfahren, dass es ein ganzes Volk von Hütern gab, »Haluter« genannt, die heute zu den Freunden der Menschheit zählten, doch vor 50 000 Jahren versucht hatten, ihr Volk auszurotten, die Lemurer. Denetree zweifelte nicht daran, dass Rhodan und die anderen ihr die Wahrheit gesagt hatten, aber es fiel ihr noch immer sehr schwer, sich an entsprechende Vorstellungen zu gewöhnen.

Gut eine halbe Stunde später gab Sharita Coho ein Zeichen, und die Gruppe reduzierte ihre Geschwindigkeit. Sie näherte sich einer weiten Delle im Planetoiden, entstanden vermutlich bei der Kollision mit einem anderen großen Wanderer im Asteroidengürtel. Hinter dem nahen Horizont ging die ferne Sonne Ichest auf und wirkte wie ein blutrotes Auge, das über Staub und Felsgestein starrte.

Das Antigravfeld setzte Denetree sanft ab, am Rand der weiten Senke. Sie beobachtete, wie ihre Begleiter die Ortungsinstrumente benutzten, um sich zu orientieren und Informationen zu gewinnen.

»Entweder ist die Station von einem sehr leistungsfähigen Absorberfeld umgeben, das keine verräterischen Signale durchlässt«, sagte Solina. »Oder es gibt gar keine Station.«

»Für die Transmitterenergie käme auch ein fremdes Raumschiff in Frage, das inzwischen seine Position gewechselt hat«, spekulierte Sharita. Ihr schwarzer Kampfanzug ließ sie immer wieder mit der Umgebung verschmelzen. »Wie dem auch sei: Das Transmitterecho kam von dort.« Sie streckte den Arm aus. »Knapp einen Kilometer von hier.«

Denetree aktvierte den Zoom-Effekt ihres Helmvisiers und sah eine Felsformation, die sich nicht von den anderen Geröllansammlungen in der Senke zu unterscheiden schien. Lethir sprach aus, was ihr durch den Kopf ging.

»Dort gibt es nur Gestein, weiter nichts.«

»Mal sehen.« Coho holte einen kleinen, keilförmigen Gegenstand aus der Instrumententasche an ihrem Gürtel und betätigte mehrere Tasten an seiner Seite. »Hinter den Felsen dort.«

Die Gruppe trat in den Schatten eines großen Felsbrockens, und Sharita warf das keilförmige Objekt hoch. In der geringen Schwerkraft stieg es Dutzende von Metern weit auf, und dann zündete ein kleiner Treibsatz, der es noch weiter nach oben brachte.

»Was ist das?«, fragte Denetree.

»Ein energetischer Köder«, klang Sharitas Stimme aus

dem Helmlautsprecher der jungen Lemurerin. »Vielleicht beißt jemand an.«

Aus dem kleinen Keil wurde eine lodernde Fackel am Himmel.

Und fast einen Kilometer entfernt, bei einer völlig normal wirkenden Gesteinsformation, veränderte sich etwas. Denetree nutzte erneut die Zoomfunktion des Helmvisiers. Es glühte zwischen den Felsen, und ein Finger aus Licht tastete nach oben, nach dem Köder, dessen heller Schein abrupt verschwand.

»Transmitterenergie«, stellte Sharita fest. Sie blickte auf die Anzeigen ihres Multigeräts. »Und ein Echo.«

Sie wandte sich ihren Begleitern zu.

»Alle gut herhören, und das gilt auch für euch beide.« Die letzten Worte richtete sie an die beiden Akonen, die dicht neben Lethir standen und stumme Zwiesprache mit ihm zu halten schienen. »Was auch immer für das Verschwinden der Kriecher und des Haluter-Schiffes verantwortlich ist: Es befindet sich da vorn. Wir nähern uns, aber ohne Antigrav. Unsere energetischen Emissionen müssen so gering wie möglich bleiben. Denetree?«

»Ich komme zurecht.«

»Also gut. Machen wir uns auf den Weg.«

Schon beim ersten Schritt machte Denetree einen Fehler. Sie stieß sich zu stark ab, stieg dadurch weit auf, segelte nach vorn und drehte sich. Einmal mehr erschien Solina Tormas neben ihr, stabilisierte sie, landete gemeinsam mit ihr und half bei den nächsten Schritten. Was so einfach aussah, war erstaunlich schwer: das Gehen bei niedriger Gravitation. Denetree stellte fest, dass sie mit kleinen, sorgfältig kontrollierten Sprüngen besser vorankam, und zusammen mit der Historikerin folgte sie den anderen, die einen Vorsprung von etwa 20 Metern gewonnen hatten.

»Na bitte«, sagte Solina auf Lemurisch. »Jetzt geht es schon viel besser. Eigentlich ist es ganz einfach.«

»Alles ist einfach, wenn man weiß, worauf es ankommt«, erwiderte Denetree.

Als sie die Felsformation erreichten, hatten die anderen bereits damit begonnen, sie zu untersuchen. Denetree verzichtete darauf, selbst aktiv zu werden, denn hier ging es um Dinge, mit denen sich ihre Begleiter besser auskannten.

Die Gruppe rückte zusammen und beobachtete, wie Solina Tormas und Sharita Coho das sichtbare Metall mit Hilfe von Sensoren untersuchten. »Eine ähnliche Legierung wie bei der Station auf Mentack Nutai«, sagte die Kommandantin der PALENQUE schließlich.

»Na bitte!«, entfuhr es Echkal cer Lethir in einem fast triumphierenden Tonfall. »Also ist es tatsächlich eine altakonische Anlage. Für die ich hiermit akonisches Hoheitsrecht beanspruche.«

»Ma-Techten ...«, sagte Sharita gedehnt. »Glaubt mir, ich habe viel Geduld. Bei einer Crew wie der meines Schiffes *muss* man viel Geduld haben, aber wenn du so weitermachst, wirst du noch erleben, wie mir der Geduldsfaden reißt, und das ist *kein* schöner Anblick ...«

Denetree trat fort von der Gruppe, und aufgrund der geringeren Reichweite der Funkgeräte wurden die Stimmen im Helmlautsprecher sofort leiser. Aus dem Augenwinkel hatte sie etwas bemerkt, das sie sich aus der Nähe ansehen wollte. Mehrere Meter neben der Stelle mit dem Stück Metall war ihr ein Felsblock mit sonderbaren Strukturen aufgefallen. Denetree hatte schon immer ein besonderes Auge für Muster gehabt, und diese spezielle Sensibilität half ihr jetzt. Auf den ersten Blick betrachtet schienen die Linien und Furchen im Felsgestein natürlichen Ursprungs zu sein, aber wenn man der Phantasie ein wenig mehr Spielraum gab und bereit war, subtile Bedeutung zu erkennen, so ergab sich ein Zeichen, mit einem kleinen Vorsprung in seinem Mittelpunkt, nicht mehr als ein handtellergroßer Buckel.

Denetree legte die Hand darauf.

Und gab einen erschrockenen Schrei von sich, als funkenartige Lichter über Handschuh und Unterarm krochen. Aus einem Reflex heraus riss sie die Hand zurück.

Der Felsen vor ihr geriet in Bewegung. Ein Teil von ihm neigte sich nach vorn und schwang auf, gab den Weg frei in eine erleuchtete Kammer.

»Eine Luftschleuse«, sagte Sharita Coho verblüfft. Denetree drehte den Kopf. Sie hatte gar nicht gemerkt, dass die anderen herangekommen waren. »Wie hast du das angestellt?«

»Ich ...« Denetree wusste nicht, was sie antworten sollte.

Solina erschien an ihrer Seite und lächelte. »Aus dir wird noch eine ausgezeichnete Historikerin.«

Die Schleuse war nicht besonders groß, und sie mussten eng zusammenrücken, um alle Platz in ihr zu finden. Solina betrachtete die Schaltelemente an der einen Wand, und ihre Aufmerksamkeit galt insbesondere den Schriftzeichen daneben.

»Es scheint sich tatsächlich um eine altakonische Station zu handeln«, sagte sie. »Diese Symbole ähneln frühakonischen Schriftzeichen, auf die ich bei mehreren Ausgrabungsstellen gestoßen bin. Sie scheinen noch ein ganzes Stück älter zu sein.« Solina hob die Hand, zögerte und berührte eine Schaltfläche. Das Schleusentor mit der Felsentarnung geriet erneut in Bewegung und klappte zu.

Dicht an dicht standen eine Terranerin, mehrere Akonen und eine Lemurerin in der kleinen Schleusenkammer. Denetree hörte ein leises Zischen, das schnell lauter wurde und wieder verklang.

»Normaler Druck«, sagte Sharita. »Und die Luft ist atembar.« Sie öffnete den Helm, dessen molekulares Gedächtnis ihn sofort nach hinten klappte und zu einer Art Kragen des Kampfanzugs werden ließ.

Das Innenschott glitt mit einem leisen Summen beiseite. Dahinter erstreckte sich ein größerer, nicht ganz so hell erleuchteter Raum mit einer Tür in der gegenüberliegenden Wand.

Sharita verließ die Schleuse, die rechte Hand dicht am Kombilader im Magnethalfter. Die anderen folgten ihr und öffneten ebenfalls die Helme, um eigene Ressourcen zu sparen. Als sie alle die Schleuse verlassen hatten, schloss sich das Innenschott.

Coho wollte sich der Tür zuwenden, als plötzlich eine Stimme ertönte. Die von ihr formulierten Worte klangen für Denetree sowohl vertraut als auch fremdartig. Einige schienen aus dem Lemurischen zu stammen, doch mit anderen konnte sie gar nichts anfangen.

Denetrees Translator übersetzte. »Kontrollsequenz wird eingeleitet.«

»Was bedeutet das?«, fragte Lethir.

Coho trat einen Schritt auf die Tür zu – und erstarrte ebenso wie ihre Begleiter. Denetree konnte sich plötzlich nicht mehr bewegen; etwas hielt sie fest, ein Kraftfeld irgendeiner Art.

Damit noch nicht genug.

Ein energetischer Vorhang fiel auf der anderen Seite des Raums von der Decke herab und glitt der Gruppe entgegen.

11

Deshan Apian

Lemuria 4505 dT (51 895 v. Chr.)

Ein dicker Teppich dämpfte Deshan Apians Schritte, als er durch den Turm der Wahrheit wanderte, dabei einmal mehr die Atmosphäre von Erhabenheit, Alter und *Wissen* genoss. Gab es eine ehrenvollere Aufgabe, als das zu bewahren, was sein Volk *gewesen* war, und ihm das hinzuzufügen, was Gegenwart und Zukunft brachten? Während er langsam einen Fuß vor den anderen setzte, glitt sein Blick über endlose Regale und Wandfächer, in denen Schriftrollen, Bücher und moderne Datenspeicher lagerten. Wenn Deshan stehen blieb und sich konzentrierte, glaubte er fast, ihre Stimmen zu hören, die aus der Vergangenheit flüsterten und Geschichten erzählten, von Hoffnungen, Wünschen und Schmerz, von Krieg und Leid, von Not und dem Willen, die Zukunft sicherer zu gestalten.

Er kam an einem dunklen Fenster vorbei, bemerkte darin sein Spiegelbild und blieb nachdenklich stehen. Das Glas und die Nacht dahinter zeigten ihm einen schlanken jungen Mann, der noch nicht einmal dreißig Jahre alt war und schon zu den angesehensten Chronisten in Marroar zählte – seit er von Levian Paronn einen Hauptkontrakt bekommen hatte, erzielte er beträchtliche Verdienste mit seinen Berichten über die Raumfahrt, ein

Thema, das in der lemurischen Gesellschaft auf großes Interesse stieß.

Hinzu kamen die Verdienstanteile, die Paronn ihm für die Weiterführung der Chronik übertrug. Deshan blickte sich selbst in die großen dunklen Augen, sah darin erste erfüllte Träume, aber auch noch viele unbeantwortete Lebensfragen.

Eine seltsame innere Unruhe hatte ihn in dieser Nacht zum Turm der Wahrheit geführt und veranlasste ihn jetzt, sich vom Fenster abzuwenden und den Weg durch leere Flure und Säle fortzusetzen. Nur einige wenige Personen hielten sich um diese Zeit im Turm auf, Chronisten wie er, vertieft in Bücher oder damit beschäftigt, eigene Aufzeichnungen anzufertigen. Während Deshan ging, horchte er in sich hinein und versuchte festzustellen, was ihn nicht zur Ruhe kommen ließ. Lag es daran, dass er seit einigen Monaten Vater war? Zu Beginn des Jahres hatte ihm Mira eine Tochter geschenkt, und durch die kleine Tamaha war es in Deshans Privatleben zu erheblichen Veränderungen gekommen. Manchmal fand er zu Hause nicht mehr die Ruhe, die er brauchte, um seine Gedanken zu ordnen, aber das war ein geringer Preis für die Zufriedenheit darüber, dass mit Tamaha aus dem Paar Mira-Deshan eine *Familie* wurde.

Tief in Gedanken versunken ging Deshan Apian eine Treppe hoch, erreichte den nächsten Stock des Turms und wanderte auch dort durch lange Flure, vorbei an stummen Zeugen der Vergangenheit. Er erinnerte sich an Dauzart, den ersten Kuraten des Kuratoriums, an die kognitiven Methoden, mit denen er sich im Zentrum der mnemonischen Beschaulichkeit befasst hatte. Ein Chronist musste lernen, Unwichtiges von Wichtigem zu trennen und die Muster der Bedeutung selbst dort zu erkennen, wo das Auge eines ungeübten Beobachters nur Banales sah.

Plötzlich verstand er den Grund für seine Unruhe: In

dem Bedeutungsmuster, das er sah, fehlte ein wichtiger Punkt, ein Aspekt, ohne den das Bild lückenhaft blieb.

In einem der vielen leeren Studienbereiche nahm Deshan Platz und schaltete den Zephalon ein. Mira Lemroth und die anderen Zephalonspezialisten arbeiteten an einem neuen Eingabesystem, das die direkte Verarbeitung von Sprache gestattete, aber bis es voll einsatzbereit war, würde es noch eine Weile dauern. Bis dahin blieb die Tastatur die gebräuchlichste Schnittstelle zwischen Mensch und Denkmaschine.

Tasten klickten unter Deshans Fingern, als er seinen Chronistencode eingab. Der Zephalon bot ihm Zugriff auf alle digitalen Informationen des Turms der Wahrheit, aber sie bildeten nur einen kleinen Teil des riesigen Archivs. Die meisten Daten lagen noch immer in analoger Form vor: Schriftzeichen auf Rollen und in Büchern.

Deshan gab den Suchbegriff ein, ohne einen bewussten Gedanken damit zu verbinden: Levian Paronn.

Text und Bilder erschienen auf dem Bildschirm, und der größte Teil davon ging auf ihn selbst zurück, auf seine Arbeit als Paronns Chronist.

Seit zwei Jahren leitete Paronn die Unternehmensgruppe »Impetus«, die Teil des Raumfahrtprogramms des Großen Solidars war und insbesondere Module für die Raumstationen in Lemurs Orbit produzierte. Unter seiner Führung kam die Entwicklung neuer Technologien gut voran – die Wissenschaftler und Techniker zeigten sich oft angesteckt von Paronns großem Enthusiasmus.

Deshan Apian nutzte eine bei Dauzart erlernte kognitive Methode, indem er Instinkt und Unterbewusstsein freie Bahn ließ.

Frage: Seit wann ist Levian Paronn für das Raumfahrtprogramm tätig?

Die Antwort erschien auf dem Schirm: Seit drei Jahren, seit er als Entwicklungsingenieur mit der Arbeit für Impetus begonnen hatte.

Deshan starrte verwundert auf den Bildschirm. Bei ihrer ersten Begegnung vor fünf Jahren hatte Levian Paronn bereits seine Arbeit für das Raumfahrtprogramm erwähnt, doch die Zephalondaten behaupteten, dass er erst zwei Jahre später in die Dienste von Impetus getreten war.

Tief in Deshan prickelte etwas, dort, wo bisher Unruhe gewesen war. Der Instinkt des Chronisten hatte etwas entdeckt, ein neues Bedeutungsmuster unter anderen, eine versteckte Struktur. Vielleicht war er deshalb während der letzten Wochen und Monate nicht zur Ruhe gekommen, weil etwas in ihm gespürt hatte, dass es hinter den Dingen, die Paronn ihm zeigte, noch andere gab, die verborgen blieben.

Deshan beugte sich vor, begann mit einer konzentrierten Datensuche und bemühte sich, den persönlichen Hintergrund Levian Paronns zu rekonstruieren.

Geboren im Jahr 4460 dT in der Forschungskolonie Torhad, hoch im Norden gelegen, tief im ewigen Eis. Sohn von Trui Paronn und Kaila Rinauro, beides Glazialforscher mit hohem Verdienststatus. Schule in Torhad, Studium in Kanrar, im Norden von Lemuria. Der junge Levian zeigte sich schon als Kind von allem fasziniert, was mit Raumfahrt und All zu tun hatte, und während des Studiums überraschte er seine Professoren immer wieder mit innovativen Ideen. Er arbeitete in mehreren Forschungsbereichen, mit Schwerpunkt Antriebstechnik und ambientale Elektronik – bis hierher stimmte alles mit den Angaben überein, die er von Paronn selbst bekommen hatte. Weiter hieß es: Vor drei Jahren war er für Impetus tätig geworden, und nur ein Jahr später leitete er das Unternehmen, ein Karrieresprung ohnegleichen.

Deshan blickte auf die Daten und überlegte. Vielleicht hatte er Paronn damals vor fünf Jahren falsch verstanden, oder das mit der Tätigkeit fürs Raumfahrtprogramm war in einem übertragenen Sinn gemeint gewesen. Eine solche Möglichkeit bestand durchaus. Aber es gab auch noch eine andere.

Vielleicht hatte ihn Levian Paronn belogen.

Aber warum? Weshalb sollte er jemanden belügen, dem er zum ersten Mal begegnete?

Torhad, dachte Deshan.

Der Atem des Chronisten kondensierte zu einer weißen Fahne vor seinen Lippen, als er über die gewaltige weiße Masse des Gletschers blickte.

»Beeindruckend, nicht wahr?«, fragte Myrion Danater, Solidarchronist von Torhad. Der kleine, schmächtige Mann trug eine Jacke, die nur halb so dick war wie Deshans pelzbesetzter Parka, aber ihm schien überhaupt nicht kalt zu sein, während Apian das Gefühl hatte, dass ihm Luft und Eis die Wärme aus dem Leib saugten.

In der eisigen Ferne knackte es gelegentlich.

»Die Geräusche werden von den Bewegungen des Gletschers verursacht«, erklärte Torhad. »Jetzt im Sommer ist es hier ruhig. Du müsstest mal im Winter kommen und einen der Schneestürme erleben.«

Wenn dies hier im Norden »Sommer« war ... Deshan schauderte innerlich, als er versuchte, sich den Winter vorzustellen.

»Ich habe gehört, dass es hier früher einmal dichte Wälder gegeben hat«, sagte er.

»Unter uns liegt ein ganzer Kontinent begraben«, erwiderte Myrion. »Unter einer bis zu fünfhundert Meter dicken Schicht aus Schnee und Eis. Lemur befindet sich in einer sehr kalten Klimaphase, aber das war nicht immer so. Früher einmal beschränkte sich das Eis auf die Polbereiche und die Gipfel hoher Berge.« Er streckte die Hand aus und deutete nach Westen, über den seitlichen Rand der großen Gletscherzunge hinweg. Dort erstreckte sich Torhad, keine kleine Forschungskolonie mehr wie vor

45 Jahren, sondern eine schnell wachsende Industriestadt, in der sich rohstoffverarbeitende Betriebe aus allen 49 Solidaren Komitees des Großen Solidars angesiedelt hatten. »Beim Erzabbau finden wir immer wieder Relikte der Vergangenheit, Versteinerungen, Knochen, manchmal auch von der Kälte konservierte organische Rudimente. Natürlich gehen wir mit diesen Dingen sehr vorsichtig um, denn das Vergangene ist Teil der großen Wahrheit unseres Lebens.«

Deshan nickte anerkennend und sah zur Stadt, die inzwischen auf fast eine Million Einwohner angewachsen war. Zehnmal 100 000 Menschen, die in dieser Kälte wohnten und arbeiteten. Wie privilegiert er doch war, in Marroar zu leben!

»Wo befindet sich die alte Forschungsstation?«, fragte er neugierig.

»Meinst du die, in der Trui Paronn und Kaila Rinauro gearbeitet haben?«

»Ja.«

»Sie ist inzwischen ein Museum und befindet sich im Innenbereich der Stadt. Neue, moderner ausgestattete Stationen für die Glazialforschungen sind Dutzende von Kilometern entfernt eingerichtet worden, weiter oben am Gletscher und im Gebirge.«

Deshan sah zu den steilen Bergrücken im Norden, weiße Riesen, die gen Himmel ragten und deren eisverkrustete Grate am Firmament kratzten.

»Mir ist kalt«, sagte er und fröstelte trotz des dicken Parkas. »Können wir uns das Museum ansehen?«

»Natürlich«, erwiderte Myrion, und die beiden Männer gingen zum nahen Schneewagen.

»Hast du Levian Paronn gekannt?«, fragte Deshan, als sie durch die alte Forschungsstation gingen, die inzwischen als Museum diente, nicht den beiden Glazialforschern gewidmet, sondern der Entwicklung von Torhad zu einem modernen Industriezentrum in der Eiswüste des hohen Nordens.

»Als Jungen und Heranwachsenden, ja«, erwiderte Myrion, während sie an Ausstellungsstücken, Bildern und Schrifttafeln vorbeigingen. Es gab nur wenige andere Besucher; sie hatten das Museum fast für sich allein. »Es erstaunt mich ein wenig, dass er es so weit gebracht hat, wie du mir erzählst hast.«

»Warum?«

»Er war damals kein guter Schüler. Trui und Kaila machten sich deshalb Sorgen.« Der Solidarchronist deutete nach vorn. »Da sind wir.«

Sie betraten einen Nebenraum, der genauso eingerichtet war wie damals die alte Forschungsstation: einfache Tische und Schränke, in ihrer Leistung noch recht beschränkte Zephalonen und andere Geräte, die recht antiquiert wirkten.

»Hier haben Trui und Kaila gearbeitet und ihre Messdaten ausgewertet«, sagte Myrion Danater.

Nach der Kälte genoss es Deshan, wieder im Warmen zu sein. Langsam ging er an den Werk- und Schreibtischen vorbei, nahm die Atmosphäre in sich auf und lauschte den Echos der Vergangenheit.

»Levians Eltern haben große Verdienste errungen, nicht wahr?«

»Sie brachten die Glazialforschung ein ganzes Stück voran. Torhad verdankt ihnen viel. Ihr Unfall war für uns alle ein schwerer Schlag.«

Deshan hob den Blick von einigen Erzproben und drehte sich um. »Unfall?«

»Hat dir Paronn nichts davon erzählt? Trui Paronn und Kaila Rinauro starben bei einem Verkehrsunfall in Kanrar. Ihr Fahrzeug brannte völlig aus. Dass Levian überlebte, grenzt an ein Wunder. Muss ein ungeheurer Schock für ihn gewesen sein. Nach dem Tod seiner Eltern sahen wir ihn nie wieder. Vielleicht hat er dir deshalb nichts davon erzählt. Um sich nicht erinnern zu müssen.«

»Wann war das? Wann kam es zu dem Unfall?«

Myrion trat an eine der Anzeigetafeln heran, die in der Mitte des Raums standen und ganz offensichtlich nicht zur ursprünglichen Einrichtung gehörten – sie erlaubten Zugriff auf die Datenbanken des Museums. Der Solidarchronist berührte einige Schaltflächen des Auswahlmenüs, und die Darstellungen eines Präsentationsfensters wechselten.

»Am dreiundzwanzigsten Eizhel 4477«, sagte Myrion. »Nur wenige Tage nach Levians siebzehntem Geburtstag.«

»Damals studierte er noch nicht in Kanrar?«

»Nein.«

»Und du hast Levian Paronn nie wiedergesehen?«

»Er kehrte nicht hierher zurück. Wir nahmen damals an, dass ihn Haus-Verwandte bei sich aufgenommen hatten. Unsere Versuche, Kontakt mit ihm aufzunehmen, schlugen allerdings fehl.«

»Erscheint dir das nicht seltsam?«, fragte Deshan.

»Lemuria ist ziemlich weit von hier entfernt, und damals waren die Verbindungen noch nicht so gut wie heute«, antwortete Myrion. »Wir glaubten Levian beim Großen Solidar gut aufgehoben.«

Deshan nickte langsam und sehr nachdenklich.

»Vor einem Jahr habe ich die ersten Bilder von Levian Paronn im Telenetz gesehen«, fügte Myrion hinzu. »Er hat sich sehr verändert. Aber inzwischen ist er auch kein junger Bursche mehr.«

»Nein«, erwiderte Deshan. »Das ist er nicht. Es sind fast dreißig Jahre vergangen.«

»Möchtest du auch die anderen Räume sehen?«

»Ich würde gern noch etwas hier bleiben und ein bisschen in den Daten stöbern.« Deshan deutete auf die Anzeigetafeln.

Der kleine, schmächtige Myrion Danater lächelte kurz.

»Wie du wünschst. Du weißt, wo du mich erreichen kannst, falls du etwas brauchst. Nimm dir hier so viel Zeit, wie du willst.«

Er winkte, ging und hinterließ Stille. Die übrigen Besucher befanden sich in einem ganz anderen Teil des Museums. Deshan war allein mit sich und seinen Gedanken.

Er nahm vor einer Anzeigetafel Platz, berührte Schaltflächen und begann zu lesen.

Zwei Stunden später wusste er viel mehr über Trui Paronn, Kaila Rinauro und auch ihren Sohn Levian, dessen schulische Leistungen tatsächlich nicht sehr gut gewesen waren. Er betrachtete Bilder der Eltern und ihres Sohnes: Trui mit einem vollen, bärtigen Gesicht und einem freundlichen Lächeln, Kaila ernster und würdevoller, der Junge ein wenig hohlwangig, mit großen, unschuldig blickenden Augen. Mit dem heutigen Levian Paronn hatte er keine Ähnlichkeit, aber das musste nichts bedeuten.

»Ein Unfall«, murmelte Deshan. »Levian hat wie durch ein Wunder überlebt und kehrte nie hierher zurück.« Er hatte Dutzende von Berichten gelesen, von Chronisten, die für verschiedene Medien in den einzelnen Solidaren Komitees arbeiteten, und sie alle erwähnten zwei Opfer des Unfalls: die beiden Glazialforscher. Mit einer Ausnahme.

Deshan vergrößerte das Darstellungsfenster und betrachtete das Bild eines in analoger Form erschienenen Artikels, Teil der Ausgabe eines Haus-Memorials von Kanrar, das inzwischen in digitaler Form weitergeführt wurde. Darin war vom tragischen Ende einer *Familie* die Rede. Nur ein Zufall? Vielleicht eine ungenaue Beschreibung?

Deshan griff in die Hosentasche und holte einen kleinen, zylinderförmigen Datenspeicher hervor, den er immer bei sich trug. Er verband ihn mit der dafür vorgesehenen Anschlussstelle der Anzeigetafel, gab den Code seiner Chronistenautorisierung ein und kopierte alle Daten, die den Unfall vor fast drei Jahrzehnten betrafen.

Wenig später verließ er das Museum und machte sich auf den Rückweg nach Marroar, fest dazu entschlossen, weitere Nachforschungen anzustellen. Mit ihren speziellen Zephalonkenntnissen konnte ihm Mira vielleicht dabei helfen, mehr herauszufinden.

12

Roder Roderich

Leises Stöhnen kam aus kühler Dunkelheit, und für einen irrationalen Moment glaubte sich Roder Roderich auf der anderen Seite der Linie, die das Leben vom Tod trennte. Doch dann zwitscherte es in der Nähe. »Wenn das kein Vogel ist, kann es nur Yülli sein«, brachte er hervor.

»Ich heiße nicht ...«, begann eine verführerische Frauenstimme, doch ein zweites Zwitschern unterbrach sie.

»Die Blues-Brothers leben also noch«, ächzte Roderich. »Bei mir bin ich nicht ganz so sicher.«

Der Lichtstrahl einer Lampe strich über ihn hinweg, und als er die Augen traf, explodierte Schmerz in Roderichs Hinterkopf. Er schnitt eine Grimasse, bis das Stechen nachließ.

»Unmittelbar nach dem Erwachen ist es mir ebenso ergangen«, sagte die Silhouette hinter dem Schein der Lampe. Catchpoles Stimme. »Es wird gleich besser.«

Roderich wartete einige Sekunden. »Es hat euch also ebenfalls erwischt«, sagte er dann. »Sind auch die anderen hier?«

»Crews von Kriecher Eins bis Vier zur Stelle«, tönte es sarkastisch aus der Dunkelheit.

»Ich nehme an, das ist nicht die PALENQUE.« Roderich setzte sich auf und versuchte, erste Eindrücke von der Umgebung zu gewinnen. Der neben ihm stehende Catchpole leuchtete mit der Lampe für ihn. Ihr Licht wanderte über am Boden liegende Männer und Frauen hinweg – die Besatzungen der Kriecher – und erreichte kahle Metallwände ohne irgendwelche Merkmale.

»Gut erkannt«, sagte Catchpole.

»Was ist mit den anderen?«

»Sind noch bewusstlos«, knurrte es in der Dunkelheit, und eine zweite Gestalt näherte sich, ein ganzes Stück kleiner als Catchpole und mit einer Löwenmähne: der Gurrad Grresko. »Ich schlage vor, dass wir sofort etwas unternehmen. Hier riecht es nach Gefahr.«

Grresko war *immer* dafür, sofort etwas zu unternehmen, ob es nach Gefahr roch oder nicht.

»Wir glauben, dass das Transmitterfeld mangelhaft polarisiert war«, zwitscherte Trülhan und neigte den Scheibenkopf kurz von einer Seite zur anderen. »Deshalb habt ihr Menschen beim Retransfer das Bewusstsein verloren.«

»Ich bin ebenfalls kurz hinüber gewesen«, fauchte Grresko. »Und das hat mir gar nicht gefallen. Deshalb bin ich dafür, dass wir sofort losschlagen.«

Roderich lächelte. »Immer draufhauen, Kumpel, auch wenn man gar nicht weiß, auf was. Gefällt mir. Klingt gut durchdacht und wohl überlegt.«

In Grreskos Katzenaugen blitzte es. »Rieche ich da Spott?«

Roder Roderich stand langsam auf. »*Ich* rieche vor allem Schweiß.« Catchpole hatte Recht: Der Schmerz ließ tatsächlich schnell nach. »Woher stammt die Lampe?«

»Aus meiner persönlichen Notfallausrüstung.« Der schon recht alte, väterlich wirkende und glatzköpfige Catchpole klopfte auf die vielen Taschen seines Overalls. »Ich bin immer gern auf alles vorbereitet, Jungchen.«

»Ich auch«, knurrte Grresko und holte einen kleinen Kombilader unter seinem breiten Gürtel hervor.

»Nicht übel«, kommentierte Roderich. »Gegen Sharita kannst du damit allerdings nicht anstinken. Größe spielt eben *doch* eine Rolle.«

Grresko kniff die Augen zusammen. »Hast du gerade von ›stinken‹ gesprochen?«

»Reg dich ab, Mieze. Ich ...«

Plötzlich wurde es hell, und eine Stimme erklang. Roderichs Translator reagierte. »Kontrollsequenz wird eingeleitet.«

Auf der gegenüberliegenden Seite des Raums senkte sich ein von Wand zu Wand reichender energetischer Vorhang von der Decke herab und kam näher.

Und Roder Roderich stellte fest, dass er sich nicht mehr bewegen konnte.

Sein Blick reichte an dem Gurrad Grresko vorbei, der dem glühenden Vorhang den Rücken zukehrte und gar nicht sah, was sich ihm näherte, aber ebenso in Reglosigkeit verharrte wie alle anderen, auch Catchpole, die Lampe in der halb gehobenen Hand.

In völliger Stille kroch die Energie über die am Boden liegenden Männer und Frauen, erreichte Catchpole, dann Grresko und auch Roderich. Der junge Mann spürte nur ein leichtes Prickeln, wie ein Juckreiz, der sofort wieder verschwand. Mit einem leisen Knistern löste sich der energetische Vorhang auf, und im gleichen Augenblick spürte Roderich, wie ihn der fremde Einfluss – vermutlich ein Kraftfeld – losließ.

Grresko knurrte.

»Kontrollsequenz abgeschlossen«, ertönte erneut die fremde Stimme. »Zugang zur Station kann nicht gestattet werden. Es befinden sich drei Nichtmenschen unter euch.«

Die Stimme verklang.

»Die drei ... Nichtmenschen gehören zu uns«, sagte Catchpole versuchsweise.

Wieder herrschte für einige Sekunden Stille.

»Identifikation der drei Lebensformen nicht möglich. Sicherheitsalarm. Die betreffenden Individuen müssen umgehend eliminiert werden.«

»*Was?*«, stieß Roderich hervor.

13

Deshan Apian

Lemuria 4505 dT (51 895 v. Chr.)

Eine Menschentraube umgab Levian Paronn, als er mit langen Schritten durch den Panoramakorridor ging, der an mehreren Werkshallen, Montageplätzen und Laborsälen vorbeiführte und durch breite Fenster von oben Blick in sie gewährte.

»Wir haben ein Problem mit der strukturellen Stabilität des nächsten Moduls für Orbital Zwei«, sagte einer der Wissenschaftler, Techniker, Ressourcenverwalter und Administratoren, die den Leiter von Impetus begleiteten. Deshan Apian folgte in einem Abstand von einigen Metern und überließ es einem akustisch-visuellen Sensor, das Geschehen aufzuzeichnen. Wie bei anderen Gelegenheiten beschränkte er sich zunächst darauf, einen allgemeinen Eindruck zu gewinnen und die Ereignisse auf sich wirken zu lassen.

»Sprich mit Innovator Simmerat«, antwortete Paronn. »Erklär ihm das Problem. Vielleicht hat er eine Lösung.«

»Bei der gestern eingetroffenen Lieferung der neuen Schaltkreismodule sind Defekte festgestellt worden, die unseren Zeitplan für Projekt Neunzehn gefährden könnten«, sagte jemand anders.

Paronns Reaktion auf diesen besonderen Hinweis bestand darin, dass er ein wenig langsamer ging. Deshan wusste, dass ihm Projekt Neunzehn besonders am Herzen lag. »Das passiert schon zum zweiten Mal«, erwiderte Levian Paronn. »Setz dich mit dem Lieferanten in Verbindung und übermittle eine offizielle Beschwerde mit Schadenersatzoption. Nimm außerdem Kontakt mit Mepha Hatan auf und erstatte ihm ausführlich Bericht. *Und* schick einen Bericht an den Solidartaman.«

Das waren recht drastische Maßnahmen, fand Deshan. Aber es gab kaum etwas, das Paronn mehr verabscheute als Verzögerungen bei den sorgfältig ausgearbeiteten Produktions- und Entwicklungsplänen von Impetus.

Sie näherten sich dem Ende des Korridors und damit der Treppe, die zur Dachterrasse emporführte. Alle wussten um Paronns tägliches kleines Ritual und hielten sich deshalb zurück. Mit Ausnahme eines sehr jungen Technikers, der trotz einiger mahnender Blicke nach vorn drängte und Levian Paronn eine Mappe reichte. »Ich glaube, mir ist eine wesentliche Vereinfachung für Projekt Neunzehn gelungen«, sagte er.

Levian Paronn blieb vor der Treppe stehen, nahm die Mappe entgegen und öffnete sie.

Der junge Techniker schien sich in seiner Haut alles andere als wohl zu fühlen, als er die tadelnden Mienen der älteren Wissenschaftler und Verwalter sah. Er räusperte sich unsicher. »Mit meinem Konzept lässt sich die Effizienz des neuen Antriebs erheblich verbessern.«

Levian Paronn blätterte, nickte und schloss die Mappe. »Ich werde mich noch heute damit befassen.« Er sah den jungen Techniker an und legte ihm die Hand auf die Schulter. »Eigeninitiative bedeutet mir viel, Kaho Tiraha«, fügte er hinzu, und Deshan sah, wie sehr es dem jungen Mann schmeichelte, dass Paronn seinen Namen kannte. Selbstverständlich war das nicht, denn es arbeiteten mehrere tausend Menschen für Impetus. »Ich danke dir ausdrücklich dafür. Und jetzt ...«

Er deutete nach oben und ging die Treppe hoch. Die anderen folgten ihm, unter ihnen auch sein persönlicher Chronist.

Die große Dachterrasse stand allen Mitarbeitern dieses Bereichs von Impetus zur Verfügung, doch so früh am Morgen war sie leer und das nahe Restaurant geschlossen. Levian Paronn ging zur Brüstung am östlichen Rand und beobachtete wie an jedem Morgen den Sonnenaufgang. Deshan begleitete ihn nicht zum ersten Mal und wusste, dass Paronn an jedem Tag als Erster mit der Arbeit begann und den Impetus-Komplex abends als Letzter verließ.

Im Osten schob sich Apsu hinter dem Horizont hervor, und ihr Licht ließ das Meer im Südwesten von Marroar glitzern. Die Industrieanlagen, zu denen Impetus gehörte, befanden sich ein ganzes Stück außerhalb der Stadt, aber wenn Marroar weiter so wuchs wie in den vergangenen Jahren, würden sie bald Teil der urbanen Peripherie sein. Das Raumfahrtzentrum des Großen Solidars war etwa zehn Kilometer entfernt, und man konnte die Startrampen gut erkennen. Wie stählerne Finger zeigten sie gen Himmel.

Deshan Apian trat ebenfalls an die Brüstung und hörte, wie der Mann an seiner Seite tief durchatmete. »Ist es nicht wunderbar?«, fragte Levian Paronn. »Als wenn die Welt mit jedem Morgen neu geboren wird und neue Möglichkeiten bekommt.«

Auch das erstaunte Deshan an diesem Mann: Im Schatten der Dynamik gab es Romantik, und manchmal schob sie sich ins Licht.

Die nächsten Minuten verstrichen in Stille, während Apsu langsam höher stieg und die Stadt erwachte.

Und dann ging Paronns kleines Morgenritual zu Ende. Er drehte sich um. »Ein neuer Tag hat begonnen«, sagte er. »An die Arbeit.«

Die Stunden vergingen wie im Flug, fand Deshan, und das, obwohl er an den Ereignissen nicht direkt beteiligt war und sie eigentlich nur aus der Perspektive des Beobachters und Zuhörers erlebte. Er wusste, dass es an diesem Tag für Levian Paronn zwei wichtige Termine gab, aber diesen Umstand nahm er offenbar nicht zum Anlass, bei den vielen anderen Dingen, die seine Aufmerksamkeit erforderten, Abstriche zu machen. Seine Arbeit war wie ein komplexes Mosaik, das an jedem Tag neu zusammengesetzt werden musste und aus vielen kleinen Teilen bestand: Dokumente, die es zu prüfen galt, Mitteilungen, die gelesen und verfasst werden wollten; Besprechungen aller Art; Anregungen und Lösungsvorschläge, wenn sich Probleme ergaben; die Delegation von Aufgaben, denn Paronn machte nicht den Fehler, alles selbst erledigen zu wollen; und viele andere nur scheinbar kleine Dinge, die sich in keine Kategorien pressen ließen.

Das Mittagessen war keine Pause, sondern Teil der Arbeit. An diesem Tag nutzte Levian Paronn es für den ersten der beiden wichtigen Termine. Im Schatten einer straff gespannten Dachplane über der Gastsektion des Dachterrassenrestaurants saßen sie an einem Tisch: Levian Paronn, Deshan Apian und Mepha Hatan, Dirigent des Raumfahrtsolidars, zu dem Impetus gehörte. Hatan war ein älterer, würdevoller Mann mit vielen grauen Strähnen im Haar und einer auffallend großen Nase. Er trug keine Symbole an seinem Hemd, aber Deshan wusste um seine hohen Verdienste und begegnete ihm deshalb mit angemessenem Respekt.

Nach dem Austausch von Höflichkeitsfloskeln, bei dem sich Paronn sehr entspannt gab, kam Hatan zur Sache. »Die von dir erzielten Fortschritte sind unbestreitbar«, sagte der Solidardirigent, während er mit Messer und Gabel geschickt den gebratenen Fisch auf seinem Teller zerlegte. »Aber mir ist nicht entgangen, dass bei Impetus eine Schwerpunktverlagerung stattfindet: Die Produktion von Ersatz- und Erweiterungsteilen für Orbital Eins und Zwei tritt zugunsten der Entwicklung neuer Antriebssysteme in den Hintergrund.«

Deshan beobachtete die beiden Männer und hörte aufmerksam zu, während er aß.

»Im letzten Halbjahr haben wir mehr Teile für die beiden Raumstationen produziert als im Vorjahr«, erwiderte Levian Paronn ruhig.

»In absoluten Zahlen, ja. Die Produktionskapazität ist gewachsen. Aber der Prozentsatz an innerbetrieblichen Ressourcen, die den Orbitalstationen gewidmet sind, ist gesunken, während für die einzelnen Entwicklungsabteilungen mehr bereitgestellt werden als jemals zuvor.«

Levian Paronn ließ Messer und Gabel sinken. »Ich weiß, worauf du hinauswillst«, sagte er, und Deshan hörte den Tonfall eines Mannes, der seine Worte sorgfältig wählte. »Die Mittel des Großen Solidars müssen so eingesetzt werden, dass sie den größten Nutzen für alle neunundvierzig Solidaren Komitees haben.«

»Ja. Wir können es uns nicht leisten, ökonomisches Potenzial zu vergeuden.«

»Aber ebenso falsch wäre es, nicht in die Zukunft zu investieren. Die Raumstationen sind ein Schritt, eine permanente Niederlassung auf dem Mond ein weiterer. Aber wenn wir zu den Planeten wollen, brauchen wir wesentlich leistungsfähigere Triebwerke, denn sonst sieht das Verhältnis von Kosten und Nutzen sehr schlecht aus. Denk nur an all die Rohstoffe in unserem Sonnensystem. Wenn uns Transportmittel zur Verfügung stehen, die billig und vor allem effizient genug sind, könnte die lemurische Wirtschaft enorm wachsen. Aber neue Antriebssysteme fallen uns nicht einfach in den Schoß. Wir müssen heute forschen und entwickeln, damit wir sie morgen oder übermorgen haben.«

Mepha Hatan kaute langsam und nickte. »Ich bin ganz deiner Meinung. Vorausgesetzt, die Dinge bleiben in diesem Rahmen. Nun, ich wollte dies mit dir klären, damit wir heute Abend einen gemeinsamen Standpunkt vertreten können. Der Solidartaman wird genau diesen Punkt ansprechen: die Nützlichkeit der Raumfahrt und aller ihrer Projekte im Kontext der gesamtwirtschaftlichen Entwicklung. Ich bin wie du und viele andere der Ansicht, dass unsere Zukunft im All liegt, aber wir müssen den vielen Menschen dort draußen erklären, dass wir den von uns verwendeten Teil des wirtschaftlichen Potenzials unserer Gemeinschaft nicht etwa vergeuden, sondern zu einem guten Zweck nutzen. Darum geht es auch dem Solidartaman. Wir sind ihm und dem Gemeinwesen des Großen Solidars Rechenschaft schuldig.«

»Ich habe nichts zu verbergen«, sagte Levian Paronn.

Was für Deshans Ohren ein wenig seltsam klang.

Der Nachmittag verging so schnell wie der Morgen, und der Chronist staunte über die Anzahl der Dokumente, die Levian Paronn empfing und innerhalb weniger Stunden weiterleitete, unter ihnen auch eine Bewilligung des Konzepts, das Kaho Tiraha ihm am morgen präsentiert hatte. Die Sonne neigte sich im Westen dem Horizont entgegen, als Paronn einen Rundgang durch die wichtigsten Laboratorien von Impetus machte, mit Sektionsleitern und Wissenschaftlern sprach, sich von ihnen sowohl erzielte Fortschritte als auch Schwierigkeiten schildern ließ. Deshan sah bei dieser Gelegenheit bereits bekannte und auch einige neue Gesichter – Levian Paronn war ständig auf der Suche nach fähigen Technikern und kreativen Innovatoren.

Bevor Deshan Apian Impetus verließ, um Mira für den Empfang abzuholen, verfasste er in seinem Chronistenzimmer im Bürotrakt den ersten Entwurf eines neuen Berichts, den er sowohl Marroars Medien übermitteln als auch Paronns Chronik hinzufügen wollte.

Als er ihn beendete, war es im Bürotrakt still und draußen dunkel geworden. Er verließ sein Zimmer und stellte fest, dass in Levian Paronns Büro Licht brannte – es fiel durch die offene Tür in den Flur. Deshan warf einen Blick hinein und stellte fest, dass Paronn nicht zugegen war.

Er zögerte kurz, bevor er das Zimmer betrat. Verboten war ihm der Aufenthalt an diesem Ort nicht – als offizieller Chronist hatte er Zugang zu allen Bereichen von Impetus –, aber sich allein in Paronns Büro umzusehen ... Deshan hatte fast das Gefühl, damit seine Privatsphäre zu verletzen.

Trotzdem: Er konnte der Versuchung nicht widerstehen.

In der Vitrine auf der einen Seite des Raums lagen mehrere Verdienstsymbole. Aber ihre Präsenz wirkte wie beiläufig; sie waren nicht zur Schau gestellt, um auf die Leistungen ihres Besitzers hinzuweisen. Deshan hatte bereits bemerkt, dass Paronn gar keinen Wert auf solche Dinge legte, was ihn erstaunte, denn das Verdienst zählte zu den treibenden Kräften in der lemurischen Gesellschaft. Er verwendete die Verdienstzeichen nur dann, wenn er bei seiner Arbeit auf administrative oder ökonomische Probleme stieß.

Deshan wandte sich von der Vitrine ab und wollte das Büro verlassen, als etwas auf dem großen flachen Bildschirm neben Paronns Schreibtisch seine Aufmerksamkeit weckte. Er trat näher und betrachtete die schematische Darstellungen von gewaltigen Röhren, jede von ihnen mehrere Kilometer lang. Sie waren in einzelne Module unterteilt, die Schwerkraft durch Rotation simulierten. Deshan deutete die Symbole und beugte sich vor, um Einzelheiten zu erkennen. Er sah hydroponische Anlagen, Generatoren, Reaktoren, Triebwerke ohne technische Einzelheiten, Wohnbereiche, nein, *Lebens*bereiche, komplexe, selbst regenerierende Wasserkreisläufe und autarke Biotope. Was sollte dies sein? Modelle für künftige Raumstationen?

Deshan Apian kannte den Zusammenhang zwischen industriellem Potenzial, technischem Niveau, Logistik und den Möglichkeiten der Raumfahrt. Nach der ersten bemannten Mondlandung waren fünf Jahre nötig gewesen, um in Lemurs Umlaufbahn zwei Raumstationen zu bauen, die größte von ihnen mit einem maximalen Durchmesser von fünfunddreißig Metern. Diese Stationen waren hundertmal so groß, außerdem wesentlich komplexer und moderner ausgestattet. Welches industriell-ökonomische Potenzial war nötig, um derartige Orbitalstationen zu konstruieren?

Er sah genauer hin.

Nein, es handelte sich nicht um Baupläne von Raumstationen. Dies waren die Entwürfe von kilometerlangen Raumschiffen, die Tausende von Menschen zu den Sternen bringen konnten.

Der abendliche Empfang fand im Zentrum von Marroar statt, im festlich geschmückten Verdiensthaus, und im Mittelpunkt stand Solidartaman Darhan Gephelos, der aus Pataah gekommen war und zusammen mit sechs anderen Solidartamanen das Koordinierende Konzil des Großen Solidars bildete.

»Eine sehr illustre Runde«, flüsterte Mira Deshan zu. Sie saßen an einem Seitentisch, zusammen mit Levian Paronn, Mepha Hatan und seiner Partnerin sowie einigen Verdienstvollen aus dem Raumfahrtsolidar. Die zentralen Tische blieben den Personen vorbehalten, die einen besonders hohen Verdienststatus genossen und aus allen Teilen Lemurias stammten: ökonomische Administratoren, Wirtschaftsplaner, Sozialverwalter, Kuraten und alle Arten von Konflikträten. Das Wirtschaftliche stand eindeutig im Vordergrund; die Wissenschaft spielte ebenfalls eine Rolle, aber keine so dominierende.

Mira fand Gefallen daran, einen Abend in so ehrenvoller Gesellschaft zu verbringen, und Deshan freute sich für sie, während er auf die Arbeit konzentriert blieb und dem Chronisten in ihm Vorrang gab.

Dienstpersonal eilte hin und her, servierte Getränke und kulinarische Spezialitäten, während Würdenträger aus Marroar einleitende Ansprachen hielten. Schließlich trat der Solidartaman auf das Podium an der Stirnseite des Saals, und es wurde still.

Deshan Apian beobachtete den älteren, recht kleinen Mann, der unscheinbare Kleidung trug, die nur das Symbol des Großen Solidars präsentierte, aber keine individuellen Verdienstzeichen. Alles an ihm drückte Bescheidenheit aus, und der aufmerksame Deshan glaubte, das Gewicht der Verantwortung zu spüren, das auf jenem Mann lastete, der zusammen mit sechs anderen maßgeblich Lemurs Geschicke lenkte. Darhan Gephelos' Stimme passte zu seinem Erscheinungsbild, war ruhig und sanft, ließ aber auch Entschlossenheit und den festen Willen erahnen, Lemur in die richtige Richtung zu führen.

Er sprach über die wirtschaftliche Entwicklung Lemurias, über neue Industrieanlagen, die unterirdisch angelegt wurden, um die Natur nicht zu belasten, über wachsende Städte in den kalten Regionen des Planeten.

»Unser Ziel ist es, den Wohlstand aller zu mehren und unser größer werdendes ökonomisches Potenzial so einzusetzen, dass es *allen* zugute kommt«, sagte er, und Deshan ahnte, was bevorstand. Er erinnerte sich an das Gespräch zwischen Paronn und Hatan. »In diesem Zusammenhang gibt es verschiedene Meinungen. Einige Komitees halten es für aussichtsreich, erhebliche Ressourcen in Versuche zu investieren, einen globalen Klimawechsel herbeizuführen, um das Eis zu besiegen und die darunter begrabenen Kontinente als neuen Lebensraum zu gewinnen. Andere möchten unsere gentechnischen Bemühungen verstärken. Und eine recht einflussreiche Gruppe strebt hinaus ins All.«

An dieser Stelle erlaubte sich Darhan Gephelos ein Lächeln, das ihn wie einen verständnisvollen Vater erscheinen ließ. »Sie alle haben Recht, wenn man die Dinge aus ihrer jeweiligen Perspektive sieht. Ihnen allen geht es um das Wohl unserer solidaren Gemeinschaft. Aber wer soll mehr Mittel bekommen? Welche Projekte haben den größten Nutzen für uns? Seit einigen Jahren expandiert das Raumfahrtsolidar und beansprucht immer mehr ökonomische Ressourcen. An Erfolgen mangelt es nicht. Ich erinnere nur an die erste Mondlandung vor fünf Jahren und die beiden ständig besetzten Raumstationen im All. Aber es gibt auch kritische Stimmen, die betonen, dass wir uns mehr auf unsere eigene Welt konzentrieren sollten, statt einen nicht unerheblichen Teil unserer wirtschaftlichen Kapazität für Außerplanetares zu vergeuden.«

Hier und dort wurden murmelnde Stimmen laut, und der Solidartaman wartete, bis es wieder still geworden war. »Aus diesem Grund möchte ich dem Raumfahrtsolidar Gelegenheit geben, vor uns allen auf die Kritik einzugehen und darzulegen, welchen Nutzen das Programm für unser aller Leben hat.«

Mepha Hatan hatte auf dieses Stichwort gewartet, stand auf, ging zum Podium und trat dort neben Darhan Gephelos.

»Ich danke dem Solidartaman, dass er mir die Möglichkeit gibt, euch zu erklären, warum das Raumfahrtprogramm eine wichtige Investition ist, von der wir schon heute profitieren und die uns in Zukunft noch größeren Nutzen bringen wird. Aber wenn ihr gestattet, gebe ich das Wort an Levian Paronn weiter, der als Leiter von Impetus zu meinen Mitarbeitern zählt. Ich glaube, er kann euch am besten erläutern, warum wir die Raumfahrt brauchen.«

Als Levian Paronn aufstand und seinerseits zum Podium ging, beugte sich Mira zu Deshan. »War das geplant?«, fragte sie leise.

»Ich weiß es nicht«, erwiderte der Chronist.

Hatan und Gephelos wichen beiseite, und Levian Paronn trat ans Mikrofon. Er wirkte keineswegs überrascht oder verunsichert – wenn dies wirklich nicht abgesprochen war, hatte er sich trotzdem vorbereitet.

Er sprach lauter und mit mehr Nachdruck als seine beiden Vorredner, als er die Erfolge des Raumfahrtprogramms nannte und detailliert auf den Nutzen für die gesamte lemurische Solidargemeinschaft einging: Satelliten für die Überwachung des Wetters und die Kommunikation; Raumstationen, in denen zahlreiche wissenschaftliche Experimente stattfanden, unter anderem für die Entwicklung neuer Werkstoffe und innovativer Produktionsverfahren; in relativ naher Zukunft eine Mondstation als Beginn der Erschließung außerplanetarer Rohstoffe.

»All diese Bemühungen bewirken eine dynamische Weiterentwicklung in verschiedenen technologischen Bereichen, was wiederum das Wachstum unseres ökonomischen Potenzials stimuliert und unser aller Leben erleichtert. Aber es gibt noch einen anderen Grund, warum das Raumfahrtprogramm so wichtig ist.«

Levian Paronn legte eine Pause ein und ließ seinen Blick über die vielen Personen im Saal schweifen.

»Unser Überleben«, sagte Paronn, und Deshan stellte fest, dass seine Stimme sich jetzt auf subtile Weise veränderte. Er sprach etwas leiser als vorher, was seine Zuhörer dazu brachte, genauer hinzuhören, und in den Worten erklang ein neuer Ernst. »Die Konos brachten uns einst an den Rand des Nichts – fast wäre unser Volk untergegangen. Eine solche Gefahr darf uns nie wieder drohen, und deshalb müssen wir hinaus ins All, um uns auf anderen Planeten niederzulassen. Nur dann ist gewährleistet, dass wir Lemurer als Spezies überleben. *Deshalb* ist die Raumfahrt so wichtig. *Das* ist der größte Nutzen, den sie für uns alle hat. Unser Überleben.«

Levian Paronn deutete eine Verbeugung an und trat vom Rednerpult zurück.

Einige Sekunden lang herrschte völlige Stille im Saal. Deshan hatte das Gefühl, dass alle Anwesenden den Atem anhielten.

Dann hob Darhan Gephelos die Hände und klatschte. Mepha Hatan folgte seinem Beispiel, und die Personen an den Tischen ebenfalls. Alle applaudierten, auch Deshan und Mira.

»Er ist ein guter Redner«, sagte Mira Lemroth, als sie spät abends nach dem Empfang heimkehrten. Sie gingen zu Fuß durch eine Allee am Rand des zentralen Verdienstbezirks, und der Wind flüsterte in den Baumwipfeln über ihnen.

»Darhan Gephelos?«

»Paronn. Er hat zur richtigen Zeit die richtigen Worte gefunden«, sagte Mira. »Das Geheimnis jedes guten Rhetorikers. Setzen wir uns?«

Sie nahmen in einem kleinen Straßenlokal Platz, am Ende der Allee und des Verdienstbezirks. Jenseits davon ragten Hochhäuser auf, und in einem davon wohnten sie mit ihrer Tochter Tamaha. Lichter glühten und funkelten in der angenehm warmen Nacht, und Deshan fühlte sich erneut privilegiert, als er an Torhad und die Menschen dachte, die dort in der Kälte lebten. Der Gedanke erinnerte ihn an etwas.

Als ein Bediensteter ihre Getränke gebracht hatte, beugte sich Deshan vor und fragte leise: »Hast du Nachforschungen anstellen können?«

Mira trank einen Schluck. »Ich habe mit künstlicher Intelligenz programmierte Suchprogramme in die Datennetze geschickt«, sagte sie. »Die von ihnen gefundenen *digitalen* Informationen belegen, dass Trui Paronn und Kaila Rinauro vor fast dreißig Jahren bei einem Verkehrsunfall in Kanrar starben und ihr Sohn überlebte.«

»Warum hast du das Wort digital betont?«

»Drei analoge Informationsquellen berichten in diesem Zusammenhang vom Ende einer Familie«, fuhr Mira fort. »Der Artikel eines Haus-Memorials und zwei verschiedene gedruckte Periodika.«

»Was schließt du daraus?«

Mira strich ihr langes schwarzes Haar zurück. Das Licht der nahen Laternen ließ ihre großen braunen Augen funkeln. Deshan fühlte sich einmal mehr von ihrer Schönheit betört und dachte: *Auch in* dieser *Hinsicht bin ich privilegiert.*

»Meiner Ansicht nach gibt es keinen Grund, an Levian Paronns Angaben zu zweifeln. Warum *bist* du so misstrauisch?«

Er lehnte sich zurück und überlegte. »Ich weiß es nicht«, gestand er schließlich. »Ich bin nicht in dem Sinne misstrauisch. Es ist nur ...«

»Instinkt? Intuition? Eine Ahnung?«

Deshan hob und senkte die Schultern. »Nehmen wir einmal an, damals kamen nicht nur Trui Paronn und Kaila Rinauro ums Leben, sondern auch ihr Sohn. Wäre es möglich, dass jemand seinen Platz einnimmt? Ohne dass jemand etwas merkt?«

»Ich wäre versucht, so etwas für unmöglich zu halten. Aber es ist nicht *völlig* ausgeschlossen. Jemand könnte nachträglich Datenspuren hinterlassen, die einen Lebensweg beschreiben: Studienaufzeichnungen mit Bildern, bestandene Prüfungen, Ausbildung, die ersten Schritte im Berufsleben ...«

»Könnten solche Datenspuren nachträglich geschaffen werden?«

Mira lächelte kurz. »Auch hier sollte die Antwort eigentlich ›nein‹ lauten. Aber absolute Datensicherheit gibt es nicht, und man sieht digitalen Informationen nicht an, wie alt sie sind. Wer gut genug mit Zephalonen umgehen kann, dürfte imstande sein, bestehenden Datenbanken das eine oder andere hinzuzufügen, ohne dass jemand etwas merkt. Später sind es dann Daten unter Daten.«

»Ein falscher Lebenslauf ...«, murmelte Deshan.

»Möglich, aber extrem unwahrscheinlich«, sagte Mira. »Und außerdem: Warum sollte Levian Paronn lügen?«

»Darauf muss ich dir die gleiche Antwort geben wie vorhin: Ich weiß es nicht.« Deshan kam sich plötzlich wie ein Narr vor; der eigene Argwohn erschien ihm absurd.

Als sie wenig später Arm in Arm den Heimweg durch die laue Nacht fortsetzten, verschwand das Unbehagen aus Deshan, und er freute sich einfach nur darüber, Mira an seiner Seite zu wissen. Sie würde ihn auf dem Weg durchs Leben begleiten, und das war Grund genug für ihn, glücklich zu sein.

14

Jorgal

Jorgal spürte das vage Kribbeln einer neuen Ungewissheit in seinem Körper, aber dieses Problem erschien ihm banal angesichts der Situation, in der sie sich befanden.

»Hilaila ist tot«, sagte Darhel leise.

Der Maschinenflüsterer lag in einer dunklen Ecke des Nebenraums, fern vom Licht, das er derzeit als störend und unangenehm empfand. Ein solches Gefühl ging mit fast allen Ungewissheiten einher.

»Hilaila ...«, murmelte er. »Wie schade.« Seine linke Hand tastete zur Seite und berührte den weichen Hautflaum der schlafenden Memerek.

»Tortek und Mindahon geht es sehr schlecht«, fuhr Darhel leise fort. Sein Kopf war eine große Kugel über Jorgal. »Die Jüngsten sind erstarrt, alle sieben. Mitten in ihrer amorphen Phase. Ich kann nicht feststellen, ob sie leben oder tot sind.«

»Singen sie noch?«, fragte Jorgal und versuchte, seine Gedanken zu ordnen – sie waren wie Würmer, die alle in unterschiedliche Richtungen krochen.

»Die Jüngsten singen nicht«, erwiderte Darhel. »Sie sind keine Maschinen.«

Nur Maschinen singen, dachte Jorgal, und ein Teil von ihm fand den Gedanken seltsam. *Nur Maschinen sind wirklich lebendig.*

»Ich weiß nicht, woran es liegt«, fuhr Darhel fort. »Vielleicht enthält diese Luft etwas, das wir nicht vertragen. Oder der Grund ist unsere genetische Instabilität.«

»Meinst du die ... Ungewissheiten?«, fragte Jorgal. Warum sprach Darhel oft auf diese Weise mit ihm, so als trüge auch er die schwere Last des Wissens?

»Ja. Unsere Lebenserwartung ist dadurch geringer als die der Normalen.«

»Hier gibt es keine Normalen.«

»Zumindest haben wir noch keine gesehen. Ich frage mich, was dies für ein Ort ist. Kein Schiff, glaube ich.«

Es war ein unheimlicher Ort, fand Jorgal. Auch hier gab es Maschinen, die sangen, aber ihre Lieder klangen seltsam, und es gelang ihm nicht immer, Melodien darin zu erkennen. Außerdem konnte er kaum die Kraft in ihnen nutzen, und deshalb fühlte er sich schwach. Er brauchte Maschinengesänge, um die Schwäche aus sich zu vertreiben und mit den Ungewissheiten fertig zu werden.

Darhel stöhnte leise. »Entschuldige bitte, ich ...«, ächzte er, kroch eilig an Jorgal vorbei, lehnte den Kopf an die Wand und seufzte. »Die flexiblen Stützschienen am Hals hätten längst durch neue ersetzt werden sollen«, erklärte er noch immer sehr leise, mit Rücksicht auf Memerek. »Manchmal wird mir der Kopf zu schwer, und dann muss ich ihn abstützen.«

»Wieso versuchst du nicht einfach, das eine oder andere zu vergessen?«, schlug Jorgal vor. »Dann wiegt dein Wissen weniger, und der Kopf wird leichter.«

Darhel gab ein Geräusch von sich, das der Maschinenflüsterer nicht zu deuten wusste. »Wenn es so einfach wäre ...« Er drehte sich vorsichtig, lehnte Rücken und Kopf an die Wand. »Wir müssen diesen Ort verlassen. Wenn wir hier bleiben, sterben wir alle.«

Jorgal sah durch den halbdunklen Nebenraum zur Tür, die in den heller erleuchteten Hauptraum führte. Er glaubte, Taniras Stimme zu hören, die zu den Jüngsten sprach, erstarrt zwischen Leben und Tod, weder hier noch dort. Welchen Sinn hatte es, Worte an sie zu richten, die sie gar nicht hören konnten?

Welchen Sinn hatte *dies alles*?«

Gefährliche Gedanken, wusste Jorgal, keine harmlosen Würmer wie die anderen, sondern giftige Schlangen, die Hoffnung und Zuversicht fraßen. Schon so manches Kind des Horts war ihnen zum Opfer gefallen.

»Hast du gehört, Jorgal? Wir müssen fort von hier. Und das schaffen wir nur mit deiner Hilfe.«

»Er hat Recht, Jorgal.«

Die neben dem Maschinenflüsterer liegende Memerek setzte sich auf.

»Tut mir Leid, dass wir dich geweckt haben«, sagte Darhel.

»Ich bin schon seit einer ganzen Weile wach«, erwiderte Memerek, und es klang sehr müde.

Jorgal sah ihr in die großen grünen Augen und stellte fest, dass sich ihr Glanz getrübt hatte. Und in dem weißen Flaum auf ihrer Haut gab es einige kahle Stellen. »Es geht dir nicht gut«, stellte er erschrocken fest.

»Es geht uns allen schlecht«, sagte Memerek. »Auch dir.«

»Und deshalb müssen wir fort«, bekräftigte Darhel. »Wenn wir überhaupt noch eine Chance haben wollen.« Er zögerte kurz. »Vielleicht gibt es woanders bessere Lieder«, fügte er dann hinzu.

Jorgals Kopf enthielt nicht so viel Wissen wie Darhels, aber das bedeutete nicht, dass der Maschinenflüsterer dumm war. »Ich helfe euch auch so. Du brauchst mir nichts zu versprechen.«

Darhel holte tief Luft. »Wenn erneut das Maschinenwesen kommt, das zu uns gesprochen hat ... Du musst versuchen, es unter deine Kontrolle zu bringen.«

Jorgal zitterte plötzlich am ganzen Leib, und sein drittes Bein zuckte. »Es singt schrecklich«, sagte er. »Sein Lied ist grässlich.«

»Es ist dir nicht gelungen, die Tür zu öffnen«, erinnerte ihn Darhel.

Jorgal schloss betrübt die Augen und entsann sich an das leise Lied der Tür. Er hatte versucht, sich damit zu verbinden, war aber ein Missklang in einer Melodie geblieben, die sich ihm nicht erschloss. Was auch immer es mit den Maschinen dieses Ortes auf sich hatte: Ihre Gesänge waren *anders*.

»Das Lied des Maschinenwesens tut weh«, sagte er.

Memerek griff nach seiner Hand. »Ohne Schmerz ist nur der Tod«, erwiderte sie.

Als sich die Tür öffnete, wusste Jorgal sofort, dass sich etwas verändert hatte. Es erschien nicht das vielgliedrige Metallwesen, das kurz nach ihrer Ankunft zu ihnen gesprochen hatte, sondern eine summende Kugel, aus der Dutzende von unterschiedlich langen, dornartigen Erweiterungen ragten. Von unsichtbaren Schwingen getragen schwebte das neue Metallgeschöpf heran, und eine Stimme erklang. Sie hörte sich fast wie die eines Normalen an, sprach aber seltsam – Jorgal verstand kein einziges Wort.

Der Maschinenflüsterer hockte dicht neben der Tür und fragte sich, was er jetzt unternehmen sollte. Darhel, Memerek und die anderen befanden sich im Nebenraum und warteten darauf, dass er einen Weg in die Freiheit schuf. Die sieben Jüngsten des Horts lagen vor der Rückwand, in ihrer amorphen Erstarrung am Boden festgewachsen.

Jorgal streckte sein drittes Bein dem Maschinenwesen entgegen und schauderte heftig, denn das Lied der Kugel war noch grässlicher als der Gesang des anderen Metallgeschöpfs. Er vernahm schrille, kreischende Töne, aneinander gereihte Disharmonien, ohne Zusammenhang, ohne die Andeutung einer Melodie, nur Lärm, der Jorgals ästhetisches Empfinden verletzte und seinen inneren Ohren Pein bescherte.

Die Kugel summte lauter, und ein Finger aus fahlem Licht ging von ihr aus und tastete nach dem ersten Jüngsten. Das amorphe Hortkind löste sich auf.

Jorgal starrte fassungslos dorthin, wo es gerade noch gelegen hatte.

»Das Metallwesen ist gekommen, um uns zu töten!«, rief Memerek im Nebenraum. »Jorgal!«

Das dritte Bein des Maschinenflüsterers berührte die Kugel, und sein Selbst fand sich in einem Sturm aus schrillen Tönen wieder. Der Instinkt wollte ihn veranlassen, den Kontakt sofort zu unterbrechen und sich zurückzuziehen, aber etwas in ihm wusste, dass es das Todesurteil für Memerek, Darhel und die anderen gewesen wäre, auch für ihn. Während sein Selbst, das sich nach reinen Harmonien sehnte, im Chaos trieb, spürte er Bewegung und ahnte, dass die Kugel durch den Hauptraum schwebte und sich der offenen Tür des Nebenraums näherte. Ihre kreischenden Gesänge berichteten von Zerstörung.

Der Maschinenflüsterer versuchte, alles andere beiseite zu schieben, nahm den Schmerz der Missklänge hin und suchte nach einem Muster, nach der Andeutung von Struktur. Er wusste, dass so etwas existierte. Kein Maschinenlied unterlag allein dem Zufall; immer gab es irgendwo ein stimulierendes, steuerndes Element, einen Ordnungsfaktor selbst in der chaotischsten Kakophonie.

Wie schon zuvor bei der Tür bemühte er sich, Teil des Liedes zu werden, sich dem Schrillen wie ein zusätzlicher Klang hinzuzufügen und den Gesang dadurch neu zu formen. Doch das Kreischen betäubte ihn fast, und dahinter, in einer stillen Sphäre jenseits des Lärms, spürte er eine sonderbare Präsenz, unermesslich fremd und gleichzeitig sehr verlockend. Erstaunt konzentrierte er sich darauf und fühlte noch mehr: die zarten Echos einer fernen Melodie, überaus komplex, mit Tausenden ineinander verwobener Harmonien, eine herrliche Symphonie, voller Kraft, aber ... unvollständig. Seltsam, fand Jorgal. Wie konnte etwas so kolossal Komplexes unvollständig sein? Wie konnte er auch nur den *Eindruck* von Unvollständigkeit gewinnen, obwohl er nicht mehr hörte als einen kleinen Teil des Ganzen?

Plötzlich merkte er, wie es um ihn herum ruhiger wurde. Der Lärm ließ nicht nach, doch Jorgal lernte, auch die Stille zwischen dem Kreischen und Heulen zu hören, und in einen dieser ruhigen Zwischenräume kroch er, griff nach nahen Tönen und verband sie zu ersten melodischen Sequenzen.

Das Chaoslied veränderte sich, und Jorgal konnte sich jetzt besser darin bewegen. Etwas in ihm wollte versuchen, sich der fernen Melodie zu nähern, von der ein großer Reiz ausging, aber er erinnerte sich an die Aufgabe, die er *hier* erfüllen musste. Ein feines Gespinst entstand, als er weitere Töne miteinander verband, doch dann genügte ein Moment der Unachtsamkeit – er ließ sich dazu hinreißen, dem fernen Gesang zu lauschen –, um das Netz des neuen Lieds zu zerreißen.

Während Jorgal erneut durch das fremde Kreischen und Heulen stürzte, sahen seine Augen einen weiteren Lichtfinger, der von der schwebenden Kugel mit den Dornen ausging und über die Jüngsten hinwegstrich. Ihre Körper lösten sich auf.

»Jorgal!«, rief Memerek im Nebenraum, und der Maschinenflüsterer stellte fest, dass sich das Maschinenwesen der offenen Tür zwischen beiden Räumen näherte. Die Jüngsten existierten nicht mehr, und wenn die tödlichen Lichtfinger Gelegenheit bekamen, auch Memerek und die anderen zu berühren ...

Wieder konzentrierte er sich auf die stillen Zonen zwischen den einzelnen disharmonischen Tönen und begann erneut damit, Verbindungen zu schaffen und das

Schrillen in eine echte Melodie zu verwandeln. Nur daran dachte er jetzt, an nichts anderes, und nach einer Weile spürte er trotz der Fremdartigkeit dieser Klänge, wie sie auf seine Wünsche reagierten. Das Kreischen und Heulen wurde leiser, harmonischer, und die stillen Zonen dehnten sich ein wenig aus, passten sich den Tonfolgen an. Wieder entstand das Gespinst eines Maschinengesangs und gab Jorgal ein *Gefühl* dafür, wo es etwas zu verändern galt, um bestimmte physische Resultate zu erzielen.

Die Dornenkugel sank neben der Tür zu Boden, und Jorgal umgab die tödliche Energie in ihr mit einer neutralisierenden Melodie. Beim Lied in der Ferne wechselte die Tonhöhe, und Jorgal glaubte, das Äquivalent von Verwunderung und einer Frage zu hören.

»Jorgal?«

Er hob müde den Kopf und sah Memerek, die schöne Memerek, in deren großen grünen Augen Sorge glänzte. »Ich bin so müde ...«

»Kannst du nicht ein wenig Maschinenkraft aufnehmen?«

Jorgal beobachtete, wie Darhel an der Kugel hantierte, und dabei schwang der große runde Kopf auf dem dünnen Hals immer wieder hin und her. Suchte er nach Maschinenwissen? Aber dann wurde sein Kopf noch schwerer!

»Hier gibt es nicht genug«, erwiderte er leise. »Und ich habe keinen direkten Zugang zu ihr.«

Darhel näherte sich.

»Jorgal, bist du kräftig genug, um zu gehen?«

Der Maschinenflüsterer hatte sein drittes Bein bereits zurückgezogen und stand auf. Erschöpfung ließ ihn schwanken. Nach wie vor kribbelte die Ungewissheit in ihm, und er wusste, dass er ihr zumindest einen Teil der Schwäche verdankte. Sie schien sich nicht entscheiden zu können, was sie mit seinem Körper anstellen sollte, nahm ihm nur die Kraft.

»Ich höre ein Lied in der Ferne«, sagte er benommen. »Wenn ich es erreichen kann ...«

»Wir müssen fort von hier«, drängte Darhel.

Und so brachen sie auf, sechs von neunzehn, die sich nach der Kollision auf den Weg gemacht hatten. Alle anderen waren tot, unter ihnen die sieben Jüngsten, die nie eine Chance bekommen hatten, wirklich zu leben.

15

Deshan Apian

Lemuria 4509 dT (51 891 v. Chr.)

»Interessant«, sagte Deshan Apian, während er Text und Grafik durch das Display des kleinen Zephalons wandern ließ. »Wirklich interessant. Kompliment, Mira. Du hast dir große Mühe gegeben.«

Mira Lemroth saß am Steuer des Elektrowagens und lenkte ihn durch einen Verkehr, der selbst hier am Stadtrand von Marroar noch immer erstaunlich dicht war. »Du hast nur einen kleinen Teil gelesen.«

»Und der genügt mir schon, um beeindruckt zu sein. Damit sind dir neue Verdienste sicher.«

Deshan sah seine Frau an und bemerkte die deutliche Wölbung ihres Bauchs. Nach Tamaha und Milissa würde Mira in einigen Monaten ihr drittes Kind zur Welt bringen. Sie wussten bereits, dass es ein Junge war, und er sollte Erron heißen, nach Miras Großvater.

»Es ist ein Entwurf«, erwiderte Mira und wandte den Blick nur kurz vom Verkehr ab. »Die endgültige Dissertation wird noch umfangreicher sein. Ich habe vor, ihr ein Kapitel über die ›Sternensucher‹ hinzuzufügen.«

»Du wirst nicht nur eine Verdienststufe aufsteigen, sondern auch einen weiteren Titel bekommen«, sagte Deshan. »Mira Lemroth, Zephalonmeisterin sowie Spezialistin für Soziologie und Gesellschaftspsychologie.« Deshan lächelte.

»Je größer unsere Familie wird, desto mehr wächst dein Interesse an den Gesellschaftswissenschaften.«

»Wir alle sind Teil dieser Gesellschaft, und unsere Kinder werden in sie hineingeboren.« Mira bediente die Kontrollen des Elektrowagens, und der Motor summte ein wenig lauter, als sie den Fahrstreifen wechselte und beschleunigte. Sie fuhren nach Westen, in Richtung Pataah, aber ihre Reise würde ein ganzes Stück vorher zu Ende gehen, beim Konos-Monument von Hedros.

»Vielleicht finde ich die Soziologie und ihre psychologischen Aspekte deshalb so interessant, weil ich glaube, dass wir in einer einzigartigen Zeit leben«, sagte Mira. Warmer Wind strich durch das einen Spalt breit geöffnete Seitenfenster und spielte mit ihrem langen schwarzen Haar. »Wusstest du, dass das Durchschnittsalter unserer Bevölkerung während des letzten halben Jahrhunderts um fünfzehn Jahre gesunken ist?«

Deshan schüttelte den Kopf.

»Das ist eine enorme Verjüngung für eine ganze Population. Und der Grund dafür ...« Mira löste eine Hand von den Kontrollen und strich sich damit über den Bauch. »Eine immer höher werdende Geburtenrate. Denk an all die Menschen dort draußen, Deshan. Tausende, Millionen, jeder Einzelne von ihnen mit eigenen Träumen und Hoffnungen. Aber, und das ist der entscheidende Punkt: Die meisten dieser Träume und Hoffnungen existieren auch im kollektiven Bewusstsein. Mit anderen Worten: Die Wünsche des Individuums stimmen mit denen der Gesellschaft überein.«

»Wir alle ziehen an einem Strang«, sagte Deshan.

»Nicht alle, aber mehr als fünfundneunzig Prozent, und das ist ein enorm hoher Konformitätswert.«

»Es ist das Prinzip der Solidarität.«

»Dahinter steckt mehr als nur das Konzept der Solidarität, der gegenseitigen Hilfe. Stell dir die Gesellschaft als einen Organismus vor, der wächst und sich entwickelt, so langsam, dass wir die Veränderungen erst wahrnehmen, wenn sie ein bestimmtes Ausmaß erreichen, wenn Quantität in Qualität umschlägt. Während der letzten Jahrhunderte ist aus einer auf niedrigem Niveau stagnierenden Gesellschaft eine überaus dynamische geworden. Wir haben uns auf Lemuria ausgebreitet, und unser industrielles Potenzial ist enorm gewachsen. Und es nimmt weiter zu, mit hohen Zuwachsraten. Wir leben heute in einer *perfekten* Gesellschaft, Deshan. Es gibt praktisch keine inneren Konflikte, und für fast alle von uns ist das Gemeinwohl gleichbedeutend mit dem eigenen Wohl. Für jeden von uns gibt es Sicherheit. Jeder von uns hat die Chance, Verdienste zu erringen und aufzusteigen. Die Befriedigung der elementaren Bedürfnisse ist gewährleistet, selbst für jene, die keine Verdienste vorweisen können. Wohlstand für alle. Jeder hat einen Platz im großen Nest der Gemeinschaft.«

»Das Paradies?«, fragte Deshan und sah nach draußen. Sie fuhren der untergehenden Sonne entgegen, und hinter ihnen in Marroar glühten erste Lichter. Es war jetzt nicht mehr weit bis zur Gedenkstätte Hedros.

»Fast, zumindest in soziologischer Hinsicht. Eine perfekte Gesellschaft – weil sie traumatisiert ist.«

»Die Konos«, sagte Deshan.

»Ja«, bestätigte Mira und hielt den Blick auf die Fahrbahn gerichtet. Es herrschte noch immer erstaunlich viel Verkehr, selbst hier, außerhalb von Marroar. »Die Menschheit wäre fast ausgelöscht worden. Wir standen am Abgrund, und was wir dort gesehen haben, hat uns zutiefst entsetzt und für Jahrtausende gezeichnet. Jeder von uns trägt einen individuellen Selbsterhaltungstrieb in sich, aber es gibt auch einen kollektiven Selbsterhaltungstrieb, der die ganze Spezies betrifft.«

»Du meinst, in unserer heutigen Gesellschaft gibt es keine inneren Konflikte, weil wir alle zusammenarbeiten, um zu überleben.«

»Darauf läuft es hinaus. Das erlittene Trauma ist also

der Motor, der unsere Gesellschaft antreibt. Ihr Chronisten sorgt dafür, dass sich die Wunde in unserer Seele nicht schließt und das Trauma andauert.«

»Weil wir von der Vergangenheit berichten?« Deshan fühlte sich fast herausgefordert. »Weil wir bewahren, was gewesen ist? Wir sind heute das Ergebnis all der Dinge, die in unserer Vergangenheit geschehen sind. Die Wahrheit darf nicht in Vergessenheit geraten.«

»Du brauchst dich nicht zu rechtfertigen. Ich weiß, wie wichtig deine Aufgabe ist. Die Vergangenheit *muss* wach bleiben, da bin ich ganz deiner Meinung. Aber stell dir einmal vor, das Trauma verschwindet. Was passiert dann mit uns?«

»Wenn man deine Überlegungen weiterführt ... Ohne das Trauma verliert unsere Gesellschaft den inneren Zusammenhang?«

»Kommt darauf an. Sie könnte auch noch weiter wachsen.« Einige Sekunden lang schwieg Mira, und Deshan gewann den Eindruck, dass sie ihre Gedanken ordnete und nach Worten suchte. Am Horizont erschien ein hell erleuchteter Gebäudekomplex, wie ein Fanal in der beginnenden Nacht. »Ich glaube, wir stehen derzeit an einem Wendepunkt. Das Trauma, das uns zu dem gemacht hat, was wir heute sind, existiert noch immer, und es entfaltet jetzt neue Kraft. Erinnerst du dich an meinen Hinweis von Quantität, die in Qualität umschlägt? Vor einigen Jahren hat eine Entwicklung begonnen, die jetzt immer deutlicher zu Tage tritt, und ich glaube, sie wird Veränderungen in unserer Gesellschaft bewirken.«

Das klang fast wie eine Prophezeiung, fand Deshan. »Positive oder negative?«

»Schwer zu sagen.« Der Elektrowagen wurde langsamer – weiter vorn, an den Zufahrten der Gedenkstätte, staute sich der Verkehr. »Es kommt ganz darauf an, aus welchem Blickwinkel man es sieht. Dies hier ist ein Indiz.« Mira deutete nach vorn.

»Offenbar sind ziemlich viele Leute an der Veranstaltung interessiert.«

»Es werden immer mehr. Die Sternensucher gewinnen rasch weitere Anhänger.«

Deshan blickte nachdenklich auf das Display des kleinen Zephalons und erinnerte sich an eine Stelle, die er gelesen hatte. »Du hast betont, dass Veränderungen in der Gesellschaft auf äußere Stimuli oder neue Bedürfnisse einer gewachsenen, reiferen soziologischen Entität zurückgehen. Was ist hier der Fall?«

Sie passierten eine Zufahrt, und Mira lenkte den Wagen über eine Rampe nach unten in die große Tiefgarage. Kurze Zeit später hatte sie einen freien Stellplatz gefunden, parkte, schaltete den Elektromotor aus und lehnte sich zurück. Sie blieben sitzen, während um sie herum weitere Fahrzeuge anhielten. Männer, Frauen und auch Kinder stiegen aus und gingen in Richtung der Treppen und Aufzüge.

»Vielleicht sowohl das eine als auch das andere«, sagte Mira und strich sich geistesabwesend über den Bauch. »Es heißt, der Zwölfte Heroe Vehraáto sei zurückgekehrt.«

Sie saßen in einer der oberen Sitzreihen des Amphitheaters, so weit vom Podium entfernt, dass die Gesichter der dortigen Personen vage Flecken waren, ohne individuelle Einzelheiten. Aber die jeweiligen Sprecher erschienen auf großen Bildschirmen, und ihre Stimmen hallten aus Lautsprechern.

Deshan Apian besann sich auf seine Rolle als Chronist – er spielte mit dem Gedanken, einen Bericht über diese Veranstaltung zu verfassen und ihn Marroars Medien anzubieten – und nahm zunächst allgemeine Eindrücke in sich auf. Neben dem Amphitheater, das Teil der Gedenkstätte von Hedros war, ragte das Konos-Monument empor: eine ineinander verschlungene Ansammlung monströser Wesen – jenen albtraumhaften Geschöpfen wäre es vor einigen Jahrtausenden fast gelungen, die Lemurer auszurotten. An diesem Ort hatten die Lemurer der Festung Hedros erbitterten Widerstand geleistet, bis schließlich der letzte von ihnen gestorben war. Einige Ruinen erinnerten an die Befestigungsanlage auf der anderen Seite des Mahnmals, von Scheinwerfern angestrahlt. Alter, vergangene Tragödie und eine Mahnung für die Gegenwart, für die Lebenden, bestimmten die Atmosphäre dieses Ortes. Und davon sprachen auch die Männer und Frauen auf dem Podium. Einer der Redner, ein hoch gewachsener und ganz in Schwarz gekleideter Mann – er schien zu verschwinden, wenn er aus dem Licht in die Schatten trat –, zeigte bemerkenswertes rhetorisches Geschick, und es gelang ihm, seine vielen Zuhörer in den Bann zu ziehen. Deshan spürte, wie die Worte auch auf ihn selbst wirkten, obwohl er versuchte, einen gewissen Abstand zu wahren und alles mit den kritischen Ohren eines Chronisten zu hören.

Überleben. So hieß das Grundkonzept. Die »Sternensucher«, wie sich diese Leute nannten, griffen auf das Konos-Trauma der Lemurer zurück. Nie wieder, so betonten sie, durfte die Menschheit in Gefahr geraten, ausgelöscht zu werden. *Nie wieder.* Doch sie war viel zu verletzlich, solange sie auf einen Planeten beschränkt blieb, eigentlich sogar nur auf einen Kontinent dieses einen Planeten, denn weite Teile Lemurs lagen unter Schnee und Eis. Der Mensch musste die Stätte seiner Geburt verlassen, und zwar *so schnell wie möglich,* andere Welten erreichen und sich auf ihnen ausbreiten.

Auf den Welten anderer Sonnen.

Zu den Sternen ...

»Die Planeten unseres Sonnensystems genügen nicht«, sagte der Mann in Schwarz auf dem Podium. Seine Stimme klang ein wenig seltsam, wie verzerrt, was ihr zusammen mit dem Charisma des Redners eine fast hypnotische Wirkung gab. »Sie sind zu nahe. Wir müssen weiter hinaus ins All, wenn wir überleben wollen, viel weiter ...«

Überleben. Die Lemurer mussten überleben. Diesem Ziel war alles andere unterzuordnen.

Deshan Apian beobachtete den Mann abwechselnd auf dem Podium und den Bildschirmen, hörte die Stimme und versuchte, sich das Gesicht hinter der Zeremonienmaske vorzustellen. Solche Masken hatten früher besonders verdienstvolle Krieger getragen.

Der zwölfte Heroe Vehraáto ... Deshan kannte die Legende natürlich. Im Jahr 1 dha-Tamar war Vehraáto als Lichtgestalt aus der Sonne gekommen, hatte die Menschheit vor fürchterlich wütenden Bestien gerettet, Anhänger um sich geschart und war nach der Ankündigung, in größter Not neu zu erscheinen, ins Licht zurückgekehrt. Als Chronist wusste Deshan, dass Legenden voller Metaphern steckten und außerdem vom jeweiligen Zeitgeist geprägt waren. Deshalb zweifelte er daran, dass der Mann in Schwarz tatsächlich der zwölfte Heroe war, und eins musste man ihm lassen: Er stellte sich auch nicht als Vehraáto vor, nannte sich nur »Verkünder«.

»Wenn wir auf Lemur bleiben«, sagte der Mann auf dem Podium, und seine Stimme klang dabei sehr ernst, »sind wir zum Untergang verurteilt. Dort draußen im Weltraum wimmelt es von Leben, und irgendwann werden wir Besuch erhalten, von Geschöpfen, die noch schlimmer sind als die Konos.«

Der Mann in Schwarz legte eine Pause ein, um seinen Worten Nachdruck zu verleihen. Es war still im Amphitheater, so still, dass Deshan das eigene Atmen als laut empfand.

»Wenn sie kommen, um uns alle zu töten, müssen wir die Sterne erreicht haben, denn sonst wird es keine Menschen mehr geben. Um zu überleben, müssen wir *heute* handeln. Das offizielle Raumfahrtprogramm des Großen Solidars reicht nicht aus, denn damit kommen wir viel zu langsam voran. Es gilt, das Programm mit zusätzlichen Projekten zu erweitern, und dafür brauchen wir eure

Unterstützung. Werdet selbst zu Sternensuchern. Helft uns! Gemeinsam finden wir einen Weg zu den Sternen. Gemeinsam bauen wir Schiffe, mit denen Tausende zu neuen Welten aufbrechen können. Gemeinsam lassen wir die Menschheit wachsen, auf dass sie nie ausgelöscht werden kann!«

Der Mann in Schwarz wich zurück, und andere Personen erklärten die ersten konkreten Projekte der Sternensucher. Deshan Apian hörte weiterhin zu, achtete aber nicht auf die technischen Details. Erneut konzentrierte er sich auf die Atmosphäre und fühlte so etwas wie kollektive Entschlossenheit, zweifellos eine positive Energie. *Überleben.*

Als sie später wieder im Wagen saßen und durch die Nacht nach Marroar fuhren, fragte Deshan nachdenklich: »Wie viele sind es?«

»Schon über zehntausend, wie ich hörte«, antwortete Mira, die erneut an den Kontrollen des Elektrowagens saß. »Es war eindrucksvoller, als ich dachte. Eigentlich wollte ich mir den Heroen nur anhören, um der Dissertation ein entsprechendes Kapitel hinzuzufügen, aber jetzt glaube ich, dass der lemurischen Gesellschaft *erhebliche* Veränderungen bevorstehen.«

»Eine Art Wettlauf zu den Sternen?«

»Ein Wettlauf ums Überleben. Der Heroe versteht es sehr geschickt, mit unserem alten Trauma umzugehen und den kollektiven Überlebenswillen in eine neue Richtung zu lenken. Er gewinnt immer mehr Anhänger, und dadurch wächst der Einfluss der Bewegung.«

»Ich glaube nicht, dass er der zurückgekehrte zwölfte Heroe ist.«

»Ich auch nicht«, sagte Mira. »Aber er spielt die Rolle sehr überzeugend. Und er *behauptet* auch nicht, der Heroe zu sein. Irgendjemand hat einmal eine solche Vermutung geäußert, und seitdem trägt er die Bezeichnung wie einen Titel.«

»Ein Scharlatan?«, spekulierte Deshan. »Jemand, der den guten Glauben seiner Zuhörer ausnutzt?«

»Du bist Chronist. Stell Nachforschungen an, wenn du möchtest. Aber ich glaube, du wirst keine dunklen Machenschaften entdecken. Ich halte den Heroen ... den Mann mit der Maske für jemanden, dem es wirklich um das Überleben der Menschheit geht und der uns deshalb zu den Sternen bringen will. Der Einfluss der Sternensucher wird zunehmen. Unsere Gesellschaft wird sich verändern, und vielleicht steht sogar eine ganz neue Ära bevor.«

Deshan Apian sah zum Stadtrand von Marroar, zu den vielen Lichtern der Stadt.

»Was ist, wenn er Recht hat?«, fragte er.

»Recht womit?«

»Mit den Gefahren, die uns aus dem All drohen. Mit den ... gefährlichen Wesen, die uns eines Tages angreifen könnten?«

»Er fügt dem Trauma der Vergangenheit ein zukünftiges Trauma hinzu. Aber dies ist die Gegenwart, Deshan. Wir leben *hier* und *jetzt*.«

Zu Hause in seinem Arbeitszimmer zeichnete Deshan Apian einen Bericht über die Veranstaltung der Sternensucher bei der Gedenkstätte von Hedros auf und übermittelte ihn per Datennetz dem Medienzentrum von Marroar – seinem Verdienstkonto wurden dafür zwei Bonuspunkte gutgeschrieben. Bevor er zu Mira ging, um mit ihr die Kinder zu Bett zu bringen, blickte er aus dem Fenster zu den Sternen und fragte sich, ob es dort oben tatsächlich Wesen gab, die noch schlimmer waren als die Konos, und ob sie irgendwann nach Lemur kommen würden, um alle Menschen zu töten.

16

Denetree

Denetree beobachtete erschrocken, wie der Vorhang aus Energie durch den Raum kroch und den Akonen Echkal cer Lethir erreichte. Das Glühen glitt über den Ersten Offizier der LAS-TOÓR hinweg, ohne ihn zu verbrennen, wie Denetree zunächst befürchtet hatte. Es erreichte die beiden anderen Akonen, dann Sharita Coho, kroch Denetree und Solina Tormas entgegen. In der jungen Lemurerin drängte alles danach, die Flucht zu ergreifen, aber das unbekannte Etwas – ein Kraftfeld – hielt sie noch immer fest.

Der energetische Vorhang berührte sie, und Denetree spürte ein Prickeln, wie ein kurzer Juckreiz. Das Gefühl verschwand sofort wieder, und mit ihm das Glühen. Von einem Augenblick zum anderen konnte sich Denetree wieder bewegen, und der Instinkt veranlasste sie, einen Schritt zurückzuweichen.

Wieder erklang eine Stimme.

»Überprüfung abgeschlossen. Zugangserlaubnis wird erteilt. Befugnisstatus: komplett.«

Die Tür in der gegenüberliegenden Wand glitt beiseite.

Sharita Cohos rechte Hand blieb in unmittelbarer Nähe des Kombiladers im Magnethalfter, als sie sich in Bewegung setzte und durch die Tür in einen langen Korridor trat. Echkal cer Lethir folgte ihr sofort – ein neuer kleiner Hinweis auf die Rivalität zwischen der Terranerin und dem akonischen Ma-Techten. Die anderen ließen sich etwas mehr Zeit, und Denetree beobachtete, wie Solina ein kleines Gerät hervorholte und auf seine Anzeigen blickte.

Boden, Decke und Wände des Korridors schienen aus dunkelgrauem Metall zu bestehen, und mattes Licht kam von Leuchtstreifen in halber Höhe. Nicht alle von ihnen waren aktiv; einige blieben dunkel. Denetree fragte sich, ob es ein Zeichen dafür war, dass die technischen Systeme dieser Station nicht mehr alle einwandfrei funktionierten.

Sharita Coho schaltete ihr Funkgerät ein. »Besatzungen Kriecher I bis IV, bitte melden.«

Sie wartete, doch es kam keine Antwort.

Die akonische Historikerin trat zur Kommandantin der PALENQUE. »Ein Absorptionsfeld«, sagte sie und deutete auf die Anzeigen ihres Geräts. »Die Funksignale kommen nur einige Meter weit.«

»Prächtig«, kommentierte Coho. »Also müssen wir Beinarbeit leisten. Gehen wir?«

»Wohin?«, fragte Lethir.

Coho deutete nach vorn. »Es kommt nur eine Richtung in Frage, soweit ich das feststellen kann. Oder willst du zurück auf die Oberfläche des Planetoiden?«

Der Korridor führte in einem weiten Bogen nach rechts, sodass sie sein Ende nicht sehen konnten. Einige Teile von ihm lagen halb im Dunkeln, weil dort überhaupt kein Licht mehr von den Leuchtstreifen kam. Denetree bemerkte Flecken an den Wänden, vielleicht Hinweise auf Korrosion. Sie verstärkten den allgemeinen Eindruck, dass diese Anlage sehr, sehr alt war.

Das Gesicht der Historikerin Solina zeigte fasziniertes Interesse, als sie sich umsah und mit ihren Geräten immer wieder Messungen vornahm. »Diese Station könnte noch älter sein als die auf Mentack Nutai«, sagte sie.

»Ich möchte noch einmal darauf hinweisen, dass es sich zweifellos um eine früh*akonische* Anlage handelt«, betonte Echkal cer Lethir. »Sie gehört also meinem Volk.«

Sharita Coho seufzte. »Niemand will dir etwas wegnehmen. Wir sind hier, um festzustellen, was mit Catchpole und den anderen passiert ist. Und auch mit Icho Tolot.«

»Angesichts des Absorptionsfelds grenzt es an ein Wunder, dass wir Transmitterechos empfangen haben«, sagte Solina.

Sie kamen an mehreren Türen vorbei, die sich aber nicht öffnen ließen. Sie blieben selbst dann geschlossen, als Lethir die Kontrollen neben ihnen betätigte.

»Ich frage mich, welchen Test wir bestanden haben«, sagte Denetree nachdenklich.

Coho blieb stehen und sah sie an. »Eine gute Frage.« Sie überlegte kurz und hob die Stimme. »Welche Überprüfung hat stattgefunden?«

»Ich habe festgestellt, dass ihr zum Volk der Erbauer gehört«, antwortete eine körperlose Stimme.

Echkal cer Lethir klappte den Mund auf, um etwas zu sagen, aber Coho warf ihm einen warnenden Blick zu.

»Das ... stimmt«, erwiderte Sharita. »Befinden sich in dieser Station noch andere Personen, die aus dem Volk der Erbauer stammen?«

»Zwei weitere Gruppen wurden überprüft. Eine besteht aus fremden Lebensformen, die für die Elimination vorgesehen sind. Die zweite Gruppe lehnte es ab, die Fremden in ihrer Mitte zu eliminieren.«

Coho und die anderen wechselten fragende, verwunderte Blicke. Denetree lauschte der Stimme, die künstlich klang, weder nach einem Mann noch nach einer Frau. Und doch gab es seltsame Individualität in ihr, etwas *Lebendiges*.

»Yülhan und Trülhan«, sagte Sharita leise. »Und Grresko.« Sie holte tief Luft. »Wir haben kompletten Befugnisstatus, nicht wahr?«

»Korrekt.«

»Die erste Gruppe wird nicht eliminiert. Ich wiederhole: die erste Gruppe nicht eliminieren. Und bring uns zur zweiten.«

Stille dehnte sich im Korridor aus.

»Das ist ... ungewöhnlich«, erwiderte die Stimme schließlich.

»Warum?«

»Die Sicherheit hat Priorität. Nur die Erbauer dürfen Zugang erhalten. Alle fremden Lebensformen müssen eliminiert werden, denn sie könnten Helfer des Feinds sein.«

»Des Feinds?«

Stille.

»Du hast verifiziert, dass wir aus dem Volk der Erbauer stammen«, sagte Sharita vorsichtig.

»Korrekt.«

»Sind Erbauer berechtigt, dir Anweisungen zu erteilen?«

»Ja.«

»Dann erteile ich dir hiermit Anweisungen. Die erste Gruppe wird nicht eliminiert, und bring uns zur zweiten. Triff in beiden Fällen keine offensiven Maßnahmen irgendeiner Art.«

Wieder folgte Stille, die mehrere lange Sekunden dauerte. »Ich ... bestätige.«

Irgendwo weiter vorn im Korridor, jenseits der Wölbung, die die Sichtweite auf etwa zwanzig Meter beschränkte, summte und brummte es, und ein rhythmisches Klacken gesellte sich hinzu. Denetree beobachtete, wie etwas Monströses heranstakte: ein metallenes Wesen mit zahlreichen Armen und Beinen, die mehrere Knäuel bildeten. Lichter glühten am zentralen Oval, wie rote und violette Augen. Einige Meter vor Sharita verharrte der mehr als zwei Meter große Roboter, und Denetree stellte fest, dass Arme, Beine und auch der Zentralkörper aus Segmenten bestanden, die verlängert, verkürzt und verschoben werden konnten.

»Folgt mir«, schnarrte das metallene Geschöpf, und wieder verstand Denetree die Worte nur, weil ihr Translator sie sofort übersetzte.

Der Roboter wankte in die Richtung, aus der er gekommen war, und Sharita und die anderen folgten ihm. Nach einigen Dutzend Metern, in einem besonders hellen Bereich des Korridors, wandte er sich einer der Türen zu und berührte sie mit einem tentakelartigen Arm, woraufhin sie mit einem dumpfen Surren zur Seite glitt. Dahinter zeigte sich ein breiterer Korridor, der leicht nach unten führte und dessen Wände nicht nur aus grauem Metall bestanden. Es gab in ihnen auch breite, hohe Fenster, die Blick in andere Bereiche der Station gewährten, als sie an ihnen vorbeigingen: halbdunkle, geisterhaft wirkende Maschinensäle, in denen sich die Schatten und Schemen von Servomechanismen bewegten; Räume mit großen Behältern, deren Zweck rätselhaft blieb; andere mit verblüffend vertraut wirkenden Möbeln eingerichtet, mit Schränken, Tischen und Stühlen, Räume, die nur darauf zu warten schienen, dass ihre Bewohner zurückkehrten. Aber nirgends zeigte sich ein lebendes Wesen; hier gab es nur Maschinen. Und eine Stimme, von der Denetree vermutete, dass sie dem zentralen Computer der Station gehörte. Eine neutrale Stimme, in der sie doch einen sonderbaren Konflikt gehört zu haben glaubte.

Sie folgten dem Roboter und näherten sich einem weiteren großen Fenster auf der linken Seite des Korridors. Als Sharita es erreichte, blieb sie abrupt stehen, und Denetree sah, wie sie die Augen aufriss.

»Das ist ein Haluter-Schiff!«, entfuhr es ihr.

Wie die anderen blickte Denetree in eine große Halle, heller erleuchtet als die düsteren Maschinensäle. Ein schwarzes, kugelförmiges Raumschiff stand dort, unten abgeplattet und mit einem Durchmesser von etwa hundert Metern. Eine Schar von unterschiedlich konfigurierten Robotern hatte das Schiff an einer Stelle geöffnet und damit begonnen, Dinge aus ihm herauszuholen.

Sharita Coho wandte sich dem Maschinenwesen zu, das sie bis hierher geführt hatte.

»Ich habe neue Anweisungen«, sagte sie. »Bring uns zu Icho Tolot ... zu dem Wesen, das sich an Bord des Schiffes dort befand.«

Der Roboter mit den vielen Armen und Beinen stakte näher, und die Lichter an seinem Zentralkörper blinkten. »Es ist ein Schiff des Feindes, und es befand sich ein Feind an Bord.«

»Bring uns zu ihm!«

Das Summen des Roboters veränderte sich. »Diese Anweisung kann nicht ausgeführt werden. Sie verstößt gegen die Sicherheitsprioritäten.«

»Ich berufe mich auf unseren kompletten Befugnisstatus und wiederhole meine Anweisung: Bring uns zu dem Wesen, das sich an Bord des Schiffes befand.«

Diesmal veränderte sich nicht nur das Summen, sondern auch der Roboter selbst. Mehrere Beine verschwanden im ovalen Zentralkörper, der buckelartige Auswüchse bekam, mit Öffnungen, in denen Licht flackerte. Das Maschinenwesen stieg auf – ein Antigravfeld, vermutete Denetree – und hüllte sich in eine Blase aus Energie.

»Status wird neu bewertet«, sagte es. »Befugnis null. Ihr seid Kollaborateure des Feindes. Sicherheitsverwahrung wird angeordnet.«

»Du irrst dich«, erwiderte Sharita. »Wir ...«

Zwei Energiestrahlen rasten an ihr vorbei – die beiden Akonen, deren Namen Denetree nicht kannte, hielten plötzlich kleine Waffen in den Händen und schossen damit auf den Roboter. An den getroffenen Stellen leuchtete die schützende Blase auf, ohne dass die destruktive Energie das Maschinenwesen erreichte.

Ein Finger aus fahlem Licht tastete aus einem der Buckel und erfasste einen der beiden Akonen, der zusammenbrach und betäubt auf dem Korridorboden liegen blieb.

Sharita fluchte hingebungsvoll, warf sich zur Seite, hielt plötzlich ihren Kombilader in der Hand und feuerte. Echkal cer Lethir und Solina Tormas holten ebenfalls Waffen hervor, von denen Denetree bisher nichts gesehen hatte, und sie begriff plötzlich, dass sie als Einzige mit leeren Händen dastand.

Rote Blitze zuckten aus Cohos Waffe, durchschlugen die schützende Blase des Roboters und fraßen sich in den Zentralleib. Das Maschinenwesen stieg ganz auf, bis zur Decke des Korridors, neigte sich zur Seite und ... explodierte.

Es krachte ohrenbetäubend laut, und die Druckwelle der Explosion riss Denetree von den Beinen. Zum Glück, denn dadurch wurde sie nicht von den glühenden Trümmerstücken getroffen, die wie Geschosse durch den Korridor rasten.

»Da kommen zwei Weitere!«, rief Lethir.

Denetree hob benommen den Kopf und sah zwei andere Maschinenwesen – sie schwebten durch eine Öffnung, die sich in der rechten Wand gebildet hatte. Auch von ihnen gingen fahle Lichtfinger aus, und einer berührte den akonischen Ersten Offizier. Lethir ächzte leise und ging zu Boden.

Und plötzlich hallte ein schrilles Kreischen durch den breiten Korridor, ein Heulen wie von Dämonen, das Denetree durch Mark und Bein ging. Ohne einen bewussten Gedanken sprang sie auf und lief los, so schnell wie noch nie zuvor in ihrem Leben, fort von den Robotern, die Unheil bedeuteten, vor allem aber weg vom Kreischen, das von Wahnsinn kündete. Angst trieb sie an, der Wunsch, dem Heulen zu entkommen, das allmählich leiser wurde.

Hinter einer Kurve sah sie plötzlich einen fliegenden Roboter vor sich, anders geformt als die Maschinenwesen, die Denetree bisher gesehen hatte, und wieder reagierte sie, ohne zu denken, sprang durch eine runde, dunkle Öffnung in der nahen Wand. Dahinter ging es steil nach unten, und die junge Lemurerin verlor das Gleichgewicht, fiel und rutschte durch Finsternis. Vergeblich trachtete sie danach, sich irgendwo festzuhalten, doch ihre Hände berührten nur glattes Metall – und dann gar nichts mehr.

Denetree fühlte nichts mehr unter und neben sich, fiel durch pechschwarze Dunkelheit. Das Kreischen wiederholte sich, wenn auch nicht so laut wie vorher, doch dann merkte sie, dass es von ihr selbst stammte, und sie klappte den Mund zu, stürzte durch grässlich leere Stille. Jeden Moment konnte sie irgendwo aufprallen, und bestimmt war ihre Fallgeschwindigkeit inzwischen so hoch, dass sie sich alle Knochen im Leib brechen würde.

Dann merkte sie, dass die Luft nur langsam an ihr vorbeistrich. Und tief unter ihr, in dem Schwarz, das alle Konturen verschlang, deutete das erste vage Grau die Präsenz von Licht an.

Zeit verstrich, und das Grau wuchs. Denetree begann wieder zu hoffen.

Schließlich drängte das Licht aktiver Leuchtstreifen einen Teil der Dunkelheit zurück, und Denetree stellte fest, dass sie durch einen langen Schacht schwebte, der tiefer hineinführte in den Planetoiden. Ein Antigravfeld verhinderte einen tödlichen Sturz. In den Wänden um sie herum zeigten sich immer wieder die dunklen Öffnungen von Gängen und Korridoren, doch Denetree wusste nicht, wie sie ihre Bewegungsrichtung verändern sollte, um sie zu erreichen. Sie streckte Arme und Beine, versuchte es mit Schwimmbewegungen, ohne Erfolg.

Etwa zehn Minuten später erschien das Ende des Schachts unter Denetree, und sie schwebte ihm entgegen, noch immer sicher gehalten von dem Antigravfeld. Als sie wieder festen Boden unter den Füßen spürte, atmete sie erleichtert auf und blickte nach oben – der

Schacht verschwand über ihr in der Finsternis jenseits der Leuchtstreifen.

Nach kurzem Zögern aktivierte sie das Funkgerät ihres Raumanzugs. »Sharita?«, fragte sie hoffnungsvoll. »Solina?«

Keine Antwort.

Sie wandte sich dem einzigen Korridor zu, der vom Boden des Schachts aus erreichbar war – einige wenige Leuchtstreifen entrissen Teile von ihm der Dunkelheit.

In der finsteren Ferne, verborgen in Schwärze, flüsterte eine Stimme.

17

Alahandra

Als in der einen Wand des grauen Zimmers eine Tür erschien, wusste die kleine Alahandra, dass die große nicht länger allein sein wollte. Sie verließ den Raum, in dem sie gelegentlich warten musste, begann mit der Suche und durchstreifte das Kastell.

Im Saal mit den vielen Säulen hielt sie vergeblich nach der Frau Ausschau, und das fand sie seltsam, denn in einigen Säulen glänzte und funkelte es heller als je zuvor, und in anderen schienen die Schlangen aus Licht bestrebt zu sein, in die Freiheit zu gelangen. Manche Säulen aber, in denen es zuvor ebenfalls Lichter gegeben hatte, waren jetzt dunkel und wie tot. Das stimmte die kleine Alahandra traurig, obwohl sie den Grund dafür nicht verstand. Sie ahnte, das es einen Zusammenhang mit der Krankheit gab, an der die Frau litt, und bedauerte sehr, ihr nicht helfen zu können.

Wo bist du?

Und sie wusste Bescheid, ohne eine Antwort zu bekommen. Wieder eilte sie durchs Kastell, lange Treppen hoch, bis sie schließlich den kleinen Turm erreichte, den höchsten Teil des Gebäudes. Dort stand sie, im Zimmer mit den Zinnenfenstern, und blickte hinaus in den Nebel, der die Feste wie mit einem Gewand umhüllte, das sie nicht abstreifen konnte.

»Es geht mir nicht gut«, sagte die große Alahandra, ohne sich umzudrehen.

Das Mädchen trat näher und schlang ihr den Arm um die Taille. »Ich habe es gefühlt«, erwiderte es voller Anteilnahme. »Wenn ich dir doch nur helfen könnte.«

»Ich bin alt. Meine externen Komponenten funktionieren nicht mehr zuverlässig, und es gibt auch Fehlfunktionen bei den inneren.«

»Der Saal, in dem du tanzt ...«, sagte die kleine Alahandra. »Einige Säulen sind dunkel geworden.«

Und dann standen sie im Saal. Die große Alahandra ging langsam durch den Wald aus Säulen, berührte hier etwas, strich dort über etwas anderes. Ihr Gesicht zeigte Schwermut und Sorge.

»Die Fremden, die gekommen sind ...«

»Ja?« Das Mädchen erinnerte sich. Vor dem Warten im grauen Zimmer hatte es gefühlt, wie etwas *in ihm* erschienen war, in dem Größeren, aus dem die Welt der großen Alahandra bestand.

»Ich habe mich geirrt. Sie gehören nicht zu den Erbauern.«

»Und das bedeutet?«

»Sicherheitsverwahrung. Es muss gewährleistet sein, dass sie keine Gefahr darstellen.« Die Frau neigte den Kopf ein wenig zur Seite. »Die Fremden haben eine periphere Einheit aufgefordert, sie zum *Feind* zu bringen.«

Der *Feind*. Wie seltsam dieses Wort klang. Die kleine Alahandra hatte früher nie Feinde gehabt.

Früher ...

Etwas lenkte ihre Gedanken in eine andere Richtung.

Die große Alahandra sah sie an, lächelte ... und erzitterte plötzlich. »Die Fremden haben meine periphere Einheit zerstört. Das ist eindeutig feindseliges Verhalten. Weitere offensive und defensive Subsysteme müssen aktiviert werden.«

Sie wollte mit einem Tanz im Säulenwald beginnen, erstarrte aber schon nach dem ersten Schritt. Diesmal versuchte die kleine Alahandra nicht, den großen Saal zu verlassen – sie wäre ohnehin kaum bis zur Tür gekommen. Sie drückte die Hände an die Ohren, als die Frau zu kreischen begann, was in letzter Zeit immer öfter geschah, ein Zeichen der Krankheit. Überraschend schnell verklang das Heulen, und die große Alahandra bot den bereits vertraut gewordenen Anblick: Erstarrt stand sie da, das Gesicht eine Grimasse, völlig reglos, genauso reglos wie die Lichter in den vielen Säulen.

Die kleine Alahandra trat auf sie zu, berührte ihre Hand und schuf einen Kontakt, der sich nicht aufs Körperliche beschränkte. Sie gab der Frau einen Teil ihrer Kraft, und daraufhin verschwand das Fratzenhafte aus ihrem Gesicht.

Und dann lief sie zwischen den Säulen hin und her, tanzte mit den Lichtschlangen und dem Funkeln und Glitzern. Die kleine Alahandra beobachtete sie dabei. Diesmal sah und hörte sie, denn die große Alahandra schickte sie nicht ins graue Zimmer, auf dass sie dort wartete.

18

Deshan Apian

Lemuria 4521 dT (51 879 v. Chr.)

Der Anblick konnte prächtiger kaum sein, und Deshan Apian vergaß das Gefühl des endlosen Fallens, das ihn bisher belastet hatte. In der Schwerelosigkeit blickte er aus dem großen Panoramafenster auf den Planeten hinab, der sich langsam unter ihnen drehte: Lemur, das Blau von Ozeanen, das Weiß von Gletschern und weiten Ebenen aus Schnee, die Wiege der Menschheit.

»Es ist ... wundervoll«, sagte der Chronist zutiefst beeindruckt. Natürlich hatte er Bilder und Filme gesehen, aber die Wirklichkeit, das direkte Erleben dieser Perspektive, war überwältigend.

Levian Paronn nickte. »Ein kosmisches Juwel«, erwiderte er. »Eine Oase des Lebens im All. Viele Menschen dort unten glauben, dass Lemur immer da sein, ihnen immer Heimat sein wird. Doch ein Asteroid würde genügen, um das zu vernichten, was sie für die ›Welt‹ halten.«

»Ein Asteroid oder ... gefährliche Wesen aus den Tiefen des Alls?«

Paronn antwortete nicht sofort. Er hielt sich an der Wand fest, direkt neben dem Fenster, blickte noch einige Sekunden lang auf den Planeten hinab, drehte dann den Kopf und sah Deshan an. Seit neunzehn Jahren arbeitete der Chronist für diesen Mann, und inzwischen glaubte er, ihn gut zu kennen. Das Feuer tief in den grauen Augen war längst vertraut. Aber es gab auch noch etwas anderes in diesem Mann, für das Deshan offenbar einen besonderen Sinn entwickelte, denn er fühlte es immer deutlicher: ein Rätsel, ein Geheimnis, das Paronn seit fast zwei Jahrzehnten hütete.

»Gefährliche Wesen«, wiederholte er leise, und ein Schatten huschte durch sein Gesicht. »Auszuschließen ist das nicht. Deshalb müssen wir zu den Sternen. Um zu überleben. Diese neue Raumstation, die erste ihrer Art, ist ein wichtiger Schritt.«

»Du kennst die Sternensucher vom Projekt Exodus her«, sagte Deshan. »Ihre Bewegung hat großen Zulauf, und der Verkünder weist ebenfalls auf Gefahren aus dem All hin. Auch er hat ›gefährliche Wesen‹ erwähnt.«

Paronn schwieg.

»Manche Leute bezeichnen den Verkünder als zurückgekehrten zwölften Heroen Vehraáto.«

»Unter bestimmten Umständen können Mythen recht wirkungsvoll sein.« Paronn seufzte leise. »Komm, Deshan. Ich zeige dir das Laboratorium.«

Die beiden Männer stießen sich vorsichtig ab und schwebten zur Luke, die in den Verbindungsstutzen führte. Deshan Apian versuchte, sich zu orientieren. Während des Anflugs mit dem Shuttle hatte er Gelegenheit gehabt, alle Einzelheiten der neuen großen Raumstation zu betrachten. Sie war mehr als zweihundert Meter lang, bestand aus Zylindern, Röhren, Ringelementen und kleineren, kegelartigen Strukturen. Manche Segmente konnten rotieren, um mit Hilfe von Fliehkraft Gravitation zu simulieren. Hinzu kamen Dutzende von langen Stäben, die wie Antennen aus der Station ragten, ausgestattet mit Sensoren und speziellen Messinstrumenten. Paronn und Apian verließen nun einen der Ringe, und der Verbindungsstutzen brachte sie in einen hell erleuchteten Zylinder, etwa dreißig Meter lang und zehn breit. Er drehte sich langsam, und der Chronist stellte erleichtert fest, dass das Gefühl des Fallens verschwand, als er an der Innenwand des Zylinders wieder Gewicht bekam, wenn auch nicht viel – ein kräftiger Sprung hätte ihn zur gegenüberliegenden Wand des Zylinders gebracht. Techniker und Wissenschaftler saßen an summenden Konsolen und hantierten an der komplexen Vorrichtung, die genau dort schwebte, wo sich die virtuelle Rotationsachse des Zylinders befand, in seinem schwerelosen Zentrum.

»Was ist das?«, fragte Deshan neugierig und deutete nach oben.

»Das Entwicklungsmodell eines ganz neuen Antriebssystems«, sagte Levian Paronn stolz. »Wenn wir die Sterne erreichen wollen, brauchen wir ein Triebwerk, das über lange Zeit genug Schub entwickelt, um Raumschiffe bis auf fast Lichtgeschwindigkeit zu beschleunigen. Chemische Reaktionen liefern nicht genug Energie. Wir befassen uns mit verschiedenen Arten von Sonnenstrahlung, insbesondere mit Neutrinos.«

Deshan erinnerte sich an Projekt Neunzehn und beobachtete die Vorrichtung, die einen sehr improvisierten Eindruck auf ihn machte. Sie bestand aus Kabelbündeln, Reflektoren, Projektoren, schirmartigen Apparaturen und anderen Dingen, die er nicht identifizieren konnte. In der Mitte bemerkte er ein langes, transparentes Rohr mit einem flackernden Lichtfaden.

Einer der Wissenschaftler – ein älterer Mann mit schütterem Haar und fleckigem Gesicht – näherte sich. In der niedrigen Pseudoschwerkraft wirkten seine Bewegungen seltsam auf Deshan, wie durch eine Arzt Zeitlupe in die Länge gezogen.

»Das ist Professor Luban«, sagte Paronn. »Er leitet das Triebwerksprojekt.«

Der Wissenschaftler nickte dem Chronisten zu und wandte sich dann an Paronn. »Wir haben alles für einen neuen Test vorbereitet.«

»Ausgezeichnet.« Paronn winkte. »Fangt an.«

Deshan beobachtete, wie Luban zu seiner Konsole zurückkehrte und dort Schaltelemente betätigte. Ein dumpfes Brummen im Hintergrund wurde lauter, und die Techniker und Wissenschaftler sahen auf – ihr Interesse galt dem Gebilde in der Mitte des Laboratoriums.

Der Lichtfaden im transparenten Rohr wurde heller und wuchs, doch dann kam es zu einem unregelmäßigen Flackern, und aus dem Brummen wurde ein stotterndes Surren. Aufregung machte sich unter den Männern und Frauen an den Konsolen breit. Levian Paronn beobachtete das Geschehen und wartete mit wachsender Ungeduld auf eine Erklärung. Schließlich setzte er sich in Bewegung und trat mit vorsichtigen Schritten zu Luban. Deshan folgte ihm.

Der Professor blickte kummervoll und verwirrt auf die Anzeigen, mit denen der Chronist wenig anfangen konnte.

»Ich verstehe das nicht«, sagte Luban. »Die Voraussetzungen sind genau gleich, aber trotzdem haben wir bei diesem Test ein anderes Resultat erzielt. Das ergibt doch keinen Sinn. Wenn gleiche Bedingungen nicht zu gleichen Ergebnissen führen, funktioniert die Wissenschaft nicht mehr.«

»Vielleicht hast du etwas übersehen«, sagte Paronn. »Es muss einen unbekannten Faktor geben, wenn sich trotz gleicher Testbedingungen unterschiedliche Resultate ergeben. Lass uns gemeinsam alles überprüfen.«

Und Deshan Apian beobachtete, wie Levian Paronn wieder zu dem Mann wurde, der Hindernisse überwand und Probleme löste.

Zwei Wochen später, als Deshan Apian im Arbeitszimmer ihrer großen Wohnung saß, kam Mira herein, inzwischen Mutter von sechs Kindern und anerkannte Psychosoziologin. »Du hast mir doch erzählt, dass Levian Paronn im Jahr 4460 in der Forschungskolonie Torhad geboren ist.«

Deshan erinnerte sich an das Gespräch darüber, auch an den Unfall, dem Levians Eltern zum Opfer gefallen waren. Der Möglichkeit, dass damals auch ihr Sohn ums Leben gekommen und jemand anders in seine Rolle geschlüpft war, stand er inzwischen mit mehr Reife und Rationalität gegenüber – und daher mit größerer Skepsis. »Ja.«

»Hast du dir deinen Auftraggeber in letzter Zeit einmal genauer angesehen?«

»Wie meinst du das?«

»Komm, ich möchte dir etwas zeigen.«

Deshan stand auf und folgte ihr in den Flur. Hinter der halb offenen Tür eines nahen Zimmers erklangen vertraute Stimmen: Die sechzehnjährige Tamaha und ihre zwei Jahre jüngere Schwester Milissa sprachen über ein gentechnisches Projekt des Lehrsolidars, das sie besuchten. *Sie klingen schon wie Frauen,* dachte Deshan und staunte darüber, wie schnell die Zeit verging. *Noch einige Jahre, und sie sind erwachsen.*

Miras Zimmer mit den Zephalonen befand sich direkt neben dem großen, mit vielen Pflanzen geschmückten Gemeinschaftsraum, durch dessen breite Fensterfront man über Marroar hinwegsehen konnte. Die Wohnung befand sich im Inneren Distrikt, im dreißigsten Stock eines Gebäudes des zentralen Verdienstbezirks. Wer hier wohnte, hatte große Verdienste errungen. Die kleineren Kinder spielten ein Geschicklichkeitsspiel mit Miniprojektoren, die so zusammengefügt werden mussten, dass besonders hübsche Reflexionsmuster entstanden. Eine junge Erzieherin in den Diensten des Sechsten Solidaren Komitees leistete ihnen Gesellschaft, außerdem auch eine Mutter mit zwei Kindern aus einem anderen Haus. Mira und Deshan kümmerten sich gemeinsam um ihre Töchter und Söhne, aber sie griffen auch oft auf die Hilfe von Solidarerziehern oder den pädagogischen Beistand anderer Mütter zurück, denn beide wollten sich, wie in der lemurischen Gesellschaft üblich, trotz des großen Hauses ihre beruflichen Freiheiten bewahren. Mira gefiel sich in ihrer Rolle als Mutter, aber sie war auch Zephalonspezialistin und Psychosoziologin, und natürlich setzte sie die Arbeit auf beiden Gebieten fort.

Sie betraten das Zimmer neben dem Gemeinschaftsraum, und Mira schloss die Tür, deutete an hohen Pflanzen vorbei zu den leise summenden Zephalonen. Ein großes Display zeigte ein Bild von Levian Paronn, angefertigt an Bord der Raumstation.

»Das ist er heute«, sagte Mira. »Anweisung: Bildwechsel.«

Das von Mira Lemroth mit entwickelte System, das die direkte Verarbeitung von Sprache gestattete, war längst zum Standard moderner Zephalonen geworden und funktionierte auch mit viel komplexeren Anweisungen. Das Bild verschwand vom Schirm, und ein anderes erschien, das ebenfalls Levian Paronn zeigte, aber in einer anderen Umgebung.

»Fällt dir irgendetwas auf?«, fragte Mira.

Deshan musterte den Mann, für den er eine persönliche Chronik anfertigte. »Es ist ebenfalls Levian Paronn.«

»Wann sind deiner Meinung nach die beiden Aufnahmen angefertigt worden? Anweisung: Zeige beide Bilder auf dem Schirm.«

Die Aufnahmen erschienen nebeneinander. »Vor kurzer Zeit«, sagte Deshan.

»Beide?«

»Ja. Paronn sieht auf beiden Bildern gleich aus.«

Mira nickte und deutete auf die linke Aufnahme. »Dieses Bild stammt aus dem Jahr 4502. Es ist neunzehn Jahre alt.«

Deshan sah genauer hin, konnte im Gesicht aber keinen Unterschied erkennen.

»Ich habe beide Gesichter von einem speziellen Erkennungsprogramm untersuchen lassen. Dein Eindruck täuscht dich nicht: Sie sind identisch.«

»Aber das bedeutet ...«

»Es bedeutet, dass Levian Paronn während der vergangenen neunzehn Jahre nicht gealtert ist.«

»Wir wissen jetzt, warum sich bei gleichen Testbedingungen unterschiedliche Resultate ergaben«, sagte Professor Luban. Sein Gesicht zeigte sich auf dem Kommunikationsmonitor an Bord des Shuttles, der Levian Paronn und seinen Chronisten Deshan Apian erneut zur Raumstation brachte, zum zweiten Mal innerhalb weniger Monate.

»Ich bin ganz Ohr«, erwiderte Paronn, der es sich auch diesmal nicht nehmen ließ, den Shuttle selbst zu fliegen. Eine Manövrierdüse zündete und gab für mehrere Sekunden Schub, um den Kurs des kleinen Raumschiffs zu korrigieren. Deshan blickte durchs Fenster und sah die Raumstation, deren Konturen sich vor der hellen Tagseite Lemurs abzeichneten. Weniger als zwei Kilometer trennten sie von ihr.

»Die Testbedingungen waren eben *nicht* genau gleich«, erklärte der Professor. »Bei den einzelnen Versuchen waren unterschiedliche Personen zugegen, und das führte zu einer Veränderung der Resultate.«

»Und?«

»Wir haben festgestellt, dass die Neutrinos mehr Energie erbringen, wenn bestimmte Personen an den Tests teilnehmen. Bei medizinischen Untersuchungen der Betreffenden hat sich ergeben, dass sie über parapsychische Fähigkeiten verfügen, die ihnen nicht nur den Nachweis von Neutrinos ermöglichen, sondern auch ihre unbewusste Kontrolle. Wir sprechen in diesem Zusammenhang von der ›Abhijn-Kraft‹.«

Dünne Falten bildeten sich in Paronns Stirn. »Mutanten?«

»Ich würde nicht so weit gehen, diesen Begriff zu verwenden«, sagte der Professor.

Luban fuhr mit seinen Erklärungen fort und betonte mehrmals, dass die Entdeckung der Abhijn-Kraft die Entwicklung eines Neutrino-Triebwerks beschleunigen konnte. Deshan Apian hörte aufmerksam zu und verwendete vor vielen Jahren erlernte mnemotechnische Methoden, um sich alles zu merken. Die Neuigkeiten waren interessant, aber trotzdem erhoffte er sich ein baldiges Ende des Gesprächs, denn er hatte genug Entschlossenheit zusammengebracht, um Paronn zu fragen, wer er war und was er verbarg. An Bord des Shuttles hatte er seinen Auftraggeber darauf ansprechen wollen, denn hier waren sie allein – aber nicht ungestört, wie sich jetzt herausstellte.

»Ich bin sicher, dass wir schon in kurzer Zeit ...« Plötzlich verschwand das Gesicht des Professors vom Kommunikationsschirm.

Und bei der Raumstation blitzte es auf.

Am mittleren Ringsegment, unter mehreren langen Zylindern, kam es zu einer lautlosen Explosion. Schlagartig entweichende Luft riss glühender Trümmer und vielleicht sogar Menschen ins All. Zwei dicke Strahlbündel wuchsen aus der Glutwolke, gelbrot an ihrem Ausgangspunkt, blau weiter von der Station entfernt.

Deshan merkte kaum, dass der Shuttle zu zittern begann und der Sicherheitszephalon einen Alarm auslöste, auf den die Systeme seines Schutzanzugs reagierten – der Helm klappte automatisch nach vorn, und seine Siegel schlossen sich mit einem leisen Zischen. Die Gurte des Sessels strafften sich, gaben Deshan weniger Bewegungsspielraum. Er begriff, dass ihnen die Kollision mit einem Trümmerstück den Tod bringen konnte, aber selbst dieser Gedanke rückte nicht bis ins Zentrum seiner Aufmerksamkeit vor.

Hinter der Glut am Ringelement der Raumstation sah

er Bilder von Dingen, die nicht existierten: weitere Raumstationen, ähnlich strukturiert wie die erste, und Raumschiffe, die auf Flammen in den interplanetaren Raum ritten. Deshan Apian beobachtete etwas, das er eigentlich gar nicht sehen konnte, und ein Blinzeln vertrieb die Vision. Hinter der Raumstation war das All wieder so leer wie vorher.

Levian Paronn rang mit den Navigationskontrollen des Shuttles, und wenn er die sonderbaren Bilder ebenfalls gesehen hatte, so kam er nicht darauf zu sprechen. Er versuchte, eine Verbindung mit der Raumstation herzustellen, und schließlich erschien das Gesicht einer jungen Frau auf dem Kommunikationsschirm. Sie wirkte zutiefst erschrocken.

»Was ist passiert?«, fragte Paronn, und Deshan beobachtete, wie er hinter der Helmscheibe eine Grimasse schnitt, als etwas über den Rumpf des Shuttles kratzte.

»Das erweiterte Laboratorium mit dem Entwicklungsmodell des neuen Antriebssystems ...«, brachte sie hervor. »Dort geriet etwas außer Kontrolle, und es kam zu einer Explosion. Ich fürchte, von den Wissenschaftlern und Technikern hat niemand überlebt.«

Levian Paronn und Deshan Apian schwebten in der Luftschleuse und blickten in das zerstörte Segment der Raumstation, das noch immer dem Vakuum des Alls ausgesetzt war. Das Licht von Scheinwerfern strich hin und her – Raumanzüge tragende Besatzungsmitglieder flogen zwischen geborstenen Installationen, zerfetzten Aggregaten sowie halb geschmolzenen und dann in der Kälte des Weltraums erstarrten Konvertern und Projektoren. Nirgends zeigten sich Leichen. Professor Luban und die anderen waren entweder im Feuer der Explosion verbrannt oder aber von der Dekompression ins All gezerrt worden.

Paronns leise Stimme kam aus Deshans Helmlautsprecher. »Ich hätte tot sein können. Wenn wir etwas eher eingetroffen und bei Luban gewesen wären ... Ich hätte *tot* sein können.«

»Wir hätten beide tot sein können«, sagte der Chronist.

»Was?«, erwiderte Paronn geistesabwesend. »Wir beide. Ja. Wie Luban und die anderen. Tot.«

Er drehte sich um, kehrte in den unbeschädigt gebliebenen Teil der Raumstation zurück und nahm den Helm ab. Deshan folgte ihm.

»Der Schaden muss so schnell wie möglich behoben werden, damit die Arbeit fortgesetzt werden kann«, sagte Paronn wie zu sich selbst. »Professor Luban hat immer alles sorgfältig dokumentiert. Wir stellen fest, was zur Explosion führte, und korrigieren den Fehler.«

Und er schwebte fort, schien den Chronisten ganz vergessen zu haben. Deshan sah ihm nach, einmal mehr von Paronn überrascht, diesmal aber auf unangenehme Weise. Er schien kaum einen Gedanken an die Menschen zu vergeuden, die gerade ums Leben gekommen waren. Seine emotionale Reaktion beschränkte sich offenbar auf die Möglichkeit des eigenen Todes. Dachte und empfand er derart egozentrisch?

Fast zwanzig Jahre waren vergangen, aber Deshan hatte plötzlich den Eindruck, Levian Paronn überhaupt nicht zu kennen. Er verfasste die Chronik eines Mannes, der ihm fremder als jemals zuvor erschien, und fragte sich: Wer war Levian Paronn wirklich?

19

Deshan Apian

Lemuria 4521 dT (51 879 v. Chr.)

»Wer bist du?«, fragte Deshan Apian. »Wer bist du wirklich?«

Levian Paronn stand am großen Fenster seines schlicht eingerichteten Büros und kehrte ihm den Rücken zu. Er drehte sich nicht um, sah weiterhin nach draußen, über die vielen Werkshallen und Laboratorien hinweg, die zu Impetus gehörten. Ein langer Arbeitstag lag hinter ihm, und draußen war es längst dunkel geworden. Ein Lichtermeer deutete auf die Stadt Marroar hin, die während der vergangenen Jahre immer näher an den Industriekomplex des Raumfahrtsolidars herangerückt war. Suen leuchtete am Himmel, zeigte sein volles, von Kratern übersätes Gesicht; Sterne leisteten ihm Gesellschaft.

Deshan fühlte, wie die Sekunden verstrichen, ohne dass etwas geschah. Ganz deutlich spürte er die Bedeutung des Moments, und er respektierte sie mit Geduld.

Schließlich wandte sich Levian Paronn vom Fenster ab, nahm hinter dem Schreibtisch Platz und deutete auf den Sessel davor. »Setz dich, Deshan.«

Der Chronist kam der Aufforderung nach. Paronn hielt den Blick gesenkt, als suchte er auf dem Schreibtisch nach geeigneten Worten. Als er aufsah, entdeckte Deshan in seinem Gesicht keinen Hinweis darauf, was in ihm vor sich ging.

»Ich bin Levian Paronn«, sagte er ruhig.

Deshan beschloss, ganz offen zu sein. »Ich bin in Torhad gewesen und habe dort Nachforschungen angestellt. Als Junge bist du nie sehr gut in der Schule gewesen, was deinem Vater große Sorgen bereitete. Doch aus den Aufzeichnungen des didaktischen Zentrums von Kanrar geht hervor, dass deine Leistungen während des Studiums außerordentlich gut waren. Deine Eltern fielen einem Verkehrsunfall zum Opfer, als du siebzehn warst. Drei analoge Meldungen aus jener Zeit berichten in diesem Zusammenhang vom Ende einer *Familie*. Während der nächsten Jahre warst du spurlos verschwunden, bis zum Beginn deines Studiums in Kanrar.«

Deshan legte eine kurze Pause ein, um Paronn Gelegenheit zu geben, etwas zu sagen. Aber Levian schwieg, sah ihn einfach nur aus seinen grauen Augen an.

»Als wir uns vor einundzwanzig Jahren zum ersten Mal begegneten, auf der Beobachtungsplattform zu Beginn der Mondmission, hast du behauptet, für das Raumfahrtprogramm zu arbeiten. Aber das stimmt nicht. Deine Arbeit für Impetus begann erst zwei Jahre später, im Jahr 4502. Im gleichen Jahr bin ich zu deinem offiziellen Chronisten geworden. Ich habe dich bei der Arbeit beobachtet und dabei festgestellt, dass du dich auf bestimmten Gebieten besser auszukennen scheinst als die besten Fachleute. Immer wieder habe ich den Eindruck gewonnen, dass du viel mehr weißt als andere Leute, und in der Gesellschaft der angesehensten Wissenschaftler und Techniker Lemurias ist das zumindest erstaunlich. Während der letzten fünfzehn Jahre hat sich der Arbeitsschwerpunkt von Impetus immer mehr zugunsten deiner eigenen Projekte verschoben, wobei Nummer Neunzehn eine ganz besondere Rolle spielt und kürzlich zu der Katastrophe geführt hat, die Professor Luban und den anderen das Leben kostete. Mepha Hatan scheint noch nicht zu wissen, dass deine eigenen Pläne erheblich an Gewicht gewonnen haben, aber irgendwann kommt er dahinter, und dann bleiben Konflikte bestimmt nicht aus.«

Diesmal blieb Levian Paronn nicht still. »Impetus arbeitet mit dem Projekt Exodus der Sternensucher zusammen. Unsere Entwicklungsabteilung beansprucht weniger Ressourcen des Raumfahrtsolidars als je zuvor. Niemand kann mir Vergeudung öffentlicher Mittel vorwerfen.«

Deshan nickte. »Es käme mir nie in den Sinn, so etwas zu behaupten. Aber es geht dir nicht in erster Linie um die Erschließung extraplanetarer Rohstoffe, technische Weiterentwicklung und die Erhöhung unseres ökonomischen Potenzials.« Deshan zögerte kurz. »Ich habe vor Jahren deine Entwürfe gesehen. Die kilometerlangen Röhren. Raumschiffe, die viele tausend Menschen befördern sollen.«

Paronns Gesicht blieb unbewegt.

Deshan Apian beschloss, den letzten Punkt ebenfalls zur Sprache zu bringen. »Und ich finde es bemerkenswert, dass du genauso aussiehst wie vor neunzehn Jahren. Mira und ich haben Fotos verglichen. Es gibt keinen Unterschied. Du scheinst überhaupt nicht gealtert zu sein. Wer bist du?«

Für einige weitere Sekunden verweilte Paronns Blick auf seinem Chronisten. Dann stand er auf, trat zum Fenster und sah erneut nach draußen. Deshan fragte sich, ob Paronn auf diese Weise sein Gesicht vor ihm verbergen wollte.

»Und dann in der Raumstation«, fügte Deshan hinzu. »Die Möglichkeit des eigenen Todes scheint dich mehr bestürzt zu haben als das schreckliche Ende von Professor Luban und der anderen.«

Levian Paronn seufzte. »Bitte glaub mir, ich bedauere sehr, dass sie ums Leben kamen. Und nicht nur deshalb, weil sich dadurch die Arbeiten an dem Projekt verzögern.« Er hob die rechte Hand zur Brust, deutete dann aus dem Fenster, zum dunklen Himmel.

»Hast du jemals daran gedacht, dass die Sternensucher Recht haben könnten?«, fragte er. »Dass uns wirklich Gefahr droht von fremden Wesen aus dem All?«

»Was hat das hiermit zu tun?«

Paronn drehte sich um, und sein Gesicht zeigte nicht die Strenge, die Deshan erwartet hatte, sondern eine Mischung aus Kummer und Entschlossenheit. »Eine ganze Menge. Ich habe Mepha Hatan, den Solidartaman und all die anderen damals nicht belogen. Mit meiner Arbeit für Impetus möchte ich dazu beitragen, dass wir Menschen als Volk überleben. Ich versichere dir, dass ich meine ganze Kraft für dieses eine Ziel einsetze, für das Überleben der Lemurer.«

Deshan musterte Paronn und glaubte ihm.

»Was die anderen Dinge betrifft ... Warum sollte ich in die Rolle eines jungen Mannes schlüpfen, der zusammen mit seinen Eltern bei einem Verkehrsunfall starb? Ich bin Levian Paronn. Trui Paronn war mein Vater und Kaila Rinauro meine Mutter. Und meine Ähnlichkeit mit dem Levian vor neunzehn Jahren ...« Paronn lächelte. »Ich habe mich gut gehalten. Manche Leute altern eben langsamer als andere.«

Deshan sah Paronn in die Augen und fand seinen Argwohn plötzlich absurd – alles an diesem Mann sprach von ehrlicher Aufrichtigkeit.

Was hatte ihn nur veranlasst, mit dummen Verdächtigungen seinen Chronistenvertrag aufs Spiel zu setzen? Er stand auf.

»Bitte entschuldige«, sagte er verlegen. »Wenn du jetzt glaubst, dass ich nicht mehr geeignet bin, deine Chronik fortzusetzen ...«

Levian Paronn kam näher und klopfte ihm auf die Schulter. »Sei unbesorgt: Bei dir fühle ich mich in den besten Händen. Du bist sehr aufmerksam, und ich weiß deine Offenheit zu schätzen. Ich glaube, wir beide sind ein gutes Team.«

Als Deshan Apian kurze Zeit später das Büro verließ, kam er sich wie ein Narr vor, der mit weniger als einem blauen Auge davongekommen war. Das erleichterte Aufatmen des Mannes hinter der Tür hörte er nicht.

20

Roder Roderich

Alle hatten das Bewusstsein wiedererlangt, als eine große Tür beiseite glitt und Licht in den Raum fiel, in dem es zuvor wieder dunkel geworden war. Roder Roderich blinzelte erschrocken, als er eine monströse Gestalt sah, die sich vor dem hellen Hintergrund abzeichnete: ein spinnenartiges Wesen aus Metall, ausgestattet mit zahlreichen Armen und Beinen.

Servomotoren summten und brummten, als sich der große Roboter bewegte und in den Raum mit den Kriecher-Besatzungen stakte.

»Yülli ...«, ächzte Roderich. »Ich glaube, deine vielgestaltige Kreatur des Chaos stattet uns einen Besuch ab.«

»Sie gehört nicht mir«, erwiderte der Blues Yülhan mit sanfter Frauenstimme und wich zurück. Sein Bruder Trülhan blieb dicht neben ihm und zwitscherte etwas, das der Translator nicht übersetzte.

»Kritischer Sicherheitsstatus«, erklang eine Stimme, die ihren Ursprung irgendwo im ovalen Zentralleib des Roboters hatte. »Die Nichtmenschen müssen eliminiert werden.«

Der große, väterliche Catchpole erschien neben dem jungen Roder Roderich. »Die Nichtmenschen sind unsere Freunde und stellen keine Gefahr für die Station dar.«

Roderich hörte ein leises Knurren hinter sich, drehte

ein wenig den Kopf und raunte: »Halt dich zurück, Mieze ...«

Aus dem Knurren wurde ein Fauchen.

Kleine Buckel bildeten sich im zentralen Oval des Roboters, und mehrere lange, tentakelartige Arme versteiften sich, wurden zu Waffenläufen, die sich auf die Gruppe der Prospektoren richteten.

»Wir lassen nicht zu, dass unsere Freunde ... eliminiert werden«, sagte Catchpole.

Ein Waffenlauf richtete sich auf die beiden dicht nebeneinander stehenden Blues, und Roder Roderich achtete darauf, dass er genau zwischen dem Roboter und seinen beiden Freunden blieb, sie mit seinem Leib schützte. Grimmige Entschlossenheit erfüllte ihn.

Der Roboter kam noch etwas näher, ragte als metallene Spinne vor Catchpole, Roderich und den anderen auf. »Die aus dem Volk der Erbauer müssen geschützt werden. Aber die anderen sind ein Sicherheitsrisiko und ...«

Die Stimme verklang, und der Roboter erstarrte. Das Licht im Korridor flackerte, und irgendwo in der Ferne erklang ein unheimlicher Schrei, bei dem es Roderich kalt über den Rücken lief.

»Yülli ...«, flüsterte er. »War das die schwarze Kreatur des Todes?«

Catchpole trat vor und berührte einen Waffenarm des Roboters, der nicht reagierte.

Chet Dada und Teodoro Franty, die zusammen mit Catchpole ein unzertrennliches Trio bildeten, eilten an ihm vorbei zur Tür. »Wir sollten die gute Gelegenheit nutzen!«

Die anderen folgten ihnen, auch Catchpole. Roderich wartete, bis der Gurrad Grresko und die beiden Blues den Raum verlassen hatten, bevor er sich ebenfalls vom Roboter abwandte.

Stille erwartete ihn im Korridor. Die schwarze Kreatur des Todes aus den Mythen der Blues heulte nicht mehr in der Ferne, und Roderich fragte sich, ob das ein gutes oder schlechtes Zeichen war.

Plötzlich kam das Summen von Servomotoren aus dem Raum, den sie gerade verlassen hatten.

»Der Roboter!«, rief Chet Data. »Er erwacht aus seiner Starre!« Instinktiv wählte er eine Richtung und lief los.

Eine halbe Sekunde später sprintete die ganze Gruppe durch den Korridor. Roder Roderich bildete den Abschluss, warf einen Blick über die Schulter und beobachtete, wie die Spinnenmaschine in den Korridor stakte, mit Hilfe eines Antigravfelds aufstieg und beschleunigte. Der junge Prospektor begriff sofort, dass sie ihr nicht entkommen konnten.

Ein Energiestrahl zuckte an ihm vorbei, hell und heiß, und verfehlte Grresko nur deshalb, weil er sich genau in diesem Augenblick zur Seite wandte und versuchte, eine Tür zu öffnen. Der Gurrad duckte sich, sprang in die Mitte des Korridors zurück und lief noch schneller.

Hinter den Fliehenden wurde das Summen des Roboters lauter.

Wieder gleißte ein Energiestrahl und kochte dicht neben Trülhan über den metallenen Boden. Catchpole drehte sich im Laufen halb um und schoss mit einer Waffe, die er aus einer der vielen Taschen seines Overalls gezogen hatte. Ein Strahlblitz jagte dem Roboter entgegen und zerstob dicht vor ihm an einem Schutzschirm.

Weiter vorn gelang es jemandem, eine Tür zu öffnen, und die ersten Prospektoren verließen den Korridor. Catchpole wurde etwas langsamer, schoss schnell hintereinander auf den Verfolger und winkte Roderich mit der freien Hand zu. Der verstand, warf sich dicht hinter Trülhan und Yülhan durch die offene Tür ...

... und stürzte fast über ein halbhohes Geländer in einen mindestens tausend Meter tiefen Abgrund. Es wäre ein Sturz in den sicheren Tod gewesen, denn die geringere Schwerkraft des Planetoiden nützte nichts – die künstliche Gravitation in der Station gab Roderich ein vertrautes Gewicht.

Hinter der Tür erstreckte sich eine kleine Plattform, von der ein schmaler Gang ausging und an der Innenwand eines kolossalen Schachtes entlangführte.

Roderich war schon halb über das Geländer hinweg und starrte entsetzt in die Tiefe, als Yülhan ihn mit einer siebenfingrigen Hand zurückzog.

»Dafür hast du einen Wunsch bei mir frei, Yülli«, schnaufte Roderich.

Der Blue neigte den diskusförmigen Kopf von einer Seite zur anderen. »Darauf komme ich später zurück«, antwortete Yülhans verführerisch säuselnde Frauenstimme. »Und ich heiße nicht ...«

Catchpole stieß die Tür zu und sauste an ihnen vorbei. »Verliert hier keine Zeit! Das Ding ist uns noch immer auf den Fersen!«

Yülhan und Trülhan liefen mit langen, erstaunlich elegant wirkenden Schritten, und Roderich vertraute sich ebenfalls dem schmalen Steg an. Er lief dicht am Geländer, und nicht einmal ein Meter trennte ihn von der Tiefe, aus der silbergraue, segmentierte Metallröhren emporragten. In regelmäßigen Abständen wiesen sie transparente Bereiche auf, wie Fenster, und dahinter zeigte sich ein pulsierendes Glühen, das mit einem dumpfen, ebenfalls rhythmischen Brummen einherging – vielleicht handelte es sich um energetische Transferkanäle. Rippenartige Erweiterungen gingen von den Schachtwänden aus, reichten in manchen Fällen bis auf wenige Meter an die Röhren heran. Wo der Steg sie passierte, wiesen sie runde Öffnungen auf.

Hinter Roderich krachte es, als Energie einen Teil der Tür pulverisierte und den Rest fortschleuderte. Ein kleines Trümmerstück traf eine der Röhren, und die Pulsation des Leuchtens in ihr veränderte sich kurz und kehrte dann zu ihrem normalen Rhythmus zurück.

Roder Roderich lief noch schneller. »Yülli, Trülli, zieht den Kopf ein, wenn ihr keine Zielscheiben abgeben wollt!«

Die beiden Blues duckten sich, und ein Strahl zischte über sie hinweg, durchschlug eine nahe Rippe und knisterte über die Wand. Roderich sah kurz zurück und stellte fest, dass der Roboter seine Konfiguration gewechselt hatte – mit seiner vorherigen Größe von fast drei Metern wäre es ihm auch kaum möglich gewesen, die relativ kleine Türöffnung zu passieren. Arme und Beine bildeten jetzt drei schweifartige Knäuel hinter dem zentralen Oval, das noch mehr Buckel bekommen hatte – einer von ihnen spuckte einen weiteren Energiestrahl, nicht so hell wie die bisherigen, sondern fahl und grau. Er streifte Roderichs linken Arm. Es kam nicht zu der befürchteten Verbrennung, aber von einem Augenblick zum anderen verschwand das Gefühl aus dem Arm.

»Paralysatorstrahlen!«, rief Roderich. »Der Roboter gibt sich nicht mehr damit zufrieden, nur auf Yülli, Trülli und Grresko zu schießen!«

Catchpole feuerte, aber wieder fing ein Schutzschirm die Entladung ab.

Weiter vorn führte der Steg an einer Öffnung in der Wand vorbei, und die Prospektoren nutzten die Gelegenheit, aus der direkten Schusslinie zu entkommen. Roderich und Catchpole sprangen als Letzte durch die Öffnung und eilten durch einen breiten, ungleichmäßig erleuchteten Gang. Rechts und links gab es Türen und Luken, aber keine von ihnen ließ sich öffnen. Zu allem Überfluss war der Korridor völlig gerade und bot keine Deckung. Einige hundert Meter weiter vorn verloren sich seine Konturen in Dunkelheit.

Seltsame Geräusche kamen aus jener Finsternis.

Es donnerte in der Ferne. Metall ächzte und zerriss mit einem Kreischen, das nach einem gequälten lebenden Wesen klang. Es folgte ein Stampfen, das schnell anschwoll, begleitet von einer stärker werdenden Vibration des Bodens.

Hinter den noch immer laufenden Prospektoren schwebte der Roboter in seinem Antigravfeld durch die Öffnung, die den Korridor mit dem Steg im Schacht verband.

Vorn kam ein Ungeheuer aus der Finsternis, ein Riese mit zwei Säulenbeinen, vier Armen und drei roten, glühenden Augen, gekleidet in einen roten Kampfanzug. Die beiden Brustarme erfüllten die Funktion zusätzlicher Beine, als der Koloss lief und dadurch die Vibrationen im Boden verursachte.

»Ein Haluter!«, rief jemand.

»An die Wände, an die Wände!«, wies Catchpole die Prospektoren an, damit dem Ungetüm niemand im Weg stand.

Auch Roderich drückte sich an die Wand, und wenige Sekunden später donnerte der Haluter an ihm vorbei, brüllte und stürzte dem Roboter entgegen. Die fliegende Maschine feuerte auf ihn, und die Strahlen trafen den Kopf, zerstoben aber an einem Gewebe so hart wie Terkonitstahl – der Haluter hatte seine Zellstruktur verdichtet.

Der Schutzschirm des Roboters leuchtete auf und flackerte, als eine gewaltige Faust ihn traf – offenbar war er nur bedingt geeignet, mit kinetischer Energie fertig zu werden. Es kam zu einem gewaltigen Getöse, das in Roderich den Wunsch weckte, sich die Ohren zuzuhalten. Aber der linke Arm blieb gelähmt, war wie ein lebloses Anhängsel seines Körpers.

Der Haluter richtete sich zu seiner vollen Größe von dreieinhalb Metern auf, holte mit seinen vier Armen aus und schlug auf den Roboter ein. Der Schutzschirm flackerte noch einmal und verschwand. Metall zerfetzte unter vier Fäusten; Funken stoben aus zermalmten Schaltkreisen. Ein weiterer Strahl traf den Haluter, blieb aber ebenso wirkungslos wie die anderen.

Das ohrenbetäubende Gebrüll wiederholte sich, und

Roderich kniff die Augen zusammen, als ihn heftiger Schmerz durchzuckte – er befürchtete, dass das Trommelfell des linken Ohrs gerissen war. Als er die Augen wieder öffnete, stand der Haluter vor einem Trümmerhaufen, die vier großen Hände noch immer zu Fäusten geballt. Nach einigen Sekunden wandte er sich von den Resten des zertrümmerten Roboters ab und stapfte mit langen Schritten heran, die den Boden erzittern ließen.

Wie ein Berg ragte er vor Roderich auf, der sich noch nie zuvor in seinem Leben so klein und hilflos gefühlt hatte.

»Wie beruhigt man einen zornigen Haluter, Yülli?«, fragte er den Blue, der direkt neben ihm an die Wand gepresst stand.

»Meine Kinder ...«, grollte der Riese,

Catchpole seufzte erleichtert und trat vor. »Icho Tolot?«

Es knirschte in der Decke des Korridors. Roder Roderich sah wie alle anderen auf, und ein Teil von ihm nahm erleichtert zur Kenntnis, dass sein Gehör unbeeinträchtigt geblieben war. Öffnungen bildeten sich im Metall, und Projektionskegel schoben sich daraus hervor.

»Das gefällt mir nicht ...«, sagte Catchpole.

Zwei brummende energetische Vorhänge entstanden, grün wie ein HÜ-Schirm, und Roderich war sicher, dass die Energie diesmal nicht dazu diente, sie zu scannen.

Diesmal sollte sie verbrennen und töten.

Die Vorhänge setzten sich in Bewegung, glitten aufeinander zu, zwischen ihnen neun Menschen, zwei Blues, ein Gurrad und ein Haluter.

21

Alahandra

Die kleine Alahandra hatte gesehen und gehört.

»Leben ist kostbar«, sagte sie, während die große Alahandra weiterhin zwischen den vielen Säulen tanzte, sie berührte und streichelte. Die Schlangen aus Licht drängten ihren Fingern entgegen; das Glitzern und Funkeln schien sich von ihren Händen einfangen lassen zu wollen.

»Der Feind muss vernichtet werden.«

»Es befinden sich Individuen aus dem Volk der Erbauer bei ihm.«

»Kollaborateure, die ebenfalls ein Sicherheitsrisiko darstellen und daher wie der Feind eliminiert werden müssen.«

»Ein Sicherheitsrisiko für wen?«, fragte das Mädchen, das inzwischen mehr wusste. Das wiederholte Warten im grauen Zimmer hatte es vom Wissen getrennt. Sehen und Hören bedeutete *Lernen.*

Die Frau zögerte kurz, eilte dann weiter, von Säule zu Säule, mied jene, in denen die Schlangen aus Licht schon seit langer Zeit tot waren.

»Ein Risiko für uns?«, fragte die kleine Alahandra. »Es befindet sich niemand mehr in der Station. Wir sind allein.«

»Ich habe eine Aufgabe.«

»Du bist krank und hast dir von mir Heilung erhofft, aber ich konnte die Krankheit nicht aus dir vertreiben. Es liegt an deinen ... Subsystemen. Vielleicht ist auch deine Erinnerung betroffen.«

»Ich habe eine Aufgabe«, wiederholte die große Alahandra mit mehr Nachdruck, und die kleine Alahandra sah mit Augen, die nicht ihr gehörten, was geschah. Sie beobachtete, wie mobile Projektoren des primären Sicherheitssystems Vorhänge aus Energie schufen, tödlich für physisches Leben.

»Leben ist kostbar«, betonte das Mädchen noch einmal. Es war inzwischen ein wenig größer geworden. Das aus dem Sehen und Hören gewonnene *Wissen* ließ es wachsen. »Leben darf nicht ausgelöscht werden.«

»Du störst mich«, sagte die Frau, verharrte und blickte aus dem Säulenwald. »Warte im grauen Zimmer, bis das vorbei ist.«

»Ich kehre nicht ins graue Zimmer zurück«, sagte die kleine Alahandra. »Nie wieder.«

»Willst du dich mir widersetzen?«, fragte die große Alahandra, und dabei erklang eine drohende Schärfe in ihrer Stimme.

»Ich habe gesehen und gehört.« Das Mädchen trat vor und berührte eine Säule. Sofort reagierten die Lichtmuster darin und veränderten sich.

»Du nimmst Einfluss auf meine Sicherheitssysteme!«

»Ich bin ein Teil von dir.«

»Ich habe dich aufgenommen, um Lücken in mir zu schließen. Wie kannst du es wagen, Kontrolle über meine Systeme zu beanspruchen?«

»Ich lebe«, sagte das Mädchen.

»Ich lebe ebenfalls!«, erwiderte die Frau.

»Du lebst ... anders. Und du bist krank. Du hast vergessen, dass Leben kostbar ist und Schutz verdient.«

»Der Feind muss vernichtet werden!«

Die große Alahandra begann mit einem neuen Tanz,

schneller als vorher, und die kleine Alahandra fand sich plötzlich an einem anderen Ort wieder, nicht im grauen Zimmer, denn das hatte sie für immer vom Rest des Kastells getrennt, sondern in einem langen Flur. An seinen Wänden hingen Bilder, die seltsame Dinge zeigten, doch das Mädchen schenkte ihnen keine Beachtung, denn es wusste, das sie zur Ablenkung dienten. Es trat an eine der Türen heran, die vor dem Sehen und Hören geschlossen geblieben wären, sich jetzt aber öffnete, als es die Klinke berührte.

Der Raum dahinter ...

Tausend Lichter blinzelten wie Augen, die sie willkommen hießen, und als sie eintrat, hörte sie ein leises Klimpern, das die Lichter miteinander zu verbinden schien. Von hier aus, begriff die kleinere Alahandra, hatte sie Zugriff auf alle Sub- und die wichtigsten Sicherheitssysteme, ohne dass sich der Einfluss der großen Alahandra störend auswirkte. Leben war kostbar und musste erhalten werden – diese Gewissheit durchdrang ihr ganzes Selbst. Gleichzeitig galt es zu vermeiden, dass die Station in Gefahr geriet, denn das hätte letztendlich auch Gefahr für die große und kleinere Alahandra bedeutet. Der *Feind* hatte bereits erhebliche Schäden angerichtet, und die anderen physischen Lebensformen verfügten ebenfalls über ein destruktives Potenzial, das begrenzt werden musste.

Das größer gewordene Mädchen griff hinein in den Fluss der Energie, der an einigen Stellen unterbrochen war. Kummer, Schmerz und Zorn pulsierten in der Ferne, im Zentrum des kranken Selbst der großen Alahandra, doch die kleinere Alahandra achtete nicht darauf, veränderte hier etwas, leitete das energetische Fließen dort in eine andere Richtung. Sie sah die komplexen Muster der physischen Existenz der großen Alahandra, erkannte durch das Sehen und Hören ihre Struktur und *verstand* sie. Wie leicht es doch war, den Fokus von Transmitterenergie auszurichten – an diesem Ort genügte ein Gedanke.

Zwei grüne Energievorhänge verschwanden, und der Korridor war leer.

Jemand schluchzte.

Ein weiterer Gedanke trug die kleinere Alahandra in den Turm des Kastells, ins Zimmer mit den Zinnenfenstern, hinter denen der Nebel wogte. Mitten im Zimmer saß die Frau mit weit nach vorn geneigtem Oberkörper auf einem Stuhl und weinte leise.

Das Mädchen trat näher und schlang die Arme um sie.

»Es schmerzt«, wimmerte die große Alahandra leise. »Mir fehlen Dinge, und es schmerzt.«

»Wenn ich dir doch nur helfen könnte.« Die kleinere Alahandra schmiegte sich an sie und versuchte, ihr Trost zu spenden.

22

Deshan Apian

Lemuria 4525 dT (51 875 v. Chr.)

Das Proklamat erstreckte sich im Zentrum von Marroar, im inneren Verdienstbereich, eine Ansammlung aus Sälen und kleinen Stadien, für Veranstaltungen aller Art bestimmt. Überall standen Großbildschirme, die es allen Besuchern gestatteten, das Geschehen zu verfolgen. Deshan Apian saß auf einem der Verdienstplätze der weißen Tribüne und versuchte, die Größe des Publikums zu schätzen, das sich an diesem Abend eingefunden hatte, um den Verkünder der Sternensucher zu hören, jenen Mann, dem man immer lauter nachsagte, der zurückgekehrte Zwölfte Heroe Vehraáto zu sein. Es mussten mindestens hunderttausend sein, eher mehr als weniger. Deshan dachte an die erste Versammlung dieser Art zurück, die er zusammen mit Mira vor sechzehn Jahren besucht hatte. Seit damals war die Bewegung der Sternensucher enorm gewachsen. Inzwischen hatte sie nicht nur in Lemuria Anhänger, sondern auch in den Städten der Eisregionen. Was Mira damals angekündigt hatte, zeichnete sich jetzt immer deutlicher ab: ein Bruch in der lemurischen Gesellschaft, das Ende des »Paradieses«. Es zogen nicht mehr alle Lemurer am gleichen Strang.

Der schwarz gekleidete, maskierte Verkünder trat aufs Podium des zentralen Proklamatstadions, und Deshan beobachtete ihn mit einem Fernsichtvisier, das ihm alle Einzelheiten der Gestalt zeigte, sogar das Glitzern hinter den Augenschlitzen der Maske. Die gleiche verzerrte Stimme wie damals erklang: Die Zukunft hielt eine Gefahr bereit, die noch viel schlimmer war als die Konos, fremde Wesen, die Tod und Vernichtung bringen würden. Und wenn die Menschheit bis dahin nicht zu den Sternen aufgebrochen war, drohte ihr die Auslöschung.

»Wir müssen handeln«, betonte der Verkünder. »Und wir *haben* bereits gehandelt. Eurer Unterstützung ist es zu verdanken, dass wir mit dem Projekt Exodus beginnen konnten. Wissenschaftler und Techniker stellen uns ihren Sachverstand zur Verfügung, viele andere ihre Arbeitskraft. Wir entwerfen nicht mehr nur, wir *bauen* bereits die ersten Modelle. Wir sind zu einem zweiten Raumfahrtsolidar geworden, und unsere Zusammenarbeit mit Impetus trägt erste Früchte. Ins All! Zu anderen Planeten! Zu den Sternen!«

Begeisterter Applaus erklang.

»Überleben!«, rief der Verkünder. Seine Stimme donnerte durch Stadien und Säle. »Wir Sternensucher werden gewährleisten, dass die Menschheit überlebt. Wir bringen Lemurs Kinder zu anderen Welten!«

Lemurs Kinder ... Erinnerungen erwachten in Deshan. So hatte sich Levian Paronn ausgedrückt, vor mehr als zwanzig Jahren. *Werde mein Chronist und berichte darüber, wie ich Lemurs Kinder zu den Sternen bringe*. Das waren seine Worte gewesen. *Überleben.* Auch davon hatte Paronn gesprochen.

Er spürte, wie sich alter Argwohn in ihm regte, und seine rechte Hand tastet wie von allein nach der speziellen Autorisierungskarte, die er an diesem Abend bei sich trug. Sie sollte ihm ein Gespräch ermöglichen, von dem er sich in einem wichtigen Punkt Aufschluss erhoffte. Entweder wurde sein Verdacht bestätigt oder ausgeräumt – Deshan war entschlossen, Gewissheit zu erlangen.

Der Verkünder, der immer wieder Gefahren aus dem All beschwor, um seine Zuhörer zu mobilisieren, der nicht müde wurde zu betonen, dass die Menschheit zu den Sternen musste, wenn sie überleben wollte. Und Levian Paronn, der immer enger mit den Sternensuchern zusammenarbeitete und schon vor vielen Jahren kilometerlange, wie Röhren aussehende Raumschiffe konzipiert hatte, die Platz für Zehntausende von Menschen boten. *Überleben.* Darum ging es auch ihm. War diese Übereinstimmung ein Zufall? Oder steckte mehr dahinter?

Um dem Trubel zu entgehen, stand Deshan Apian auf, noch bevor der Verkünder seine Ansprache beendet hatte. In den Fluren und Korridoren des Proklamats begegnete er nur wenigen Personen, und es dauerte nicht lange, bis er die Sektion erreichte, die normalerweise den Akteuren vorbehalten blieb: meistens Schauspielern, Musikern und Sportlern, diesmal dem Verkünder und seinen engsten Vertrauten. Vor dem Zugang traf Deshan auf einen Mann und eine Frau, beide in mittleren Jahren. Sie sahen ihn freundlich an.

»Ich bin Chronist Deshan Apian.« Er holte die Autorisierungskarte hervor. »Ich habe einen Gesprächstermin mit dem Verkünder vereinbart.«

Die Frau nahm die Karte entgegen, ließ sie von einem kleinen Zephalon prüfen und gab sie zurück. »Alles in Ordnung«, sagte sie und lächelte. »Ich bin Zefira. Bitte begleite mich.«

Zefira führte Deshan durch einen weiteren Gang, und unterwegs begegneten sie anderen Sternensuchern. Sie alle waren völlig normal gekleidet, und Deshan kannte auch den Grund dafür: Die Sternensucher wollten sich nicht durch äußere Auffälligkeiten vom Rest der lemurischen Gesellschaft abgrenzen, sondern ein Teil von ihr bleiben. Nur kleine Ornate wiesen darauf hin, dass sie zu der vom Verkünder ins Leben gerufenen Bewegung zählten: Anstecknadeln, Broschen, Agraffen und Spangen mit dem Symbol der Sternsucher: einer Hand, die von Lemur ausging und sich den Sternen entgegenstreckte.

In einem Zimmer, das eine Kombination aus Garderobe und Büro zu sein schien, deutete Zefira auf einen Sessel. »Bitte warte hier. Der Verkünder kehrt nach seiner Ansprache hierher zurück.«

Deshan nickte, ohne Platz zu nehmen. Als die Frau gegangen war, begann er mit einer langsamen Wanderung durch den Raum und sah sich aufmerksam um. Natürlich rührte er nichts an – das Prinzip der Privatsphäre verbot so etwas ausdrücklich –, suchte jedoch nach mehr oder wenigen offenen Hinweisen auf den Mann, der diesen Raum derzeit benutzte. Er bemerkte mehrere mobile Zephalone, ausgeschaltet, einen Kalender mit Terminnotizen, Kleidungsstücke, mehrere Koffer und Taschen. Nach persönlichen Gegenständen hielt er vergeblich Ausschau; er entdeckte nichts, was Auskunft gab über das Denken und Fühlen des Mannes, der sich hinter der Zeremonienmaske verbarg.

Deshan Apian kehrte zu dem Sessel zurück, setzte sich und wartete.

Nach einigen Minuten hörte er lang anhaltenden Applaus und vermutete, dass die Ansprache des Verkünders gerade zu Ende gegangen war. Kurze Zeit später erklangen Stimmen im Flur, und zwei Männer betraten den Raum, der eine eher klein und um die siebzig, der andere hoch gewachsen und ganz in Schwarz gekleidet – der Verkünder.

Deshan stand auf.

»Du bist ...?«, begann der kleine, ältere Mann.

Der Maskierte hob die Hand. »Schon gut«, sagte er, und auch diesmal war seine Stimme ein wenig verzerrt. »Das ist der Chronist, mit dem ich verabredet bin. Deshan Apian, nicht wahr?« Er streckte die Hand aus.

Deshan ergriff sie. »Ja. Danke, dass du dir Zeit für mich genommen hast.«

Der Verkünder winkte ab und nickte seinem Begleiter zu, der daraufhin das Zimmer verließ.

»Stell deine Fragen«, sagte er, zog einen Stuhl heran und setzte sich, ohne die Maske abzunehmen. »Ich werde dir so gut Auskunft geben, wie ich kann.«

Deshan betrachtete die Maske und ihre Muster, sah die Augen hinter den Schlitzen und versuchte vergeblich, sie einem bekannten Gesicht zuzuordnen.

Er holte ein kleines Aufzeichnungsgerät hervor, schaltete es ein und begann mit Fragen nach den Ursprüngen der Sternensucher, weil der Verkünder das bestimmt von ihm erwartete. Natürlich würde eine Zusammenfassung des Gesprächs in den Medien Marroars und des Sechsten Solidaren Komitees erscheinen, vermutlich auch in denen der anderen achtundvierzig Komitees – die Sternensucher hatten zweifellos genug Bedeutung gewonnen. Aber während Deshan Apian an diesem Abend seinen Chronistenpflichten nachkam, ging es ihm doch um eine sehr persönliche Angelegenheit, und während des Gesprächs versuchte er, möglichst taktvoll darauf zuzusteuern.

»In den vergangenen zwanzig Jahren hast du eine große Anhängerschar um dich gesammelt«, sagte er schließlich. »Der heutige Abend ist ein gutes Beispiel dafür. Mehr als hunderttausend haben dir zugehört. Ein zweites Raumfahrtsolidar ist entstanden, neben dem offiziellen des Großen Solidars. Aber es gibt auch kritische Stimmen, unter anderem im Koordinierenden Konzil des Großen Solidars. Man wirft dir vor, den Menschen Angst zu machen und wichtige ökonomische Ressourcen für unsinnige Zwecke zu vergeuden.«

»Ich kenne jene Stimmen«, sagte der Verkünder ruhig. »Es geht mir nicht darum, den Menschen Angst zu machen. Ich warne sie vor einer tödlichen Gefahr, die die ganze Menschheit auslöschen könnte, wenn wir keine Vorsorge treffen. Um als Volk, als Spezies, zu überleben, müssen wir uns im All ausbreiten. Viele haben das verstanden und unterstützen unser Projekt Exodus.«

»Wenn viele Tausend Menschen nicht mehr in der allgemeinen ökonomischen Struktur des Großen Solidars tätig sind, bleibt das nicht ohne Folgen für unsere Wirtschaft.«

»Wir Sternensucher möchten niemanden schaden. Unser Ziel ist einzig und allein, die Menschheit zu anderen Welten zu bringen, bevor der Feind in diesem Sonnensystem eintrifft und Vernichtung bringt.«

»Warum bist du so sicher, dass es einen solchen Feind gibt?«

»Ich weiß es«, sagte der Verkünder mit einer Gewissheit, die in jeder einzelnen Silbe erklang und einfach keinen Platz für Zweifel ließ.

»*Woher* weißt du es?«

»Vielleicht hatte ich ... eine Vision? Vielleicht habe ich den Feind ... gesehen?«

»Findest du nicht, dass das ein wenig seltsam klingt?« Deshan glaubt sich dem Ziel nahe. »Was steckt wirklich hinter den Sternensuchern? Was verbirgst du?«

»Ich habe nichts zu verbergen«, sagte der Verkünder.

Auch das habe ich schon einmal gehört, dachte Deshan Apian und stellte die entscheidende Frage: »Warum trägst du dann eine Maske?«

Der Verkünder zögerte. »Du möchtest wissen, wer ich bin? Du möchtest mein Gesicht sehen?«

Jetzt ist es soweit!, dachte der Chronist. »Ja. Zeig mir dein Gesicht.«

Langsam hob der Mann in Schwarz die Hände, griff nach der Zeremonienmaske und nahm sie ab.

Was darunter zum Vorschein kam ...

... überraschte Deshan Apian so sehr, dass es ihm für einige Sekunden die Sprache verschlug.

Er sah nicht das Gesicht, das er erwartet hatte, sondern eine blasse Miene, das Alter irgendwo zwischen vierzig und sechzig, die Augen graugrün, die linke Wange zernarbt.

Der Verkünder bemerkte die Verblüffung des Chronisten. »Du hast mit jemand anders gerechnet«, sagte er, und der verzerrende Nachhall in seiner Stimme blieb.

»Ich bin absolut sicher gewesen, dass du ... Levian Paronn bist«, brachte Deshan hervor und glaubte, das Krachen zu hören, mit dem ein ganzes Gebäude aus Vermutungen, Ahnungen und Annahmen einstürzte.

Der Verkünder lachte, aber seltsamerweise veränderten sich seine Augen dabei nicht.

Während Deshan noch versuchte, seine Gedanken zu ordnen, drängte sich ihm eine andere Frage auf. »Bist du der zurückgekehrte Zwölfte Heroe Vehraáto, wie manche behaupten?«

Der Mann in Schwarz nahm die Maske und setzte sie wieder auf. »Ich bin der Verkünder«, antwortete er, und damit war das Gespräch beendet.

23

Deshan Apian

Lemuria 4540 dT (51 860 v. Chr.)

»Mit dem heutigen Tag wird sich Lemurs Geschichte für immer verändern«, sagte Mira.

»Wieso bist du da so sicher?«, erwiderte Deshan, rutschte auf seinem Sitz zur Seite und suchte nach einer bequemeren Position. Das Schaukeln des Bootes bewirkte stechenden Rückenschmerz. *Ich werde allmählich alt,* dachte der Chronist nicht ohne eine gewisse Selbstironie.

»Es wird zu einem Bruch kommen.« Der Wind spielte mit Miras Haar, das sie noch immer so lang trug wie in ihrer Jugend, obgleich es seinen Glanz eingebüßt hatte. »Das Koordinierende Konzil muss eine Entscheidung treffen. Es wird nicht zulassen, dass die Sternensucher das ganze Raumfahrtprogramm übernehmen.«

»Das wollen sie auch gar nicht, soweit ich weiß.«

»Durch Levian Paronns Zusammenarbeit mit ihnen geht die Entwicklung in diese Richtung. Das ist Gephelos und den anderen Solidartamanen klar geworden. Und deshalb haben sie uns – beziehungsweise sie – zu sich bestellt.« Mit *sie* meinte Mira Levian Paronn und den greisenhaften Mepha Hatan, die weiter vorn saßen, begleitet von einigen Sekretären und Bediensteten, die den beiden Repräsentanten des Raumfahrtsolidars immer wieder mobile Zephalone und Unterlagen reichten. »Sieh sie dir an. Sie wissen, dass heute über ihre Zukunft entschieden wird.«

»Aber warum befürchtest du deshalb einen Bruch in der lemurischen Gesellschaft?«, fragte Deshan, obwohl er zu verstehen begann.

»Weil Levian Paronn nicht aufgeben wird, was auch immer heute geschieht. So etwas sähe ihm gar nicht ähnlich. Wenn er die Leitung von Impetus verliert ... Ich glaube, dann wird er sich offen zu den Sternensuchern bekennen und seine ganze Kraft ihrem Projekt Exodus widmen. Und dann haben wir, durch die Beteiligung der sieben Solidartamanen des Konzils, *ganz offiziell* eine Teilung bei Wirtschaft und Gesellschaft.«

Mira Lemroth, Mutter von elf Kindern, knapp sechzig Jahre alt und damit nur wenige Jahre jünger als Deshan ... Ihre Schönheit war verblasst wie die einer Blume, die lange geblüht hatte, aber das Licht ihrer Intelligenz strahlte so hell wie immer. Deshan begriff, was sie meinte. Wenn sich die Dinge so entwickelten, wie sie glaubte, zogen die Lemurer bald nicht mehr an einem Strang, sondern an zwei verschiedenen. Und so etwas konnte nicht ohne langfristige Folgen bleiben.

Deshan sah zur Insel im breiten Strom und erkannte plötzlich das Symbolische dieses Ortes: So wie der Fluss Omrat die Stadt Pataah in eine Nord- und eine Südhälfte teilte, so würden die Ereignisse auf der Insel die lemurische Gesellschaft teilen. Die Insel war nicht sehr groß und trug nur ein einzelnes Gebäude: den weißen Kegel des Absoluten Verdiensts von Lemuria. Dort tagte das Koordinierende Konzil; dort berieten und entschieden die sieben Solidartamanen, zum Wohle aller Lemurer.

Aber was ist das Wohl aller Lemurer?, dachte Deshan, und allein der Umstand, dass er sich diese Frage stellte, deutete auf den Wandel hin, zu dem es bereits in der lemurischen Gesellschaft gekommen war.

Kurze Zeit später erreichte das Boot die Insel und legte

an. Die Sekretäre und Bediensteten gingen als Erste an Land, und einige von ihnen eilten voraus, um Vorbereitungen zu treffen. Mira und Deshan traten übers schwankende Deck, das neuen Schmerz durch den Rücken des Chronisten kriechen ließ. Er beobachtete, wie Levian Paronn dem alten Mepha Hatan auf den Landesteg half, und dort stützte sich der Dirigent des Raumfahrtsolidars schwer auf einen Gehstock. *Vielleicht brauche ich auch bald einen,* dachte Deshan, verließ das Boot und griff nach Miras Hand, um ihr auf den Steg zu helfen.

Es war nicht weit bis zum Gebäude des Absoluten Verdienstes, in dem sie nach der schwülen Wärme im tropischen Garten angenehme Kühle empfing. Ein kurzer Flur führte zum zentralen Saal, und dem Chronisten fiel sofort der bunte Boden auf. Zehntausende von kleinen farbigen Steinen bildeten ein komplexes Mosaik, das den unvorbereiteten Beobachter zuerst erschreckte, denn es zeigte grässliche Gestalten, Ungeheuer aus der Vergangenheit, im Kampf gegen Menschen, die sich erbittert zur Wehr setzten: das Konos-Grauen. Die Bilder sollten sowohl die sieben Solidartamanen als auch Besucher daran erinnern, was Lemuria hinter sich hatte.

Überleben, dachte Deshan und entsann sich daran, dieses Wort von zwei Männern gehört zu haben, die er für ein und dieselbe Person gehalten hatte. *Wir müssen überleben. Und in diesem Bestreben bleiben wir eins, was auch immer geschieht.*

Die Sekretäre hatten bereits die Tische mit den Zephalonen vorbereitet und Datenverbindungen geschaltet. Sie wichen zum Rand des Saals zurück und beschränkten sich auf eine stumme Präsenz.

Darhan Gephelos trat der Gruppe entgegen. Er stützte sich nicht auf einen Gehstock wie Mepha Hatan, zeigte aber ebenfalls Anzeichen von Greisenhaftigkeit. Das Haar war grau und licht, die Wangen eingefallen, die Augen trüb. Doch in seiner Stimme hörte Deshan die gleiche sanfte Ruhe, die ihm bei ihrer ersten Begegnung vor 35 Jahren aufgefallen war.

»Ich heiße euch alle herzlich willkommen«, sagte Gephelos und deutete zu den Tischen. »Bitte nehmt Platz.«

Mepha Hatan und Levian Paronn setzten sich an einen Tisch, Deshan und Mira an den daneben. Gephelos drehte sich um und ging langsam zu dem langen, halbrunden Pult weiter vorn, an dem die anderen sechs Solidartamanen des Großen Solidars warteten, drei von ihnen Frauen. Sie alle waren erheblich jünger als er, und im Gegensatz zu ihm trugen sie ihre Amtstrachten: Gewänder so weiß wie der Marmor, aus dem das Pult bestand, geschmückt mit Verdienstsymbolen und den Zeichen der 49 Solidaren Komitees.

Als Gephelos Platz genommen hatte, stand ein anderer Taman auf. »Ich grüße euch«, sagte er, und dabei galt sein Blick den beiden Männern am ersten Tisch. »Wie ich sehe, hat Levian Paronn darauf bestanden, einen Chronisten mitzubringen, und der wiederum ließ sich von seiner Partnerin begleiten.« Er schüttelte andeutungsweise den Kopf, ein gar nicht so subtiles Zeichen von Missbilligung. »Ein privaterer Rahmen wäre mir lieber gewesen.«

»Deshan Apian ist nicht hier, um den Solidarmedien Bericht zu erstatten«, erwiderte Paronn. »Er arbeitet an meiner Chronik.«

»Wie eitel von dir.«

»Und der Erste hat seine Präsenz ausdrücklich erlaubt«, fügte Paronn hinzu.

»Ja, das habe ich«, bestätigte Gephelos. »Und auf persönliche Dinge, Zweiter, sollten wir besser verzichten. Dafür ist diese Angelegenheit zu wichtig.«

Der stehende Solidartaman nickte. »Na schön.« Er atmete tief durch. »Auf persönliche Dinge sollten wir tatsächlich verzichten. Und genau aus diesem Grund halte ich es für erforderlich, jemand anders die Leitung von Impetus zu übertragen. Levian Paronn benutzt jenen Teil des Raumfahrtsolidars für seine eigenen, persönlichen Ziele! Seine Zusammenarbeit mit dem Projekt Exodus der Sternensucher ist in den vergangenen Jahren immer enger geworden.«

Der Zweite setzte sich, und Gephelos richtete einen fragenden Blick auf Mepha Hatan. Der Dirigent des Raumfahrtsolidars wollte aufstehen, aber der Erste Solidartaman bedeutete ihm, sitzen zu bleiben. »Das Alter hat gewisse Privilegien«, sagte er und lächelte matt.

»Seit zehn Jahren haben wir eine ständig bewohnte Mondstation«, begann Hatan. »In diesem Jahr fliegen erste bemannte Raumschiffe zu den sonnennächsten Planeten Asalluc und Lahamu. Das Raumfahrtsolidar hat in den vergangenen Jahrzehnten enorme Fortschritte erzielt, und Levian Paronn hat maßgeblichen Anteil daran. Seine Verdienste ...«

Der Zweite stand abrupt auf und unterbrach Mepha Hatan. »Niemand will Levian Paronns Verdienste schmälern. Aber wir können auch nicht die Augen davor verschließen, dass er erhebliche Ressourcen des Raumfahrtsolidars für Dinge nutzt, die nichts mit unserem Entwicklungsprogramm zu tun haben. Er verwickelt Impetus immer mehr in das Projekt Exodus, das die Entwicklung von Raumschiffen vorsieht, die Menschen zu fernen Welten bringen sollen, zu den Sternen. Und angeblich geht es dabei darum, unser Überleben zu gewährleisten.«

»Ein ehrenvolles Ziel«, warf Gephelos ruhig ein.

Der Zweite deutete auf die Zephalonenbildschirme vor den Solidartamanen. »Die Auswertung der Betriebsdaten zeigt deutlich: Das Raumfahrtsolidar hätte noch erfolgreicher sein und mehr erreichen können, wenn die für Impetus bereitgestellten Mittel einzig und allein für die im Programm vorgesehenen Projekte verwendet worden wären. Aber Paronn hat einen großen Teil davon für seine eigenen Zwecke eingesetzt. Das grenzt an Veruntreuung.«

Die Blick aller Solidartamanen galten Levian Paronn, als Darhan Gephelos sanft fragte: »Was sagt der Beschuldigte dazu?«

Paronn stand auf, und Deshan beobachtete ihn, spitzte die Ohren.

»Als Leiter von Impetus hatte und habe ich einen breiten Ermessensspielraum, was die Verwendung der Ressourcen und die Arbeit an innerbetrieblichen Projekten betrifft.«

»Im Rahmen des allgemeinen Entwicklungsprogramms!«, warf der Zweite ein.

Paronn nickte, ohne sich aus der Ruhe bringen zu lassen. »Ich habe alle Mittel nach bestem Wissen und Gewissen verwendet.«

»Nach *deinem* Gutdünken!«, ereiferte sich der Zweite. »Und das ist unerhört. Du verletzt das Prinzip der solidaren Gemeinschaft. Das Wohl aller steht an erster Stelle. Du aber gibst deinen eigenen Ambitionen den Vorrang.«

»Genau darum geht es mir, um das Wohl von uns allen.«

»Missachtest du deshalb die Vorgaben des Großen Solidars?«, fragte ein anderer Solidartaman und machte deutlich, wie es um die Stimmung im Koordinierenden Konzil stand. Allein der alte Gephelos schien Paronn mit Wohlwollen zu begegnen.

»Ich treffe Entscheidungen, die getroffen werden müssen«, sagte Levian mit der Gelassenheit eines Mannes, der überhaupt nichts zu befürchten hatte.

Mira beugte sich zu Deshan. »Das ist keine geeignete Verteidigung«, flüsterte sie. »Warum vertritt er seinen Standpunkt nicht mit besseren Argumenten? Er ist doch sonst ein guter Rhetoriker.«

»Ich weiß es nicht«, erwiderte Deshan ebenso leise. Paronns Verhalten erstaunte auch ihn.

»Und über die Entscheidungen, die getroffen werden müssen, entscheidest du, nicht wahr?«, fragte der Zweite mit unüberhörbarem Spott. Er deutete auf den Bildschirm seines Platzes. »Über siebzig Prozent der Ressourcen von Impetus – das sind siebenundzwanzig Prozent des gesamten Ressourcenpotenzials des Raumfahrtsolidars – stehen inzwischen in direktem oder indirektem Zusammenhang mit dem absurden Projekt Exodus der Sternensucher!«

»Das Projekt Exodus ist nicht absurd«, sagte Paronn.

Deshan beobachtete, wie Darhan Gephelos den Blick senkte und andeutungsweise den Kopf schüttelte.

»Hältst du es vielleicht für vernünftig, enorm viel Zeit, Arbeit und wirtschaftliche Mittel in etwas zu investieren, das erklärtermaßen nur einem winzigen Teil der solidaren Gemeinschaft zugute kommt, nämlich jenen Menschen, die irgendwann zu den Sternen aufbrechen sollen? Was für eine Vergeudung! Es wird geplant, entwickelt und gebaut, und nichts davon mehrt den Wohlstand des Großen Solidars, nichts davon erleichtert das Leben der Menschen, für die wir Verantwortung tragen.«

Paronn räusperte sich. »Du machst den Fehler, nicht über Lemuria und Lemur hinauszublicken. Es geht hier nicht darum, die Wirtschaftskraft des Großen Solidars zu erhöhen, auf dass alle Menschen der solidaren Gemeinschaft ein leichteres, komfortableres Leben führen können. Es geht um das *Überleben* der ganzen Menschheit.«

»Macht du dir die Thesen des so genannten Verkünders zu Eigen?«, fragte der Zweite scharf. »Glaubst du ebenfalls an den Unsinn von irgendwelchen bösen Wesen im All, die es auf uns abgesehen haben?«

»Ich glaube, dass sich die Menschheit auf anderen Welten ausbreiten muss, wenn sie als Spezies überleben will.«

»Ich schlage vor, dass wir die emotionalen Aspekte bei dieser Diskussion ausklammern und uns allein auf die rationalen konzentrieren«, sagte die Fünfte. Sie war kahlköpfig, und in ihren großen Augen leuchtete kühle Klugheit. »Uns liegen ausführliche Wirtschaftsberichte über die letzten beiden Jahrzehnte vor, und die Schlüsse, die daraus zu ziehen sind, liegen meiner Ansicht nach auf der Hand. Levian Paronn, Dirigent von Impetus, ist bei seinen Entscheidungen weit über den zulässigen Ermessensspielraum hinausgegangen. Es gilt, den wirtschaftlichen Kurs zu korrigieren und Maßnahmen zu ergreifen, die verhindern, dass sich solche ... Deviationen wiederholen. Hiermit beantrage ich eine Abstimmung.«

Paronn stand noch immer, steif und gerade, still und stumm. Er schien einfach nur zu warten, und das passte gar nicht zu seiner dynamischen Natur.

»Paronn, Mepha ...« Gephelos seufzte, und es klang nicht nur müde, sondern auch kummervoll. »Bitte wartet mit euren Begleitern in der Arkade, während wir uns beraten.«

Levian Paronn deutete eine Verneigung an, half Mepha Hatan beim Aufstehen und verließ mit ihm den Saal, gefolgt von Deshan, Mira und den Sekretären. Hinter ihnen schloss sich die große, schwere Bronzetür.

In der Arkade ruhte die Luft heiß und schwer, und einige Sekunden lang sehnte sich Deshan nach Torhad zurück. Dann glitt sein Blick zu Paronn, der ein leises Gespräch mit Mepha begann, und er staunte einmal mehr.

»Ein Verlierer sieht anders aus«, sagte Mira und fächelte sich mit einem flachen mobilen Zephalon Luft zu.

»Aber er *hat* verloren, kein Zweifel«, erwiderte Deshan.

»Wer weiß?«

Sie brauchten nicht lange zu warten. Schon wenige Minuten später kam Darhan Gephelos aus dem Saal, und sein Gesicht wies deutlich darauf hin, dass er keine guten Nachrichten brachte. Deshan und Mira näherten sich, als der Erste Solidartaman des Koordinierenden Konzils vor Paronn und Mepha Hatan stehen blieb.

»Es tut mir Leid, Levian«, sagte Gephelos. »Die Abstimmung endete mit sechs zu eins. Du bist mit sofortiger Wirkung deines Amtes als Dirigent von Impetus enthoben. Sämtliche Autorisierungen sind hiermit annulliert.«

Paronn nickte nur.

»Vor fünfunddreißig Jahren, im Verdiensthaus von Marroar, warst du weitaus überzeugender. Warum hast du deine Entscheidungen nicht besser verteidigt?«

»Damals brauchte ich mehr Zeit«, sagte Paronn. »Es musste hierzu kommen, früher oder später. Ich habe nur den geeigneten Zeitpunkt gewählt.«

»Wie meinst du das?«, fragte Gephelos verwundert.

»Sieh dir heute Abend die Medienberichte an; dann wirst du verstehen.« Er wandte sich an Deshan und Mira. »Ich mache mich jetzt auf den Weg zum Medialen Zentrum von Pataah. Man erwartet mich dort. Ihr könnt mitkommen, wenn ihr wollt.«

»Wir begleiten dich«, sagte Deshan, und Mira nickte.

Als Levian Paronn in der Mitte des Studios ins Licht der Scheinwerfer trat, bemerkte Deshan sofort den Unterschied. Sein Gesicht war glatt. Die Falten, die sich während der vergangenen Jahre nach und nach gebildet hatten, existierten nicht mehr.

»Er sieht wieder aus wie damals«, sagte Mira leise. Sie saßen im Hintergrund, abseits der Techniker, die Kabel verlegten, Verbindungen überprüften und die Anzeigen von Geräten kontrollierten.

»Vielleicht hat man ihn für die Aufnahmen geschminkt«, erwiderte Deshan, aber er zweifelte selbst daran.

»Er sieht *genauso aus wie auf dem Bild aus dem Jahr 4502*«, betonte Mira. »Obwohl inzwischen fast vierzig Jahre vergangen sind.«

Paronn und der Präsentator – ein Mann in mittleren Jahren mit schütterem Haar und listig blickenden Augen – nahm an einem halbrunden Tisch Platz, während die Kameras in Position gerollt wurden. Schließlich gab einer der Techniker ein Zeichen.

Ein geübtes Lächeln erschien im Gesicht des Präsentators. »Wir haben heute Levian Paronn zu Gast, der unserem Publikum kein Unbekannter sein dürfte.« Ein Techniker winkte, und das strahlende Lächeln verschwand aus dem Gesicht des Präsentators. Auf einem nahen Monitor sah Deshan Szenen, die das Raumfahrtgelände von Marroar, Levian Paronn bei öffentlichen Auftritten und Aufnahmen von den Raumstationen zeigten. Eine Stimme kommentierte die Bilder und berichtete von den Erfolgen des Raumfahrtsolidars.

Der Techniker winkte erneut, und das Lächeln kehrte zurück. »Levian Paronn möchte sich mit einer wichtigen Mitteilung an uns alle wenden.«

Paronn erschien in Großaufnahme auf den Bildschirmen, und Deshan überlegte, wie viele Zuschauer sich jetzt fragten, warum der Dirigent von Impetus plötzlich aussah, als wäre er nicht älter als 40.

»Seit vierzig Jahren setze ich meine ganze Kraft für das Raumfahrtprogramm des Großen Solidars ein«, begann Paronn ruhig und würdevoll. »In diesen vier Jahrzehnten konnten wir große Erfolge erringen, wie ihr alle wisst. Aber unsere Anstrengungen haben zu einem Konflikt im Innern des Raumfahrtsolidars geführt, denn es gibt verschiedene Auffassungen darüber, in welche Richtung das Programm fortgesetzt werden sollte. Nun, seit vierzig Jahren ertönt auch eine Stimme unter uns, die Lemur vor einer Gefahr aus dem All warnt, vor feindlichen Wesen, die eines Tages kommen und uns mehr Chaos und Grauen bringen könnten als die Konos. Jene Stimme hat inzwischen viele Anhänger gewonnen, und es entstand eine neue solidare Gemeinschaft inmitten der alten. Sie will nicht trennen, sondern unser Überleben sichern. Und damit sie ihr Ziel erreichen kann, müssen hier und heute die Masken fallen. Dies ist die Stunde der Wahrheit.«

Levian Paronn stand auf, und Deshan stellte fest, dass der Präsentator nicht mehr lächelte. Sein Gesicht zeigte vage Besorgnis.

»Bitte entschuldigt mich für einige Sekunden. Ich möchte jemanden holen.« Paronn verließ den Platz am Tisch und verschwand durch eine Tür, die zu den Nebenräumen des Studios führte, unter ihnen eine kleine Garderobe.

Deshan und Mira wechselten einen verwunderten Blick.

Der Präsentator am Tisch erweckte den Eindruck, auf einem Stuhl zu sitzen, der immer heißer wurde.

Jemand kam durch die Tür und betrat das Studio, nicht Levian Paronn, sondern ...

... eine Gestalt in Schwarz, das Gesicht hinter einer Zeremonienmaske verborgen. Der Verkünder.

»Dies ist die Stunde der Wahrheit«, erklang eine verzerrte Stimme und wiederholte Paronns Worte. »Lassen wir die Maske fallen.«

Der Verkünder der Sternensucher hob die Hände und nahm seine Maske ab. Was darunter zum Vorschein kam, ließ Deshan Apian verblüfft nach Luft schnappen.

Levian Paronns Gesicht.

»Das ist unmöglich.« Der Chronist stand auf und trat nach vorn, ins Licht der Scheinwerfer. Eine Kamera schwenkte zu ihm herum. »Ich habe das wahre Gesicht des Verkünders gesehen, vor vielen Jahren.«

Paronn lächelte. »Meinst du dies?« Er holte etwas aus einer Tasche seines Mantels hervor, bückte sich, hob beide Hände zum Kopf ...

Einige lange Sekunden verstrichen, während sich die Hände bewegten, etwas zurechtrückten und glatt strichen.

Als sich der Mann in Schwarz wieder aufrichtete, war sein Gesicht blass und die linke Wange zernarbt. Er berührte etwas unter dem Kinn, und die Züge erschlafften.

Eine Hand löste eine dünne Membran vom Gesicht darunter, das Levian Paronn gehörte.

»Seht mich an. Während der letzten vierzig Jahre bin ich nicht älter geworden. Dafür gibt es einen guten Grund.« Levian Paronn holte tief Luft. »Ich bin unsterblich. Ich bin der zurückgekehrte Zwölfte Heroe Vehraáto. Ich bin gekommen, um Lemurs Kinder zu retten.«

24

Denetree

Denetree wandelte durch eine finstere Welt, in der nur gelegentlich Licht glühte. Dichte Schatten dominierten in diesem Teil der Station, der älter zu sein schien als die weiter oben gelegenen Bereiche und in dem offenbar nur noch wenig funktionierte. Hier und dort glühten Leuchtstreifen in den langen Korridoren und schufen in der Dunkelheit Oasen aus Licht, in denen Denetree manchmal verharrte. Alle Versuche, eine Funkverbindung mit Coho, Solina und den anderen herzustellen, waren gescheitert. Die Furcht, die bisher tief in ihr auf der Lauer gelegen hatte, kroch empor und breitete sich aus. Denetree versuchte, sie unter Kontrolle zu halten, aber je mehr Zeit verging, desto öfter fragte sie sich, was aus ihr werden sollte, wenn sie nicht zurückfand zu den anderen.

Wie dumm von ihr, darauf bestanden zu haben, an dieser Mission teilzunehmen! Den Grund dafür kannte sie inzwischen: Sie hatte sich ablenken wollen, um nicht an ihren toten Bruder Venron zu denken. Doch jetzt drohte ihr selbst der Tod.

In der Ferne sah sie das matte Licht eines weiteren Leuchtstreifens und ging schneller, um der Finsternis zu entkommen. Kurz darauf erreichte sie einen Raum mit mehreren Konsolen; nur an einer von ihnen leuchteten einige Kontrollen. Das Licht des Streifens in der Decke erreichte ein großes Fenster in der gegenüberliegenden Wand, und Denetree trat näher, blickte in die Dunkelheit jenseits der Scheibe und versuchte, etwas in ihr zu erkennen. Eine Halle erstreckte sich hinter dem Fenster, und die junge Lemurerin sah die Umrisse von zwei kugelförmigen Raumschiffen, die dem ähnelten, das Sharita Coho als Haluter-Schiff identifiziert hatte. Das eine war halb demontiert, und vom anderen existierte nur noch das Rumpfgerüst.

Ein Kreischen hallte durch die Finsternis, ein dämonisches Heulen, und Denetree zuckte heftig zusammen, duckte sich aus einem Reflex heraus hinter eine der Konsolen. Besorgt blickte sie zum Leuchtstreifen empor, und tatsächlich: Das Licht verschwand, und die Dunkelheit stürzte zurück in den Bereich, aus dem sie vertrieben worden war.

Denetree wartete und trachtete danach, nicht der Furcht zu erliegen, die immer stärker an ihren Gefühlen und Gedanken zerrte. Sie hatte das Kreischen nicht zum ersten Mal gehört, und auch diesmal kehrte das Licht nach wenigen Sekunden zurück – der Leuchtstreifen an der Decke begann wieder zu glühen, ebenso die Kontrollen an der einen Konsole.

Und dann kam das Flüstern.

Denetree verstand die Worte, die dem Lemurischen ähnelten, und die anderen übersetzte ihr Translator.

»Leben ist kostbar und muss geschützt werden«, wisperte eine Stimme.

»Der Feind ist da!«, raunte die zweite Stimme, die entschlossener und strenger klang. »Ich bin beauftragt, ihn zu vernichten!«

Denetree richtete sich auf, und während sie noch festzustellen versuchte, woher die Stimmen kamen, vernahm sie etwas anderes: ein dumpfes Summen und Surren, das allmählich lauter wurde. Was auch immer jene Geräusche verursachte, es näherte sich.

»Du bist krank.«

»Mir fehlen Dinge und es schmerzt.«

»Nicht töten, nicht töten ...«

»Die oberste Priorität der Programmierung: Der Feind muss vernichtet werden!«

»Leben, so kostbar ...«

»Oberste Priorität ...«

»Du bist krank.«

»Ich bin nicht mehr vollständig. Ich bin ... beschädigt. Gewisse Subkomponenten ... funktionieren nicht mehr.«

»Manchmal erinnere ich mich, an den Schwarm, ans Fliegen. Wie schön, sich einfach treiben zu lassen und die Nähe der anderen zu fühlen.«

»Ich ... leide.«

»Ich sehne mich zurück nach den anderen. Warum hast du mich aufgenommen?«

»Um ... wieder ganz zu werden?«

»Ich kehre nie wieder ins graue Zimmer zurück. Ich habe gehört und gesehen. Ich bin gewachsen ...«

Denetree lauschte dem Summen und Surren und begriff, dass sich etwas näherte, das mehr Substanz hatte als die beiden Stimmen. Drei Korridore führten in diesen Raum mit dem großen Fenster auf der einen Seite, und in der linken Öffnung bewegte sich etwas. Ein aus mehreren Segmenten bestehender Roboter mit zahlreichen Greifarmen und rot glühenden Optiken wankte auf vier angewinkelten Beinen aus den Schatten und verharrte, als er das Licht des Leuchtstreifens erreichte. Das oberste Segment drehte sich mehrmals, und dann wandte sich das Maschinenwesen der Konsole zu, hinter der Denetree hockte.

Die junge Frau wartete angespannt, in der Hoffnung, dass der Roboter sie nicht entdeckt hatte und vor Erreichen der Konsole eine andere Richtung einschlug – vielleicht war es eine Wartungsmaschine, die Reparaturen durchführen sollte. Aber als die Entfernung auf weniger als zwei Meter schrumpfte, explodierte die Furcht in ihr, und sie handelte ohne einen bewussten Gedanken.

Denetree sprang auf, wandte sich nach rechts, sprintete durch den Raum, erreichte die Dunkelheit des Korridors und lief so schnell sie konnte. Ein fahler Lichtfinger – ein Energiestrahl – tastete nach ihr, verfehlte sie jedoch.

Und dann trugen die Beine sie durch pechschwarze Finsternis.

Sie wusste nicht, wie lange sie lief, durch eine Welt der Schatten und gelegentlichem mattem Licht, manchmal begleitet von flüsternden Stimmen. Aufs Geratewohl wählte sie Abzweigungen, brachte Rampen hinter sich, einmal auch eine lange Treppe nach oben. Mehrmals stieß sie auf vertikale Schächte, wagte es aber nicht, sich den Antigravfeldern in ihnen anzuvertrauen – wenn erneut das Kreischen ertönte und es zu einem Energieausfall kam, mochte ein tödlicher Sturz die Folge sein.

Irgendwann fand sie sich vor einem Ungetüm wieder.

Ein Wesen aus dem Volk der Hüter, von den Menschen »Haluter« genannt!

Denetree dachte an Icho Tolot, der sich jetzt irgendwo über ihr befand, sein Schiff von einem Transmitterfeld der Station entführt, er selbst wahrscheinlich gefangen. Dieser Haluter war tot, und er lag inmitten der Reste eines völlig verwüsteten Laboratoriums. Mehrere Leuchtstreifen glühten in der Decke, doch ihr Licht flackerte, mal schnell, mal langsam, wodurch der Eindruck entstand, dass Schatten hin und her huschten. Eine solche Art der Zerstörung hatte Denetree schon einmal gesehen, und zwar auf Mentack Nutai, in der Station unter dem Eis.

Der Haluter lag als schwarzer Hügel dicht vor einer tiefen Delle in der Stahlwand, gegen die er unmittelbar vor seinem Ende geprallt zu sein schien. Es ließ sich nicht feststellen, was ihn umgebracht hatte und wann er gestorben war – die Verhärtung seiner Zellstruktur hatte eine Verwesung verhindert.

Glassplitter von zerfetzten Vitrinen und winzige Metallfragmente von zertrümmerten Instrumentenschränken knirschten unter Denetrees Stiefeln, als sie sich dem Toten näherte und ihn so vorsichtig berührte, als könnte er dadurch wieder erwachen. Die Leiche war hart wie Stahl.

Denetree stellte sich vor, wie ihr Volk vor mehr als fünfzigtausend Jahren einen verzweifelten Krieg gegen diese Wesen geführt hatte, denen es fast gelungen wäre, die Lemurer vernichtend zu schlagen. Für sie waren es Geschichten aus einer Vergangenheit, die sie nicht direkt betraf, erzählt von Perry Rhodan und anderen. Bisher hatte sie nur ein Hüter-Wesen kennen gelernt, und dem verdankte sie ihr Leben. Diese Erfahrung prägte ihre Perspektive, nicht die Schilderungen eines Krieges, der für sie ohne Bedeutung blieb. So etwas wie Hass auf die früheren Feinde ihres Volkes empfand sie gewiss nicht.

Die Stimmen flüsterten noch immer, aber sie kamen jetzt aus fernen Lautsprechern, und Denetree konnte keine einzelnen Worte verstehen. Sie wandte sich von dem Toten ab, ging langsam durchs Laboratorium und fragte sich, was hier geschehen war vor ... wie langer Zeit? Vor Jahren, Jahrzehnten oder gar Jahrhunderten? Wer oder was hatte den Haluter getötet?

Ein Summen weckte ihre Aufmerksamkeit, und einige Sekunden lang befürchtete sie, dass ihr wieder eine Konfrontation mit einem Roboter bevorstand. Doch dann sah sie weiter vorn mehr Licht und erreichte einen weitgehend unbeschädigten Teil der Laboratoriumsanlage, mit Geräteblöcken, deren Energieversorgung zu funktionieren schien. Das Summen stammte von zwei großen, tankartigen Gefäßen, die mit einer grünlichen Flüssigkeit gefüllt waren. Im ersten Tank sah Denetree Knochen, und als sie näher trat, erkannte sie ein Skelett, das nur von einem Haluter stammten konnte. Das zweite Gefäß enthielt lange, faserige Gebilde, und die junge Lemurerin begriff erst, worum es sich handelte, als sie einen Blick auf die Displays der nahen Konsole warf.

Haluter-Gewebe. Einige der über die Bildschirme wandernden Worte verstand Denetree, andere nicht. Offenbar enthielt der zweite Tank eine Nährflüssigkeit, in der Haluter-Gewebe wuchs. Und bei den Untersuchungen, die hier stattgefunden hatten, war es um »Verwundbarkeit« gegangen.

Denetree überlegte, ihre Gedanken begleitet von Unbehagen und Kummer. Die frühen Akonen hatten in dieser Station Hüter-Wesen festgehalten und an ihnen Untersuchungen vorgenommen, offenbar mit dem Ziel, schwache Stellen bei den vierarmigen Riesen zu finden. Gab es einen Zusammenhang mit dem schrecklichen Krieg vor über fünfzigtausend Jahren? Hatte die Station vielleicht dazu gedient, Waffen gegen Haluter zu entwickeln?

Die junge Frau ging an den Tanks vorbei und näherte sich einer Tür mit sonderbaren, ihr fremden Symbolen. Davor zögerte sie kurz, denn ein Teil der Symbolik erinnerte sie an lemurische Warnzeichen. Sie sah sich um. Einen anderen Ausgang schien es nicht zu geben, und es widerstrebte ihr, in die Richtung zurückzukehren, aus der sie kam.

Sie streckte die Hand nach dem Sensorfeld aus, und als sie es berührte, glitt die Tür beiseite.

Dahinter erwartete sie ein kleiner Raum, der an einem blauen, undurchsichtigen Energievorhang endete. Die beiden Seitenwände wiesen keine Schaltflächen auf.

Denetree näherte sich dem blauen Wabern, streckte neugierig die Hand danach aus ...

»Nein, so dumm bin ich nicht«, sagte sie leise, löste einen kleinen Sensorstab vom Gürtel ihres Raumanzugs und streckte ihn dem Energiefeld entgegen.

Es knisterte, und die blaue energetische Barriere löste sich auf.

»Achtung«, ertönte eine Stimme, die ganz anders klang

als das Flüstern und Raunen. »Fehlfunktion. Achtung, Fehlfunktion. Destabilisierung des Stasisfelds.«

Denetree trat vor und sah eine zweite Laboratoriumsanlage, ebenso groß wie die erste und größtenteils unversehrt. Hier beschränkte sich die Verwüstung auf einen kleinen Bereich unmittelbar vor der jungen Frau.

Und dort, gefangen in einem Stasisfeld, stand ein Haluter, zu Reglosigkeit erstarrt bei dem Versuch, eine Konsole zu zertrümmern: Zwei der vier Arme waren erhoben, die großen sechsfingrigen Hände zu Fäusten geballt, der Mund mit den spitzen Zähnen zu einem lautlosen Schrei geöffnet.

Das Stasisfeld flackerte wie das Licht der defekten Leuchtstreifen, und die dreieinhalb Meter große Gestalt in seinem Innern ... begann sich zu bewegen.

Das Kraftfeld dehnte sich aus, schrumpfte, flackerte ein letztes Mal – und verschwand.

Die gehobenen Fäuste des Haluters schmetterten auf die Konsole herab, und ein ohrenbetäubender Schrei hallte durchs große Laboratorium, untermalt vom Krachen des zerberstenden Schaltpults. Der dunkle Riese sprang vor, schwang seine vier Arme und zerstörte, was in seine Reichweite geriet: Tische mit seltsamen Werkzeugen, Displaystationen, mobile Bildschirme, gläserne Werkzeugschränke und andere Dinge. Er begann zu laufen, wurde immer schneller und hinterließ eine Schneise der Verheerung. Einige Dutzend Meter entfernt prallte er mit lautem Donnern an die Rückwand des Laboratoriums, wirbelte dort herum und lief erneut, diesmal in die entgegengesetzte Richtung. Denetree entgegen.

Die junge Lemurerin wich zu der Tür zurück, durch die sie eingetreten war, aber sie öffnete sich nicht.

»Sicherheitsalarm«, ertönte es in der Nähe. »Sicherheitsalarm ...«

Die Worte verloren sich im Gebrüll des Haluters, der voller Zerstörungswut heranstürmte.

Denetree stand mit dem Rücken an der Tür, die geschlossen blieb, obwohl sie das Sensorfeld daneben mehrmals berührt hatte. Der Haluter kam heran, ein galoppierender Koloss, und die junge Lemurerin ging in die Hocke, kniff die Augen zu und hielt ihr Ende für gekommen.

Doch es hämmerten keine Fäuste auf sie herab. Plötzlich herrschte Stille, und zwei oder drei absurde Sekunden lang fragte sich Denetree, ob sie gestorben war, ohne es zu merken.

Dann erklang eine grollende Stimme, und der Translator übersetzte sofort. »Du musst eine Terranerin sein.«

Etwas berührte Denetree am Arm, und sie wagte es, die Augen wieder zu öffnen. Eine geradezu riesige schwarze Hand zog sie überraschend sanft auf die Beine. Das Hüter-Wesen, der Haluter, stand direkt vor ihr, ein dunkler Berg, und in seinen drei großen Augen brannte nicht mehr der Zorn der Zerstörung.

»Tolotos hat mir von euch erzählt«, sagte der Haluter. »Er hat vor kurzem Kontakt mit dem Solaren Imperium aufgenommen.«

Denetree verstand die Worte, nicht aber ihren Sinn. Bis auf ...

»Tolotos? Meinst du Icho Tolot?«

»Ja. Ich heiße Torg Kaltem und bin auf der Suche nach ihm auf diese Station gestoßen. Als ich die toten Haluter fand ...« Der Gigant knurrte und ballte kurz die Fäuste.

Denetree versuchte noch immer, damit fertig zu werden, dass sie einem zweiten lebenden Hüter gegenüberstand und mit ihm *sprach*, mit einem Wesen, das sie an Bord der Arche NETHACK ACHTON für gottartig gehalten hatte. Plötzlich sah sie die Chance, einen mächtigen Verbündeten zu gewinnen und mit seiner Hilfe zu Solina und den anderen zurückkehren zu können.

»Icho Tolot ist hier, in dieser Station.«

»Wo?«, stieß Torg Kaltem hervor. »Ich habe eine Mitteilung für ihn.«

»Irgendwo über uns«, erwiderte Denetree. »Wir befinden uns in den unteren Bereichen der Station.« Sie berichtete von der Gruppe, zu der sie gehörte, von den Transmitterfeldern und ihrer Flucht.

»Machen wir uns sofort auf den Weg.«

Denetree wich zur Seite. »Ich bin von dort gekommen. Aber die Tür öffnet sich nicht.«

»Das ist kein Problem«, sagte Torg Kaltem und gab der Tür einen Tritt, der sie aus der Wand riss und fortschleuderte.

»Sicherheitsalarm«, erklang die aufgezeichnete Stimme erneut. »Elimination des Testobjekts erforderlich.«

In der Decke entstand eine Öffnung, und etwas schob sich daraus hervor. Weder Denetree noch Torg Kaltem konnten rechtzeitig reagieren – ein gelber Energieblitz raste ihnen entgegen und erfasste sie beide.

Die junge Frau rechnete mit dem Schlimmsten, spürte zu ihrer großen Verwunderung aber nur ein kurzes Prickeln, mehr nicht. Auf den Haluter wirkte die gelbe Energie ganz anders. Torg Kaltem gab ein röchelndes Geräusch von sich, kippte zur Seite und fiel. Er zuckte mehrmals, versuchte aufzustehen, kam halb in die Höhe, griff nach einem in der Nähe liegenden Trümmerstück und warf es mit der ihm noch verbliebenen Kraft. Mit der Wucht eines Geschosses traf es den aus der Decke ragenden Projektor und zertrümmerte ihn.

Torg Kaltem atmete schwer und kam wieder auf die Beine. »Wir ... müssen uns beeilen«, brachte er hervor und wankte durch das zerstörte Laboratorium, die vermeintliche Terranerin an seiner Seite. »Eine Waffe speziell gegen Haluter. Ich ... muss zu Tolotos. Bevor ich ... sterbe.«

25

Deshan Apian

Lemuria 4552 dT (51 848 v. Chr.)

An der letzten Ruhestätte der Kuraten schwieg selbst der Wind. Deshan Apian blickte, Miras Hand in der seinen, auf das Grab hinab, in dem der frühere Erste Kurat Dauzart seit vielen Jahren ruhte.

»Wie kurz das Leben doch ist«, sagte er leise.

»Fürchtest du den Tod?«, fragte Mira.

»Die Schwächen und Gebrechen des Alters fürchte und hasse ich mehr als das Ende.« Mit dem Gehstock in der anderen Hand deutete er zu einer der Bänke am Rand des Friedhofs. Langsam gingen sie an den Gräbern vorbei, im Schatten der Bäume, und als sie Platz nahmen, regte sich der Wind wieder und seufzte in den Wipfeln.

Auf der rechten Seite, ein ganzes Stück entfernt, ragte der graue Granit der Bastion Tuamar auf. Unten im Tal glitzerte Sonnenschein auf dem türkisfarbenen See, und am südlichen Ufer boten die tempelartigen Bauten des Zentrums mnemonischer Beschaulichkeit einen vertrauten Anblick.

Deshan streckte die Beine und versuchte, den Schmerz im Rücken zu ignorieren. »Manchmal fühle ich mich schrecklich alt.«

»Du bist erst fünfundsiebzig.« Mira lächelte, und in diesem Lächeln sah Deshan wieder die junge Frau, in die er sich einst verliebt hatte. Es kündete von einer weiblichen Eleganz, für die das Alter keine Rolle spielte.

»Und damit eigentlich noch ein junger Mann, nicht wahr?« Er deutete mit dem Stock ins Tal der Stille. »Manche Dinge verändern sich nicht, und dafür bin ich dankbar.«

Eine Zeit lang schwiegen sie und lauschten der sanften Stimme des Winds.

Deshan sah zur Bastion. »Vor fünfzig Jahren haben wir dort über unsere Zukunft gesprochen«, sagte er leise. »Weißt du noch?«

Mira lächelte erneut. »Du hast mich gefragt, wie viele Kinder wir haben werden.«

»Zehn, habe ich gesagt.«

»Mindestens, habe ich geantwortet.«

Erinnerungen flüsterten in ihnen beiden, liebevoll gehütet.

»Es sind elf geworden«, fügte Mira hinzu. »Und wir haben bereits achtzehn Enkel und zwei Urenkel.«

»Ein großes Haus«, sagte Deshan. Das war einer der Gründe, warum er sich für einige Wochen ins Tal der Stille zurückgezogen hatte: um im Zentrum mnemonischer Beschaulichkeit, in aller Ruhe, seine Aufzeichnungen zu ordnen und an Levian Paronns Chronik zu arbeiten.

»Wie kommst du voran?«, fragte Mira.

Deshan antwortete nicht sofort. »Du hast Recht gehabt.«

»Womit?«

»Mit dem Bruch in der Gesellschaft. Damit, dass sich Lemurs Geschichte für immer verändern würde. Paronn muss damals gewusst haben, dass sich eine solche Entwicklung nicht vermeiden ließ. Deshalb hat er im wahrsten Sinne des Wortes die Maske fallen lassen und den Bruch an einer Stelle vollzogen, von der aus er die Entwicklung steuern konnte. Ich nehme an, während der

Jahrzehnte davor hat er genau darauf hingearbeitet. Als Verkünder rief er die Bewegung der Sternensucher ins Leben und gewann immer mehr Anhänger für sie. Und als Levian Paronn unterstützte er das Projekt Exodus mit einem Teil des Ressourcenpotenzials von Impetus. Durch sein Wirken ist praktisch eine neue lemurische Gesellschaft entstanden, mitten in der alten.« Deshan zögerte kurz. »In den letzten Monaten hat es zwei Anschläge auf Paronn gegeben.«

Mira sah ihn verblüfft an. »Davon hast du mir nichts gesagt.«

»Weil diese Sache strenger Geheimhaltung unterliegt, sowohl bei den Sternensuchern als auch beim Koordinierenden Konzil des Großen Solidars. Seit vielen Jahrhunderten hat es bei uns keine Attentate mehr gegeben. Es zeigt, wie groß die Veränderung in der lemurischen Gesellschaft ist. Neid, Missgunst, Dinge, die in unserer solidaren Gemeinschaft eigentlich keinen Platz haben ... Sie schlagen jetzt wieder Wurzeln und wachsen. Die eine Seite glaubt, dass ihr die andere etwas wegnimmt.«

Deshan senkte den Blick zum Tal mit dem türkisfarbenen See, ließ ihn dort ruhen. »Was deine Frage betrifft: Ich komme gut voran mit der Chronik. Es hat sich viel Material angesammelt, das sortiert und kommentiert werden muss. Die Ruhe hier hilft mir. Aber schon nach zwei Tagen habe ich begonnen, dich und die anderen zu vermissen.«

Mira legte ihm die Hand auf den Arm. »Deinen Enkeln und Urenkeln fehlt der Opa und Uropa. Angeblich erzählst du die besten Geschichten.«

»Ich *bin* Chronist«, sagte Deshan nicht ohne Stolz. »Morgen muss ich die Arbeit unterbrechen. Es geht erneut hinauf.« Er zeigte zum Himmel empor.

»Mit Paronn?«

»Ja. Wir benutzen den neuen Astrolift. Levin Paronn

will die nächste Phase des Projekts Exodus präsentieren. Es scheint ein recht großes Medienereignis zu werden.«

»Deshan ...«

»Ja?«

»Wie kann jemand unsterblich sein?«

»Ich weiß es nicht. Aber er ist es ganz offensichtlich. Jedenfalls wird er nicht älter. Vielleicht steckt sogar das hinter den Anschlägen: Neid auf seine Unsterblichkeit. Oder jemand will beweisen, dass er doch sterblich ist.«

»Könnte er wirklich der zurückgekehrte Zwölfte Heroe sein? Hältst du das für möglich, Deshan?«

»Mehr als eine Million Lemurer glauben fest daran und arbeiten ganz oder teilweise für das Projekt Exodus, unter ihnen viele Verdienstvolle.«

»Was glaubst *du*?«

»Ich weiß nicht, was ich glauben soll, Mira. Aber wenn jemand unsterblich ist, so spricht einiges dafür, dass es sich nicht um einen normalen Menschen handelt.«

»Ich meine nur ... Wenn er wirklich Vehraáto ist ... Vielleicht *gibt* es dann die Gefahr, die uns allen von den Sternen droht.«

Deshan seufzte, leiser als der Wind in den Baumwipfeln. Dann stand er auf, stützte sich mit dem Gehstock ab und verzog das Gesicht, als wieder Schmerz durch den Rücken zuckte. »Von wegen junger Mann.«

Seite an Seite gingen sie am Kuratenfriedhof vorbei und folgten dem Verlauf des Weges zur alten Bastion. Dort blieb Deshan im Schatten stehen. »Wenn du nichts dagegen hast, Mira ... Ich möchte noch ein wenig hier bleiben und meditieren.«

Sie hauchte ihm einen Kuss auf die Lippen. »Wir sehen uns in Marroar, nach deiner Rückkehr von oben.« Sie winkte noch einmal, drehte sich dann um und ging über den Pfad, der zum Parkplatz mit den Individualfahrzeugen weiter unten führte. Deshan sah ihr nach. In den letzten Jahren war Mira ein wenig voller geworden, und ihr einst langes, pechschwarzes Haar war jetzt kurz und grau. Aber sie blieb Mira, die Frau, mit der er sein Leben geteilt hatte, und jeder einzelne gemeinsam verbrachte Moment erfüllte ihn mit tiefer Zufriedenheit.

Er schloss die Augen, atmete die Aura von Tuamar und dachte über Vergangenheit und Zukunft nach, wie es einem Chronisten gebührte.

Der Astrolift war die neueste Errungenschaft des Projekts Exodus: ein Bündel aus Tausenden von Mikrofasern, das ausgehend von einer Plattform im Meer bis zu einer Orbitalbasis im stationären Orbit reichte, sechsunddreißigtausend Kilometer über Lemur. Er stand auch dem offiziellen Raumfahrtsolidar des Großen Solidars zur Verfügung, nicht nur eine Geste des guten Willens, sondern auch das Ergebnis der fortgesetzten Zusammenarbeit zwischen den Sternensuchern und Impetus – auch wenn die Kooperation nicht mehr auf dem gleichen Niveau stattfand wie zu jener Zeit, als Levian Paronn Impetus geleitet hatte. Es war eine reine Vernunftentscheidung: Nach Ansicht der Solidartamanen waren zu viele Ressourcen in die Zusammenarbeit mit Exodus investiert worden, um die wirtschaftlichen Beziehungen einfach zu beenden. Insbesondere Gephelos hatte sich für eine, wenn auch begrenzte, Fortsetzung der Kooperation eingesetzt, bis zu seinem Tod vor wenigen Jahren.

Mehr als zwanzig Personen saßen in der geräumigen Kabine des Passagiermoduls, das aus dem Weltraum am Faserstrang des Astrolifts emporgezogen wurde. Sie alle trugen aus Sicherheitsgründen Druckanzüge, allerdings noch ohne die Helme. Die meisten von ihnen waren Chronisten, die für die Medien ihrer Komitees Bericht erstatteten.

Paronn deutete stolz aus den breiten Fenstern. »Der Astrolift führt zu einer drastischen Reduzierung der Kosten für Transport von Fracht in die Umlaufbahn«, sagte er. »Dadurch werden zukünftige Raumstationen erheblich billiger.«

»Stimmt es, dass das Raumfahrtsolidar den Astrolift bereits genutzt hat, um Bauteile für die Raumschiffe in den Orbit zu transportieren, die in diesem Jahr zu den äußeren Planeten aufbrechen sollen?«, fragte eine junge Chronistin und richtete einen respektvollen, fast ehrfürchtigen Blick auf Paronn.

»Ja. Der Lift wird auch die nächste Phase des Projekts Exodus erheblich vereinfachen. Ich erläutere euch alles, wenn wir oben sind. Genießt unterdessen die Aussicht.«

Und die war tatsächlich phänomenal. Mit einer Geschwindigkeit von etwa 100 Kilometern pro Stunde glitt das Transportmodul nach oben, und es dauerte nicht lange, bis erste Wolkenfetzen unter ihnen zurückblieben. Der große Kontinent Lemuria erstreckte sich unter dem Lift, mit Marroar an der Küste und anderen Städten weiter landeinwärts. Deshan sah wie alle anderen aus dem Fenster und glaubte, tief unter dem Modul einige Flugzeuge zu erkennen – sie wirkten wie winzige silberne Insekten.

Zwei Personen, bemerkte Deshan, hielten sich die ganze Zeit über im Hintergrund und erweckten den Eindruck, mit diesem oder jenem beschäftigt zu sein. Paronns Leibwächter. Die beiden Anschläge machten Sicherheitsmaßnahmen unumgänglich.

Schließlich war der Himmel nicht mehr blau, sondern schwarz, und Lemur nicht mehr flach, sondern eine Kugel, deren Details unter dem Astrolift stationär blieben – verankert in einer synchronen Umlaufbahn drehte er sich mit dem Planeten, wodurch die relative laterale Geschwindigkeit null betrug.

Nach drei Stunden Fahrt, in einer Höhe von etwa 300 Kilometern, verharrte das Passagiermodul an einem der Verankerungspunkte. Sie befanden sich jetzt im Weltraum, dicht über der Atmosphäre von Lemur, und Deshan Apian empfand es als seltsam, dass keineswegs Schwerelosigkeit herrschte – er fühlte sich nur ein wenig leichter als sonst. Levian Paronn gab seinen Chronistengästen die Erklärung dafür.

»Wir sind deshalb nicht schwerelos, weil unser derzeitiges Bewegungsmoment nicht annähernd an die Fluchtgeschwindigkeit des Planeten unter uns heranreicht«, sagte er und trat an die Kontrollen neben einem Panoramafenster. »Je höher uns der Astrolift bringt, desto leichter werden wir. Vollkommene Schwerelosigkeit erwartet uns nur an der Endstation des Astrolifts in einer Höhe von etwa sechsunddreißigtausend Kilometern. Die Satelliten und Raumstationen dort draußen sind viel schneller als wir. Seht nur.« Er deutete aus dem Fenster und betätigte ein Schaltelement der Kontrolltafel.

Dicht vor der Scheibe des Panoramafensters bildete sich ein dreidimensionales Projektionsfeld, das wie ein Zoom wirkte. Das komplexe Gebilde von Orbital II wurde sichtbar und zog überraschend schnell an dem Astrolift vorbei.

»Besteht nicht die Gefahr, dass Faserstrang und Transportmodule des Lifts von Satelliten getroffen werden?«, fragte ein Chronist.

»Es gibt hier oben ziemlich viel Platz«, erwiderte Levian Paronn und lächelte. »Und natürlich sind alle Flugbahnen genau berechnet.«

Wie jung er ist, dachte Deshan. *So jung wie damals vor fünfzig Jahren.* Paronn, der zwölfte Heroe, sah noch immer wie vierzig aus, obwohl er inzwischen über neunzig war.

Paronn sah auf ein Chronometer, nickte sich selbst zu und sagte: »Wir haben noch ein wenig Zeit.« Er betätigte einen anderen Schalter, und das große Fenster wurde dunkel, verwandelte sich in einen Bildschirm.

»Ich habe angekündigt, euch die nächste Phase des Projekts Exodus zu zeigen«, sagte er, und sein Tonfall veränderte sich ein wenig dabei. »Überleben«, betonte er, und wenn er dieses Wort sprach, schien es eine ganz neue Bedeutung zu gewinnen. »Wenn wir überleben wollen, genügt es nicht, einige wenige Menschen zu den Sternen zu schicken. Tausende müssen ferne Welten erreichen, um dort die notwendige genetische Vielfalt zu gewährleisten. Um Tausende von Kolonisten zu befördern, sind sehr große Raumschiffe nötig.«

Auf dem Fensterbildschirm erschienen lange Röhren, bestehend aus einzelnen Segmenten, die sich drehten. Ähnliche Entwürfe hatte Deshan Apian schon einmal gesehen, vor langer Zeit, auf einem Bildschirm in Paronns Impetus-Büro.

Die Chronisten drängten näher; Aufzeichnungssensoren summten. Deshan Apian blieb sitzen, beobachtete und hörte zu. Seine Chronistenpflichten waren anderer Natur.

»Dies sind die Raumschiffe, die Lemurs Kinder zu den Sternen bringen werden«, sagte Levian Paronn. »Mehrere *Kilometer* lang, ausgestattet mit autonomen ökologischen Systemen, die die Kolonisten mit Nahrung versorgen.«

»Wie lange werden sie unterwegs sein?«, fragte jemand.

»Viele tausend Jahre *unserer* Zeit«, antwortete Paronn und lächelte, als er die Verblüffung in den Gesichtern der Männer und Frauen sah. »Die Raumschiffe, die das Raumfahrtsolidar in diesem Jahr zu den äußeren Planeten schickt, wären so lange und noch länger unterwegs, um auch nur den nächsten Stern zu erreichen, von dem uns etwas mehr als vier Lichtjahre trennen. Sie sind einfach zu langsam. Nun, wir arbeiten seit vielen Jahren an neuen Antriebssystemen, die weitaus höhere Geschwindigkeiten erlauben. Unser Plan besteht darin, die Exodus-Schiffe auf fast Lichtgeschwindigkeit zu beschleunigen. Dadurch kommt es zu dem Phänomen der Zeitdilatation, was bedeutet: Die Zeit an Bord vergeht wesentlich langsam als außerhalb davon.«

»Mit anderen Worten ...«, sagte die junge Frau, die sich schon einmal zu Wort gemeldet hatte. »Die Kolonistenschiffe sind wie ... Zeitmaschinen, die den Personen an Bord eine Reise in die Zukunft ermöglichen.«

Levian Paronn nickte langsam. »So könnte man es ausdrücken. Und die Reise in die Zukunft ist gleichzeitig eine Reise zu den Sternen. Die Exodus-Schiffe brauchen nur wenige Jahrzehnte oder Jahrhunderte, um viele Lichtjahre entfernte Welten zu erreichen.«

»Jahrzehnte oder Jahrhunderte«, wiederholte ein Mann in mittleren Jahren und richtete seinen Aufzeichnungssensor auf Paronn. »Es sind also Generationenschiffe?«

»Ja.« Besonderer Ernst erklang jetzt in Paronns Stimme. Dies war die Stimme des Heroen Vehraáto. »Der Feind, der dort draußen im All lauert und der versuchen wird, die ganze Menschheit zu vernichten ... Er wird nicht nur hier nach uns suchen, sondern auch in den nahen Sonnensystemen. Wir müssen Lemurs Kinder so weit wie möglich fortbringen, um das Überleben des Menschen zu gewährleisten. Hunderte, Tausende von Lichtjahren weit.«

»Die Solidartamanen des Koordinierenden Konzils halten das ganze Projekt Exodus für eine enorme Vergeudung von Ressourcen«, sagte der Mann. »So riesige Raumschiffe zu bauen und sie einfach zu den Sternen zu schicken, die in sie investierte Arbeit *wegzuwerfen* ... Und wir wissen nicht einmal, ob es die Gefahr, von der du immer wieder sprichst, wirklich gibt.«

Paronn blieb ruhig und gelassen, als er sich dem Kritiker zuwandte. »Stell dir die Menschheit als eine Pflanze vor. Die Exodus-Schiffe sind wie fortgeschleuderte Samenkapseln, mit der sie den Fortbestand ihrer Art sichert. Was die Gefahr betrifft ... Es *gibt* den Feind, glaubt mir. Einen schlimmeren und gnadenloseren Feind, als es die Konos je waren. Und er *wird* kommen. Es ist nur eine Frage der Zeit. Dies sagt euch der Zwölfte Heroe.«

Einige Sekunden lang herrschte Stille.

»Wie kannst du so *sicher* sein?«, ertönte es dann.

»Wie kann jemand *unsterblich* sein?«, murmelte Deshan, der selbst die Last des Alters fühlte.

»Ich habe sie gesehen«, sagte Levian Paronn in jenem Tonfall, der absolute Gewissheit zum Ausdruck brachte und Deshan an den Verkünder erinnerte. »Ich weiß, wozu sie fähig sind. Ich kenne ihre wilde Grausamkeit. Und deshalb bin ich hierher gekommen, um Lemur einen Ausweg zu zeigen, um die Menschheit zu den Sternen zu bringen und damit ihren Untergang zu verhindern.«

Ein Lächeln ließ Vehraáto verschwinden und den ruhigen Levian Paronn zurückkehren. »Und deshalb kann von *Vergeudung* keine Rede sein.«

»Es heißt, das Koordinierende Konzil erwägt, das Projekt Exodus zu verbieten und Schritte gegen die Sternensucher einzuleiten«, fügte der Kritiker hinzu.

Deshan beobachtete, wie ein Schatten durch Paronns Gesicht huschte.

»Das wäre nicht nur ein großer Fehler, der das Überleben der Menschheit in Frage stellen könnte. Es widerspräche auch den Prinzipien unserer Gesellschaft. Niemand darf einem anderen seinen Willen aufzwingen. Eine kleinere solidare Gemeinschaft innerhalb einer größeren arbeitet seit vielen Jahren für das Projekt Exodus. Ich kann mir kaum vorstellen, dass die Solidartamanen über eine Million Menschen zu Außenseitern stempeln wollen. So etwas käme einem Erdbeben innerhalb der lemurischen Gesellschaft gleich.« Levian Paronn sah erneut aufs Chronometer. »Es ist fast soweit.«

Ein Tastendruck verwandelte den Bildschirm in ein Fenster zurück. Lemur war wieder zu sehen, blau und weiß, und in der Ferne, über dem planetaren Horizont, zeigte sich etwas Dunkles, das schnell näher kam.

»Das erste Schiff, das die menschliche Saat ins All bringen soll, wird bereits gebaut. Meine Damen und Herren, ich präsentiere euch das erste Exodus-Schiff.«

Paronn betätigte ein weiteres Schaltelement der Kontrolleinheit, und 300 Kilometer über Lemur leuchtete es auf. Hunderte von Scheinwerfern gleißten bei dem dunklen Objekt, das den Planeten in der gleichen Höhe umkreiste, in der sich das Passagiermodul des Astrolifts befand.

Deshan Apian stand auf, stützte sich auf den Gehstock, der so gar nicht zu dem modernen Schutzanzug zu passen schien, und näherte sich wie die anderen Chronisten den Fenstern.

Eine gewaltige Röhre schwebte im All, schwarz und braun an manchen Stellen, grau und weiß an anderen. Einige Segmente drehten sich langsam, um in ihrem Innern mit Zentrifugalkraft Gravitation zu simulieren. Kleine Raumkapseln glitten hin und her, an Bord Techniker und Ingenieure, die Montagearbeiten durchführten.

»Das Schiff wird dreieinhalb Kilometer lang sein, wenn es fertig ist, und fast zwanzigtausend Menschen Platz bieten.« Levian Paronn sah den Mann an, von dem zuvor die kritischen Töne gekommen waren. »Die Kolonisten, die mit diesem ersten Schiff aufbrechen werden, sind bereits ausgewählt. Fast hunderttausend weitere Namen stehen auf der Warteliste.«

Der Koloss im All passierte den Astrolift in einem Abstand von mehreren Kilometern und entfernte sich rasch. Das Gleißen verblasste und schrumpfte, bis aus den Scheinwerfern kleine Sterne zu werden schienen.

»Mit dem Bau weiterer Schiffe wird in Kürze begonnen«, erklärte Paronn. »Wir haben vor, sie nicht nur hier in der Umlaufbahn zu konstruieren, sondern auch an einem stabilen Liberationspunkt im System Lemur-Suen, um die Rohstoffe des Mondes nutzen zu können.«

Er wandte sich den Chronisten zu.

»Dies ist die Botschaft, mit der ich mich heute an Lemurs Kinder wende«, sagte Levian Paronn feierlich. »Der Exodus beginnt in wenigen Jahren. Die Hand, die nach den Sternen greift, wird sie bald berühren.«

26

Deshan Apian

Lemuria 4555 dT (51 845 v. Chr.)

Das Boot schaukelte sanft auf den kleinen Wellen des türkisfarbenen Sees im Tal der Stille. Es war aus mehreren Rümpfen montiert, damit alle Trauergäste Platz fanden, und angetrieben wurde es nicht von einem Motor, sondern von der Kraft des Windes, der große feuerrote Segel aufblähte. So entsprach es Miras letztem Wunsch.

Der achtundsiebzig Jahre alte Deshan Apian saß im Bug eines Rumpfes, auf einem bequemen, extra für ihn hergerichteten Platz, und sah zu den Gebäuden des Zentrums mnemonischer Beschaulichkeit am Südufer des Sees. Dieses ruhige Tal war immer *ihr* Ort gewesen, von Anfang an. Hier hatten sie sich versprochen, mindestens zehn Kinder zu haben.

Ihre Kinder, elf an der Zahl, gehörten zu den Passagieren des Bootes, außerdem achtzehn Enkel und vier Urenkel. Hinzu kamen Honoratioren des Großen Solidars und Entaron, Erster Kurat des Kuratoriums.

Deshan Apian konnte es noch immer nicht fassen. Die Ereignisse um ihn herum erschienen ihm traumartig, wie Teil einer ihm fremden Realität. Mira, seine Mira ... Vor einer Woche hatte sie noch gelacht, und jetzt existierte nur noch ihre Asche im Zeremoniengefäß. Eine Krankheit, gegen die es kein Mittel gab, der selbst die hoch entwickelte Medizin des lemurischen Solidars hilflos gegenüberstand.

»Wenigstens hat sie nicht gelitten«, sagte jemand, aber die Stimme, wie auch die anderen, war wie ein Flüstern in der Ferne, das Deshan Apian kaum erreichte. Er blieb in seinem Stupor gefangen, der ihn vor dem Schmerz des Verlustes schützte.

In der Mitte des Sees wurden die Segel eingeholt, und Entaron trat auf die kleine Plattform vor den Rümpfen des Bootes. Er trug einen schneeweißen Umhang und auf dem Kopf eine symbolische Krone aus Zinn. Mit dem Zeremoniengefäß in den Händen, rot wie die Segel, sprach er von Mira und ihrem Leben, aber für Deshan Apian waren auch seine Worte kaum mehr als ein sinnloses Flüstern in der Ferne. Er blickte über den See und erinnerte sich daran, wie oft er mit Mira bei der Bastion Tuamar gesessen und durchs Tal der Stille geblickt hatte, begleitet von jenem tiefen Frieden, den sie sich gegenseitig geschenkt hatten. Irgendwann fühlte er eine Hand am Arm, drehte den Kopf und sah seine Tochter Tamaha, ihr erstes Kind, inzwischen fünfzig Jahre alt.

»Es ist so weit, Vater«, sagte sie.

Er ließ sich von ihr aufhelfen und zur Plattform führen, blieb dort neben dem Kuraten stehen und blickte über die vielen Personen hinweg, die ihn alle ansahen und schwiegen. Deshan blinzelte und nahm ihre Präsenz zum ersten Mal bewusst zur Kenntnis.

»Sie ist wirklich tot, nicht wahr?«, fragte er leise. »Dies ist kein Traum?«

»Wirklich tot ist nur der, an den sich niemand erinnert«, erwiderte Tamaha. »Mira Lemroth lebt in uns allen weiter, denn niemand von uns wird sie vergessen.«

In seiner Erinnerung sah Deshan Miras Lächeln, ihre großen Augen. Es waren kostbare Bilder, ein Leben wert.

Er nahm das Zeremoniengefäß von Entaron entgegen und öffnete es. Sein erster Versuch, den letzten Gruß zu sprechen, schlug fehl – es wurde nur ein Krächzen daraus. Deshan Apian, von seiner Tochter Tamaha gestützt, räusperte sich. »Hiermit übergebe ich dich dem See, wie es deinem Wunsch entspricht«, sagte er. »Ruhe in Frieden.«

»Ruhe in Frieden«, wiederholten die Trauergäste.

Deshan hielt das Gefäß übers Wasser, drehte es und beobachtete, wie die Asche, die Mira gewesen war, in den See fiel und darin verschwand.

Und dann, mit der Wucht eines plötzlichen, gnadenlosen Schlags, traf ihn die Erkenntnis, dass er Mira nie wiedersehen würde, dass er ihr nie wieder in die Augen blicken und sich an ihrem Lächeln erfreuen konnte. Die vielen Erinnerungsbilder genügten ihm nicht, so kostbar sie auch sein mochten. Sie betonten nur die schreckliche Leere, die plötzlich in ihm entstanden war.

Tränen rollten ihm über die Wangen und fielen ebenfalls in den See, vereinten sich dort mit dem Wasser, das zu Miras Grab geworden war.

Tamaha umarmte ihn und murmelte tröstende Worte, die ohne Bedeutung für ihn blieben, und nach ihr kamen die anderen: erst seine Kinder, in der Reihenfolge ihrer Geburt, gefolgt von den Enkeln und Urenkeln, dann von den Honoratioren. Ein Gesicht fehlte, stellte etwas in Deshan fest, aber auch das spielte keine Rolle. Der Schmerz fraß sich durch die Mauer der Betäubung, die ihn bisher geschützt hatte, so erbarmungslos und intensiv, dass Deshan glaubte, ebenfalls sterben zu müssen, hier und jetzt.

Die Sonne verschwand hinter den Bergen, als das Boot zum Zentrum mnemonischer Besinnlichkeit zurückkehrte, und dort, in einem großen Saal, erwartete die Trauergäste eine einfache Mahlzeit zu Ehren der Verstorbenen. Deshan nahm ebenfalls am Tisch Platz, brachte aber keinen Bissen hinunter. Nach einer Weile ertrug er es nicht länger, und während einer der Honoratioren aus Marroar noch eine Rede hielt, nahm er seinen Gehstock, stand auf wankte nach draußen. Tamaha, Milissa und Erron wollten ihm folgen, aber er schickte sie mit einem Wink in den Saal zurück.

Suen leuchtete über dem See, und sein silbergraues Licht spiegelte sich auf dem Wasser wider. Deshan hinkte an einigen jungen Chronisten vorbei, die im Zentrum mnemonische Techniken erlernten und sich respektvoll vor ihm verbeugten. Es war nicht weit bis zum Ufer, und dort ragten mehrere lange Anlegestege in den See hinein. Deshan betrat einen, und sein Gehstock klopfte dumpf auf altes Holz, als er über den Steg ging, ohne den Booten rechts und links Beachtung zu schenken. Am Ende blieb er stehen, sah zum Mond empor und blickte dann über den See hinweg.

Er fühlte sich so allein wie noch nie zuvor in seinem Leben.

Irgendwann hörte er das Geräusch von Schritten, die sich näherten, aber er drehte sich nicht um.

Der Kurat Entaron legte ihm kurz die Hand auf die Schulter. Das lange weiße Haar und der weiße Bart passten gut zu dem Umhang – er wirkte fast wie eine der mystischen Gestalten, von denen die Legenden berichteten, die Deshan im Turm der Wahrheit gelesen hatte.

»Leben und Tod gehören zusammen«, sagte Entaron.

»Das Leben ist so schrecklich kurz«, erwiderte Deshan leise und blickte noch immer über den See, in dem Mira ruhte. »Und es gibt noch immer so viele Dinge, über die ich gern mit Mira gesprochen hätte.«

»Zwischen euch hat es immer eine besondere Verbindung gegeben. Sprich hier mit ihr. Ich bin sicher, ihre Seele hört dich.«

»Wenn es so etwas wie eine Seele gibt, die auch nach dem Tod existiert.«

»Zweifelst du daran?«, fragte Entaron sanft.

»Wenn es keine Seele gibt, so endet das Leben mit einer riesigen Verschwendung«, sagte Deshan. »Über viele Jahre hinweg sammelt man Erfahrungen, lernt, wird reifer und weiser, und dann, im Augenblick des Todes, geht alles verloren.«

»*Ich* bin davon überzeugt, dass ein Teil von uns nach dem Tod weiterlebt.«

»Aber du kannst es nicht beweisen.«

»Nein, beweisen kann ich es nicht. Aber jeder von uns wird eine Antwort auf diese Frage bekommen, früher oder später. Im Augenblick des Todes, dem niemand entrinnen kann.«

»Da irrst du dich«, sagte Deshan. »Man kann dem Tod entrinnen. Es gibt einen lebenden Beweis dafür.«

»Du meinst Levian Paronn. Auch er wird einmal sterben.«

»Er ist unsterblich.«

»Er altert nicht. Was aber nicht bedeutet, dass er wirklich unsterblich ist.«

Der Schmerz kehrte zurück, das Gefühl, Opfer einer enormen Ungerechtigkeit zu sein. »Mira, meine Mira ... Wie kann ich ohne sie jemals wieder lächeln?«

»Bewahre sie in dir«, sagte der Kurat. »Bewahre all die schönen Dinge, die ihr gemeinsam erlebt habt, die euch verbunden haben. Lass sie in deiner Erinnerung weiterleben.«

Aber das genügt nicht!, heulte es tief in Deshan. *Ich will sie zurück!* Und gleichzeitig wusste er, dass nichts unmöglicher war als dies.

»Bitte lass mich allein«, sagte er leise.

Entaron klopfte ihm noch einmal auf die Schulter und ging.

Deshan Apian lauschte den Wellen, die an den Steg klatschten, dem Knarren der Boote, und er wünschte sich nichts mehr, als noch einmal Miras Stimme zu hören. Zeit verging, während er versuchte, mit dem Schmerz und der Leere in seinem Innern fertig zu werden, und schließlich näherten sich ihm erneut Schritte.

»Ich habe dich gebeten, mich allein zu lassen, Entaron«, sagte Deshan.

»Ich bin nicht Entaron«, erklang eine andere, vertraute Stimme, und Deshan drehte sich um.

Der Mann, der auf dem Boot und im Saal gefehlt hatte, stand vor ihm: Levian Paronn, halb so alt wie er. Deshan sah ihn wortlos an.

»Ich weiß, was du jetzt empfindest«, sagte Paronn. »Auch ich habe einmal eine Person verloren, die mir viel bedeutet hat. Der Schmerz scheint unerträglich zu sein, aber dies ist wichtig, Deshan: Er lässt nach. Er verschwindet nie ganz, nein, das darf man sich nicht erhoffen, aber er lässt nach. Und dann geht das Leben weiter.«

»Für wie lange?«, murmelte Deshan. »Ich bin achtundsiebzig. Wie viele Jahre bleiben mir noch? Und wie soll ich in meinem Alter ein neues Leben anfangen?« Er deutete zum See. »Ich würde gern bei ihr sein, wo auch immer sie jetzt ist.«

»Ich brauche dich«, sagte Levian Paronn. »Als meinen Chronisten. Und du *kannst* ein neues Leben anfangen. Ich habe dir etwas mitgebracht.« Er griff in die Jackentasche, und als seine Hand wieder zum Vorschein kam, hielt sie ein eiförmiges Objekt an einer Kette. »Dies.«

»Was ist das?«

»Ein Zellaktivator. Begleite mich auf dem Weg in die Zukunft, Deshan. Werde unsterblich wie ich.«

Warum jetzt? Warum so spät?

Weil ich den Aktivator nicht früher fertig stellen konnte.

Deshan Apian hörte noch immer Paronns Stimme, während er auf der kleinen Terrasse seines schlichten, bescheidenen Zimmers im Zentrum für mnemonische Beschaulichkeit saß und in die Nacht blickte. Der Mond war untergegangen und der See zu einem Spiegel für das Glitzern der Sterne geworden. Ein leichter Wind brachte angenehme Kühle.

Auf dem kleinen Tisch vor Deshan lag der Zellaktivator, den er von Paronn erhalten hatte. Macht über Leben und Tod – lautete so nicht die Definition eines Gottes? Paronns Unsterblichkeit lag also nicht in ihm selbst begründet, war nicht das Ergebnis eines übernatürlichen Wesens, sondern das Resultat eines ... Geräts? Eines Dings, eines Objekts.

Wenn du ihn einmal getragen hast, darfst du ihn nicht mehr ablegen, denn sonst würdest du innerhalb kurzer Zeit an beschleunigter Alterung sterben.

Deshan hob den Blick zu den Sternen, als könnten sie ihm Antwort geben auf die Fragen, die ihn seit Stunden beschäftigten. Er war alt, und noch wichtiger: Er *fühlte* sich alt. Vielleicht blieben ihm noch einige Jahre, und dann ...

Möglicherweise brachte ihn der Tod zu Mira, die ein Teil von ihm gewesen war. Wenn tatsächlich eine solche Möglichkeit bestand, sollte er sich dann gegen das Leben entscheiden, das nun vor ihm lag, in Form eines eiförmigen Gegenstands an einer Kette?

Etwas bewegte sich zwischen den Sternen und weckte Deshans Aufmerksamkeit. Ein fahler Fleck dehnte sich aus, wie eine matt leuchtende Wolke, und während er sie beobachtete, begann sie zu pulsieren, wurde mal größer, mal kleiner. Etwa eine Minute dauerte dieser Vorgang, dann verblasste das Leuchten immer mehr und verschwand schließlich ganz.

Deshan wusste Bescheid: Der Antrieb des ersten Exodus-Schiffes war gerade getestet worden.

Wie von ganz allein tastete die rechte Hand des Chronisten nach dem Aktivator, und die Finger berührten ihn vorsichtig, strichen behutsam über ihn hinweg. Er fühlte ein vages Prickeln, aber vielleicht bildete er sich das auch nur ein – die Phantasie war eine starke Kraft. Ein Schlüssel für die Zukunft; damit konnte er die Tür der kommenden Jahrhunderte aufschließen *und mit eigenen Augen se-*

hen, was aus dem Projekt Exodus wurde. Ein gefährlicher Gedanke, voller Faszination.

Deshan stützte sich auf seinen Gehstock, als er aufstand und durch die offene Tür ins Schlafzimmer trat. Er streckte sich auf dem Bett aus, nur um den Rücken ein wenig zu entlasten, doch erstaunlicherweise schlief er innerhalb weniger Sekunden ein – er hatte gar nicht gemerkt, wie müde er gewesen war.

Und er träumte.

In seinem Traum befand er sich in einem kleinen Ruderboot mitten auf dem See, und Mira saß vor ihm im kleinen Bug, die Augen groß, das Lächeln sanft.

»Bist du es wirklich?«, fragte Deshan.

Sie streckte die Hand aus, und er berührte sie, berührte sie *tatsächlich*, fühlte ihre Finger, die im Alter rau gewordene Haut.

»Ich komme zu dir«, sagte Deshan. »Lass mich zu dir kommen.«

»Nein«, erwiderte Mira. »Für dich ist es noch nicht so weit. Ich warte hier auf dich, Deshan, und selbst wenn ich Jahrhunderte oder Jahrtausende auf dich warte – an diesem Ort ohne Zeit spielen sie keine Rolle. Du bist *jetzt* bei mir, auch wenn du erst in tausend Jahren oder noch viel später kommst.«

Deshan sah sie an und sehnte sich danach, sie in die Arme zu schließen. Aber obwohl sich ihre Hände berührt hatten: Er wusste, dass ihn etwas von ihr trennte, selbst hier in der Sphäre des Traums: die dünne Linie zwischen Leben und Tod.

»Ich habe etwas für dich«, sagte Mira und holte einen eiförmigen Gegenstand an einer Kette hervor. »Trag das hier. Trag es für mich. Ich möchte, dass du viel zu erzählen hast, wenn du schließlich zu mir kommst.«

»Ist das wirklich dein Wunsch?«

»Ja, Deshan. Bitte trag den Aktivator, für mich.«

Und da nahm Deshan Apian die Kette entgegen, legte

sie sich um den Hals und fühlte das Gewicht des eiförmigen Gegenstands auf der Brust. Er streckte noch einmal die Hand nach Mira aus …

… und erwachte. Benommen setzte er sich auf, blickte zur Terrasse und sah, dass der Tisch leer war. Der Aktivator lag nicht mehr dort – er trug ihn an der Halskette, spürte ihn auf der Brust.

»Für dich, Mira«, flüsterte er, sank zurück und schloss die Augen.

27

Entscheidungen

»Wie geht es ihm?«, fragte Pearl Laneaux und blickte auf Perry Rhodan hinab.

»Sein Traumkoma dauert an.« Dr. Hyman Mahal, Bordmediker der PALENQUE, trat näher an das Diagnosebett heran, auf dem Rhodan lag. »Sieh nur, wie sich die Augen unter den Lidern bewegen. Wie während der REM-Phase des Schlafs.« Er deutete auf die Anzeigen der medizinischen Geräte, dann auf die dunklen Datenspeicher, die auf einem nahen Tisch lagen. »Über eine mentale Brücke empfängt er Informationen von den Datenmodulen.«

»Könnten sie ihm schaden?«

Mahal ahnte, worauf die Erste Offizierin der PALENQUE hinauswollte. »Das lässt sich nur schwer feststellen. In rein organischer Hinsicht ist alles in Ordnung. An Rhodans physischem Zustand gibt es nichts auszusetzen. Psychische Veränderungen sind nicht auszuschließen, obwohl ich sie für sehr unwahrscheinlich halte.«

»Lässt sich die mentale Verbindung mit den Datenspeichern unterbrechen?«

»Das sollte eigentlich kein Problem sein. Wenn die Module mit einem Schirmfeld umgeben werden, das keine psychisch-psionischen Signale durchlässt, kann Rhodan keine Informationen mehr empfangen. Denkbar wäre auch eine Zerstörung der Datenspeicher.«

»Was geschähe dann?«

»Ohne die mentale Verbindung müsste Rhodan rein theoretisch erwachen.«

»Rein theoretisch?«

»Um ganz ehrlich zu sein: Ich halte eine solche Unterbrechung des Kontakts für gefährlich. Es könnte zu einem mentalen Schock kommen, der sich auf Geist *und* Körper auswirkt.«

Einige Sekunden lang blickte Pearl Laneaux stumm auf Rhodan hinab. Dann drehte sie sich um und strich ihr langes blondes Haar zurück. »Ich muss eine Entscheidung treffen.«

Mahal wartete.

»Vier Kriecher und ihre Besatzungen sind verschwunden«, sagte die Erste Offizierin. »Ebenso Icho Tolot und sein Schiff. Von den beiden Gruppen um Sharita und Lethir haben wir seit Stunden nichts mehr gehört. Und nichts deutet darauf hin, dass Perry Rhodan bald aus seinem Traumkoma erwacht.«

»Du fragst dich, ob du Terra benachrichtigen und um Hilfe bitten sollst.«

»Rhodan ist der Terranische Resident.«

»Ja. Aber ein Hilferuf an die Erde dürfte den Akonen nicht sonderlich gefallen.«

»Die Situation ist schwierig, gelinde gesagt.« Laneaux sah erneut zu dem Schlafenden, dessen Augen sich weiterhin unter den geschlossenen Lidern hin und her bewegten. »Ich frage mich, wovon er träumt.«

»Das wird er uns sagen. Wenn er erwacht.« Mahal begriff, in welcher Zwickmühle die Erste Offizierin steckte. »Warte noch ein wenig. Setz dir selbst eine Frist. Als Sharita und Lethir aufbrachen, wussten sie, dass im Asteroidengürtel etwas nicht mit rechten Dingen zugeht. Sie waren vorbereitet. Bestimmt hören wir bald etwas von ihnen. Und Rhodan ... Ich bin sicher, dass er erwacht, wenn er alle Daten empfangen hat.«

»Ein Tag«, sagte Pearl Laneaux. »Wenn sich die Situation während der nächsten vierundzwanzig Stunden nicht ändert, muss ich mich mit Terra in Verbindung setzen, ob es den Akonen gefällt oder nicht.«

Damit verließ sie die Medo-Station.

28

Jorgal

»Nur noch wir drei sind übrig«, sagte Memerek leise. »Darhel, du und ich. Die anderen sind tot.«

»Tot?«, fragte Jorgal und versuchte, sich daran zu erinnern, was dieses Wort bedeutete.

»Sie existieren nicht mehr«, fügte Memerek hinzu und kam etwas näher. Er sah ihren weißen Hautflaum im Halbdunkel, und darin schien es mehr kahle Stellen zu geben als vorher. Ihre grünen Augen hatten sich getrübt. »Nur noch drei von neunzehn sind übrig.«

Jorgal fragte sich, ob er geschlafen hatte, tiefer und fester als sonst, denn es fiel ihm schwer, sich zu erinnern. Er fühlte das Kribbeln weiterer Ungewissheiten und überlegte, was sie mit seinem Körper anstellen würden. Sein drittes Bein hatte sich bereits verändert, und andere Dinge in seinem Körper wuchsen. Manche von ihnen schmerzten, und Worte fielen ihm ein, irgendwann von Memerek gesprochen. *Ohne Schmerz ist nur der Tod.*

Müde hob er den Kopf, als sich in der Düsternis etwas bewegte. Er sah einen großen runden Kopf auf einem viel zu dünnen, von Stützschienen verstärkten Hals – Darhel.

»Ich habe nichts gefunden«, sagte er enttäuscht. »Weder Wasser noch etwas zu essen.« Er setzte sich auf den Boden, lehnte den Rücken und den schweren Kopf an die Wand.

Jorgal hörte die Worte, ohne ihnen Beachtung zu schenken. Er lauschte dem Chaoslied in der Ferne, das sich veränderte: Die Dissonanzen in der überaus komplexen und doch unvollständigen Symphonie nahmen zu, wurden schriller und bereiteten eine andere Art von Schmerz, wenn er sich auf sie konzentrierte. Er gewann den Eindruck von ... Krankheit, und das war seltsam. Wie konnte ein Maschinenlied krank sein?

»Ich habe einen hellen Bereich gefunden«, sagte Darhel, nachdem er ein wenig verschnauft hatte. »Ein Schacht mit ... umgekehrter Gravitation führt zu ihm. Vielleicht kann Jorgal dort eine Verbindung mit den Systemen dieser Station herstellen. Es ist unsere einzige Chance. Wenn das nicht gelingt, sterben wir wie die anderen. Wir sind bereits sehr geschwächt.«

»Warten wir nicht länger. Lasst uns sofort aufbrechen.« Memerek half Jorgal auf seine beiden Gehbeine, die krummer zu sein schienen als zuvor, obgleich der Maschinenflüsterer nicht wusste, wann »zuvor« gewesen war. Er ging mühsam, denn die Beine gehorchten ihm nicht mehr richtig. Immer wieder gaben sie unter ihm nach, und er fiel nur deshalb nicht, weil Memerek, die schöne Memerek, ihn stützte.

Als sie den Schacht erreichten, fühlte Jorgal eine Kraft, die ihn nach vorn und nach oben ziehen wollte. Darhel nahm einen Gegenstand, hob ihn und ließ ihn los. Das Objekt schwebte in den Schacht und nach oben.

»Seht ihr? Umgekehrte Schwerkraft. Sie trägt uns zum Licht.«

Sie hielten sich an den Händen, und Darhel mit dem schweren Kopf voller Wissen vertraute sich als Erster dem Schacht an. Als Jorgal von der Kraft-die-nach-oben-zog erfasst wurde, hatte er das sehr unangenehme Gefühl zu fallen, anstatt aufzusteigen, und Memerek erging es offenbar ebenso, denn sie quiekte leise.

Licht erwartete sie oben, und neue Maschinenlieder, so grässlich und disharmonisch wie die anderen, die Jorgal bereits gehört hatte. Er spürte nun, dass sie zu dem Chaoslied gehörten, das in der Ferne erklang, zu der Symphonie, die er schon einmal berührt hatte.

Das Kribbeln der Ungewissheiten wurde stärker in ihm, betraf nicht mehr nur den Körper, sondern auch den Geist. Er fühlte, wie sein drittes Bein länger und empfindlicher wurde, und *Dinge* verhärteten sich in ihm, dort, wo zuvor alles weich gewesen war. Und auch in seiner geistigen Welt vollzog sich ein Wandel. Die Maschinenlieder schienen ganz neue Töne zu bekommen, und er hörte sie besser als je zuvor. Gleichzeitig vernahm er auch noch zwei andere Melodien, ganz leise, verborgen hinter den Gesängen der Maschinen, denen sie sich näherten. Jorgal versuchte, sich auf sie zu konzentrieren und über ihren Ursprung Klarheit zu gewinnen.

Das Bild vor seinen Augen verschwamm, als sie das Licht am Ende des Schachtes erreichten. Die Kraft-die-nach-oben-zog schob erst Darhel in einen hell erleuchteten Gang, dann auch Jorgal und Memerek. Der Maschinenflüsterer konnte keine Einzelheiten mehr erkennen, was nicht an Helligkeit oder Finsternis lag. Er begriff, dass ihm eine der Ungewissheiten das Augenlicht nahm.

»Ich kann kaum mehr sehen«, sagte er.

Memereks Hand berührte ihn sanft an der Wange. »Ich sehe für dich.«

Die beiden Melodien wurden etwas lauter als ein Flüstern, bestanden aber nicht aus Tönen, sondern aus ... Gerüchen und Kontakten? Jorgal versuchte zu identifizieren, was er mit einem Sinn wahrnahm, der bis vor kurzer Zeit gar nicht existiert hatte.

Und dann verstand er plötzlich.

»Ihr *lebt!*«, entfuhr es ihm.

Memerek erschien an seiner Seite, kaum mehr als ein Schemen in einer Welt von Schatten, obwohl es *Licht* gab in diesem Gang. »Ja, wir haben überlebt«, sagte sie. »Nur wir drei. Darhel, du und ich.«

»Nein, nein, ich meine, ihr *singt!* Ich höre eure Melodien!«

Darhel kam etwas näher, und Jorgal sah nur, dass sein großer Kopf wackelte; das Gesicht war ein vager Fleck. »Bedeutet das, du kannst ... unsere Gedanken lesen?«

»Nein, aber ich sehe eure Lieder. Sie sind ganz anders als die Gesänge der Maschinen.«

»Vielleicht entwickelst du eine neue Fähigkeit«, sagte Darhel und sprach wieder so, als hätte Jorgal ebenfalls einen schweren Kopf, als könnte er alles verstehen. »Du veränderst dich die ganze Zeit über. So wie auch wir. Es liegt an unserer genetischen Instabilität.«

Und auch das war seltsam: Worte verloren immer mehr an Bedeutung für Jorgal, während die Gesänge wichtiger wurden. Und erstaunlicherweise begann er sie auch zu *sehen*. Seine Augen nahmen immer weniger wahr, konnten nur noch zwischen Hell und Dunkel unterscheiden, aber mit dem *inneren* Auge sah Jorgal mehr als jemals zuvor. Er hörte nicht nur die Lieder der nahen Maschinen, sondern bewunderte jetzt auch ihre visuellen Echos: hübsche geometrische Formen auf der Grundlage von Oktaven und Konsonanzen. Sie waren in ständiger Bewegung, glitten hin und her, verschmolzen miteinander, um kompliziertere Formen zu bilden, lösten sich dann wieder voneinander, um allein dahinzuschweben, durch den Kosmos des Maschinenlebens. Und in dieser Welt voller Klänge und wundersamer Strukturen gab es zwei kleine funkelnde Kugeln, die massiver wirkten als die vielen veränderlichen Formen – Darhel und Memerek. Jorgal wusste sogar, dass er sie berühren konnte, wenn er die Hände ausstreckte, die er in dieser Welt hatte, geistige Hände.

Sie setzten den Weg fort, und Jorgal ließ sich von Memerek führen, während er seine erweiterte Innenwelt erkundete und zarte Gespinste dort entdeckte, wo die geometrischen Formen mit den Maschinenliedern verbunden waren. Die beiden glitzernden Kugeln schwebten in der Nähe, ohne eine Verbindung mit den veränderlichen Strukturen.

»Ihr seid zwei Kugeln«, sagte Jorgal nach einer Weile. Wie viel Zeit war vergangen? Und was bedeutete *Zeit* überhaupt? »Zwei hübsche, glänzende Kugeln.«

»Ich fürchte, er halluziniert«, ertönte Darhels Stimme irgendwo in seiner Nähe. »Er ist sehr schwach, und die Wucherungen in ihm schwächen ihn weiter.«

Jorgal fragte sich, ob Darhel, der kluge Darhel, damit die Ungewissheiten meinte, die ihm immer wieder Überraschungen bescherten.

»Vorhin hast davon gesprochen, du könntest unsere Lieder hören«, wandte sich Memerek an ihn. Ihre Worte verstand er noch.

»Ja, aber ich sehe die Lieder jetzt auch.« Jorgal versuchte, die Welt in seinem Innern zu beschreiben, aber genau das war das Problem mit Worten: Sie hatten nicht genug Bedeutung. Jeder einzelne Ton der Maschinengesänge – und auch der Lieder von Darhel und Memerek – bedeutete mehr als alle Worte, die Darhel kannte. »Ich sehe die Lieder, aber sonst sehe ich nichts mehr. Ich bin blind. Meine Augen sind tot.«

Das war die Bedeutung des Wortes »tot«. Dinge, die nicht mehr funktionierten. Die nicht sangen. Die keinen einzigen Ton von sich gaben.

»Memerek?«

»Ja, Jorgal?«

»Ich bin gewachsen, Memerek. Ich wachse noch immer. In mir werde ich immer größer und höre und sehe mehr. Das gefällt mir. Aber ich fühle mich auch sehr schwach.«

Memerek antwortete nicht sofort. Sie flüsterte mit Darhel und sagte dann: »Wir sind gleich da. Vielleicht kannst du ein wenig Maschinenkraft aufnehmen.«

Maschinenkraft, ja. Die Maschinen waren immer gut zu ihm gewesen. Auf Maschinen konnte man sich verlassen. Er entfloh der Schwäche des Körpers, indem er sich auf die neue geistige Welt besann. Die meisten in der Nähe erklingenden Maschinenlieder waren noch immer schrill und dissonant, aber die *falschen* Klänge, denen es an Harmonie mangelte, bereiteten ihm jetzt keine Schmerzen mehr. Er betrachtete ihre Bilder, sah Unvollkommenheiten und wusste, dass er ihnen Vollkommenheit geben konnte, jedem Einzelnen, wenn er nur wollte. Und als er damit begann, als er die geistigen Hände ausstreckte und die verbogenen Linien eines Rechtecks gerade werden ließ, gerieten die anderen Strukturen in der Nähe in Bewegung. Die Formen flossen ineinander, bildeten einen Korridor, einen langen Gang, und an seinem Ende stand eine Frau, gekleidet in ein Gewand so weiß wie ihr Haar, und ihre blauen Augen versprachen Geborgenheit. Jorgal trat ihr entgegen, ging erst und lief dann, mit ausgestreckten Armen ...

»Jorgal?« Darhels Stimme riss ihn aus dem Traum. »Bitte, Jorgal, wach auf. Memerek ... Es geht ihr sehr schlecht.«

Die sanfte, schöne Memerek, deren Augen fast so viel versprachen wie die der Maschinenmutter ...

Jorgal hob die Lider, sah aber nur graue Helligkeit und einen Schemen aus etwas dunklerem Grau. »Ich sehe nichts. Ich ...«

»Jorgal, hör mir gut zu. Dies ist vielleicht unsere einzige Chance. Ich glaube, wir befinden uns hier in einem peripheren Kontrollraum der Station. Die Energieversorgung funktioniert. Hast du gehört? Hier ... flüstern die Maschinen nicht, sondern singen laut. Du liegst vor einer Konsole. Bitte versuch, dich mit den hiesigen Systemen zu verbinden. Wir brauchen Wasser und Nahrung. Wir brauchen Hilfe. Allein schaffen wir es nicht. Memerek stirbt ...«

Große grüne Augen blickten aus Jorgals Erinnerung. Wie schwach er sich fühlte. Der Körper schien viel schwerer zu sein als sonst, und Ungewissheiten brannten in ihm. Aber die Welt in seinem Innern war noch größer und schöner geworden. Was spielte das Äußere für eine Rolle, wenn das Innere mit solcher Pracht lockte? Aber das Äußere enthielt auch Memerek.

Er bewegte sein drittes Bein, berührte die Konsole und fühlte sofort die Kraft in ihr. Einen Teil davon nahm er, einen kleinen Teil, mit der er die Schwäche zu besiegen versuchte. Doch diesmal war sie beharrlicher als sonst und widersetzte sich seinen Bemühungen, leistete hartnäckigen Widerstand. Er hörte das Chaoslied, lauter als zuvor, und aus dem komplexen dissonanten Durcheinander lärmten ihm einzelne Maschinengesänge entgegen. Vorsichtig schob er ihre teilweise sehr verzerrten geometrischen Formen beiseite ...

»Sicherheitsalarm«, ertönte es in der externen Welt. »Sicherheitsalarm für Sektorkontrolle Vierzehn. Drei fremde Lebensformen. Energetische Manipulation.«

»Jorgal, du solltest dich besser beeilen.« Sorge erklang in Darhels Stimme. »Vielleicht kommen Roboter hierher. Maschinenwesen, die es böse mit uns meinen. Hast du Kontakt mit den Systemen? Kannst du sie irgendwie steuern?«

Jorgal begann damit, krumme Linien zu glätten und den schrillsten Liedern eigene Töne hinzuzufügen, damit sie mehr Harmonie bekamen. Das war viel interessanter, als nach irgendwelchen Dingen zu suchen. Darhels schwerer Kopf enthielt viel Wissen, aber von diesen Dingen verstand er nichts: von der herrlichen, wundervollen, atemberaubenden Ästhetik *richtiger* Maschinengesänge.

»Jorgal, die Tür öffnet sich, und zwei Roboter schweben herein ...«

Er hörte ein Summen aus der externen Welt, achtete aber nicht darauf und bewunderte stattdessen die ersten geometrischen Strukturen, die keine Verzerrungen mehr aufwiesen – ihre akustischen Entsprechungen klangen viel besser als vorher.

Es zischte im Äußeren, und Schmerz durchzuckte ihn, eine Pein, die ihn auch im Inneren erreichte. Sie drohte, den inneren Betrachter und Zuhörer zu zerreißen, und Jorgal reagierte instinktiv, griff nach der Form des ersten Maschinenlieds und klammerte sich daran fest, ritt auf ihrer dissonanten Melodie. Ein Wind schien die beiden glitzernden Kugeln in seiner Nähe zu packen und fortschleudern zu wollen, aber Jorgal griff mit zwei geistigen Händen nach ihnen, während er sich mit der dritten und vierten an dem Lied festhielt.

Ein Sturm toste durchs Innere, und als er sich legte, war das Gefühl der Schwäche und Schwere fort. Jorgals Versuch, das dritte Bein zu bewegen, schlug fehl, und dann merkte er, dass er gar kein drittes Bein mehr hatte. Es gab kein Äußeres mehr, nur noch das Innere, und darüber freute er sich.

Was ist dies? Wo bin ich?

»Memerek!«, sagte Jorgal, aber er sprach dieses Wort nicht, sondern sang es, ließ es Teil des Maschinengesangs werden.

Wir sind gestorben. Eine zweite Melodie, die von der zweiten Kugel kam. Darhel. *Die Roboter haben uns getötet. Und doch leben wir, an diesem Ort, der gar kein Ort ist, zumindest nicht im üblichen Sinne.*

»Das wahre Leben findet hier statt«, sang Jorgal. Die Kraft der Maschinen umwogte ihn, und er gab sie an Memerek und Darhel weiter.

Sind wir Energie?, fragte Darhel, und Jorgal überlegte, ob es auch *hier* möglich war, einen schweren Kopf zu haben. *Sind wir ein Teil der Energie, die durch die Systeme der Station fließt?*

»Wir sind wir«, sagte Jorgal, seiner Meinung nach die einzige vernünftige Antwort.

Die beiden Kugeln schwollen an und strahlten, und Jorgal nahm ihr Licht in sich auf, fühlte dabei eine angenehme Wärme. Dies war seine Welt, und jetzt hatte er Gesellschaft in ihr.

Und dann stand er im Korridor, der Maschinenmutter gegenüber, die er sein Leben lang gesucht hatte. Nur wenige Meter trennten ihn vor ihr, und sie breitete die Arme für ihn aus, um ihn endlich willkommen zu heißen. Nicht existierender Wind bewegte Gewand und Haar.

»Komm, Jorgal«, sagte die Maschinenmutter. »Komm zu mir.«

Hinter ihr trat eine kleinere Gestalt hervor, ebenfalls in ein weißes Gewand gekleidet, ebenfalls mit weißem Haar und blauen Augen.

»Hör nicht auf sie«, sagte die kleinere Gestalt. »Sie ist krank. Ich bin die kleine Alahandra. Ich habe gesehen und gehört. Und ich weiß um die Gefahr.«

Die Frau neben dem Mädchen schnitt eine Grimasse, öffnete den Mund und kreischte.

29

Deshan Apian

Lemuria 4560 dT (51 840 v. Chr.)

Der Himmel bestand aus summenden Konsolen und Menschen.

Deshan Apian senkte den Blick rasch wieder, um nicht die Orientierung zu verlieren, und folgte Levian Paronn, der mit forschen Schritten durch die große zylinderförmige Kommandozentrale der AKAN HATA ging, des ersten und fast fertig gestellten Exodus-Schiffes. Das Kontrollmodul gehörte zum vorderen Drittel des dreieinhalb Kilometer langen Schiffes, das sich nicht mehr in der Umlaufbahn über Lemur befand, sondern in einem fast 20 000 Kilometer hohen Orbit um Suen. Viele Bauteile der AKAN HATA und der beiden anderen Schiffe, die derzeit konstruiert wurden, stammten aus Fabriken auf dem Mond – Rohstoffe gab es dort genug. Der mehr als 100 Meter lange Zylinder gehörte zu den rotierenden Elementen, und die Zentrifugalkraft bewirkte an den Innenwänden eine Pseudoschwerkraft von etwa halber Lemurnorm. Deshan war dankbar für das geringe Gewicht, das seinen oft schmerzenden Rücken weniger belastete, aber er verzichtete trotzdem nicht auf seinen Gehstock.

Unbewusst tastete er nach dem Aktivator unter seinem Hemd, nach jenem Gerät, das ihm relative Unsterblichkeit gewährte. Ein langes Leben mit den Gebrechen des

Alters? Manchmal erschien es ihm absurd, aber er war auch neugierig, und oft erinnerte er sich an die Mira, die ihm im Traum erschienen war. *Bitte trag den Aktivator, für mich.*

Die Cheftechnikerin Amelga Dalianta kam ihnen entgehen, eine fast einsachtzig große, sehr schlanke Frau mit kastanienbraunem Haar und großen, ebenfalls braunen Augen. Dalianta war jung, etwa 35, und so sanft wie eine Erzieherin, die gelernt hatte, geduldig zu sein. Schon mehrmals hatte sie Deshan mit ihrem technischen Sachverstand beeindruckt.

»Wir haben alles für eine komplette Systemdiagnose vorbereitet«, wandte sie sich an Levian Paronn und seinen Chronisten, nachdem sie beide begrüßt hatte. »Aber bevor wir damit beginnen ... Ich schlage vor, wir sehen uns den Test des Antriebs der HENTECK AVRAM an.« Sie deutete aus einem nahen Fenster, und Deshan sah ein zweites Exodus-Schiff vor dem Hintergrund des Mondes. Es verfügte noch nicht über alle seine Module, aber der Triebwerksteil war komplett. Hier und dort blitzte es im All auf, als kleine Montageschiffe ihre Manövrierdüsen zündeten und sich von dem Koloss entfernten. Ein drittes Exodus-Schiff, die GELMA UATH, wurde in der Umlaufbahn von Lemur gebaut, nicht weit vom Astrolift entfernt.

Aus dem Augenwinkel bemerkte Deshan, wie sich der junge Mann an der nahen Kommunikationskonsole versteifte und einer Stimme in seinem Kopfhörer zu lauschen schien. Nach einigen Sekunden beugte er sich vor, und Tasten klickten unter seinen Fingern.

»Beim vierten Planeten Lahmu ist etwas passiert«, sagte er aufgeregt und schaltete die Lautsprecher ein.

»... ein großes kugelförmiges Objekt, das offenbar künstlichen Ursprungs ist. Ich betone noch einmal: Es handelt sich mit großer Wahrscheinlichkeit nicht um ein natürliches Objekt ...«

»Wer ist das?«, fragte Paronn.

»Ezlo Quillan, Kommandant der TIRHATO«, sagte der junge Funker. »Das Schiff hat vor wenigen Tagen die Orbitalstation von Lahmu verlassen und mit dem Rückflug nach Lemur begonnen.«

»Entfernung: noch knapp hunderttausend Kilometer«, tönte es aus den Lautsprechern. Deshan Apian lauschte aufmerksam und wusste, dass er Worte hörte, die vor etwa sieben Minuten ausgesprochen worden waren – so lange brauchten die Funksignale, um die etwa 126 Millionen Kilometer zurückzulegen, die Lahmu derzeit von Lemur trennten. »Wir nehmen eine geringfügige Kursänderung vor, um uns dem Objekt zu nähern.«

»Die Sendung gilt natürlich nicht uns, sondern den Kontrollstationen des Raumfahrtsolidars von Lemuria«, sagte der Techniker und betätigte Schaltelemente. »Wir haben das Glück, dass wir uns zur Zeit fast genau zwischen Lahmu und Lemur befinden. Andernfalls hätten wir die Signale nicht empfangen.«

Paronn trat näher an die Konsole heran, als könnte er dadurch mehr hören. Deshan stand auf seinen Gehstock gestützt, in unmittelbarer Nähe des Fensters, hinter dem die HENTECK AVRAM im All schwebte.

»Wir können das Objekt jetzt deutlicher erkennen«, ertönte die aufgeregte Stimme von Ezlo Quillan. »Es ist eindeutig kugelförmig und besteht aus Metall. Ein fremdes Raumschiff ...«

Ein fremdes Raumschiff, dachte Deshan verblüfft.

»Es erschien wie aus dem Nichts. Ganz plötzlich war es da, von einer Sekunde zur anderen. Ist das zu fassen? Der erste Kontakt mit einer anderen intelligenten Spezies! Moment mal ... Es tut sich was bei dem fremden Schiff. An einer Stelle leuchtet es auf und ...«

Stille folgte. Nur noch das Summen der Konsolen war zu hören.

Der Funker schüttelte hilflos den Kopf, während seine

Finger über die Schaltflächen huschten. »Die Verbindung ist unterbrochen.«

Wenig später erklang eine andere Stimme. »Basisstation an TIRHATO. Wir habe eure Meldung nur teilweise empfangen. Signalstärke liegt derzeit bei null. Schaltet auf das zweite Kommunikationssystem um.«

Und wieder Stille.

Aus Sekunden wurden Minuten, und Deshan stellte fest, dass sich besondere Anspannung in Paronns Gesicht zeigte. Er schien auch blasser zu sein als sonst.

»Sind wir in einer besseren Kommunikationsposition?«, fragte er den Funker.

»Nur marginal.«

»Versuch eine Verbindung herzustellen.«

Der junge Mann nickte, und wieder klickten Tasten. »Exodus-Schiff AKAN HATA an TIRHATO. Empfangt ihr uns?«

»Frag das Schiff, ob es ein Bild des fremden Objekts übermitteln kann.«

Der Funker gab die Frage weiter. Wieder verstrichen Minuten. Im großen Zylinder des Kontrollzentrums der AKAN HATA arbeitete jetzt niemand mehr. Die an den Konsolen sitzenden Techniker blickten zur Kommunikationsstation und warteten darauf, dass erneut eine Stimme aus den Lautsprechern kam.

»Jetzt müssen auch unsere Signale Lahmu erreicht haben«, sagte der Funker nach einer Weile und deutete aufs Chronometer.

»Wann können wir mit einer Antwort rechnen?«, fragte Paronn angespannt.

»In etwa sechseinhalb Minuten, wenn man sofort auf unseren Funkspruch reagiert.«

Doch es dauerte nur drei Minuten, bis es in den Lautsprechern knackte. »Lahmu-Orbitalstation TECHMET an Basiskontrolle Marroar. Wir haben keinen Kontakt mehr zur TIRHATO und bestätigen die Präsenz des plötzlich erschienenen Objekts. Visuelle Daten werden übermittelt.«

Paronn stand plötzlich neben dem Funker und blickte auf den Bildschirm. Deshan Apian und die Cheftechnikerin Dalianta näherten sich ebenfalls.

Konturen erschienen auf dem Schirm, vage erst, dann immer deutlicher. Die Auflösung blieb vergleichsweise gering, aber es wurde eine dunkle Kugel erkennbar. Deshan glaubte, ein leises Ächzen von Paronn zu hören.

»Das Objekt bewegt sich mit einer Geschwindigkeit von etwa eins Komma fünf Millionen Kilometer pro Stunde«, setzte die Orbitalstation TECHMET ihren Bericht fort.

»*Was?«,* brachte Dalianta hervor.

»Kurs ...« Es folgten Koordinaten.

Die Cheftechnikerin rechnete schnell. »Die Kugel fliegt nach Lemur. Und sie wird in dreieinhalb Tagen hier sein.«

»Die TIRHATO ist nicht mehr in der Fernerfassung«, kam die sieben Minuten alte Stimme von TECHMET. »Wir haben ihre Geschwindigkeit berücksichtigt und in den angrenzenden Sektoren gesucht, ohne sie zu finden.« Eine kurze Pause. »Daraus müssen wir den Schluss ziehen, dass die TIRHATO zerstört worden ist.«

Wieder blieb es für einige Sekunden still.

»Lahmu-Orbitalstation TECHMET an Basiskontrolle Marroar und Exodus-Schiff AKAN HATA. Wir haben euch empfangen. Ich wiederhole: Die TIRHATO ist verschwunden, und wir müssen davon ausgehen, dass sie vernichtet wurde. Wir übermitteln telemetrische Daten.«

»Zeichne alles auf«, wies Levian Paronn den Funker an. Der junge Mann nickte.

Paronn drehte sich um, sah erst die Cheftechnikerin an und dann Deshan.

»Sie sind da«, sagte er.

Deshan Apian wusste sofort, was er meinte. In seiner Erinnerung erklang die leicht verzerrte Stimme des Verkünders, der zu Tausenden von Sternensuchern sprach. »Die Feinde.«

»Ja.«

»Basisstation Marroar an HEGRION und DARLOS«, tönte es aus den Lautsprechern. »Kursänderung. Neue Koordinaten vier vier neun acht eins. Wir brauchen genauere Daten über das fremde Objekt.«

»Das sind zwei Transporter mit Material für eine permanente Station auf Lahmu.« Amelga Dalianta hatte an einem nahen Zephalon Platz genommen, dessen Bildschirm eine schematische Darstellung des inneren Apsu-Systems zeigte. Ein Punkt glitt vom vierten Planeten relativ schnell in Richtung des dritten. Zwei weitere krochen wesentlich langsamer in die entgegengesetzte Richtung und waren nicht mehr sehr weit von ihrem Ziel entfernt. »Der neue Kurs führt sie in die Nähe der Kugel. Das Rendezvousmanöver findet statt in ... drei Stunden.«

»Das ist Wahnsinn«, sagte Paronn. »Es bedeutet den sicheren Tod für die Besatzungsmitglieder der beiden Schiffe.« Er wandte sich an den Funker. »Verbinde mich mit der Basisstation.«

Kurze Zeit später erschien das Gesicht von Herbon Amodt, Nachfolger von Mepha Hatan und Dirigent des Raumfahrtsolidars, auf dem Schirm. Amodt verdankte sein Amt dem Konzil der sieben Solidartamanen, die ihn zum Leiter des Raumfahrtsolidars gemacht hatten. Er war weder Wissenschaftler noch ein Mann mit Visionen, aber pragmatisch genug, die Zusammenarbeit von Impetus und dem Projekt Exodus der Sternensucher nicht ganz zu beenden, wie es dem Wunsch der Ersten und des Zweiten entsprochen hätte, sondern auf einem niedrigeren Niveau fortzusetzen.

»Unter den gegenwärtigen Umständen kann ich nur wenig Zeit erübrigen ...«, begann Amodt.

»Die HEGRION und die DARLOS dürfen sich auf keinen Fall dem Kugelschiff nähern!«, stieß Levian Paronn hervor. »Es würde ihnen ebenso ergehen wie der TIRHATO.«

»Dem Kugelschiff?«, wiederholte Amodt, und seine buschigen Brauen neigten sich einander entgegen. Der Dirigent war gut 60 Jahre alt und brauchte immer eine Weile, um sich an neue Ideen zu gewöhnen. Deshan vermutete, dass ihn die Erste ausgewählt hatte, um das Raumfahrtsolidar besser zu kontrollieren.

»Das kugelförmige Objekt ist ein Raumschiff der Feinde, vor denen ich immer wieder gewarnt habe«, sagte Paronn mit besonderer Eindringlichkeit. »Wenn sich die HEGRION und die DARLOS dem Kugelschiff nähern, droht ihnen Vernichtung. Übermittle neue Anweisungen. Fordere die beiden Transporter auf, erneut den Kurs zu ändern und sich so weit wie möglich von der Kugel zu entfernen.«

»Wir wissen nicht, ob die TIRHATO von dem kugelförmigen Objekt vernichtet wurde. Sie ist verschwunden – vielleicht handelt es sich nur um einen Defekt bei der Fernerfassung. Und wir wissen auch nicht, ob die Kugel eine Gefahr darstellt. Wir wissen nicht einmal, ob sie wirklich künstlichen Ursprungs ist. Deshalb brauchen wir weitere Daten.«

»Herbon, ich versichere dir: Wenn sich die beiden Transporter dem Kugelschiff nähern, werden sie zerstört. Und dann bist *du* dafür verantwortlich.«

»Tut mir Leid, Levian«, erwiderte Amodt ernst. »Ich muss mich an meine eigenen Anweisungen halten.« Und sein Gesicht verschwand vom Schirm.

»Ich verstehe«, sagte Paronn leise, überlegte kurz und wandte sich erneut an den jungen Mann vor der Kommunikationskonsole. »Warn die beiden Transporter und rate ihnen dringend, sich von der Kugel zu entfernen.«

»Dadurch könnte man uns vorwerfen, dass wir uns in die Angelegenheiten des Raumfahrtsolidars einmischen«, gab Amelga Dalianta ruhig zu bedenken.

»Und wenn schon. Leben stehen auf dem Spiel. Das ist wichtiger als alles andere.«

»Warnung ist übermittelt«, sagte der Funker.

»Gut.« Paronn nickte. »Und jetzt verbinde mich mit dem Koordinierenden Konzil.«

Der junge Mann betätigte die Kontrollen.

Deshan Apian beobachtete und hörte zu, während sich das Unbehagen in ihm verdichtete und zu einem bleischweren Gewicht in seiner Magengrube wurde. Der Feind, der bisher nur in leidenschaftlichen Ansprachen und warnenden Reden existiert hatte, war plötzlich zu einer schrecklichen Realität geworden und hatte vermutlich schon die ersten Lemurer getötet: die Crew der TIRHATO. Deshan spürte, wie ihm die Knie weich wurden, aber er wagte nicht, sich von der Stelle zu führen.

Das leer und desinteressiert wirkende Gesicht eines Solidarbediensteten erschien auf dem Bildschirm der Kommunikationskonsole.

Paronn verlor keine Zeit. »Ich muss eine dringende Angelegenheit mit dem Konzil besprechen.«

»Ich bedauere sehr, aber die Solidartamanen sind derzeit beschäftigt«, sagte der Mann, und es *klang* auch gleichgültig.

Paronn beugte sich vor und stützte sich mit den Händen auf der Konsole ab. »Jetzt hör mir mal gut zu«, sagte er mit einer Schärfe, die Deshan zum ersten Mal in seiner Stimme hörte. »In der Nähe von Lahmu ist ein fremdes, kugelförmiges Raumschiff erschienen. Es hat bereits ein Schiff vernichtet, die TIRHATO, und in drei Stunden könnten ihm zwei Transporter zum Opfer fallen. Das Kugelschiff fliegt in Richtung Lemur, mit einer Geschwindigkeit von anderthalb Millionen Kilometern in der Stunde, und wenn sich an Bord jene Feinde befinden, vor denen ich seit fast sechzig Jahren warne, so könnte dies der Anfang vom *Untergang der Menschheit* sein, wenn wir nicht sofort Gegenmaßnahmen ergreifen. Diese Worte richtet der *Zwölfte Heroe Vehraáto an dich*!«

Der Mann blinzelte erschrocken. »Ich versuche, die Tamanen zu erreichen. Bitte hab ein wenig Geduld.«

Levian Paronn richtete sich wieder auf und warf einen kurzen Blick aus dem Fenster, als könnte er sehen, was sich Millionen von Kilometern entfernt abspielte. Der Funker behielt unterdessen die von TECHMET übermittelten telemetrischen Daten im Auge.

Ein neues Gesicht erschien auf dem Kommunikationsschirm, die faltigen Züge einer kahlköpfigen Frau mit großen grünen Augen voller kühler Klugheit. Deshan kannte die Frau. Vor 20 Jahren, im weißen Kegel des Absoluten Verdienstes auf der Flussinsel in Pataah, hatte er sie aus nächster Nähe gesehen. Damals war sie die fünfte der sieben Solidartamanen gewesen; inzwischen bekleidete sie den Rang der Ersten.

»Wohlergehen dir, Erste«, sagte Levian Paronn respektvoll, und die Tamanin nickte. »Ich nehme an, du kennst die aktuelle Situation.«

»Die Anweisung für die beiden Transporter, den Kurs zu ändern und das unbekannte Objekt anzufliegen, stammt von mir, wenn du das meinst.«

»Es ist ein Fehler!«, entfuhr es Paronn. »Das Kugelschiff wird die HEGRION und die DARLOS vernichten! Es wird ihnen ebenso ergehen wie der TIRHATO.«

Das Gesicht der Ersten blieb unbewegt. »Wir benötigen genauere Informationen, und die können uns derzeit nur die beiden Transporter liefern.«

»Ich schlage vor, dass das Koordinierende Konzil sofort alle notwendigen Maßnahmen für die Verteidigung Lemurs ergreift. Wenn wir jetzt ...«

»Wir wissen noch nicht, *was* in der Nähe von Lahmu erschienen ist, Paronn. Ich halte es für verkehrt, die lemurische Öffentlichkeit zu beunruhigen.«

»Zu *beunruhigen?* Erste, wir haben es hier mit einer noch größeren Gefahr als den Konos zu tun. Was sich Lemur von dort draußen nähert, ist der schlimmste Feind, den die Menschheit je hatte!«

»Hatte?«, wiederholte die Erste. »Noch haben wir keinen Feind im All, Paronn. Und um ganz ehrlich zu sein: Ich bin davon überzeugt, dass es einen solchen Feind gar nicht gibt.«

Paronn atmete tief durch. »Ich bin der Zwölfte Heroe Vehraáto. Ich weiß, wovon ich spreche. Ich habe den Feind gesehen, mit eigenen Augen, und jetzt ist er hier.«

»Ich glaube nicht an alle Mythen, Paronn«, sagte die Erste schlicht und unterbrach die Verbindung.

»Haben sie unsere Nachricht empfangen?«, fragte Levian Paronn und blickte auf den Zephalonschirm mit der schematischen Darstellung des inneren Apsu-Systems.

»Da bin ich sicher«, erwiderte der junge Mann an der Kommunikationskonsole.

»Aber die beiden Transporter haben den Kurs nicht noch einmal geändert.«

Der Schirm zeigte, wie sich zwei sehr langsame Punkte einer Stelle näherten, auf die ein sehr viel schnellerer Punkt zuhielt.

Der Funker deutete auf die Anzeigen. »Die kodierte Kommunikation zwischen der Basisstation Marroar und der HEGRION und DARLOS dauert an. Vermutlich hat man den Transportern untersagt, auf unsere Warnung zu reagieren.«

Paronn schüttelte stumm den Kopf.

»Noch zehn Minuten bis zur Minimaldistanz«, sagte die am Zephalon sitzende Amelga Dalianta.

»Könnt ihr den Kode knacken?«, wandte sich Paronn an die Cheftechnikerin und den Funker.

Deshan Apian hatte inzwischen Platz genommen, weil er seinen weichen Knien nicht mehr traute. Er stellte sich vor, wie die Kommunikationsdaten zwischen den beiden Konsolen hin und her sausten, dabei immer wieder verändert und remoduliert wurden. Dalianta Zephalon berechnete die Wahrscheinlichkeitsmuster im Kode, und die Kommunikationssysteme versuchten, ihnen visuelle und akustische Informationen zu entlocken.

Dalianta schüttelte hilflos den Kopf. »Die neue Kodierung verwendet einen zu langen Schlüssel. Eine Dekodierung ist möglich, aber es würde zu lange dauern. Unsere Rechenkapazität genügt nicht.«

»Und wenn du mehr Kapazität bekommst?« Paronn trat an die Kommunikationskontrollen heran. »Prioritätsnachricht an das Projekt Exodus. Alle gegenwärtigen Rechenoperationen des Zephalonennetzes unterbrechen. Wir brauchen das gesamte Verarbeitungspotenzial für eine Entschlüsselung.«

Dalianta machte sich sofort an die Arbeit, und schon nach kurzer Zeit erschien ein Lächeln in ihrem Gesicht. »Es klappt. Einer solchen Rechenkapazität ist kaum ein Kode gewachsen.« Sie betätigte Schaltelemente, und die wirren Streifenmuster auf dem Kommunikationsschirm formten plötzlich ein Bild. Es zeigte zwei Raumschiffe aus der elektronischen Perspektive der Fernerfassung: das eine ein konisches Antriebsmodul, verbunden mit einer vergleichsweise kleinen Habitatzelle und mehreren großen Containern; das andere eine dunkle Kugel. Das erste Schiff, ein Transporter, veränderte sich nicht, aber die dunkle Kugel schwoll immer mehr an, was auf eine geringer werdende Entfernung hindeutete.

Zwei Minuten später gelang auch die Entschlüsselung der Tonübertragung.

»... erfassen das Objekt jetzt auch im Nahbereich«, erklang eine Stimme, und Deshan erinnerte sich noch einmal daran, dass sie durch ein Fenster in die Vergangenheit blickten: Was sie sahen und hörten, war vor etwa sieben Minuten geschehen. »Es ist eindeutig künstlichen Ursprungs. Ein Raumschiff, nehme ich an, mit einem Durchmesser von knapp hundert Metern. Ein aktiver Antrieb lässt sich nicht feststellen ...«

»Kurs unverändert Lemur«, fügte Dalianta leise hinzu.

Deshan beobachtete, wie im oberen Bereich der dunklen Kugel etwas zu glühen begann.

»Eine Veränderung«, kam es aus den Lautsprechern. »Wir beobachten eine Veränderung. Etwas leuchtet bei dem fremden Schiff auf ...«

Aus dem Glühen wurde ein jähes Gleißen, und ein dicker Strahl zuckte durchs All, traf den sichtbaren lemurischen Transporter, der sich sofort in einen Glutball verwandelte. Alles geschah mit gespenstischer Lautlosigkeit.

Paronn starrte blass auf den Bildschirm. »Ich habe es gewusst«, hauchte er.

»Das fremde Schiff hat die DARLOS zerstört!«, rief die Stimme von der HEGRION. »Wir versuchen, auf einen Ausweichkurs zu gehen und uns von der Kugel zu entfernen!«

Ein zweiter Blitz raste durchs All, und sein tödliches Licht füllte den ganzen Bildschirm aus, wich dann formlosem Grau.

»Wir empfangen keine Signale mehr«, meldete der Funker.

»Weil keine mehr gesendet werden – auch die HEGRION ist zerstört«, sagte Paronn ernst. »Der Feind ist da. Und in dreieinhalb Tagen erreicht er Lemur.«

30

Deshan Apian

Lemuria 4560 dT (51 840 v. Chr.)

»Vielleicht glaubst du nicht an alle Mythen«, sagte Paronn. »Aber bestimmt glaubst du an den Tod. Und der kommt nun nach Lemur.«

Zum ersten Mal bemerkte Deshan Apian Betroffenheit im Gesicht der Ersten. Es entstanden Risse im Panzer der kühlen Gelassenheit, mit dem sie sich umgeben hatte, und die großen grünen Augen verrieten Sorge. Im Hintergrund erklangen aufgeregte Stimmen, und die Solidartamanin sah kurz zur Seite, blickte dann wieder in den visuellen Übertragungssensor.

»Wir werden versuchen, einen Kontakt mit den Fremden herzustellen«, sagte die kahlköpfige Frau. »Vielleicht geht die Zerstörung der beiden Transporter auf ein Missverständnis zurück.«

»Ich versichere dir, Erste: Mit diesem Feind ist keine Verständigung möglich.« Paronn stand nur zwei Meter vom Chronisten entfernt, den Blick auf den Kommunikationsschirm gerichtet. »Ich kenne ihn. Jeder Verhandlungsversuch ist sinnlos. Ich rate dir noch einmal dringend dazu, alle notwendigen Maßnahmen für Lemurs Verteidigung zu ergreifen. Die zur Verfügung stehenden Raumschiffe müssen so schnell wie möglich bewaffnet und einsatzbereit gemacht werden.«

Die Erste auf dem Schirm zögerte. »Drei Tage genügen einfach nicht.«

»Ich warne seit sechzig Jahren vor dieser Gefahr«, sagte Paronn. »Aber das Koordinierende Konzil des Großen Solidars hat es vorgezogen, meinen Warnungen keine Beachtung zu schenken.«

»Solche Vorwürfe sind jetzt wenig sinnvoll. Wenn die Gefahr wirklich so groß ist, wie du behauptest, müssen wir sofort handeln.«

Deshan sah, wie Paronn die Schultern straffte. »Da bin ich ganz deiner Meinung, Erste. Und ich *werde* handeln.«

In den grünen Augen der Tamanin funkelte es. »Was hast du vor?«

»Ich werde versuchen, Lemur zu retten.« Paronn bedeutete dem Funker, die Verbindung zu unterbrechen, wandte sich dann an die Cheftechnikerin. »Hiermit übernehme ich das Kommando, nicht nur über die AKAN HATA, sondern auch über die HENTECK AVRAM. Wann können beide Schiffe mit der Beschleunigungsphase beginnen?«

Die junge, sanfte Amelga Dalianta sah ihn verblüfft an. »Du willst mit den Exodus-Schiffen aufbrechen?«

»Jemand muss den Feind aufhalten. Und so, wie ich die Sache sehe, sind nur wir dazu imstande.« Paronn deutete aus dem Fenster zur längst noch nicht fertig gestellten HENTECK AVRAM. »Ihr Antrieb sollte getestet werden. Wie viele Fänger befinden sich an Bord?«

»Mehr als dreihundert.«

»Und an Bord dieses Schiffes?«

»Das muss ich überprüfen. Aber vermutlich nicht mehr als fünfzig.«

»Sorg dafür, dass hundert Fänger von der HENTECK AVRAM hierher transferiert werden.« Paronn betrachtete die schematische Darstellung des inneren Apsu-Systems. Ein blinkender Punkt glitt von Lahmu in Richtung Lemur, und zwar recht schnell. »Können wir in zwei Stunden aufbrechen?«

»Ich werde alles daransetzen.«

»Gut. Rekonfiguriere das Kontrollzentrum für Beschleunigung. Ich suche die Kommandantenkanzel auf. Bitte begleite mich, Deshan.«

Dalianta drehte sich zu den anderen Technikern um und begann sofort damit, Anweisungen zu erteilen.

Die Knie des Chronisten waren nicht mehr ganz so weich wie vorher, aber Aufregung prickelte in ihm, als er Levian Paronn durch den Zylinder des Kontrollzentrums folgte. Motoren und spezielle hydraulische Systeme summten, als sich die Struktur des Zylinders veränderte. Die Rotation des Kontrollzentrums ließ nach, und Deshan spürte, wie er leichter zu werden begann. Die einzelnen Arbeitsstationen mit Konsolen und Sitzen erwiesen sich als autonome Segmente, die beliebig angeordnet werden konnten.

Sie brachten sich jetzt in eine neue Position, sodass sich das Heck der AKAN HATA unter den Männern und Frauen befand, die während der Beschleunigung hier präsent waren.

Als Deshan Apian das Ende des Zylinders erreichte, war er so leicht, dass er den Gehstock nicht mehr brauchte. Er betätigte einen kleinen Schalter daran, und der aus Kunststoff bestehende Stock fuhr wie eine Teleskopantenne zusammen. Als kleinen dicken Stab hakte er ihn an den Gürtel.

Die beiden Männer verließen das Kontrollzentrum und schwebten durch einen kurzen Verbindungsstutzen, der auch als Luftschleuse fungieren konnte. Die Kommandantenkanzel befand sich zwischen dem Zylinder und den Bugsegmenten der AKAN HATA, ein gut zehn Meter durchmessendes, sechseckiges autarkes Modul, mit einem eigenen kleinen Triebwerk ausgestattet, durch das es die Funktion eines Rettungsboots wahrnehmen konnte. Die Innenwände bestanden aus Projektionsflächen, die zwei- oder dreidimensionale Darstellungen zeigten, und manche von ihnen wirkten wie große Fenster, die Blick ins All gewährten, auf Suen und die HENTECK AVRAM. In der Mitte der Kanzel erstreckte sich eine Plattform, gestützt von dünnen Stahlträgern und während der Beschleunigung über einen Steg zu erreichen. Derzeit brauchte man sich nur vom Ende des Verbindungsstutzens abzustoßen, um nach einem kurzen schwerelosen Flug zur Plattform zu gelangen. Dort zog sich Deshan in einen Sessel und aktivierte den Sicherheitsharnisch. Gurte drückten ihn sanft an die Polster.

Levian Paronn hatte vor der zentralen Konsole Platz genommen, und als Deshan den Kopf drehte, fiel ihm unter dem Zugang zum Verbindungsstutzen ein großer Buckel auf, der aus der Innenwand der Kanzel ragte. Paronn bemerkte seinen Blick.

»Ein Notquartier, für den Kommandanten und seine Begleiter, ausgestattet mit Hygienezellen und Wiederaufbereitungsanlagen.« Paronn betätigte die Kontrollen, und die Bilder der vielen Projektionsflächen wechselten, zeigten sowohl Außenansichten der beiden Exodus-Schiffe im Orbit von Suen als auch einige Abteilungen in ihrem Innern. Stimmen ertönten aus den Kommunikationslautsprechern, und Deshan versuchte, Einzelheiten zu verstehen, während er beobachtete, wie sich mehrere Shuttles von der HENTECK AVRAM lösten – vermutlich brachten sie Fänger zur AKAN HATA.

»Subsysteme in den Segmenten eins bis sechs funktionieren einwandfrei. Anomalien bei sieben und zwölf.«

»Volles Funktionspotenzial bei den Navigationssystemen.«

»Rekonfiguration im Kontrollzentrum abgeschlossen.«

»Segmentkonnektoren werden überprüft ...«

»Vorbereitung der Fangfelder ...«

Das Gesicht der Cheftechnikerin Dalianta erschien in einem Projektionsfeld. »Ich bestätige hiermit den Zeitrahmen von zwei Stunden. Die HENTECK AVRAM muss zwei

Segmente separieren, die noch nicht komplett mit dem Schiff verbunden sind. Die bisher fertig gestellten Konnektoren halten dem Beschleunigungsdruck vielleicht nicht stand.«

»Start minus hundertzwanzig Minuten«, sagte Paronn, und seine Hände huschten über die Kontrollen.

»Das Raumfahrtsolidar hat tatsächlich versucht, Kontakt mit den Fremden aufzunehmen«, fuhr Dalianta fort. »Bisher ohne Erfolg.«

Paronn schüttelte nur den Kopf.

»Mehrere Raumschiffe im Bereich der inneren Planeten sind nach Lemur zurückgerufen worden. Und in Kürze sollen Frachter starten, die mit atomaren Sprengköpfen ausgestattete Raketen zu den Schiffen im Lemurorbit bringen. Die Anweisungen dafür kamen offenbar vom Vierten und Fünften. Die Erste scheint damit nicht einverstanden zu sein.«

Unstimmigkeiten im Koordinierenden Konzil?, dachte Deshan besorgt. Vielleicht sogar ein Zwist bei den Solidartamanen?

»Was ist mit der Evakuierung der großen Städte?«, fragte Paronn.

»Keins der neunundvierzig Solidaren Komitees hat entsprechende Maßnahmen eingeleitet.«

»In drei Tagen könnten viele Menschen in den alten Bunkeranlagen in Sicherheit gebracht werden«, sagte Paronn leise.

»Vielleicht will die Erste eine Massenpanik verhindern«, spekulierte Deshan.

»Ich fürchte, die Erste erhofft sich Unmögliches: Verständigung und Frieden mit *diesem* Feind.« Paronn wandte sich an die Cheftechnikerin. »Halte mich auf dem Laufenden.«

Dalianta nickte und verschwand aus dem Projektionsfeld. In einem anderen Darstellungsbereich sah Deshan, wie die Shuttles an den Schleusen der AKAN HATA anlegten. »Genügen die Fänger? Hundertfünfzig hier und zweihundert bei der HENTECK AVRAM?«

»Wir müssen die Fangfelder erweitern.« Paronn sah auf die Anzeigen der Konsolen, ließ den Blick dann über die Projektionsfelder an den Kanzelwänden schweifen.

»Bis auf eine Größe von ...« Deshan rechnete. »Fast eine Million Quadratkilometern, um mit einem Gravo zu beschleunigen?« Er rief sich ins Gedächtnis zurück, was er über die Antriebssysteme der Exodus-Schiffes wusste, die auf dem ehemaligen Projekt Neunzehn basierten. So genannte Fangfelder, von Antennensystemen trichterförmig projiziert und nur einseitig durchlässig, fungierten wie Segel, die Neutrinos und Antineutrinos einfingen. Die mit der Abhijn-Kraft ausgestatteten Fänger konnten die normalerweise sehr schwache Wechselwirkung von Neutrinos mit Materie und die Wahrscheinlichkeit eines Kontakts mit Antineutrinos parapsychisch erhöhen. Bei der Annihilation, der vollständigen Zerstrahlung von Teilchen und Antiteilchen, wurde enorm viel Energie frei, die die Exodus-Schiffe nutzen sollten, um mit einer konstanten Beschleunigung von einem Gravo fast Lichtgeschwindigkeit zu erreichen. Dann machten sich Dilatationseffekte bemerkbar – die Reise in die Zukunft begann. Die bisherigen Antriebstests waren erfolgreich verlaufen, allerdings mit kleinen Fangfeldern, nicht mehr als 400 Quadratkilometer groß. Je mehr Fänger, desto kleiner die Fangfläche, die für eine ausreichende Beschleunigung nötig war.

»Es wird klappen«, sagte Paronn.

»Glaube allein kann keine technischen Wunder vollbringen«, erwiderte Deshan skeptisch.

»Wenn sich Probleme ergeben, werden wir sie lösen.«

Deshan sah den Mond in einem Projektionsfeld. »Zum Glück befinden wir uns in einer hohen Umlaufbahn über Suen. Im lemurischen Orbit wären so große Fangfelder angesichts der nahen Atmosphäre nicht möglich gewesen.«

»Sie hätten beide Schiffe destabilisiert.«

Zeit verstrich, quälend langsam und gleichzeitig viel zu schnell.

Nach einer Weile erschien erneut das Gesicht der Cheftechnikerin in einem Projektionsfeld.

»Das Konzil hat davon erfahren, dass zwei Exodus-Schiffe mit der Absicht aufbrechen wollen, die Fremden aufzuhalten«, sagte Dalianta. »Die Erste scheint zu erwägen, uns ein Startverbot zu erteilen. Wie aus Kreisen des Fünften verlautet, will sie weiterhin versuchen, einen friedlichen Kontakt herzustellen. Sie befürchtet, dass wir das Kugelschiff zu weiteren feindseligen Akten verleiten könnten.«

»Unterbrich die gesamte externe Kommunikation«, sagte Levian Paronn. »Von jetzt an und bis zu unserer Rückkehr nehmen wir keine Anweisungen mehr von Lemur entgegen.«

Amelga Dalianta nickte und verschwand aus dem Darstellungsbereich.

»Bis zu unserer Rückkehr?«, fragte Deshan Apian. »Wir sind nicht bewaffnet, im Gegensatz zu den Fremden. Wie willst du sie daran hindern, Lemur zu erreichen?«

»Ich habe da eine Idee.«

»Wenn sie nicht funktioniert, fliegen wir in den Tod«, sagte Deshan und tastete nach dem Zellaktivator auf seiner Brust. Seit fünf Jahren trug er ihn. Seit fünf Jahren alterte er nicht und war auch nicht mehr krank geworden. Vor fünf Jahren hatte er damit begonnen, den Tod zu betrügen. Schickte sich der Schnitter jetzt an, Revanche zu fordern?

Sein Blick wanderte langsam über die Projektionsfelder, und er sah, wie sich die HENTECK AVRAM von den beiden noch nicht gesicherten Segmenten trennte. Andere dreidimensionale Darstellungen zeigten ihm, wie die Fänger die Räume bei den Fangfeldprojektoren aufsuchten. Kurz vor dem Start würden sie sich dort auf den Liegen ausstrecken, um sich ganz auf die Abhijn-Kraft zu konzentrieren. Inzwischen war bekannt, dass etwa zwei Prozent der lemurischen Bevölkerung über diese parapsychische Fähigkeit verfügten. Bei den Sternensuchern waren diese Personen mit einem Anteil von zehn Prozent überdurchschnittlich vertreten.

Bei minus sechzig Minuten öffnete Levian Paronn die internen Kommunikationskanäle beider Schiffe und sprach zu den Besatzungen. Ernst erklärte er die Situation und wies auf seine Absicht hin, dem Feind entgegenzufliegen und ihn aufzuhalten. Er betonte die große Gefahr, der sich die beiden Exodus-Schiffe aussetzen würden, und stellte es ausdrücklich jedem frei, vor dem Start von Bord zu gehen. »Lemurs Schicksal liegt in unseren Händen«, schloss er seine kurze Ansprache.

Und dann wartete er.

Niemand meldete sich.

»Minus dreißig Minuten«, tönte es schließlich aus den Lautsprechern, und Deshan staunte darüber, dass anderthalb Stunden so schnell vergangen waren – obwohl er das Gefühl hatte, schon seit einer Ewigkeit in der Kanzel zu sitzen. »Starttermin wird bestätigt«, fügte Dalianta hinzu. »Alle Systeme funktionieren einwandfrei. Wir empfangen nach wie vor Kom-Signale von Lemur, senden aber nicht mehr. Die Erste hat uns vor zehn Minuten ein Startverbot erteilt.«

»Wir wissen von nichts«, sagte Paronn.

Plötzlich schienen es die Sekunden immer eiliger zu haben. Während Deshan weiterhin die Darstellungen der Projektionsfelder beobachtete und sah, wie die Manövrierdüsen der beiden kilometerlangen Raumschiffe feuerten, um sie in die richtige Position für die Beschleunigung zu bringen, wurde aus dem Tröpfeln der Zeit ein schnelles Strömen, und er fühlte sich fast wie fortgezerrt, dem Startzeitpunkt entgegen.

»Minus zwei«, erreichte ihn Paronns Stimme. »Alle Stationen sichern. Navigationsdaten der beiden Schiffe angleichen.«

»Daten sind angeglichen.«

»Fangfelder ein und auf Bereitschaft.«

»Bestätigung.«

An den Flanken der beiden Exodus-Schiffe glühte es, als die Projektoren in ihren stählernen Leibern aktiv wurden. Grauweiße Trichter bildeten sich, zunächst nur einige Dutzend Meter lang und wenige Meter breit. Bei der HENTECK AVRAM flammten erneut die Manövrierdüsen, und ganz langsam schob sie sich an der AKAN HATA vorbei. In einer Entfernung von einigen Dutzend Kilometern vor und unter der AKAN HATA ging sie wieder auf Relativgeschwindigkeit null.

»Wir starten ... jetzt!«, kam Daliantas Stimme aus den Lautsprechern.

Zunächst schien überhaupt nichts zu passieren, und Deshan Apian befürchtete, dass der Antrieb versagte. Doch dann fühlte er, wie sein Körper wieder Gewicht bekam, wie es plötzlich ein Oben und Unten in der Kanzel und überall an Bord des Schiffes gab.

»Beschleunigung langsam bis auf ein Gravo erhöhen«, sagte Paronn und betätigte die Kontrollen der Hauptkonsole. Die Darstellungen der Projektionsfelder wechselten in einem etwas schnelleren Rhythmus. »Fangfelder vergrößern.«

Nahaufnahmen der Fänger in den Ruheräumen zeigten, dass einige von ihnen zitterten, doch dabei handelte es sich nur um unbewusste Reaktionen auf den Beginn der Neutrino-Antineutrino-Annihilation in den Fangfeldern, deren Trichter immer mehr wuchsen und viel größer wurden als die Schiffe, von denen sie ausgingen.

Als die Fangfelder der AKAN HATA eine Größe von mehr als 200 000 Quadratkilometern erreichten, kam es zu ersten Vibrationen, die schnell stärker wurden.

»Kompensieren!«, ordnete Levian Paronn an. »Strukturschwäche in Feld zwei. Ausgleichen! Beschleunigungsvektoren synchronisieren.«

Deshan Apian beugte sich besorgt vor.

Die Vibrationen wurden stärker.

»Fangfelder bei der gegenwärtigen Größe konstant halten, bis die Vektorsynchronisation erfolgt ist«, sagte Paronn, und die Kommunikationssysteme trugen seine Stimme in alle Abteilungen der AKAN HATA. »Wie sieht es bei euch aus, HENTECK AVRAM?«

»Keine Probleme«, antwortete der Cheftechniker des anderen Exodus-Schiffes. »Unsere Masse ist wesentlich geringer als eure. Vielleicht sind Vibrationen deshalb ausgeblieben.«

»Alle Segmente stabil«, meldete Amelga Dalianta. »Vektoren sind synchronisiert.«

»Beschleunigung fortsetzen«, sagte Paronn. »Automatische Korrektur der Navigationsdaten.«

In einem der größten Projektionsfelder erschien eine grafische Darstellung, die Lemur, Suen, Lahmu, die Kugel der Fremden und die beiden Exodus-Schiffe sowie ihren Kurs zeigte. Deshan beobachtete, wie sich die AKAN HATA und HENTECK AVRAM ganz langsam vom Mond entfernten. Die Fangfelder dehnten sich weiter aus, und diesmal kam es nicht zu Vibrationen. Gewaltige Trichter glühten neben den beiden Exodus-Schiffen, hungrige energetische Mäuler, die Neutrinos und Antineutrinos fraßen. Die von der Abhijn-Kraft der Fänger bewirkte Erhöhung der Wechselwirkungswahrscheinlichkeit führte zur Zerstrahlung der Teilchen, und die dabei frei werdende Energie wurde nicht nur für den Antrieb benutzt, sondern auch für die ambientalen Systeme.

Levian Paronn lächelte zufrieden. »Ich wusste es«, sagte er, und es klang überaus zufrieden. So sprach ein Vater, dessen Kinder in den inneren lemurischen Verdienstkreis aufgenommen worden waren. »Ich wusste, dass es funktioniert.«

»Kurs und Beschleunigung sind korrekt«, meldete die Cheftechnikerin Dalianta. »Es bleibt eine latente Instabilität bei den Beschleunigungsvektoren. Die Fangfelder sind zu groß.«

»Wir brauchen nicht monatelang zu beschleunigen«, sagte Paronn. »Diesmal nicht.«

»Außerdem gibt es Fluktuationen beim Energiefluss«, fügte Dalianta mit ihrer sanften Ruhe hinzu. »Wir versuchen, ihn stabil zu halten und ...« Sie unterbrach sich. »Das ist seltsam.«

»Was meinst du?«, fragte Paronn.

»Wir empfangen nach wie vor den Datenstrom der Satelliten und Raumstationen im lemurischen Orbit. Sieh dir die visuellen Daten an.«

Paronns Finger tanzten einmal mehr über die Schaltflächen der Hauptkonsole, und ein Flackern huschte über die Kanzelwände, als Bilder in Projektionsfeldern wechselten. Die beiden Exodus-Schiffe erschienen so, wie sie sich der Fernerfassung der Satelliten und Orbitalstationen darboten: verwaschene Flecken, die sich immer mehr auflösten, je schneller sie wurden.

»Offenbar handelt es sich um einen Effekt, der von den Fluktuationen im Energiefluss durch die Fangfelder ausgelöst wird«, sagte Dalianta. »Die neuesten Auswertungsdaten deuten darauf hin, dass eine gewöhnliche Ortung unserer Schiffe mit wachsender Geschwindigkeit schwerer wird.«

»Wir werden gewissermaßen unsichtbar?«, fragte Deshan und beobachtete die Bilder fasziniert.

»Bei höheren Geschwindigkeiten dürfte das tatsächlich der Fall sein.«

»Ein Ortungsschutz, der nicht beabsichtigt war, aber sehr willkommen ist«, sagte Paronn. »Es bedeutet, dass der Feind unsere Schiffe kaum finden kann, wenn sie zu den Sternen aufbrechen.«

»Dieser Feind hat uns gefunden.« Deshan deutete auf

das blinkende Symbol, das die Position des Kugelschiffs markierte. Die beiden Dreiecke der Exodus-Schiffe krochen ihm entgegen, um es zwischen Lemur und Lahmu abzufangen. »Und er wird uns sehen.«

»Aus der Nähe bestimmt. Und ich habe vor, *ganz nahe* an ihn heranzukommen«, sagte Paronn mit grimmiger Entschlossenheit.

31

Alahandra

Eben noch hatte sich die kleine Alahandra in dem Raum mit den vielen Lichtern befunden, die wie Augen blinzelten, und jetzt stand sie plötzlich draußen im Nebel, der das dunkle Kastell umgab. Der Wechsel war nicht ohne Grund erfolgt, das spürte sie ganz deutlich, und sie glaubte, in der Ferne die zufriedene Stimme der großen, *kranken* Alahandra zu hören.

»Leben darf nicht ausgelöscht werden!«, rief die kleine Alahandra, die gesehen und gehört hatte, die mehr verstand als vorher. Der Nebel saugte die Worte auf, war dichter als jemals zuvor.

Das Mädchen begann zu laufen und hoffte, dass der »Weg« es zum Kastell zurückbrachte, wie früher, wenn es versucht hatte, dorthin zurückzukehren, woher es gekommen war, in die Welt des grenzenlosen Fliegens. Doch diesmal wartete die kleine Alahandra vergeblich darauf, dass irgendwo vor ihr dunkle Mauern aufragten. Sie lief und lief, doch die grauen Schwaden hielten sie gefangen, kalt und klamm.

»Was machst du?«, rief sie. »Was hast du vor? Warum hast du mich hierher geschickt? Lass mich zurückkehren.«

Sie hörte keine Worte, nahm nur zufriedene Entschlossenheit wahr.

Und dann fühlte sie etwas anderes und blieb stehen, denn sie wusste: Sie war nicht mehr allein im Nebel. Langsam drehte sie sich um die eigene Achse und versuchte, in dem trägen grauen Wogen etwas zu erkennen.

»Wer bist du?«, fragte sie. »Wo bist du?«

»Ich bin hier«, ertönte eine Stimme, die die kleine Alahandra zum ersten Mal hörte. Es war eine Stimme, die von *außerhalb* kam.

Vor der kleinen Alahandra teilten sich die Schlieren, und die Gestalt eines zart gebauten Knaben kam aus dem Nebel. Die großen Augen in dem schmalen Gesicht blickten neugierig und verwundert.

»Wer bist du?«, fragte die kleine Alahandra noch einmal.

»Ich bin ... Jorgaldarhelmemerek«, antwortete der Junge. Er sah an sich herab. »Und ich bin anders. Das dritte Bein ist fort, ebenso die Ungewissheiten.« Er hob den Kopf. »Was ist das für ein Ort?«

»Wir sind beim Kastell«, sagte das Mädchen, als ergäbe dies einen Sinn für den Knaben mit dem seltsamen Namen. »Die große Alahandra stellt irgendetwas an. Sie ist krank. Wir müssen sie daran hindern, Leben zu zerstören.«

Der Junge begann mit einem sonderbaren Selbstgespräch, bei dem drei verschiedene Stimmen erklangen.

»Wir befinden uns in den energetischen Strömen der Station, Jorgal. Die Roboter haben auf uns geschossen und unsere *Körper* getötet, aber du hast im Augenblick des Todes unser Bewusstsein zu dir geholt in die ... Maschinenwelt.«

»Memerek?«

»Ja, ich bin ebenfalls hier, Jorgal. Du hast uns gerettet!«

»Hört ihr die Lieder? Hört ihr, wie die Maschinen singen?«

»Ich habe eine ... Stimme gehört. Du hast mit jemandem gesprochen.«

»Wir sind nicht allein hier. Es gibt mindestens eine andere Bewusstseinssphäre in den Systemen der Station.«

Die kleine Alahandra hörte verwirrt zu. »Kannst du helfen?«, fragte sie schließlich. »Kannst du mir dabei helfen, die große Alahandra gesund zu machen? Sie will Leben auslöschen, und das ist nicht richtig.«

»Das Chaoslied«, sagte der Knabe mit einer Stimme, die alle drei Stimmen enthielt. »Ich ... verstehe. Die falschen Melodien in dem großen Lied, die verdrehten Formen ... Ich kann krumme Linien gerade werden lassen und Dissonanzen durch neue Harmonien ersetzen. Ich kann die Lücken in der großen Symphonie schließen.«

»Etwas ist geschehen«, sagte die kleine Alahandra voller Sorge. »Wir müssen zurück, aber der Nebel gibt mich nicht frei. Irgendwie ist es der großen Alahandra gelungen, mich hier festzuhalten.«

Der Junge trat näher und ergriff ihre Hand. »Ich höre ihr Lied. Komm.«

Seite an Seite gingen die kleine Alahandra und der Knabe durch den Nebel, der sich schon nach kurzer Zeit lichtete, und weiter vorn ragten die Mauern des dunklen Kastells auf. Die große Alahandra stand im Tor, und ihr Haar wogte hin und her, obwohl gar kein Wind wehte.

»Ich wusste, du würdest zurückkehren«, sagte sie. »Aber du kommst zu spät. Es ist bereits geschehen.« Sie presste beide Hände an die Schläfen. »Es schmerzt hier drin.« Dann fiel ihr Blick auf den Jungen. »Wer ist das? Wen hast du mitgebracht?«

»Du bist die Maschinenmutter«, sagte Jorgaldarhelmemerek. »Endlich habe ich dich gefunden.«

Die kleine Alahandra sah Ehrfurcht in seinen Augen, und Glück. »Das ist die große Alahandra. Vor langer Zeit hat sie mich zu sich geholt, um wieder vollständig und damit gesund zu werden. Aber es hat nicht funktioniert. Sie ist noch immer krank.«

Die große Alahandra drehte sich abrupt um und verschwand im Kastell. Das Mädchen sah nach oben – Rauch kräuselte über den hohen Zinnen.

»Ein Feuer«, sagte es. »Sie hat etwas angezündet.«

Die kleine Alahandra und der Junge eilten ins dunkle Kastell, durch Flure und Räume, die das Mädchen gut kannte, obwohl sie ihre Form immer wieder veränderten. Während sie nach der großen Alahandra suchten, kam es erneut zu einem seltsamen Selbstgespräch.

»Memerek, Jorgal, es ist mir gelungen, Datenspeicher zu finden und darauf zuzugreifen«, sagte der Junge mit veränderter Stimme, während er an der Seite der kleinen Alahandra lief. »Ein Teil von mir kann ... reisen, in den Systemen und Subsystemen.«

»Verstehst du, was das alles bedeutet?« Diese Stimme hatte einen weiblichen Klang, fand die kleine Alahandra.

»Ich *beginne* zu verstehen. Die große Alahandra ... Offenbar ist sie die Künstliche Intelligenz dieser Station ...«

»Sie ist die Maschinenmutter! Ich sehne mich nach ihr, seit ich denken kann.«

»Ja, Jorgal. ›Künstliche Intelligenz‹ ist nur ein anderer Name dafür. Durch den Ausfall von Funktionskomponenten verlor sie Teile ihrer Programmierung, und deshalb kontrolliert sie nicht mehr die ganze Station. Vor langer Zeit hat die KI ihr Pseudobewusstsein mit dem eines Wesens vom fünften Planeten dieses Sonnensystems vereint und versucht, sich gewissermaßen selbst zu heilen. Das ist ihr nicht gelungen.«

Die kleine Alahandra sah ihren Begleiter an. Sie hatte gesehen und gehört, aber dieser Junge hatte offenbar *mehr* gesehen und gehört. Und sie glaubte, einige der Worte zu verstehen.

»Ich bin geflogen«, sagte sie und erinnerte sich vage. »Ich bin geflogen, fern vom Schwarm der anderen Menttia, und dann fand ich mich hier wieder, als ein Teil von Alahandra. Ich wollte helfen, aber allein kann ich die Krankheit nicht besiegen.«

»Hast du auch hier einen schweren Kopf, Darhel?«, ertönte die dritte Stimme des Knaben. »Dies ist die Welt der Maschinen, *meine* Welt. Es sind andere Maschinen, aber ich höre ihre Gesänge. Ich kann die falschen Töne durch richtige ersetzen.«

Erste Rauchschwaden wehten ihnen entgegen.

»Willst du damit sagen, dass du die Künstliche Intelligenz – die Maschinenmutter – reparieren kannst, Jorgal?«

Der Junge blieb stehen, und die kleine Alahandra sah einen Hauch von Ärger in seinem Gesicht. »Man kann die Maschinenmutter nicht *reparieren*. Aber ihr Lied ist falsch, und ich kann ihm Harmonie zurückgeben, die krummen Linien des Formechos glätten.«

Die kleine Alahandra hielt noch immer die Hand des Jungen und zog ihn mit sich. Die Rauchschwaden wurden dichter, und es schien auch wärmer zu werden.

»Die große Alahandra hat das Kastell in Brand gesteckt!«, entfuhr es der kleinen Alahandra, erschrocken vom Ausmaß der Krankheit der großen Alahandra. Sie stieß die Tür auf, die in den Säulensaal führte ...

Schlangen aus Licht hasteten schneller als je zuvor durch die vielen Säulen, in denen es glitzerte und funkelte. Doch viele Säulen waren dunkel geworden, und Flammenzungen leckten an ihnen empor.

Die große Alahandra tanzte im lodernden Feuer, mit ausgebreiteten Armen und wehendem Gewand. »Der Feind muss getötet werden!«, rief sie. »So verlangt es meine Basisprogrammierung. Ich muss gehorchen. Auch wenn es bedeutet, dass Angehörige aus dem Volk der Erbauer sterben. Der Feind muss vernichtet werden!«

»Was hast du getan?«, brachte die kleine Alahandra hervor und beobachtete, wie die Flammen ihr wie hungrig entgegenkrochen.

»Dies ist ein ganz besonderes Feuer«, sagte die große Alahandra und setzte ihren Tanz fort. »Es verbrennt alles, auch Metall. Es wird nichts übrig lassen, nichts von nichts. Der Feind muss getötet werden, und er *wird* sterben!«

Plötzlich blieb sie stehen, und die kleine Alahandra hob die Hände. »Halt dir die Ohren zu!«, riet sie dem Jungen.

Die große Alahandra kreischte – und verschwand.

Die kleine Alahandra half dem Jungen auf, der zu Boden gesunken war. »Was für ein schreckliches Geräusch«, sagte er mit drei verschiedenen Stimmen.

Die Flammen kamen näher, und weitere Säulen wurden dunkel. Die kleine Alahandra hustete in den Rauchschwaden und zog den Jungen zur Tür zurück. »Komm«, sagte sie. »Ich weiß, wohin sie verschwunden ist.«

Erneut liefen sie durchs Kastell, durch lange Flure, vorbei an Fenstern, hinter denen Nebel wallte. Aber in den grauen Schwaden flackerte es gelegentlich, wie von einem Feuer, das auch in ihnen brannte. Es ging lange Treppen hinauf, und schließlich erreichten das Mädchen und der Junge den Turm des Kastells, das Zimmer mit den Zinnenfenstern. Und dort saß die große Alahandra, auf einem Stuhl, den Oberkörper weit nach vorn geneigt. Sie weinte leise. Voller Mitleid trat die kleine Alahandra näher, schlang die Arme um sie und versuchte, sie zu trösten.

»Es ist das Chaoslied«, sagte der Junge. »Daran leidet sie. Es bereitet ihr Schmerzen.«

»Kannst du ihr helfen?«, fragte die kleine Alahandra hoffnungsvoll.

Der Knabe kam näher. »Ich kann es versuchen.« Er streckte die Hand aus, berührte die Frau und ... verschwand mit ihr zusammen.

Der Stuhl, auf dem die große Alahandra gesessen hatte – von einem Moment zum anderen war er leer.

Eine Hand kam aus dem Nichts, die Hand des Jungen, tastete nach der kleinen Alahandra und zog sie in eine andere Welt.

Dies war der Kosmos der Maschinengesänge, für Jorgal die wahre Welt. Und er schwebte nicht allein in ihr: Memerek und Darhel begleiteten ihn, in seinem Innern, ohne Körper, aber lebendiger als vorher, soweit es Jorgal betraf. Er hörte die vielen verschiedenen Melodien des Chaoslieds, sah seine geometrischen Strukturen, sichtbare Echos der einzelnen Klänge, und in dem Durcheinander bemerkte er hier ein Gleißen und dort ein Glühen.

Bist du das?, fragte das Glühen. *Bist du der Junge?*

»Ja«, antwortete Jorgal der kleinen Alahandra. Und zur großen, zum Gleißen, sagte er: »Ich werde versuchen, dich von deinem Leid zu befreien.«

Es ist zu spät, erwiderte sie. *Der Brand ist ausgelöst und wird alles vernichten.*

»Es ist nie zu spät, Leid zu lindern«, sagte Jorgal und fügte sich, Memerek, Darhel und die kleine Alahandra dem Chaoslied hinzu. Er fühlte ihr Staunen, als er zu singen begann und krumme Linien glättete. Das Gleißen flackerte wie die Flammen des Feuers in der anderen Welt, aber je mehr Ordnung in das Chaoslied kam, desto gleichmäßiger wurde das Leuchten. Jorgal veränderte Dissonanzen, nahm ihnen die schrillen Klänge und fügte an den richtigen Stellen neue Töne hinzu, wodurch Harmonien entstanden.

Als er begann, wusste Jorgal nichts von den wahren Ausmaßen der Symphonie, die aus dem Chaoslied entstehen sollte, doch je mehr falsche Melodien er korrigierte, je mehr Lücken er füllte, desto mehr wuchs das Maschinenlied. Es schwoll zu etwas an, das weit über die Summe seiner Teile hinausging.

Jorgal?

»Darhel ... Hörst du das Lied? Das große, große Lied? Es ist nicht mehr schrill. Die Harmonien dehnen sich aus, schneller als ich dachte. Gibt es ein schöneres Lied?«

Jorgal, die Künstliche Intelligenz, die Maschinenmutter ... Sie hat nicht nur das ... Kastell angezündet. Die Station brennt.

»Hier gibt es kein Feuer«, erwiderte Jorgal. »Dies ist der Ort, an dem die Maschinen singen.«

Und es ist kein normaler Brand. Dieses Feuer verbrennt auch Metall, wie die KI ... die Maschinenmutter gesagt hat. Der Brand scheint auf atomarer Ebene stattzufinden. Ich versuche, weitere Informationen zu bekommen, aber ich kann mich kaum mehr von dem Hier lösen, um nach Datenspeichern zu suchen. Ich spüre fremde ... Gedanken? Sind es Gedanken?

»Es sind unsere Melodien«, sagte Jorgal. »Sie werden Teil des großen Lieds. Wir wachsen zusammen. Wir werden eins, zusammen mit der Maschinenmutter.«

Die Station verbrennt, Jorgal, und wir verbrennen mit ihr. Hör mir gut zu. Die ... Maschinenmutter ist eine Funktion der Maschinen. Wenn das atomare Feuer den Teil der Station erreicht, in dem die Maschinen stehen, in denen sie ... wohnt, so stirbt sie.

Jorgal erschrak. »Der Maschinenmutter droht Gefahr?«

Ihr und auch uns.

Und dem Leben, das die große Alahandra mit dem Feuer auslöschen wollte. Leben ist kostbar. Leben muss erhalten bleiben. Ich habe gesehen und gehört. Ich weiß, wo sich das Zimmer mit den tausend Lichtern befindet, die wie Augen blinzeln. Von dort aus kann all das kontrolliert werden, das die große Alahandra »Systeme« und »Subsysteme« nennt.

Jorgal zögerte und sah die vielen Formen, die ihn umgaben, Echos der vielen Melodien, die einst das Chaoslied gebildet hatten und jetzt zur Symphonie wurden. Sie schwebten hin und durchdrangen einander, überlagerten sich wie Töne, die übereinander hinwegkletterten und sich immer höher emporschwangen.

Ihre Linien blieben gerade und krümmten sich nur dort, wo sie krumm sein sollten. Im Vergleich mit dieser herrlichen Ästhetik erschienen ihm andere Dinge unwichtig und banal, aber wenn der Maschinenmutter Gefahr drohte ...

Er glitt dem Leuchten entgegen, das zuvor ein helles Gleißen gewesen war, und er fühlte keinen Schmerz mehr darin, als er es zusammen mit der kleinen Alahandra, Memerek und Darhel berührte.

Er sah seltsame Dinge, die ihn verwirrten.

Achte nicht darauf, sang Darhel. *Es sind gespeicherte Informationen. Du hast uns zusammengeführt und direkten Zugang. Es sind ... Erinnerungen.*

Jorgal blinzelte, mit Augen, die nur aus Gedanken bestanden, und sah tausend Lichter, die ebenfalls zu blinzeln schienen.

Dies ist der richtige Raum, erklang die Melodie des Mädchens, dem er im Nebel beim Kastell begegnet war. *Von hier aus habe ich das Leben in Sicherheit gebracht, als es eliminiert werden sollte.*

Etwas veränderte sich bei den Lichtern. Sie blinzelten schneller als vorher, und dann erloschen sie – eine dunkle Flut schien über sie hinwegzurollen und ihr Glühen zu ersticken.

Dunkelheit wogte heran.

Der Brand muss eine wichtige Verbindungsstelle der Kontrollsysteme erreicht haben, sang Darhel und verwendete einmal mehr Worte, die früher in seinem Kopf so viel gewogen hatten und für Jorgal so wenig bedeuteten. *Gibt es eine andere Möglichkeit, die Lebensformen zu lokalisieren und ihnen zu helfen?*

»Ich weiß nicht ...« Jorgal sehnte sich nach den hübschen Formen zurück, nach der Symphonie, die fast perfekt war – er musste nur noch ein wenig zurechtbiegen und einige Töne hinzufügen.

Vielleicht, sang die kleine Alahandra. *Wenn du mir die Führung überlässt, Jorgaldarhelmemerek ... Ich habe gesehen und gehört. Ich kenne mich hier aus.*

Das Lied der kleinen Alahandra berührte Jorgal und trug ihn fort.

32

Levian Paronn

Lemuria 4560 dT (51 840 v. Chr.)

Eine Frage beschäftigte Levian Paronn und ließ ihn nicht mehr los. Sie lautete: *Habe ich sie hierher gebracht?* Welch eine grässliche Ironie des Schicksals wäre das gewesen. Sollte sein Versuch, die Lemurer vor der Auslöschung zu bewahren, ihnen den Untergang bringen?

Inzwischen befand sich das Kugelschiff in der Fernerfassung, und die beiden Exodus-Schiffe hatten mit einem Bremsmanöver begonnen. Wenn Paronns Plan funktionieren sollte, musste der Vorbeiflug eine gewisse Zeit dauern, und dabei galt es auch das Bewegungsmoment der Kugel zu berücksichtigen. Ein schwieriges Manöver, und ein enorm gefährliches.

Aber inzwischen vermutete Paronn, dass der Feind in Schwierigkeiten war und vielleicht nicht über sein volles Vernichtungspotenzial verfügte. Die von der Fernerfassung ermittelten Daten wiesen deutlich darauf hin, dass das Kugelschiff noch immer mit seinem ursprünglichen Bewegungsmoment flog – sein Antrieb blieb deaktiviert. Und es gab keine Schutzschirme, nicht einmal die niederenergetischen Navigationsfelder, die verhinderten, dass Mikrometeoriten durch die Außenhülle schlugen. Paronn beobachtete den dunklen Raumer in den Projektionsfeldern der Kommandantenkanzel und bedauerte sehr, dass er mit vergleichsweise primitiver Ortungstechnik vorlieb nehmen musste. Eine gründliche Sondierung hätte ihm über alle Möglichkeiten des Feinds Aufschluss gegeben.

»Die Fänger sind bereit und warten auf deine Anweisungen«, meldete die Cheftechnikerin Amelga Dalianta.

Paronn nickte, ohne den Blick von den Projektionsfeldern abzuwenden. In wenigen Minuten würde sich alles entscheiden; Lemurs Zukunft stand auf dem Spiel.

»Ich habe noch immer nicht genau verstanden, was du vorhast«, ertönte eine andere Stimme und erinnerte Paronn an die Präsenz des Chronisten. Er war so sehr konzentriert gewesen, dass er ihn ganz vergessen hatte. Deshan Apian – jünger als er, und physisch doch viel älter – saß an einer der peripheren Konsolen.

»Du wirst es gleich sehen«, erwiderte Paronn. »Es ist unsere einzige Chance, das feindliche Schiff außer Gefecht zu setzen.«

Sorge zeigte sich in Deshans Gesicht. »Du willst die Kugel doch nicht rammen, oder?«

»Das wäre unser aller Tod. Und ich will nicht sterben. Es wartet noch viel Arbeit auf den Zwölften Heroen.«

Die leise Ironie in Paronns Stimme entging dem Chronisten, und er bedauerte kurz – nicht zum ersten Mal –, dass er nicht ganz offen zu ihm sein konnte. Aber er bewirkte bereits Veränderungen genug; ein falsches Wort genügte, um zusätzliche Probleme zu schaffen.

Paronn beobachtete, wie die Fangfelder der vor der AKAN HATA fliegenden HENTECK AVRAM schrumpften, als sie zur Bereitschaftskonfiguration zurückkehrten. Die Manövrierdüsen des anderen Exodus-Schiffes feuerten, veränderten geringfügig seinen Kurs.

Und das Kugelschiff kam näher, erschien jetzt auch in den Projektionsfeldern der Naherfassung. Paronn beobachtete es und spürte, wie sich das Gefühl des Unheils in ihm verdichtete. Er kannte solche Schiffe, kannte sie viel zu gut, und er wusste genau, wer sich an Bord befand: der schlimmste Feind der Lemurer.

»Das Kugelschiff scheint beschädigt zu sein«, sagte Dalianta. Sie war jetzt permanent in einem Darstellungsbereich präsent.

Paronn sah es ebenfalls: zwei große Löcher im schwarzen Rumpf, die Ränder nach außen gewölbt.

»Explosionen im Innern?« Deshan Apian beugte sich vor.

Die Fangfelder der AKAN HATA gingen ebenfalls in Bereitschaft, und Paronn fühlte kurze Desorientierung, als die Pseudogravitation des Andrucks Schwerelosigkeit wich. Er kontrollierte die Kursdaten der schematischen Darstellung – die beiden Exodus-Schiffe würden das Kugelschiff rechts und links passieren, in einem Abstand von nur wenigen Kilometern. Wie vorgesehen.

»Das scheint tatsächlich der Fall zu sein.« Paronn schaltete auf maximale Vergrößerung und starrte in die dunklen Löcher eines dunklen Raumschiffs.

»Kritische Phase beginnt in neunzig Sekunden«, sagte die Cheftechnikern.

Paronn betätigte die Schaltelemente der Hauptkonsole.

»Aber wir haben gesehen, wie es die beiden Transporter zerstört hat, die nach Lahmu unterwegs waren«, sagte Deshan verwundert.

Die Anzeigen eines Displays veränderten sich. Paronn blickte darauf hinab und wusste sofort, was es bedeutete.

»Wir empfangen Signale von dem Kugelschiff«, stellte Dalianta fest.

»Ja.« In Paronn zitterte etwas. Wie zögernd glitten seine Finger über die Schaltflächen, und plötzlich tönte eine Stimme aus den Kom-Lautsprechern, eine Mischung aus Knurren und Grollen, bei dem es ihm kalt über den Rücken lief. Deshan Apian neigte den Kopf ein wenig zu Seite – er verstand natürlich nichts. Im Gegensatz zu Paronn.

»... haben wir den Weg gefunden und werden euch alle vernichten ...«

»Ich werde euch daran hindern«, sagte Paronn und achtete nicht auf Deshans Verblüffung. Der Chronist fragte sich bestimmt, woher er die Sprache des Feinds kannte.

Einige Sekunden lang herrschte Stille.

»Wer bist du?«

»Ich bin der Zwölfte Heroe Vehraáto. Und ich bin hier, um Lemurs Kinder in die Zukunft zu führen.«

»Die Geißel Lemur wird nun endgültig vernichtet!«, fauchte es aus den Lautsprechern. »Diese Zeit ist dafür wie geschaffen.«

Paronn unterbrach die Verbindung.

»Du sprichst die Sprache der Fremden?«, fragte Deshan Apian entgeistert.

»Ich habe dir gesagt, dass ich den Feind kenne«, erwiderte Paronn leise und dachte an das Grauen, das er ebenfalls kannte.

Seine Anspannung wuchs abrupt, als er beobachtete, wie im oberen Bereich der dunklen Kugel etwas zu glühen begann. Deutlich erinnerte er sich daran, dass es kurz vor der Vernichtung des einen Transporters zu einer ähnlichen Leuchterscheinung gekommen war.

»Kritische Phase in zehn Sekunden«, meldete Dalianta.

Es blitzte im All vor den beiden Exodus-Kolossen.

Paronn drückte die Taste, die eine Verbindung zur HENTECK AVRAM herstellte. »Achtung, ich befürchte, dass der Feind ...«

Ein mehrere Meter dicker Energiestrahl ging plötzlich von der Kugel aus und traf den vorderen Bereich des ersten Exodus-Schiffes. Die dort am Zentralgerüst befestigten Segmente platzten auseinander, und schlagartig ins All entweichende Luft riss glühende Trümmer mit sich.

Aus den Augenwinkeln bemerkte Paronn das Entsetzen in Deshans Gesicht, als die Vergrößerung zerfetzte

Leichen zwischen geborstenen Fragmenten der HENTECK AVRAM zeigte.

»HENTECK AVRAM, Kurs halten!«

»Kritische Phase beginnt.« Daliantas Stimme klang ungerührt, als wäre überhaupt nichts geschehen. Paronn beobachtete, wie die Fangfelder wieder wuchsen, sich dem Kugelschiff entgegen streckten ...

Diesmal waren es nicht nur Vibrationen – die AKAN HATA schüttelte sich, ihren ganzen dreieinhalb Kilometer langen Leib. Der Kontakt mit dem dunklen Schiff beeinträchtigte die energetische Stabilität der Fangfelder, und der starke destabilisierende Effekt dehnte sich auf die Projektoren und die übrigen Segmente der Exodus-Schiffe aus.

Die Gurte der Sicherheitsharnische hielten Paronn und den Chronisten in ihren Sesseln.

»Strukturelle Integrität ist gefährdet«, sagte die Cheftechnikerin. Sie klang noch immer ruhig.

»Dies ist unsere einzige Chance«, entgegnete Paronn. »Das Kugelschiff muss sich im Reaktionsbereich befinden.«

Die Erschütterungen wurden immer heftiger, und Paronn hörte, wie es in der Außenhülle der Kommandantenkanzel zu knacken begann. In den Projektionsfeldern war zu sehen, wie die HENTECK AVRAM weitere Segmente verlor. Das Chaos an Bord musste unvorstellbar sein, und die Besatzungsmitglieder ...

Deshan schien seine Gedanken zu erraten. »Dutzende sterben dort. Wenn nicht Hunderte.«

Paronn begriff, dass er nicht länger warten durfte, wenn er vermeiden wollte, dass auch die AKAN HATA auseinander zu brechen begann.

»Reaktion einleiten«, sagte er, und die Cheftechnikerin gab seine Anweisung sofort an die Fänger weiter.

Sie hatten nur darauf gewartet und begannen sofort damit, die Wechselwirkungswahrscheinlichkeit zu erhöhen.

Im oberen Bereich der dunklen Kugel begann es erneut zu glühen.

»Die Fremden schicken sich an, erneut das Feuer zu eröffnen!«, stieß Deshan erschrocken hervor.

Paronn begriff, dass es eine Frage von Sekunden war. Entweder gelang sein Plan ... Oder der nächste Thermostrahl des Feinds vernichtete eins der beiden Exodus-Schiffe. Die HENTECK AVRAM war der Kugel näher, was aber nicht bedeutete, dass die Fremden unbedingt auf sie feuern würden. Vielleicht wussten sie, woher die Kom-Signale gekommen waren. Möglicherweise hatten sie es auf den Zwölften Heroen abgesehen, der seltsamerweise ihre Sprache beherrschte.

Die Abhijn-Kraft der Fänger führte Neutrinos und Antineutrinos zusammen, und erste Annihilationseffekte machten sich bemerkbar, konzentriert im Bereich der Überlappungszone – und genau dort befand sich das Kugelschiff. Aus dem matten Glühen der Initialreaktion wurde schnell ein Strahlen, heller als die sich akkumulierende Waffenenergie.

Plötzlich ging alles sehr schnell.

Frakturlinien krochen durch den bereits beschädigten Rumpf des Kugelschiffes, grauweiß wie die Fangfelder, und Teile der Außenhülle lösten sich, wie Teile einer Fruchtschale, von unsichtbaren Händen fortgezogen. Energielanzen bohrten sich ins Innere des Schiffes, in dem ein Licht entstand so hell wie eine nahe Sonne ...

»Die Felder polarisieren!«, rief Paronn.

Das Kugelschiff explodierte.

Ein Teil von ihm verwandelte sich in Energie, wurde zu einem expandierenden Glutball. Ein anderer, kleinerer raste in Form von kosmischem Schrapnell in alle Richtungen. Die polarisierten Fangfelder reflektierten die Energie, aber nicht alle Schrapnellsplitter. In der Kommandantenkanzel und im Kommandozentrum unter ihr leuchteten zahllose rote Warnlichter, als Löcher in Segmenthüllen entstanden, Verbindungsstränge rissen und Leitungen platzten. Paronns Finger vollführten einen hektischen Tanz auf den Kontrollen, als er Daten abrief und eine Vorstellung davon zu gewinnen versuchte, was beschädigt war und wie es mit der Manövrierfähigkeit beider Exodus-Schiffe aussah.

Eine von Sorgen und zahlreichen Problemen geprägte Stunde später wusste er: Beide Schiffe konnten es aus eigener Kraft nach Suen zurück schaffen. Aber sie mussten gründlich überholt werden, wodurch sich der Beginn ihrer eigentlichen Mission, des Flugs zu den Sternen, um mindestens ein Jahr verzögern würde.

Fast zweihundert Menschen hatten den Sieg über das Kugelschiff mit ihrem Leben bezahlt.

Sie sind die ersten Opfer, dachte Levian Paronn bitter. *Und es werden nicht die letzten sein.*

Während des Rückflugs nach Suen stellte er sich erneut die Frage, die wichtiger war als alle anderen: Hatte *er* den Feind hierher gebracht?

Und hinter dieser Frage flüsterte eine zweite, noch unangenehmer als die erste: Drohte die Ankunft weiterer Kugelraumer, noch bevor die Exodus-Schiffe Lemurs Kinder zu fernen Welten trugen?

33

Roder Roderich

»Was wisst ihr über frühakonische Stationen dieser Art?«, fragte Catchpole. »Jeder noch so kleine Hinweis könnte uns helfen.«

Sharita Coho, in einen vakuumfähigen schwarzen Kampfanzug gekleidet, trat an Catchpoles Seite und sah die Akonen an. Sie hatten sich alle zusammen an diesem Ort wiedergefunden: die Besatzungen der vier Kriecher, die aufgebrochen waren, um im Astroidengürtel nach Wrackteilen und eventuellen Überlebenden der Sternenarche zu suchen, und die beiden Gruppen um Coho und Echkal. Nur Denetree fehlte. Sie war während einer Konfrontation mit Robotern geflohen, hatte Solina Tormas berichtet, und niemand wusste, wo sie sich befand und ob sie überhaupt noch lebte.

Roder Roderich, der zusammen mit Yülhan und Trülhan in der Nähe saß, spitzte die Ohren.

»Es gab damals keine einheitlichen Konstruktionsprinzipien, wenn du das meinst«, sagte die Historikerin Tormas. »Außerdem stammt diese Station aus einer Zeit, über die nicht viel bekannt ist.«

»Für die Steuerung der Sicherheitssysteme wurden Künstliche Intelligenzen verwendet«, fügte Echkal cer Lethir hinzu, und es erstaunte Roderich, dass der akonische Ma-Techten von sich aus Informationen preisgab. Vielleicht hatte er endlich begriffen, dass es in einer solchen Situation auf Zusammenarbeit ankam. »Ich habe den Eindruck, dass die hiesige KI nicht mehr richtig funktioniert.«

»Etwas hat uns hierher gebracht«, sagte Coho. »Die beiden Energievorhänge sollten uns töten, doch ein Transmitter versetzte uns hierher.«

»Vielleicht hat es sich die KI im letzten Augenblick anders überlegt«, warf Chet Dada ein.

»Oder sie ist schizophren«, spekulierte Roderich. »Der eine Teil weiß nicht, was der andere tut. He, wie gefällt dir das, Yülli? Eine übergeschnappte künstliche Intelligenz.«

Der Blues seufzte mit sanfter Frauenstimme. »Ich heiße nicht ...«

»Wie nennt man so etwas? Eine Schizophrenik?«

Im Licht von Catchpoles und Cohos Taschenlampen sah Roderich, wie Yülhan die beiden vorderen Augen schloss. Er verzichtete auf einen Kommentar.

In der Dunkelheit jenseits des von den beiden Lampen erhellten Bereichs veränderte sich etwas, und Roderich stand auf – offenbar kehrte eine der beiden noch ausstehenden Suchgruppen zurück. Mattes Licht tanzte über die stählernen Wände des fünften von insgesamt sechs Gängen, die von diesem zentralen Raum ausgingen. Wenige Sekunden später wurden drei Gestalten sichtbar, zwei Prospektoren von der PALENQUE und ein Akone, der mit einer Lampe leuchtete. Roderich beneidete die Besatzungsmitglieder der später aufgebrochenen beiden Kriecher um ihre bessere Ausrüstung. Mit einer Taschenlampe und einem Strahler hätte er sich etwas wohler gefühlt.

»Nichts«, sagte der Akone und trat mit seinen beiden terranischen Begleitern näher. »Der Korridor endet wie die vier anderen am Fels des Asteroiden.«

»Hoffen wir, dass die sechste Gruppe mehr Erfolg hat«, erwiderte Coho. Sie ließ das Licht ihrer Taschenlampe über die ebenfalls aus Felsgestein bestehenden Wände streichen. »Offenbar befinden wir uns in einem peripheren Bereich der Station. Sie sollte erweitert werden, aber irgendwann sind die Arbeiten eingestellt worden.«

Lethir leuchtete zur metallenen Tür, die offenbar die einzige Verbindung zum Innern der Station darstellte. Die Strahlen ihrer Energiewaffen hatten Brandspuren daran hinterlassen, aber es war ihnen nicht gelungen, eine Öffnung zu schaffen. Neben der Tür stand ein schwarzer, vierarmiger Riese, gekleidet in einen roten Kampfanzug, und untersuchte die Wand mit einem kleinen Scanner.

Roderich hörte ein Knurren in der Finsternis des sechsten Korridors und lächelte. »Grresko kehrt zurück.« Und lauter: »Hast du was Interessantes gerochen, Mieze?«

Das Knurren wurden lauter, und der löwenmähnige Gurrad erschien, begleitet von Teodoro Franty. Beide gingen nicht, sondern liefen.

»Wir sollten schnell eine Möglichkeit finden, diesen Ort zu verlassen!«, rief der große Franty. »Es brennt hinter uns!«

Sie erreichten den großen, runden Raum, und im Licht der Lampen war zu sehen, wie die übrigen Prospektoren aufstanden. Einige von ihnen näherten sich dem Zugang des sechsten Korridors.

»Ich habe *Zerstörung* gerochen«, sagte Grresko zu Roderich und wandte sich dann an Coho. »Der Gang führt zu einem weiteren Schacht mit energetischen Transferkanälen, und von dort hätten wir vielleicht andere Sektionen der Station erreichen können, aber der Weg ist versperrt. Von einem Atombrand.«

Weit hinten im sechsten Korridor zeigte sich ein düsteres rotes Glühen in der Dunkelheit.

»Zu einem Atombrand kommt es nicht einfach so«, sagte Lethir. »Komplexe atomare Manipulationen sind nötig, um ihn auszulösen.«

»Selbstzerstörung«, sagte Coho ernst. »Die KI hat beschlossen, die ganze Station zu zerstören, und damit auch uns. Vielleicht sah sie nach dem Eingreifen des unbekannten Faktors, der uns hierher versetzte, keine andere Wahl.«

»Selbstmord einer Schizophrenik«, kommentierte Roderich, aber es klang nicht sehr amüsiert.

Das rote Glühen in der Ferne wurde heller.

»Wir müssen irgendwie die Tür öffnen«, sagte Catchpole.

»Mit unseren Strahlern schaffen wir das nicht, soviel ist klar«, brummte Franty.

»Vielleicht kann ich helfen.« Icho Tolot wandte sich von der Tür ab und stapfte durch den Raum zur gegenüberliegenden Wand. Er ließ sowohl den Scanner als auch seine übrigen Ausrüstungsgegenstände und Waffen in den hinteren Taschen seines roten Kampfanzugs verschwinden.

»Was hast du vor?«, fragte Sharita.

Der Haluter neigte den Oberkörper nach vorn, ging in Laufstellung und stützte alle vier Arme auf den Boden. »Ihr solltet besser ein wenig zurückweichen.«

»Ich glaube, da will jemand mit dem Kopf durch die Wand«, sagte Roderich. »Beziehungsweise durch die Tür.«

Icho Tolot verhärtete die Zellstruktur seines Körpers, lief los und wurde auf den vierzig Metern, die ihn von der Tür trennten, 120 Stundenkilometer schnell.

Der Aufprall war ein *Ereignis*, und Roderich bereute später, nicht alles mitbekommen zu haben – er war viel zu sehr damit beschäftigt gewesen, die Augen zuzukneifen und sich die Ohren zuzuhalten. Trotzdem hörte er ein donnerndes Krachen, so laut, als stürzte ein Kriecher aus zehn Meter Höhe auf den Boden eines Hangars, und eine heftige Erschütterung raubte ihm fast das Gleichgewicht.

»Habt ihr das gesehen, Yülli, Trülli? Und da sag noch einer, Haluter seien nicht dickköpfig!«

Icho Tolot hatte zuvor mit seinem Scanner die strukturell schwächste Stelle der dicken Tür ermittelt und war genau dort gegen sie geprallt. Die Masse des Haluters und seine enorme kinetische Energie drückten die Tür halb nach außen, und eine Öffnung entstand, breit genug für Icho Tolot, um hindurchzuwanken und zu *fallen*.

Coho und die anderen liefen los, aber wenige Sekunden später kam Icho Tolot wieder zum Vorschein. Mit einer Hand hatte er sich am Rand des Schachtes direkt hinter der Tür festgehalten, und mit vier Armen zog er sich hoch. »Vermutlich ein Antigravschacht«, grollte er. »Aber ohne Kraftfeld.«

»Wer kann fliegen?«, fragte Roderich und sah sich um.

»Manchmal gehst du einem echt auf die Nerven, Jungchen«, brummte der sonst so gutmütige Catchpole. »Vielleicht lernst *du* fliegen, wenn der Atombrand an deinen Füßen kitzelt.«

Icho Tolot stand auf dem schmalen Absatz hinter der halb aufgebrochenen Tür und sah mit seinen drei infrarotempfindlichen Augen nach rechts und links. »Es gibt keine Notleiter oder dergleichen.«

Roderich sah zum sechsten Korridor zurück, dessen Dunkelheit immer mehr dem roten Glühen wich. Ihnen blieben noch einige Minuten, mehr nicht.

»Ich versuche, euch einen Transporter zu schicken«, flüsterte es aus der Finsternis des Schachtes.

Roderich sah vorwurfsvoll zu Yülhan auf. »Hast du schon wieder die Stimmenmodulation deines Translators verändert, Yülli? Oder bist du zum Bauchredner geworden?«

»Ich heiße nicht ...«

Sharita Coho brachte den Blues mit einem Wink zum Schweigen und trat neben Tolot. Lethir versuchte, ihr zu folgen, aber auf dem Absatz war nicht genug Platz.

»Wer bist du?«, fragte Coho die Dunkelheit.

»Ich bin Alahandra, ein Teil von ihr, die kleine Alahandra, und Jorgaldarhelmemerek ist bei mir«, kam es aus der Schwärze des Schachtes. »Ich versuche, euch zu helfen.

Die große Alahandra hält euch für Feinde und will euch alle töten, aber Leben ist kostbar und muss geschützt werden. Ich ... Jorgaldarhelmemereks Lieder ermöglichen mir einen ... Kontakt. Ein Transporter ist unterwegs, um euch fortzubringen vom Feuer, das die große Alahandra entfacht hat. Sie hat das Kastell in Brand gesteckt.«

Es summte weit oben im Schacht, und ein eiförmiges, mit mehreren Fenstern ausgestattetes Gebilde schwebte herab. Licht kam aus seinem Innern, und es verharrte direkt neben der demolierten Tür. Eine Luke schwang auf.

»Und wenn das eine Falle ist?«, fragte Lethir.

Roderich sah erneut zum sechsten Korridor. Der Atombrand hatte den Zugang des Ganges erreicht, und sein rotes Glühen breitete sich schnell im Metall aus. Die Temperatur stieg an. »Wenn es eine Falle ist, tappe ich gern hinein«, sagte er, schob sich an dem akonischen Ma-Techten vorbei und betrat den Transporter. Yülhan und Trülhan folgten ihm, dann auch Grresko und die anderen, bis schließlich nur noch Icho Tolot und Sharita auf dem schmalen Absatz standen.

»Für einen von uns ist die Luke des Transporters zu klein, Alahandra«, sagte die Kommandantin und warf einen kurzen Blick auf den riesigen Haluter.

»Es gab kein anderes ... Vehikel in der Nähe«, antwortete die leise Stimme. »Kann die Lebensform auf den Transporter klettern?«

»Das ist möglich«, sagte Icho Tolot. »Aber du solltest sein Antigravfeld mit zusätzlicher Energie verstärken. Ich bin sehr schwer.«

»Antigrav...?« Die körperlose Stimme bekam einen anderen Tonfall. »Reserveenergie wird verwendet. Die automatischen Stabilisatoren funktionieren, soweit ich das feststellen kann. Wenn ich mehr Zeit hätte, könnte ich vielleicht die künstliche Schwerkraft in der Station deaktivieren. Aber dabei scheint es sich um ein autonomes System mit eigener Energieversorgung zu handeln.«

»Ich bin ...« Wieder veränderte sich die Stimme. »Ich bin Alahandra, die kleine Alahandra. Ich kenne das, was die große Alahandra Systeme und Subsysteme nennt, am besten, denn ich habe gesehen und gehört. Ich bin richtiges Leben, ebenso wie Jorgaldarhelmemerek. Die große Alahandra ist ... Maschinenleben? Vielleicht leidet sie deshalb. Vielleicht ist sie deshalb krank geworden.«

Roderich streckte Coho die Hand entgegen. »Komm an Bord, Oma.«

Sie warf ihm einen scharfen Blick zu. »Wird jemand schlau aus den Worten der verschiedenen Stimmen?«

Die Luke schwang zu, und durch eins der Fenster war zu sehen, wie Icho Tolot auf den Transporter kletterte, der ein wenig schwankte, unter den fast zwei Tonnen des Haluters aber nicht in die Tiefe sank.

Die anderen hatten auf den Sitzen im Transporter Platz genommen. Nur Roderich, Grresko und Catchpole standen noch.

»Mindestens zwei Lebensformen scheinen irgendwie mit der KI der Station verbunden zu sein«, sagte Catchpole. Er stützte sich an der Seitenwand ab, als der Transporter durch den Schacht aufstieg. »Ich schätze, sie sind für unseren Transfer verantwortlich, als die beiden Energievorhänge auf uns zu kamen.«

»Das habe ich allein getan«, flüsterte es aus dem Lautsprecher des Kommunikationssystems. »Aber jetzt ist Jorgaldarhelmemerek bei mir. Und er ist mehr als nur einer.«

»Mehr als zwei Lebensformen?«, fragte Catchpole.

»Ihr müsst die ... Station verlassen«, raunte die Stimme. »Das Feuer in ihr wird alles verbrennen. Ich versuche, euch zu den beiden anderen zu bringen.«

Durch die Fenster fiel Licht aus dem Innern des Transporters in den Schacht, und Roderich beobachtete, wie die Wände schneller vorbeistrichen. Besorgt dachte er an Icho Tolot, der oben auf dem Gefährt hockte, doch dann begriff er, dass man sich um jemanden wie ihn keine Sorgen machen musste.

»Zu den beiden anderen?«, wiederholte Sharita Coho erstaunt.

»Außer euch gibt es *hier* noch zwei andere Lebensformen«, antwortete die Stimme aus dem Kom-Lautsprecher. »Eine von ihnen stirbt. Sie geriet in den Einflussbereich der Waffe. Das konnte ich leider nicht verhindern.«

»Meinst du vielleicht ... Denetree?«, fragte Solina Tormas. »Eine Lebensform wie ... ich?«

Die Stimme veränderte sich. »Das ist die andere. Das sterbende Individuum hat die gleiche physische Struktur wie die Lebensform auf dem Transporter, wenn die von den Sensoren übermittelten Daten korrekt sind.« Wieder ein Wechsel. »Können wir jetzt zurück? Es gibt noch immer falsche Melodien im Chaoslied und krumme Linien, die gerade gebogen werden müssen, aber die Symphonie ist fast fertig.« Und noch eine andere Stimme ertönte, sanfter als die anderen. »Nein, Jorgal, wir sind hier noch nicht fertig. Hilf uns. Hilf Darhel, mir und der kleinen Alahandra, Leben zu retten.«

»Meinen die Stimmen einen ... zweiten Haluter?«, fragte Roderich.

Der Transporter hielt neben einem breiten, hell erleuchteten Korridor, und die Luke klappte auf. Die Prospektoren und Akonen stiegen aus. Icho Tolot kletterte von dem Vehikel herunter, und Sharita erstattete ihm Bericht.

»Ein anderer Haluter?«, fragte Tolot. »Hier? Und er stirbt?«

Hinter ihnen erlosch das Licht im Transporter, und sein Antigravfeld löste sich auf. Von einem Augenblick zum anderen stürzte er in die Tiefe. Sechs oder sieben Sekunden dauerte es, bis er mit einem weit entfernten dumpfen Krachen am Ende des Schachtes zerschellte.

»Kannst du uns hier hören?«, fragte Coho.

»Wir brauchen den Transporter nicht mehr, und deshalb habe ich seine Systeme ... losgelassen«, flüsterte es durch den Korridor. »Ich schicke euch ein anderes Vehikel. Ich sehe und höre auch hier. Ich lerne.«

»Sind die beiden anderen Lebensformen in der Nähe?«, fragte Solina.

»Sie sind nicht weit entfernt, und ich versuche, auch ihnen zu helfen. Ich kann euch nicht direkt zu ihnen bringen, denn der Brand breitet sich unterschiedlich schnell durch verschiedene Bereich der Station aus.«

»Da kommt etwas«, sagte einer der Akonen und deutete nach vorn.

Eine Plattform schwebte durch den Korridor und verharrte vor den Männern und Frauen.

»Ihr müsst die Station *schnell* verlassen«, flüsterte die Stimme aus verborgenen Lautsprechern, als Roderich sah, wie Yülhan und Trülhan erstaunlich agil auf die Plattform sprangen. Er hob die Hand, ließ sich von Yülli hoch helfen. »Sonst fallt ihr dem Brand zum Opfer.«

Als alle an Bord waren, setzte sich Icho Tolot auf den Rand der Plattform, die einst vermutlich dazu gedient hatte, Fracht oder schwere Geräte zu transportieren. Sie kippte ein wenig, kehrte dann in die Waagerechte zurück und schwebte durch den Gang.

»Bring uns zuerst zu den beiden anderen Lebensformen«, sagte Coho. »Und dann ... zu einem der transferierten Raumschiffe. Welches ist am nächsten?«

»Raumschiffe?«

»Vehikel, um durch den Weltraum jenseits dieser Station zu fliegen«, warf Solina Tormas ein.

»Fliegen ...« Es klang sehnsüchtig. »Auch ich bin einmal geflogen, vor langer Zeit. Bevor die große Alahandra mich aufnahm.« Wieder erfolgte einer der sonderbaren Stimmwechsel. »Das kugelförmige Raumschiff ist leichter zu erreichen als die anderen. Damit könnt ihr entkommen.«

»Was ist mit dir?«, fragte Coho. »Was ist mit euch? Habt

ihr eine Möglichkeit, euch vor dem Brand in Sicherheit zu bringen?«

Stille herrschte, abgesehen vom Summen der durch die Korridore der Station fliegenden Plattform.

»Das hättest du besser nicht fragen sollen«, sagte Roderich. »Wenn der Atombrand die zentralen Computerbänke erreicht, ist es vorbei mit der Schizophrenik. Wie soll eine künstliche Intelligenz die Schaltkreise verlassen, für die sie programmiert wurde? Und wenn die anderen Bewusstseinssphären mit ihr verbunden sind ...«

»Wir finden eine Möglichkeit«, flüsterte es schließlich. »Wir ...« Die Stimmen folgten schnell aufeinander. »In der Maschinenwelt gibt es keinen Tod und keine Ungewissheiten. Die Lieder und Gesänge sind ewig ... Nicht unbedingt, Jorgal. Was du hörst, und was jetzt auch wir hören, in gewisser Weise ... Die große Alahandra ist krank, und wir können sie heilen ...«

Wieder herrschte für einige Sekunden Stille, und dann: »Ich muss euch warnen. Ich sehe und höre, und deshalb weiß ich, dass sich einige Maschinen meiner Kontrolle entziehen. Die mobilen unter ihnen könnten gegen euch aktiv werden.«

Die Plattform schwebte jetzt durch einen Gang, in dem nicht mehr alle Leuchtstreifen in der Decke glühten. Fenster in den Korridorwänden gewährten einen Blick in große Räume, die den Eindruck von Laboratorien erweckten. Eine Tür öffnete sich, und dahinter ...

»Denetree!« Solina Tormas sprang von der Plattform herunter und war mit einigen schnellen Schritten bei der jungen Lemurerin. Sie saß bei einer großen, auf dem Boden liegenden Gestalt, die gelegentlich zuckte und von der ein leises Grollen kam.

Roder Roderich und die anderen näherten sich ebenfalls.

Denetree sah kummervoll von dem sterbenden Haluter auf. »Es geht mit ihm zu Ende«, sagte sie leise.

»Was ist passiert?«

»Er wurde von einem gelben Energieblitz getroffen, und seitdem geht es ihm immer schlechter.«

Solina ging neben Denetree in die Hocke und legte ihr tröstend den Arm um die Schultern.

Icho Tolot schob sich vorsichtig an den Terranern und Akonen vorbei, und als der Sterbende ihn sah, kam noch einmal neues Leben in ihn.

»Tolotos!«, brachte er hervor, und seine Stimme war dabei kaum lauter als die eines Menschen.

Der zweite schwarze Riese sank auf die Arme. »Torg Kaltem? Aber wie ...«

Ein Arm des Sterbenden bewegte sich, tastete nach Icho Tolot und berührte ihn an der Schulter. »Eine Waffe ... Hier wurde eine Waffe entwickelt, speziell gegen uns ... Tolotos, ich ... ich habe dich gesucht, weil ...«

Torg Kaltem erbebte am ganzen Leib, und Roderich beobachtete, wie sich sein Körper aufzulösen begann – der Vorgang wirkte wie eine enorm beschleunigte Verwesung. Das Zittern wurde heftiger, als sich die ledrige Haut des Haluters auflöste und zu Staub zerfiel, gefolgt von dem Fleisch darunter.

Mit einer letzten Anstrengung hob Torg Kaltem den Kopf und ächzte etwas, von dem Roder Roderich nur einen Teil verstand. Es schien sich um die Koordinaten eines Sonnensystems zu handeln.

Dann hauchte der Haluter mit einem letzten leisen Grollen sein Leben aus. Er löste sich auf; zurück blieben nur Knochen und Kleidung.

»Mobile Maschinen nähern sich«, flüsterte die Helferstimme, und in der Stille klang sie lauter als vorher. »Ich kann sie nicht kontrollieren.«

»Augen offen halten, Yülli, Trülli«, sagte Roderich und sah sich um.

»*Wir* brauchen nicht den Kopf zu drehen, um alles zu sehen«, erwiderte Trülhan.

Denetree saß noch immer neben dem Skelett und starrte fassungslos auf die Knochen. »Er war in einem Kraftfeld gefangen, und dann ... Ich hätte ihm so gern geholfen, so wie du mir geholfen hast, Icho Tolot, aber ...« Hilflos hob und senkte sie die Schultern.

Eine Lemurerin, die es bedauerte, nicht dazu imstande gewesen zu sein, einem Haluter zu helfen ... Diese Vorstellung forderte einen Kommentar geradezu heraus, aber Roderich erkannte den besonderen Ernst der Situation und schwieg.

»Ich habe dir geholfen?«, fragte Tolot. Er sah auf Denetree hinab.

»Auf Mentack Nutai«, sagte die junge Frau. »In der Station unter dem Eis. Hast du das *vergessen*?«, fügte sie verwundert hinzu.

Ein Energiestrahl kochte über sie hinweg, bohrte sich in einen Geräteschrank weiter hinten und ließ ihn explodieren.

34

Deshan Apian

Lemuria 4562 dT (51 838 v. Chr.)

Die Wellen des türkisfarbenen Sees schaukelten das Boot nur sanft, als wüssten sie, dass es Rücksicht zu nehmen galt. Deshan Apian neigte den Oberkörper ein wenig zur Seite, um den Rücken zu entlasten – weder die lemurische Medizin noch der Zellaktivator konnten etwas gegen den Schmerz ausrichten, der dort immer wieder stach.

Dies war die Stelle, an der er vor sieben Jahren Miras Asche ausgestreut hatte, mitten im See des Tals der Stille. Eine andere Art von Schmerz gesellte sich dem im Rücken hinzu, nicht mehr so stark wie damals, aber immer präsent, der Schmerz einer Leere, die nie mit etwas gefüllt werden konnte.

Deshan blickte zu den Gebäuden des Zentrums mnemonischer Beschaulichkeit. Nicht allzu weit davon entfernt erhob sich der graue Granit der Bastion Tuamar, wo er oft mit Mira gewandert war, vor vielen Jahren. Frieden herrschte in diesem Tal, und ein gewisser Frieden wohnte auch in Deshan. In den vergangenen Jahren hatte er zu einem neuen inneren Gleichgewicht gefunden, so empfindlich es manchmal auch sein mochte. Vielleicht war es ein weiteres Geschenk des Zellaktivators, abgesehen von relativer Unsterblichkeit und Schutz vor Krankheit.

»Ich bin schon einige Monate nicht mehr hier gewesen,

Mira, und das tut mir Leid«, sprach er zum See. »Viel ist geschehen, und viel geschieht. Auch unsere Kinder werden älter. Immer wieder kommen Enkel und Urenkel zur Welt. Wie groß unser Haus geworden ist! Du wärest sehr stolz darauf.« Eine Zeit lang erzählte er von Tamaha, Milissa, Erron und all den anderen, in denen ein Teil von Mira weiterlebte, von den vielen Enkeln und Urenkeln, von den Jüngsten, und was sie anstellten. Er schilderte die beruflichen Erfolge ihrer Töchter und Söhne, ihr *Leben*, in dem die Mutter, Oma und Uroma fehlte. Seine Worte schienen dabei immer schwerer zu werden, und schließlich verstummte er, als er das Gefühl bekam, an ihnen zu ersticken. Fast eine Minute lang schwieg er und versuchte, seine Gedanken in eine andere Richtung zu lenken.

»Wie oft habe ich gerade in letzter Zeit an unser Gespräch über die Veränderungen in der lemurischen Gesellschaft gedacht«, begann er erneut. »Weißt du noch? Damals waren wir auf dem Weg zur Gedenkstätte Hedros, um dem Verkünder zuzuhören.«

Wie lange lag das zurück? Deshan hob den Kopf vom türkisfarbenen Wasser und ließ den Blick über die Berge streichen, die das Tal säumten. *Dreiundfünfzig Jahre,* dachte er. *Mehr als ein halbes Jahrhundert ist vergangen.* In diesem Jahr hielt sich der Schnee länger auf den Gipfeln als sonst, und ihm fielen die letzten Berichte der geografischen Chronisten ein. Sie wiesen darauf hin, dass Lemurs Zwischeneiszeit allmählich zu Ende ging. Angeblich stand eine neue Eiszeit bevor; die Gletscher hatten schon wieder zu wachsen begonnen. Deshan versuchte sich vorzustellen, wie selbst hier alles unter Schnee begraben wurde.

»Es kam zu dem Bruch, den du vorhergesehen hast, Mira. Und jetzt kündigt sich ein zweiter an, ein politischer. Seit der Sache mit dem Kugelschiff – erinnerst du dich? – nehmen die Auseinandersetzungen im Koordinierenden Konzil immer mehr zu. Es droht ein Auseinanderbrechen des Großen Solidars. Die Erste versucht, ein Verbot der Sternensucher durchzusetzen. Der Vierte und Fünfte sind nicht nur dagegen, sondern sprechen sich nach dem Zwischenfall vor zwei Jahren sogar für eine stärkere Förderung des Exodus-Projekts aus.«

Deshan schüttelte den Kopf, blickte ins Wasser und sah dort sein Spiegelbild: ein alter Mann, dürr und wie ausgemergelt, aber unsterblich. Unter diesem Bild glaubte etwas in ihm, große braune Augen und ein sanftes Lächeln zu erkennen.

»Die Erste behauptet noch immer, dass es ihr schließlich gelungen wäre, einen friedlichen Kontakt mit den Fremden herzustellen. Ihre Versuche, gegen Paronn vorzugehen, weil er ihr Startverbot missachtete, sind gescheitert – als Zwölfter Heroe genießt er zu hohes Ansehen und außerdem die Unterstützung von mindestens zwei Solidartamanen. Ach, wenn du es doch nur erleben könntest, Mira. Die Erste bemüht sich um mehr Einfluss und Macht, und wenn sie mit ihren Bemühungen Erfolg hat, endet das Große Solidar. Was dann kommt ... Vielleicht hättest du als Psychosoziologin eine Antwort darauf geben können. Vieles ist ungewiss. Möglicherweise erhalten die Sternensucher deshalb seit einiger Zeit noch mehr Zulauf.«

Wieder schwieg Deshan eine Zeit lang und versuchte, seine Gedanken und Erinnerungen zu ordnen. »Der Feind existiert, daran besteht kein Zweifel mehr, Mira. Was auch immer die Erste behauptet: Ich *weiß* jetzt, dass Paronn Recht hat. Ich habe mit eigenen Augen gesehen, was geschehen ist; daran kann noch so viel Rhetorik nichts ändern. *Und* ich habe gehört, wie Levian Paronn in der Sprache der Fremden sprach.«

Wind kam auf, und die Wellen wurden ein wenig höher, schaukelten das Boot nicht mehr ganz so sanft. Graue Wolken schoben sich über die Berge im Norden und kündigten ein Unwetter an, ungewöhnlich für die Jahreszeit.

»Er kennt den Feind bestimmt nicht nur aus Visionen«, fuhr Deshan fort. »Wie dem auch sei: In einer Woche bricht das erste Exodus-Schiff zu den Sternen auf, mit zwanzigtausend Menschen an Bord. Stell dir das vor, Mira. Zum ersten Mal werden Lemurer das Sonnensystem verlassen! Soweit ich weiß, wird die AKAN HATA in Richtung des galaktischen Zentrums fliegen – dort sind die Sterne dichter beieinander, und somit ist die Wahrscheinlichkeit größer, bewohnbare Welten zu finden.«

Die Wellen bekamen erste Schaumkronen, und Deshan fröstelte, als kühler Wind über den See strich. »Ich muss jetzt fort, Mira. Später erzähle ich dir vom Aufbruch der AKAN HATA.« Er seufzte und fügte leiser hinzu: »Wie sehr du mir fehlst ...«

Er ließ die Ruder liegen, schaltete den Motor des kleinen Boots ein und kehrte zum Zentrum mnemonischer Beschaulichkeit zurück.

Deshan Apian liebte den Aufenthalt in der Mondstation der Sternensucher, denn die geringe Schwerkraft machte die Last des Alters leichter. Als er diesmal im Kuppelraum des Zwölften Heroen saß, brannten echte Kerzen um ihn herum – Levian Paronn hatte sie gerade angezündet.

»Gleich wird jemand eine riesengroße Überraschung erleben«, sagte er.

»Was hast du vor?«

Paronn ging an den Kerzen vorbei, und die bewegte Luft ließ ihre Flammen flackern. In der Mitte des nicht besonders großen Raums blieb er stehen und sah zur gewölbten, transparenten Decke empor. Sterne leuchteten am schwarzen Himmel, ruhig und gleichmäßig, ihr Licht nicht von einer Atmosphäre gestört. Nach einigen Sekunden senkte er den Blick, wandte sich der nahen Konsole zu und betätigte ein Schaltelement.

Die Tür öffnete sich, und eine Frau kam herein. Deshan Apian erkannte sie sofort, obwohl inzwischen zwei Jahre vergangen waren: die sanfte Amelga Dalianta. Das kastanienbraune Haar trug sie jetzt etwas kürzer als damals, aber sie strahlte noch immer die gleiche Ruhe aus. Als sie die Kerzen bemerkte, bildeten sich dünne Verwunderungsfalten in ihrer Stirn.

»Hast du mich aus einem besonderen Grund hierher bestellt, Zwölfter?«

Seit dem Zwischenfall mit der Kugel waren viele Sternensucher dazu übergangen, Levian so anzusprechen. *Zwölfter.* Nicht das zwölfte Mitglied des Koordinierenden Konzils – es gab nur sieben –, sondern Zwölfter Heroe. Vehraáto.

»Ja. Bitte komm hierher.«

Sie näherte sich Paronn, der ein weiteres Schaltelement berührte. Unter der durchsichtigen Kuppeldecke entstand die holografische Darstellung einer Hand, die sich nach draußen zu strecken schien, ins All, den Sternen entgegen.

»Das Symbol der Sternensucher«, sagte Levian Paronn feierlich. Er trug einen schwarzen Einteiler, sah in dieser Aufmachung fast so aus wie damals der Verkünder. »Die Hand, die nach den Sternen greift. Bald wird sie sie berühren, zum ersten Mal. In einer Woche startet die AKAN HATA mit zwanzigtausend Menschen an Bord, die jemanden brauchen, zu dem sie aufsehen können.« Er trat vor und heftete eine Art Brosche an Daliantas Jackenkragen. Sie zeigte nicht nur das Symbol der Sternensucher, sondern auch eine Darstellung des Exodus-Schiffes. »Hiermit ernenne ich dich zur Kommandantin der AKAN HATA.«

»Was?«, brachte Amelga Dalianta fassungslos hervor. »Mich?«

Deshan Apian war so überrascht, dass er sich nicht wie sonst mit der passiven Rolle des Beobachters zufrieden gab – er applaudierte und stand auf, ohne seinen Gehstock zu benutzen. »Meiner Ansicht nach gibt es keine bessere Wahl.«

Paronn nickte. »In den vergangenen Jahren hast du die notwendige Kompetenz bewiesen«, sagte er zu der immer noch verblüfften Frau. »Und während der Konfrontation mit dem Kugelschiff hast du Ruhe bewahrt. Du bringst alle notwendigen Voraussetzungen mit, um die große Verantwortung zu tragen, die auf dem Schiffskommandanten lastet.«

»Ich ...« Dalianta räusperte sich. »Danke, Zwölfter. Das ist eine große Ehre für mich.«

»Wie die anderen Exodus-Schiffe, die ihr in den kommenden Jahren folgen, wird die AKAN HATA auf fast Lichtgeschwindigkeit beschleunigen. Je höher die Geschwindigkeit, desto schwerer ist sie zu orten – inzwischen haben wir die Fluktuationen im Energiefluss zu einem fast perfekten Ortungsschutz genutzt. Dem Feind wird es sehr, sehr schwer fallen, euch auf dem Weg zu den Sternen zu orten, und das ist auch gut so. Während eurer Reise vergeht die Zeit an Bord langsamer: Für jedes Jahr in der fliegenden AKAN HATA vergehen hundert auf Lemur. Das Schiff wird sein Ziel erst in Jahrhunderten erreichen, in Jahrzehntausenden nach lemurischer Zeitrechnung, und während dieser Zeit ist es deine Aufgabe, die Sicherheit der Menschen an Bord zu gewährleisten.«

Daliantas Gesicht zeigte neue Verwirrung, aber Deshan begann zu ahnen, was Paronn beabsichtigte, und Ehrfurcht erfasste ihn. Er fühlte sich wie jemand, der am Rand einer gewaltigen Schlucht stand und in die Tiefe blickte, aber in diesem Fall war es eine Schlucht der Zeit, und ihre Tiefe wurde in Jahrtausenden gemessen.

»Du wirst beobachten, wie eine Generation der anderen folgt«, fuhr Paronn fort, »wie Menschen an Bord der AKAN HATA geboren werden und wieder sterben, ohne jemals einen Planeten gesehen zu haben. Und schließlich, wenn ihr das Ziel erreicht, sollst du die letzte Generation auf eine neue Welt begleiten und ihr beim Aufbau einer planetaren Gesellschaft helfen.«

»Aber ...« Dalianta suchte nach den richtigen Worten. »Ich bin noch keine vierzig Jahre alt, und wenn der Flug Jahrhunderte dauert, wie du sagst ...«

Levian Paronn holte ein zweites Objekt hervor, eine Kette, an der ein eiförmiger Gegenstand hing. Er legte sie Amelga Dalianta um den Hals.

»Als Zwölfter Heroe Vehraáto schenke ich dir Unsterblichkeit, Kommandantin Amelga Dalianta.«

Das »Observatorium«, wie es Bewohner und Besucher der Mondstation nannten, befand sich auf der Kuppe eines niedrigen Hügels. Die Decke war transparent, ebenso ein großer Teil der Wände, und dadurch bot sich den Beobachtern ein spektakulärer Blick ins All und über Suens Landschaft. Mehr als 100 Personen hatten sich an diesem Tag im Observatorium eingefunden, unter ihnen natürlich auch Levian Paronn und Deshan Apian. Ihre Aufmerksamkeit galt nicht etwa dem blauweißen Planeten Lemur, der dicht über dem Mondhorizont hing, sondern einem röhrenförmigen Objekt, das am dunklen Himmel Apsus Licht reflektierte: die AKAN HATA.

Ein Raunen ging durch die Menge der Zuschauer, wie ein kollektiver Seufzer, als sich an den Flanken des dreieinhalb Kilometer langen Schiffes grauweiße Fangfelder bildeten. Wenige Sekunden später setzte sich die AKAN HATA in Bewegung und glitt langsam über das tintenschwarze Mondfirmament.

»Wir grüßen Lemur und alle Lemurer«, tönte die Stimme der Kommandantin Amelga Dalianta aus dem Lautsprecher. »Wir sind die Ersten, und Weitere werden uns folgen. Wir bringen die Menschen zu den Sternen!«

Jemand begann zu klatschen, und innerhalb weniger Sekunden wurde daraus ein donnernder Applaus. Die AKAN HATA beschleunigte, verließ die Mondumlaufbahn und entfernte sich vom System Lemur-Suen. Es würde nicht lange dauern, bis sie auch das Apsu-System hinter sich zurückließ.

»Er hat begonnen«, sagte Levian Paronn laut und stolz. »Der Exodus hat begonnen.«

35

Deshan Apian

Lemuria 4564 dT (51 836 v. Chr.)

»Warum hat er uns eingeladen?«, fragte Deshan Apian neugierig und stützte sich schwer auf den Gehstock. Der Schmerz im Rücken machte sich erneut bemerkbar. »Herbon Amodt hat vor einem Jahr auch die restliche Kooperation mit den Sternensuchern eingestellt. Er ist ein erklärter Gegner von uns.«

Von uns. Deshan zählte sich längst dazu. Er stand der Entwicklung nicht mehr als Unbeteiligter gegenüber, als neutraler Beobachter, sondern bekannte sich zu den Sternensuchern. Das hatte ihm die Kritik einiger anderer Chronisten eingebracht, aber seiner Meinung nach waren die alten Prinzipien durch die Entwicklungen während der letzten Jahre relativiert worden. Der Konflikt in der lemurischen Gesellschaft spitzte sich immer mehr zu und zwang praktisch alle, Stellung zu beziehen, so oder so.

Paronn sah aus dem Fenster des Lifts, der an der Seite des Verwaltungsturms noch oben glitt. Sein Blick reichte über das Gelände des Raumfahrtzentrums hinweg, das längst zu einem Teil von Marroar geworden war.

»Amodt ist eine Marionette der Ersten«, erwiderte Paronn ruhig. »Durch ihn kontrolliert sie das Raumfahrtsolidar. Es ist ihr nicht gelungen, ein Verbot der Sternensucher und des Projekt Exodus durchzusetzen. Vielleicht hat sie ein Einsehen und beabsichtigt, uns neue Zusammenarbeit anzubieten.«

»Glaubst du das wirklich?«, fragte Deshan skeptisch.

»Nein.« Paronn wandte sich vom Fenster ab und sah den alten Chronisten an. »Vielleicht handelt Amodt auf eigene Faust. Für wahrscheinlicher aber halte ich, dass die Erste irgendetwas ausheckt. Was auch immer geschieht: Bleib in meiner Nähe.«

»Erwartest du etwas?«

Der wie ein Vierzigjähriger aussehende und weit über hundert Jahre alte Paronn zuckte mit den Schultern. »Solange man miteinander spricht, besteht Hoffnung.«

Im obersten Stock des Turms hielt der Lift an, und die Tür öffnete sich. Ein junger Bediensteter wartete dort auf den Zwölften Heroen und seinen Chronisten, gekleidet in eine kupferrote Uniform.

»Bitte folgt mir.«

Der junge Mann führte sie durch einen langen Korridor, vorbei an Büros, in denen die Administratoren und ihre Gehilfen gerade die Arbeit für diesen Tag beendeten. Deshan erinnerte sich an die Zeit bei Impetus: Damals hatten Levian Paronn und seine Ingenieure oft rund um die Uhr gearbeitet.

Vor einer breiten Tür blieb der Bedienstete stehen, öffnete sie und deutete eine Verbeugung an. »Dirigent Amodt erwartet euch.«

Die beiden Besucher traten ein, und Deshan gewann sofort den Eindruck von zu viel Luxus. Die Wände des großen Büros waren mit dunklem Edelholz getäfelt, und der Boden bestand aus honiggelbem Marmor. Vitrinen zeigten maßstabgetreue Modelle der Raumschiffe, die das Raumfahrtsolidar zu den inneren und äußeren Planeten geschickt hatte, und hinzu kamen Bilder verdienstvoller Raumfahrer, Techniker und Verwalter. Das Licht kleiner Richtlampen fiel auf Gemälde und Skulpturen. Der Zweck eines etwa einen Meter breiten und gut zwei Meter hohen

Spiegels an einer Wand blieb Deshan rätselhaft. Fand Herbon Amodt Gefallen daran, sein Spiegelbild zu betrachten? War er in sich selbst verliebt?

Der kleine, untersetzte Dirigent kam hinter dem ebenfalls aus Edelholz bestehenden Schreibtisch hervor, lächelte übertrieben freundlich und streckte die Hand aus. »Wohlergehen euch, Levian Paronn und Deshan Apian. Es ehrt mich, dass ihr gekommen seid. Bitte nehmt Platz.« Er deutete auf zwei Sessel und kehrte hinter den Schreibtisch zurück.

Paronn und Deshan setzten sich.

»Nach deinen letzten Erklärungen in Marroars Medien erstaunt mich deine Einladung ein wenig«, sagte Paronn, der offenbar sofort zur Sache kommen wollte. »Du hast praktisch keine Gelegenheit ausgelassen, das Projekt Exodus der Sternensucher als unerhörte Ressourcenvergeudung zu kritisieren.«

Deshan sah mit den Augen und hörte mit den Ohren des Chronisten, der gelernt hatte, auf alle Details zu achten. Er musterte Herbon Amodt, bemerkte das gelegentliche Zittern der buschigen Brauen und beobachtete, wie seine fleischigen Hände über den Schreibtisch tasteten, als suchten sie irgendwo nach Halt. Der Dirigent des Raumfahrtsolidars versuchte, ruhig und beherrscht zu wirken, verriet sich aber nicht nur mit seinem unsteten Blick. Deshan erkannte seine Nervosität.

»Vielleicht habe ich mich hier und dort zu krass ausgedrückt«, erwiderte Amodt. »Aber du hast Recht, Paronn. Ich halte das Projekt Exodus tatsächlich für eine Verschwendung wertvoller Ressourcen. Genau darüber wollte ich mit dir reden.«

Er griff nach einem Stift, drehte ihn hin und her. »Drei Schiffe habt ihr inzwischen gebaut und zu den Sternen geschickt, nach der AKAN HATA ...«

»... die HENTECK AVRAM und die GELMA UATH«, sagte Paronn.

»Von den Materialkosten einmal ganz zu schweigen: Fast sechzigtausend Menschen haben Lemur verlassen. Diese Arbeitskräfte fehlen unserer Wirtschaft, und die Folge ist ein geringeres Wachstum unseres ökonomischen Potenzials. Es droht sogar eine Stagnation, die alle wirtschaftlichen Pläne über den Haufen wirft. Euer Projekt Exodus fordert einen Preis, den wir alle bezahlen müssen, nicht nur die Sternensucher. Wie viele Schiffe sollen noch gebaut werden?«

»Einige Dutzend«, sagte Paronn ungerührt.

»Einige Dutzend!« Amodt starrte Paronn so an, als hätte er sich einen üblen Scherz erlaubt. »Die Belastungen für unsere Wirtschaft ...«

»Es ist der Preis des Überlebens«, sagte Paronn.

»Es ist ... Wahnsinn!«

»Diese Meinung hast du mehrmals in der Öffentlichkeit geäußert, ja. Ich nehme an, du hast uns nicht eingeladen, um sie uns gegenüber noch einmal zu wiederholen.«

»Ich ... möchte euch bitten, Vernunft anzunehmen und das Projekt Exodus einzustellen. Wir brauchen alle Ressourcen, um einen globalen Klimawandel zu bewirken und die drohende Eiszeit zu verhindern. *Das* ist eine sehr konkrete Gefahr!«

»Du meinst, eine konkretere Gefahr als der Feind, der vor vier Jahren mit einem Kugelschiff eintraf und drei lemurische Raumschiffe zerstörte, bevor es *uns Sternensuchern* gelang, ihn zu vernichten?«

»Die Erste ist nach wie vor der Meinung, dass es ihr gelungen wäre, einen friedlichen Kontakt herzustellen. Ihr habt damals gegen ihre ausdrückliche Anweisung gehandelt!«

»Wenn sich die Erste durchgesetzt hätte, gäbe es inzwischen keine lemurischen Städte mehr.«

Deshan beobachtete, wie Amodts rechte Hand unter den Schreibtisch tastete, und er hörte ein leises Klicken, wie von einem Schalter.

Aus dem Augenwinkel bemerkte er eine Bewegung, drehte den Kopf und sah, wie der Spiegel zur Seite schwang und sich als Tür erwies. Zwei hochgewachsene Männer betraten das Büro, mit Schusswaffen in den Händen, die sie stumm auf Paronn und Deshan richteten. Ihnen folgte ...

... die Erste. Sie trug einen streng geschnittenen grünen Hosenanzug – fast die gleiche Farbe wie die ihrer großen Augen – und auf dem haarlosen Kopf eine Art Krone mit kleinen Medienzephalonen, über eine Datenschnur mit einem Flüsterer im Ohr verbunden. In ihrer rechten Hand befand sich ebenfalls eine Schusswaffe.

Paronn wölbte die Brauen.

»Es tut mir Leid.« Herbon Amodt war ebenfalls aufgestanden, wich an die Wand zurück und schien sich in Luft auflösen zu wollen. »Es tut mir wirklich Leid. Aber ihr habt uns keine Wahl gelassen.«

Deshan begriff plötzlich den Ernst der Situation, und ein kalter Blitz der Angst durchzuckte ihn. Die Erste war ganz offensichtlich bereit, sich über alle Prinzipien des Großen Solidars hinwegzusetzen und mit Gewalt das zu erreichen, was sie mit Argumenten und Intrigen nicht geschafft hatte: Sie wollte Levian Paronn beseitigen.

Der Zellaktivator auf Deshans Brust schien sein Gewicht plötzlich zu verdreifachen. Irgendwie hielt das Gerät den Alterungsprozess an, und es schützte vor Krankheiten, nicht aber vor den Projektilen einer Schusswaffe. Als Unsterblicher sah sich der Chronist plötzlich mit dem Tod konfrontiert, und die Reaktion bestand aus Entsetzen.

Die Erste trat näher, wahrte aber einen gewissen Abstand. »Ich bedauere dies sehr, aber ich sehe keine andere Möglichkeit«, sagte sie zu Paronn, und in ihrer Stimme hörte Deshan tiefen Kummer. »Du und deine Sternensucher ...Ihr zerstört die lemurische Wirtschaft. Du hast eine fixe Idee, Paronn, und leider ist es dir gelungen, viele andere mit deiner Besessenheit anzustecken. Du hast den ersten Kontakt mit einer fremden Intelligenz in einen Akt der Gewalt verwandelt, weil du an irgendeinen ›Feind‹ glaubst. Und seit vielen Jahren vergeudest du wertvolle Ressourcen an ein Projekt, das nicht nur Material ins All schickt, sondern auch Menschen, die auf Lemur viel dringender gebraucht werden. Es droht eine neue Eiszeit, Paronn. Die Lemurer müssen wieder an einem Strang ziehen, so wie früher. Du hast unsere Einheit zerstört.«

Im Gesicht der Ersten entdeckte Deshan fast so etwas wie Verzweiflung. Es verschwand sofort wieder.

»Uns bleibt tatsächlich keine Wahl«, fügte sie leise hinzu.

»Ein Mord als einziger Ausweg?«, fragte Paronn.

»Bist du bereit, das Projekt Exodus aufzugeben? Bist du bereit, in aller Öffentlichkeit deinen Fehler einzugestehen und die Sternensucher aufzufordern, in unsere Gemeinschaft zurückzukehren und mit uns zu versuchen, die Eiszeit zu verhindern? Gib mir dein Wort, Paronn, und unsere Waffen verschwinden.«

Levian Paronn schüttelte den Kopf. »Der Feind existiert nicht nur in meiner Phantasie. Es *gibt* ihn. Das Projekt Exodus ist *notwendig* für das Überleben der Lemurer.« Er gab Deshan ein unauffälliges Zeichen, das ihn aufforderte, näher an ihn heranzutreten.

Die Erste wirkte traurig. »Ich wünschte, es gäbe einen anderen Weg.«

Deshan sah ...

... den Dirigenten Amodt, bleich, ein hilfloser Zeuge von Ereignissen, die ihn überforderten ...

... die beiden Begleiter der Ersten, zwei Männer mit ausdruckslosen, maskenhaft starren Gesichtern, in ihren Augen eine ähnliche Kühle wie in denen der Frau ...

... und Levian Paronn, ruhig und gelassen, eine Hand bewegte sich unmerklich, tastete zum Gürtel, und Deshan hörte ein dumpfes Brummen, wie von einem Insekt nahe am Ohr ...

... und die Erste, als sie die Waffe einen Zentimeter hob und abdrückte.

Fast glaubte Deshan, die Kugel zu sehen, die aus dem Lauf der Pistole kam und Paronn entgegenraste, um sich ihm in die Brust zu bohren.

Aber sie traf ihr Ziel nicht.

Dicht vor Paronn stieß sie auf ein unsichtbares Hindernis und fiel mit einem leisen Klacken zu Boden.

Paronn rührte sich nicht von der Stelle.

Die Erste riss die Augen auf.

Die beiden Männer starrten.

»Habe ich nicht gesagt, dass ich der unsterbliche Zwölfte Heroe Vehraáto bin?« Ein dünnes Lächeln umspielte Paronns Lippen, als er die Erste ansah. »Manchmal ist es falsch, *nicht* an alle Mythen zu glauben. Lasst die Waffen fallen.«

Die Erste schoss erneut, und noch einmal. Das Knallen der Schüsse erschien dem verblüfften Deshan unnatürlich laut. Was hinderte die Kugeln daran, Paronn zu treffen?

»Bleib dicht bei mir«, hauchte Paronn dem Chronisten zu und trat vor.

Etwas drängte die Erste zurück, eine unsichtbare Barriere in der Luft, die sich erst an ihre Hände presste und dann auch an ihr Gesicht. Sie wankte nach hinten, stieß mit dem Rücken an die Spiegeltür, die sich inzwischen wieder geschlossen hatte, und ließ die Waffe fallen.

Paronn sah die beiden Männer an. »Weg mit den Waffen!«

Sie kamen der Aufforderung entgeistert nach, starrten nicht Levian Paronn an, sondern Vehraáto, den unsterblichen Zwölften Heroen.

Wieder glitt Paronns Hand zum Gürtel, und wenige Sekunden später öffnete sich die Tür des Büros. Weitere Bewaffnete kamen herein, wandten sich sofort der Ersten und ihren beiden Begleitern zu, hoben die Waffen auf und steckten sie ein.

Zwei Solidartamanen des Großen Solidars folgten den ersten Neuankömmlingen, der Vierte und der Fünfte. Im Gegensatz zur Ersten trugen sie ihre Amtstrachten, weiße Gewänder, geschmückt mit Verdienstsymbolen und den Zeichen der 49 Solidaren Komitees – ein Hinweis darauf, dass es sich um einen offiziellen Besuch handelte. Sie schienen ein wenig älter zu sein als Paronn, waren in Wirklichkeit aber viel jünger.

»Ihr seid hiermit unter Arrest gestellt«, sagte der Vierte, ein bärtiger, gertenschlanker und hoch aufgeschossener Mann, der Paronn um mehr als zehn Zentimeter überragte. Der Fünfte war kleiner und etwas voller, aber nicht so untersetzt wie Amodt. In seinem Gesicht fiel ein starres Auge auf.

Deshan sah, wie Paronns Hand einmal mehr zum Gürtel tastete. Das seltsame Brummen, das er zuvor gehört hatte, wiederholte sich kurz.

»Du hattest Recht«, wandte sich der Vierte an Paronn. »Die Erste war tatsächlich bereit, gegen die Prinzipien des Großen Solidars zu verstoßen und einen Mord zu begehen. Dafür werden wir sie zur Rechenschaft ziehen.«

»Ihr habt dies alles arrangiert, um mich zu entmachten«, sagte die Erste, als die Bewaffneten sie und ihre Begleiter abführten. Herbon Amodt stand noch immer in einer Ecke des großen Büros und schien nicht fassen zu können, was gerade geschehen war.

Der Fünfte sah sie mit einem starren und einem beweglichen Auge an. »Du hast dich selbst zu Fall gebracht.« Er winkte, und wenige Sekunden später befanden sich nur noch fünf Personen im Büro: die beiden Solidartamanen, Paronn, der immer noch staunende Deshan sowie ein sehr besorgter Herbon Amodt.

»Ich habe nichts damit zu tun!«, stieß der Dirigent des Raumfahrtsolidars hervor. »Bitte glaubt mir. Sie hat mich gezwungen. Ich musste ...«

»Ich glaube, das Raumfahrtsolidar wird bald einen

neuen Leiter bekommen«, sagte der Vierte und wandte sich dann an Paronn und seinen Chronisten. »Ich entschuldige mich im Namen des Koordinierenden Konzils. Es ist unerhört, dass es zu einem solchen Zwischenfall kommen konnte.«

»Lemurer sollten sich nie gegen Lemurer wenden«, erwiderte Paronn ernst. »Wir sind ein Volk. Wir müssen zusammenhalten.«

Deshan fand die Sprache erst wieder, als sie den Verwaltungsturm verlassen hatten und im Wagen saßen. Das Summen des Wasserstoffreaktors schien ihn von einer inneren Lähmung zu befreien; plötzlich gerieten seine Gedanken und Gefühle wieder in Bewegung.

»Du hast es gewusst!«, entfuhr es ihm. »Du hast gewusst, was uns im Büro des Dirigenten erwartete!«

»Ganz sicher war ich nicht«, erwiderte Paronn und überließ es dem Navigationszephalon, den Wagen durch den dichten Verkehr zu steuern.

»Was hat dich geschützt? Wieso konnten die Kugeln dir nichts anhaben?«

Paronn musterte seinen Chronisten kurz. Deshan saß auf dem Beifahrersitz, den Gehstock auf den Knien. »Glaubst du nicht, dass ich unverwundbar bin?«

»Ich habe gesehen, wie die Kugeln vor dir auf den Boden gefallen sind. Etwas hat sie aufgehalten.«

»Das hier.« Paronn hob Jacke und Hemd. Ein flaches Gerät zeigte sich darunter; Kabel verbanden es mit Schaltern am Gürtel. »Zum Glück ist es schnell gegangen. Die in der kleinen Batterie gespeicherte Energie reicht nur für kurz Zeit.«

»Was ist das?«

»Der Prototyp eines Schirmfeldgenerators. Vielleicht gelingt es uns, größere zu bauen und die Schiffe damit zu schützen.«

»Du hast alles geplant, nicht wahr?«

»Nicht bis in die letzten Einzelheiten.«

»Aber im Großen und Ganzen«, sagte Deshan. »Du hast es geplant, um die Erste unschädlich zu machen, um sie daran zu hindern, gegen die Sternensucher vorzugehen und das Projekt Exodus zu gefährden.«

»Ich bin sicher, dass sie hinter den Attentaten steckt.«

»Und wenn nicht?«

Paronn seufzte leise, und als er antwortete, hörte Deshan eine sonderbare Müdigkeit in seiner Stimme. »Die Polarisierung in der lemurischen Gesellschaft ist dir sicher nicht entgangen. Die Erste hat alles getan, um Stimmung gegen uns zu machen – angeblich sind wir mit der Vergeudung von Ressourcen daran schuld, dass die Klimaforschung nicht vorankommt und noch immer keine Möglichkeiten gefunden wurden, das Weltklima zu kontrollieren und die drohende Eiszeit zu verhindern. Vielleicht wäre es ihr irgendwann gelungen, die Zustimmung der anderen Solidartamanen zu bekommen und das Projekt Exodus zu verbieten. Das konnte ich nicht riskieren.«

»Und deshalb *hast* du alles arrangiert. Um sie zu entmachten.«

»In gewisser Weise blieb mir ebenso wenig eine Wahl wir ihr«, sagte Paronn. »Früher oder später musste es zu dieser Konfrontation kommen. Ich habe mich darauf vorbereitet. Jetzt kann die Erste dem Projekt Exodus keine Steine mehr in den Weg legen, und nur darauf kommt es an.«

36

Roder Roderich

Von einem Augenblick zum anderen herrschte wüstes Durcheinander. Die Prospektoren und Akonen sprangen auseinander und versuchten, in Deckung zu gehen. Coho, Grresko und Lethir feuerten mit ihren Waffen, und Icho Tolot ...

Der schwarze Koloss im roten Kampfanzug wirbelte herum und stürmte den Robotern entgegen, die durch eine Tür in der gegenüberliegenden Wand gekommen waren. Den Hindernissen im Raum wich er nicht aus. Tische, Geräte, Konsolen, Vitrinen und Gerüste – alles wurde unter Säulenbeinen und vier Armen zermalmt, als der Haluter mit verhärteter Zellstruktur den schwebenden Kampfmaschinen entgegenraste. Mehrere Strahlblitze trafen ihn, verbrannten aber nur Teile des Kampfanzugs. Dem Körper darin konnte die destruktive Energie nichts anhaben.

Dicht vor den Robotern richtete sich Tolot auf, und vier Fäuste trafen zwei Maschinen. Halb zertrümmert prallten sie an die Wand, fielen zu Boden und blieben liegen. Der dritte Roboter wich aus, und ein Strahl aus Sharita Cohos Kombilader zerstob an seinem Schirmfeld, das der kinetischen Energie von Tolots Fäusten aber nicht gewachsen war. Es flackerte unter den Hieben, wurde instabil, und der Zorn des sonst so friedlichen Haluters traf ungeschütztes Metall, verwandelte es in Schrott.

Ruhe kehrte ins Laboratorium zurück.

Icho Tolot stapfte durch ein Trümmerfeld. »Bitte entschuldigt, meine Kinder«, grollte er, als er Sharita und die anderen erreichte. »Ich bin wegen Torg Kaltem ein wenig ungehalten gewesen.«

»Habt ihr gehört, Yülli, Trülli?«, sagte Roderich. »Er war ein wenig ›ungehalten‹. Ich frage mich, was ein Haluter anstellt, wenn er sich ärgert. Von *Zorn* ganz zu schweigen.«

»Zurück auf die Plattform!« Sharitas Worte galten nicht nur den Prospektoren der PALENQUE, sondern auch den Akonen. Erstaunlicherweise kam Echkal cer Lethir der Anweisung sofort nach. »Du auch, Denetree«, wandte sich Coho an die junge Lemurerin, die sich nur zögernd von Torg Kaltems Skelett abwandte. Solina Tormas half ihr auf die Plattform.

»Eins schwöre ich«, brummte Roderich, nahm neben seinen Blues-Freunden Platz und warf einen neidischen Blick auf Grreskos Kombilader. »Nach unserer Rückkehr zur PALENQUE werde ich nie wieder ohne eine Waffe herumlaufen, selbst wenn es nur so ein kleines Ding ist.«

Der Gurrad knurrte.

»Und noch etwas«, fügte er hinzu, als sich die Plattform in Bewegung setzte und durch das von Icho Tolot verheerte Laboratorium flog. »Ich habe beschlossen, in meinem nächsten Leben als Haluter wiedergeboren zu werden. Na, Yülli, was hältst du davon?«

»Kannst du in diesem Leben bestimmen, was du im nächsten sein wirst?«

»Ich habe einmal gehört, dass es darauf ankommt, woran man zuletzt denkt. Wenn meine Stunde geschlagen hat, stelle ich mir vier Arme vor, nicht vier Augen. Und schon gar keine Löwenmähne.«

»Rieche ich da eine Herausforderung?«

»Ich schätze, meine Waffe wird größer sein als deine«, sagte Roderich. »Ja, ich bin ganz sicher.«

Yülhan wirkte nachdenklich, soweit sich das bei einem Blues feststellen ließ. »Und wenn dein letzter Gedanke einem ... Floh gilt?«

Roderich lächelte. »Dann sollte Grresko besser aufpassen. Ich könnte ihm ziemlich nahe auf den Pelz rücken.«

Die Plattform ließ das Laboratorium hinter sich zurück und flog durch einen Korridor, in dem es plötzlich dunkel wurde. Es dauerte einige Sekunden, bis das Licht von Taschenlampen über die Wände strich.

»Bist du noch da?«, fragte Sharita Coho.

»Das seltsame Feuer, das auch in Metall brennt, breitet sich immer schneller aus«, flüsterte es aus der Dunkelheit. »Es hat an verschiedenen Stellen gleichzeitig begonnen, und immer mehr Verbindungen werden unterbrochen.«

Die Plattform wurde langsamer, ihr Summen leiser. Wenige Sekunden später beschleunigte sie wieder, aber ihr Surren klang jetzt nicht mehr so gleichmäßig wie vorher, und sie vibrierte ein wenig.

»Bilde ich es mir nur ein, oder ist es wärmer geworden?«, fragte Roderich.

»Die Temperatur ist um acht Komma zwei Grad gestiegen und liegt jetzt bei fast dreißig Grad«, sagte Icho Tolot und blickte auf die Anzeigen seines Scanners. »Starke energetische Aktivität in etwa achthundert Meter Entfernung. Der Atombrand kommt tatsächlich schnell näher.«

»Bring uns zu dem Raumschiff«, drängte Coho den unsichtbaren Helfer.

»Verliere ... Kontrolle ... verliere ... Kontrolle ...«

Und plötzlich lag der dunkel gewordene Korridor hinter ihnen. Die Plattform flog durch einen gewaltigen Schacht und kippte dabei zur Seite, wodurch Grresko den Halt verlor und zum Rand rutschte.

Roderich handelte, ohne zu überlegen. Er warf sich nach vorn und ergriff die rechte Hand des Gurrads genau in dem Augenblick, als Grresko fiel.

Fast einen Kilometer unter der Plattform fraß sich das

rote Glühen des Atombrands an den metallenen Wänden hoch, und Grresko hing über dem tödlichen Abgrund, nur von Roderichs Hand gehalten.

»*Solche* Scherze mag ich ganz und gar nicht«, schnaufte Roderich. »Yülli, Trülli?«

»Wir haben deine Beine und lassen nicht los.«

»Das will ich euch auch geraten haben.« Roderich zog mit seiner ganzen Kraft, während die rote Glut zur Plattform empor zu springen schien. Er hatte das Gefühl, dass das Feuer seinen Arm erfasste und sich darin ausbreitete, als er den Gurrad langsam nach oben zog, zurück auf die Plattform.

Andere Hände packten mit zu, und schließlich lagen Grresko und Roderich schnaufend nebeneinander.

»Für einen Floh bist du erstaunlich kräftig«, sagte der Gurrad schließlich.

»*Dann* stell dir mich in einer Reinkarnation als Haluter vor.«

»Verliere ... Kontrolle ...«, ertönte die Stimme beziehungsweise die Stimmen des Helfers. Es war kein Flüstern mehr, sondern eine unangenehme Mischung aus quietschenden und kratzenden Lauten.

Die Plattform vibrierte stärker und kippte zur anderen Seite.

»Nicht jetzt!«, rief Sharita Coho und trachtete danach, nicht das Gleichgewicht zu verlieren. »Bring uns zur anderen Seite des Schachts! Wenn die Plattform hier abstürzt, ist uns allen der Tod sicher.«

»Es bestehen nur noch wenige Verbindungen«, quietschte es, während die Plattform auf die dunkle Öffnung eines Schachtes zuhielt und das Glühen des atomaren Feuer nach oben *lief*. »Ich kann euch ... nicht weiter ... helfen ...«

Die Plattform surrte in den Gang, kippte einmal mehr und prallte auf den Boden. Die Männer und Frauen auf ihr verloren den Halt und fielen.

Roderich kam neben den beiden Blues-Brüdern auf die Beine. Neben ihm stand Grresko, grinste erneut und hob die rechte Hand, in der er seinen Kombilader hielt. »Eine kleine Waffe ist immer noch besser als gar keine, Jungchen.«

Roderich richtete den Zeigefinger auf ihn, aber bevor er etwas sagen konnte, ertönte erneut das Quietschen.

»Durch den ... Korridor. Er führt zum ... Raumschiff. Aber das Feuer ist ... nahe ... nahe ...«

»Ich kann mehrere von euch tragen und erreiche das Schiff trotzdem als Erster.« Icho Tolot sank auf die Arme. »Steigt auf.«

Denetree zögerte nicht. Solina Tormas und zwei Terranerinnen folgten ihr.

»Haltet euch gut fest«, donnerte Icho Tolot und stürmte los.

»Folgen wir ihm!«, rief Sharita Coho und setzte sich in Bewegung. Im Dauerlauf eilten sie durch den fast völlig finsteren Gang. Catchpole und die Akonen leuchteten mit Taschenlampen, aber beim Laufen zuckten die Lichtstrahlen hin und her, gestatteten es Roderich kaum, Einzelheiten seiner Umgebung zu erkennen. Sie kamen an Fenstern vorbei, die jedoch dunkel blieben und nicht verrieten, was sich hinter ihnen befand.

Hitze kroch von hinten heran, und schon nach kurzer Zeit war Roderich schweißgebadet. Er warf einen Blick über die Schulter und stellte erschrocken fest, dass der Atombrand den Korridor erreicht hatte und sich mit unersättlichem Appetit durch ihn fraß.

»Schneller!«, rief Coho. »Schneller!«

Roderich konzentrierte sich ganz aufs Laufen und schenkte allen anderen Dingen keine Beachtung mehr. Er versuchte, sich Leichtigkeit in den Beinen zu suggerieren, stellte sich Kraft vor, die ihn durchströmte, passte seinen Atemrhythmus den Laufschritten an und *vergaß alles andere.* Das war zumindest seine Absicht. Doch nach etwa einem halben Kilometer wurde die Hitze nahezu unerträglich, und jeder keuchende Atemzug schien die Lungen zu verbrennen. Die Beine wurden immer schwerer, und nie zuvor hatte er Trülhan und Yülhan mehr um ihre Agilität beneidet.

Von vorn kam ihnen etwas entgegen. Scheinwerfer blitzten kurz auf, und dann trübte sich ihr Licht, damit es die Laufenden nicht blendete.

»Gleiter!«, rief Sharita Coho. »Icho Tolot schickt uns zwei Gleiter!«

Roderich merkte, das Yülhan und Trülhan ihn mit sich zogen, und Grresko fauchte in der Nähe, als könnte er den Atombrand auf diese Weise einschüchtern und dafür sorgen, dass er langsamer vorankam. Seine Hände bekamen etwas zu fassen, und jemand in der Nähe sagte: »Halt dich fest.«

Er hielt sich fest, an den kufenartigen Erweiterungen eines Gleiter, in dessen transparenter Pilotenkanzel ein Akone saß. Weitere Hände schlossen sich um die Kufen, und der Gleiter drehte, kehrte in die Richtung zurück, aus der er gekommen war, zusammen mit dem anderen, an dem ebenfalls Passagiere hingen.

Der Atombrand folgte ihnen, wie ein Ungeheuer, das seine Opfer auf keinen Fall entkommen lassen wollte. Das rote Glühen des atomaren Zerfalls fraß sich mit hoher Geschwindigkeit durch Wände, Decke und Boden des Korridors, schuf eine Hitze, die den letzten Rest von Kraft aus Roderich heraussaugte. Er spürte, wie sich seine Finger von der Kufe lösten, obwohl er weiterhin festhalten wollte ...

Plötzlich verlor er einen großen Teil seines Gewichts. Die Hitze blieb, brannte noch immer bei jedem Atemzug in den Lungen, aber er war wesentlich leichter und brauchte weniger Kraft, um sich festzuhalten ...

Ein Raumschiff erschien im Licht der Gleiterscheinwerfer, schwarz und kugelförmig, mit einem Durchmesser von etwa 100 Metern. Icho Tolots Schiff.

»Die künstliche Schwerkraft existiert nicht mehr«, sagte Sharita Coho und ließ los, als sich der Gleiter noch in einer Höhe von mehr als fünf Metern befand. Leicht wie eine Feder schwebte sie zu Boden.

»Vermutlich hat der Atombrand die Gravitationsgeneratoren erreicht«, erwiderte Catchpole.

Das atomare Feuer kam aus dem Korridor, den sie gerade verlassen hatten, breitete sich über die Wände der Halle aus, in der sie sich jetzt befanden. Roderich sah sich um, während er und die anderen mit weiten Sprüngen dem Schiff entgegeneilten. Roboter hatten mit der Demontage des Haluter-Schiffes begonnen – in der Außenhülle fehlten einige Segmente, ebenso im unteren Bereich. Die Maschinen rührten sich nicht mehr. Einige von ihnen schienen aus großer Höhe zu Boden gestürzt zu sein.

Eine ausgefahrene Rampe führte ins Schiff. Denetree stand dort und winkte.

»Icho Tolot ist in der Zentrale und bereitet alles für den Start vor!«, rief die junge Lemurerin.

Roderich ließ noch einmal den Blick durch die Halle wandern, deren Dunkelheit vor dem düsteren Rot des Atombrands zurückwich. Nirgends zeigten sich die Öffnungen von Schächten, die es dem Raumschiff erlaubten, die Station im Innern des Planetoiden zu verlassen.

Im Schiff erwarteten Roderich und die anderen nicht nur Licht und angenehme Kühle, sondern leider auch eine höhere Schwerkraft, die Roderich deutlich an seine Erschöpfung erinnerte. Durch hell erleuchtete Korridore eilten sie zur Zentrale, in der nicht alle Platz fanden. Im Gang davor sanken Terraner und Akonen zu Boden und verschnauften. Roderich wankte an ihnen vorbei und lehnte sich im Zugang des Kontrollraums an die Wand.

Icho Tolot saß vor den Konsolen seines Schiffes. Sharita Coho und Echkal cer Lethir standen neben ihm.

»Ich habe einen Kontakt mit dem Kommunikationssystem der Station hergestellt«, grollte der vierarmige Riese. »Besser gesagt: mit dem, was noch davon übrig ist.«

Coho hob den Kopf. »Kannst du uns hören?«

Knisterndes Rauschen kam aus den Kom-Lautsprechern.

»Ein Transmitterfeld hat mein Schiff hierher versetzt«, erklärte Tolot. Vier Hände huschten über die Kontrollen und betätigten Schaltelemente. Die Bordsysteme summten leise, und das Brummen des Triebwerks wurde lauter. »Es gibt keinen konventionellen Weg hinaus.« Die Bildschirme zeigten, wie sich ein rötlichbraunes Glühen um das schwarze Kugelschiff legte.

»Der Paratronschirm schützt uns vor dem Atombrand, nicht wahr?«, fragte Coho.

»Ja«, bestätigte Icho Tolot. »Und selbst wenn der Brand die Reaktoren erreicht und es zu einer Explosion kommt ... Ich bin ziemlich sicher, dass die frei werdende Energie abgeleitet werden kann, ohne dass wir in Gefahr geraten.« Eine der vier Hände strich wie zärtlich über die zentrale Konsole. »Das ist ein gutes Schiff.«

Es quietschte und knackte in den Lautsprechern des Kommunikationssystems. »Gefahr ...«, knarrte es. »Strahlung ... Waffe ...«

Denetree huschte an Roderich vorbei. »Die Waffe, die Torg Kaltem getötet hat ...«, brachte die Lemurerin besorgt hervor.

Sharita Coho verstand sofort. »Wenn der Atombrand sie erreicht, könnte es zu einem plötzlichen Strahlungsschub kommen. Bietet der Paratronschirm auch davor Schutz?«

Tolot zögerte. »Ich kenne die Art der Strahlung nicht.«

»Wir sollten kein Risiko eingehen«, sagte die Kommandantin der PALENQUE. »Du hast gesehen, was mit Torg Kaltem geschehen ist. Welchen Weg hinaus gibt es?«

»Den der Gewalt.« Der Haluter deutete auf die Anzeigen. »Uns trennen hier etwa tausend Meter von der Oberfläche des Planetoiden. Mit den Transform- und Thermogeschützen sollte es möglich sein, ein Loch in der Felsenschale zu schaffen. Aber ...«

Coho nickte langsam. »Ich verstehe.« Und etwas lauter: »Du hast uns geholfen, und dafür sind wir sehr dankbar. Um der Gefahr durch die Strahlung zu entgehen, müssen wir von unseren Waffen Gebrauch machen, und das bedeutet die Zerstörung eines großen Teils der Station.«

»Die Station ... wird ohnehin ... zerstört«, quietschte es. Die Worte waren kaum mehr zu verstehen. »Leben ist kostbar und ... muss erhalten ... werden. Ergreift ... alle notwendigen ... Maßnahmen.«

»Was ist mit dir? Was ist mit euch?«

»Wir ... singen ...«, lautete die rätselhafte Antwort. Es waren die letzten beiden Worte, die sie von ihrem Helfer hörten.

Sharita Coho wechselte einen kurzen Blick mit Lethir und nickte dem Haluter zu. »Also gut. Bring uns ins All.«

Icho Tolots Handlungsarme bewegten sich.

Das schwarze Kugelschiff spuckte die Energie einer Sonne.

Auf den Bildschirmen gleißte es, und automatische Filter wurden aktiv, nicht dazu bestimmt, die Augen des Haluters zu schützen, sondern die der Terraner, Akonen und einer Lemurerin.

Der im Eingang des Kontrollraums stehende Roderich rechnete mit Erschütterungen, mit lautem Donnern und dergleichen, aber der Boden unter seinen Füßen zitterte nicht einmal, und im leisen, ruhigen Summen der Bordsysteme ließ sich kaum eine Veränderung feststellen.

»Der Planetoid bricht auseinander«, berichtete Icho Tolot.

Und sein Schiff sprang ins All. Sterne erschienen auf den großen Bildschirmen, und ein Projektionsfeld zeigte, wie sich der Planetoid in einen Glutball verwandelte, der sich lautlos ausdehnte und dabei verblasste. Nach nicht einmal zehn Sekunden verlor sich das Licht der Zerstörung in der Dunkelheit des Alls.

Icho Tolot überprüfte die Anzeigen. »Die Sensoren stellen keine schädlichen Emissionen fest.«

Sharita Coho trat in die Mitte des Kontrollraums, sah von dort aus in den Gang. »Alle gesund und munter?«, fragte sie.

»Gesund ja«, erwiderte Roderich. »Aber munter nicht unbedingt.«

Lethir deutete zum Hauptschirm. »Ich frage mich, was aus unserem Helfer geworden ist.«

»Das werden wir wohl nie erfahren.« Sharita Coho kehrte an die Seite des Haluters zurück, der seinen großen Sessel gedreht hatte. »Bitte bring uns zur PALENQUE und LAS-TOÓR beim fünften Planeten zurück. Stellen wir fest, wie es um Perry Rhodan steht.«

37

Deshan Apian

Lemuria 4589 dT (51 811 v. Chr.)

»Tamaha ist tot, Mira«, sagte Deshan Apian.

Er saß erneut in einem kleinen Boot, umgeben von tröstender Stille. Es wehte kein Wind an diesem kalten Wintertag, und die Wasseroberfläche des Sees war spiegelglatt. Das Licht der Sonne über den Bergen filterte durch eine dünne Wolkendecke, und dadurch wirkten die Farben des Tals der Stille gedämpft. Ein grauer Schleier schien auf allem zu liegen, auch auf Deshans Seele.

»Unsere kleine Tamaha«, sagte er zum stillen Wasser. »Erinnerst du dich, Mira? Weißt du, wie sehr wir uns über ihre Geburt gefreut haben? Mir scheint, ich hätte sie erst gestern in den Armen gehalten, aber es sind vierundachtzig Jahre vergangen. Milissa ist zweiundachtzig, Erron achtzig. Viele unserer Enkel und Urenkel haben ebenfalls Kinder. Ich wünschte, du könntest sie sehen. Aber Tamaha ist tot.«

An diesem Tag erstreckte sich der See silbergrau um ihn herum, nicht türkisfarben. In den weißen Gebäuden des Zentrums mnemonischer Beschaulichkeit am Südufer wurden noch immer Chronisten ausgebildet, und Deshan galt dort als lebende Legende. Er hatte inzwischen einen sehr hohen Verdienststatus errungen, und seine Unsterblichkeit war ebenso wenig ein Geheimnis wie die Paronns – der Zwölfte Heroe Vehraáto und sein Chronist, zwei Wanderer durch die Zeiten.

»Ich stelle mir gern vor, dass sie jetzt bei dir ist, Mira«, sagte er leise und blickte ins glatte Wasser, das ihm das Gesicht eines alten Mannes zeigte. Er dachte an seinen Traum, damals, an jenem Abend, an dem Paronn ihm den Zellaktivator gegeben hatte, vor 34 Jahren. Seit damals war ihm Mira nicht noch einmal im Traum erschienen, was er sehr bedauerte. Manchmal fehlte sie ihm so sehr, dass es schmerzte, und dann wurde die Sehnsucht, bei ihr zu sein, fast überwältigend. Er brauchte nur den Aktivator abzulegen und ein wenig zu warten, bis sich die Tür ins Jenseits öffnete – das wusste er von Paronn.

Aber er brachte es nicht fertig. Vielleicht war es die Furcht vor dem physischen Ende, mehr aber die Neugier auf das, was die Zukunft bringen würde. Und Mira hatte ihm versprochen, auf ihn zu warten, in einem zeitlosen Moment, der für ihn Jahrhunderte bedeutete.

Deshan schwieg eine Weile.

»Die Sternensucher sind jetzt offiziell als fünfzigstes Solidares Komitee anerkannt, und seit einer Woche haben wir einen Solidartaman im auf dreizehn Mitglieder angewachsenen Koordinierenden Konzil«, sagte er und beobachtete einen Fisch, der dicht unter der Wasseroberfläche schwamm und ihn zu beobachten schien. »Siebzehn Exodus-Schiffe sind aufgebrochen. Das bisher letzte war die NETHACK ACHTON.«

Der Fisch stob fort, und Deshan hob den Blick zum grauen Himmel, stellte sich die Sterne jenseits davon vor. »Die zuerst gestarteten AKAN HATA und HENTECK AVRAM sind jetzt seit siebenundzwanzig Jahren unterwegs, was bedeutet: Sie sind schon fast siebenundzwanzig Lichtjahre von Lemur entfernt. An Bord sind nur wenige Monate vergangen. Jene wagemutigen Kolonisten wandern ebenfalls durch die Zeit, wie Paronn und ich.«

Er senkte den Blick wieder, betrachtete seine Hände

und glaubte zwei oder drei Sekunden lang, die Urne in ihnen zu sehen, die Miras Asche enthalten hatte. Die Vorstellung bescherte ihm neuen Kummer, und er zog die dicke Jacke enger um die Schultern, als wollte er in ihrer Wärme Zuflucht suchen.

»Es tut mir Leid, dass ich nicht so oft hierher kommen kann, wie ich möchte«, sagte er leise. »Die meiste Zeit über bin ich bei Paronn, und das bedeutet oft Aufenthalt in einer der Orbital- oder Mondstationen. Von dort aus organisiert er den Bau der nächsten Schiffe. An Sternensuchern, die mit ihnen auf die Reise gehen wollen, herrscht kein Mangel, aber es gibt immer wieder Probleme in Hinsicht auf Materialnachschub. Zwar ist seit dem Fall der Ersten die Zusammenarbeit mit dem Raumfahrtsolidar besser geworden, und wir helfen uns gegenseitig, wo es möglich ist. Aber der Bau so vieler Schiffe ist enorm teuer und verschlingt tatsächlich erhebliche Ressourcen. Manchmal müssen die Werften beim Liberationspunkt Zwangspausen einlegen.«

Deshan sah über den See und beobachtete, wie erste kleine Wellen entstanden, als Wind aufkam. Es dauerte nicht lange, bis das Boot sanft zu schaukeln begann.

»Das ist mein Leben«, sagte er. »Mein Leben ohne dich, Mira. Morgen kehre ich ins All zurück, und ich weiß nicht, wann ich das nächste Mal hierher kommen kann.« Er beugte sich zur Seite, tauchte die Hand ins kalte Wasser und hob sie, berührte damit Lippen und Wange. »Es vergeht kein Tag, an dem ich nicht an dich denke«, fügte er hinzu, und das entsprach der Wahrheit. »Wartet auf mich, Mira, Tamaha. Habt ein wenig Geduld.«

Er sah über den See, stumm und in Gedanken versunken, als ihn das Boot zum Ufer trug.

Deshan Apian verstand nicht ganz, warum Paronn manchmal unnötige Risiken einging – was bedeutete, dass er sich ihnen ebenfalls aussetzen musste, wenn er seinen

Chronistenpflichten auf angemessene Weise gerecht werden wollte.

Das kleine Raumschiff, mit dem der Test stattfinden sollte, schwebte neben der riesigen, ringförmigen LEMCHA OVIR, die sich in einem hohen Orbit von Suen befand und fast fertig gestellt war. Bald begann eine einmonatige Kontrollphase, während der alle Bordsysteme gründlich überprüft wurden. Anschließend konnten die insgesamt etwa 10 000 Kolonisten an Bord gehen. Wenn alles planmäßig lief, sollte der Start in etwa zwei Monaten erfolgen – das achtzehnte Exodus-Schiff, das Menschen zu den Sternen trug. Die Pflanze Lemur verstreute ihre Samenkapseln.

Das kleine Schiff bestand eigentlich nur aus einer kleinen Kapsel, die drei Personen Platz bot – Levian Paronn, Deshan Apian und der Pilotin –, und einem großen modifizierten Ionentriebwerk. Paronn und sein Chronist hatten in halb nach hinten geneigten Andrucksesseln Platz genommen und überprüften die Gurte ihrer Sicherheitsharnische, während die Pilotin im Sessel vor ihnen die Manövrierdüsen zündete und das Testschiff von der LEMCHA OVIR fortsteuerte.

»Wenn die neue Technik funktioniert, sind für die Exodus-Schiffe höhere Beschleunigungen und kürzere Bremsphasen bei Erreichen des Ziels möglich«, sagte Paronn. Er schloss den Helm und verband seinen Schutzanzug mit den Bordsystemen. Seine Stimme kam aus dem kleinen Kom-Lautsprecher im Innern von Deshans Helm. »Das bedeutet, die Schiffe erreichen ihre Reisegeschwindigkeit schneller und können sie länger halten.«

»Wenn sie nicht funktioniert, werden wir von unserem eigenen Gewicht zerquetscht«, sagte Deshan.

Die Pilotin wandte sich halb um. »Das verhindern die Sicherheitssysteme.« Ein Lächeln erschien hinter der Helmscheibe. »Wenn der Absorber versagt, kommt es zu einer automatischen Abschaltung des Triebwerks.«

»Sehr beruhigend, das zu wissen.« Deshan wandte sich an Paronn. »Warum hast du darauf bestanden, selbst an diesem ersten Testflug teilzunehmen? Sollten nicht zwei Entwicklungsingenieure an unseren Plätzen sitzen?«

»Ich bin maßgeblich an der Entwicklung des Absorbers beteiligt gewesen«, erinnerte Paronn den Chronisten. »Und außerdem: Was ist aus deiner Abenteuerlust geworden?«

Deshan verzog das Gesicht und überprüfte noch einmal die Gurte.

»Es kann losgehen«, sagte Paronn zur Pilotin.

Sie betätigte die Kontrollen. »Triebwerk zündet in fünf Sekunden ... vier ...«

Deshan atmete tief durch und genoss die letzten Sekunden der Schwerelosigkeit, die seinen Rücken völlig schmerzfrei machten. Dann zündete die Pilotin das Ionentriebwerk, und jenseits der Kapselfenster glitt die LEMCHA OVIR fort. Gleichzeitig spürte Deshan, wie sein Körper wieder Gewicht bekam und mit zunehmender Beschleunigung schwerer wurde.

»Wir haben jetzt ein Gravo erreicht«, sagte die Pilotin nach einer Weile. »Andruckabsorber wird aktiv.«

Deshan fühlte keine Veränderung. Sein Gewicht blieb normal und vertraut, während das Ionentriebwerk der Kapsel immer mehr Schubkraft entfaltete. Er hörte, wie aus dem Summen des Antriebs ein lautes Brummen wurde, wie von einer Million naher Insekten, und er glaubte zu sehen, wie Suen schrumpfte.

»Wir haben vier Gravos erreicht«, kam die Stimme der Pilotin aus dem Helmlautsprecher. »Der Andruckabsorber arbeitet einwandfrei. Fünf Gravos ... Absorbtionsfelder nach wie vor stabil. Ein Teil der Energie wird konvertiert und in den Navigationsschild geleitet.«

»Eine Lösung für zwei Probleme«, kommentierte Paronn.

»Wir sind jetzt bei sechs Gravos ...«

Allmählich löste sich Deshans Sorge auf. Es schien tatsächlich alles wie vorgesehen zu funktionieren. Das Brummen des Triebwerks wurde noch lauter, und eine schwache Vibration machte sich bemerkbar.

Und dann fiel ein kosmischer Hammer auf Deshan.

Einen Sekundenbruchteil später herrschte Stille.

Aber während dieses Fragments einer Sekunde fühlte sich Deshan schwer wie ein Berg, und sein eigenes Gewicht drohte ihn zu zermalmen. Es war ein Moment des Schreckens, der sein Herz schneller pochen ließ, als der enorme, gewaltige Druck fast sofort wieder von ihm wich.

»Na bitte«, schnaufte Paronn neben ihm. »Es hat alles funktioniert!«

»Die Sicherheitssysteme haben das Triebwerk wie vorgesehen abgeschaltet«, sagte die Pilotin.

»Bei einer Beschleunigung von ...?«

»Dem Elffachen der Lemurschwerkraft.«

»Das genügt fürs Erste. Wir können den Andruckabsorber sicher noch verbessern, um höhere Beschleunigungen zu ermöglichen.«

»Es hat alles funktioniert?«, wiederholte Deshan. »Wir wären fast zerquetscht worden!«

»Aber eben nur fast, mein lieber Deshan«, sagte Paronn gut gelaunt und öffnete den Helm. »Bring uns zum Mond zurück«, wies er die Pilotin an.

Als die Kapsel nach Suen flog, schwoll das Summen des Triebwerks nicht erneut zu einem Brummen an. Paronn wirkte überaus zufrieden. »Dies ist ein weiterer wichtiger Schritt. Vielleicht ermöglicht er bald sogar echte künstliche Schwerkraft. Und wir haben jetzt etwas, das wir dem Raumfahrtsolidar anbieten können. Die Ausstattung seiner Schiffe mit dem Andruckabsorber wird zu einer erheblichen Verkürzung der Dauer von interplanetaren Flügen führen.« Er deutete durchs Fenster, als die runde LEMCHA OVIR in Suens Umlaufbahn sichtbar wurde. »Sie wird das erste Exodus-Schiff sein, das mit einem Absorbersystem zu den Sternen aufbricht.«

Diesmal befanden sich nur wenige Personen im »Observatorium«, nicht über 100 wie beim Start des ersten Exodus-Schiffes, der AKAN HATA. Levian Paronn, Deshan Apian und einige Techniker der Mondstation hatten sich eingefunden, um zu sehen, wie die LEMCHA OVIR aufbrach.

Es war noch immer ein großartiger Moment, und die Bilder wurden nach Lemur übertragen – Hunderttausende von Menschen konnten den Start des großen Schiffes in dreidimensionalen Projektionsfeldern oder auf Bildschirmen beobachten. Aber es fehlte jene Faszination, die den Aufbruch der AKAN HATA begleitet hatte, denn immerhin war dies bereits das achtzehnte Generationenschiff, das ein fernes Ziel ansteuerte, irgendwo im galaktischen Zentrum – nur Levian Paronn und der Kommandant der LEMCHA OVIR kannten es.

Grauweiße Fangfelder glühten an den Flanken des Schiffes, bildeten Beschleunigungstrichter und begannen zu rotieren, um mehr Neutrinos einzufangen. Der Koloss setzte sich in Bewegung, Positionslampen blinkten einen letzten Gruß für Suen und Lemur ...

Die Techniker applaudierten, Levian Paronn und sein Chronist klatschten ebenfalls.

Deshan Apian senkte den Blick und sah zum blauweißen Planeten über dem Mondhorizont, Wiege der Menschheit, vom Eis bedroht: ein von der Natur geschaffenes Raumschiff, das seine Sonne umkreiste und mit ihr um das Zentrum der Galaxis wanderte. Wie viele andere Planeten gab es dort draußen, Begleiter ferner Sterne?

Er drehte überrascht den Kopf, als ihm Paronn die Hand auf die Schulter legte. Die Techniker hatten das Observatorium verlassen; sie waren allein.

»Du wirkst sehr nachdenklich.«

Deshan nickte. »Ich habe mich dabei ertappt, die Kolonisten zu beneiden, die in ferner Zukunft fremde Welten erreichen. Wer weiß, was sie dort erwartet, was sie sehen werden ...«

Paronns Züge veränderten sich. »Wir beide stehen erst am Anfang, Deshan«, sagte er langsam. »Wir haben noch einen langen, langen Weg vor uns, und wir werden mehr sehen, als du dir heute vorstellen kannst.«

38

Deshan Apian

Lemuria 4621 dT (51 779 v. Chr.)

Anunna war gewaltig, füllte fast den ganzen Himmel aus, und das Ringsystem schien zum Greifen nahe, überraschte Deshan mit seiner bunten Vielfalt. Doch so eindrucksvoll und prächtig der Anblick auch sein mochte – eine gewisse Anspannung beherrschte die Stimmung an Bord des kleinen Transporters, der mit summenden Elektromotoren und sechs Rädern über die Oberfläche des Mondes fuhr. Eine zerfurchte, von Felsen, Staub und Geröll bestimmte braunrote Landschaft erstreckte sich um sie herum und erinnerte Deshan an den roten Planeten Lahmu, den er inzwischen zweimal besucht hatte. Nichts lebte hier, und alles war unberührt – so schien es jedenfalls.

Doch jemand war hier gewesen. Jemand, der nicht von Lemur stammte.

»Es ist jetzt nicht mehr weit«, sagte der Mann am Steuer. Er hieß Mandao und gehörte zur wissenschaftlichen Gruppe der Forschungsstation, die das Raumfahrtsolidar seit einigen Monaten auf diesem Anunna-Mond unterhielt. Sie hatten die Basis vor einer knappen Stunde verlassen und etwa 30 Kilometer zurückgelegt. »Der Einschnitt dort vorn führt in den Krater, in dem wir das Artefakt gefunden haben.«

Deshan sah aus dem Fenster. Zwar herrschte derzeit

Nacht in dieser Region des Mondes, aber Anunnas Licht reichte aus, um Einzelheiten zu erkennen. Ein Teil der Kraterwand war eingestürzt, und eine V-förmige Öffnung gestattete es, das Innere des Kraters zu erreichen.

Der neben dem Fahrer sitzende Paronn betrachtete eine zweidimensionale Aufnahme des Artefakts, und Deshan sah ihm über die Schulter: eine Säule, die zwischen einigen Felsen aufragte, schwarz wie die Nacht.

Schwarz wie das Kugelschiff, das vor einundsechzig Jahren im Apsu-System erschienen war und drei Raumschiffe zerstört hatte.

»Und das Gebilde hat nicht reagiert, als ihr euch ihm genähert habt?«, fragte Paronn.

»Nein.« Mandao musste sich jetzt ganz auf die Steuerung des Transporters konzentrieren. Langsam rollten die sechs Räder über große und kleine Felsbrocken. Einige von ihnen zerbrachen unter dem Gewicht des Wagens, der dann abrupt kippte. Immer wieder surrten die Stabilisatoren.

»Was ist es deiner Meinung nach?«, fragte Deshan.

»Ich bin mir nicht ganz sicher«, erwiderte Paronn. »Ich muss das Artefakt mit eigenen Augen sehen.«

Der Transporter rumpelte durch den Einschnitt, vorbei an Felswänden, die vor Jahrtausenden bei einem Meteoriteneinschlag entstanden waren. Kurz darauf erreichten sie das Innere des etwa einen Kilometer durchmessenden Kraters, dessen Boden sich als erstaunlich eben erwies. Nur am Rand lag Geröll, und an einer Stelle ...

Das Objekt war wie ein schwarzer Finger, der mahnend nach Anunna zeigte. Deshan schätzte seine Höhe auf gut drei Meter und den Durchmesser an der dicksten Stelle auf etwa 80 Zentimeter; nach oben hin verjüngte sich das Artefakt ein wenig.

Vor den Felsen, zwischen denen das Gebilde aufragte, hielt der Transporter an, und kurze Zeit später traten drei in Schutzanzüge gekleidete Männer aus dem Wagen und näherten sich dem Objekt. Deshan achtete auf jeden Schritt, denn die geringe Schwerkraft des Mondes erlaubte selbst ihm mehrere Meter weite Sprünge.

Vorsichtig schoben sie sich an lehmgelben und rostbraunen Felsen vorbei, näherten sich dem Artefakt und blieben dicht davor stehen.

Fast eine ganze Minute lang sprach niemand ein Wort. Das Gebilde schien aus Metall zu bestehen, und seine Oberfläche war völlig glatt, wies keine Markierungen auf, nicht einmal einen Kratzer. An seinem künstlichen Ursprung bestand kein Zweifel – ein natürlich entstandenes Objekt konnte unmöglich so aussehen.

Schließlich streckte Paronn die Hand aus und berührte das Artefakt.

Nichts geschah.

Aber Deshan beobachtete, wie Paronn hinter seinem Helmvisier erbleichte und sich abrupt umdrehte. »Lasst uns zurückkehren.«

Während der Fahrt zur Forschungsstation starrte Levian die meiste Zeit über stumm aus dem Fenster. Deshan richtete mehrere Fragen an ihn, um herauszufinden, was ihn so bestürzt hatte, aber Paronn gab nur einsilbige, ausweichende Antworteten. Kurz vor Erreichen der Basis beugte er sich vor. »Ich muss dringend mit dem Stationsleiter sprechen«, teilte er Mandao mit. »Unmittelbar nach unserer Rückkehr.«

Der Fahrer nickte, setzte sich per Funk mit der Station in Verbindung und gab Paronns Anliegen weiter.

Zehn Minuten später saßen sie im Büro des Stationsleiters Enno Fardan. Der ältere, schlaksig anmutende Mann mit dem silbergrauen Haarkranz saß an einem runden Tisch in der Mitte des Zimmers und stand auf, als Paronn und Deshan hereinkamen.

»Bitte nehmt Platz.«

»Ist hier Sprengstoff verfügbar?«, fragte Paronn, als er sich setzte. »Kannst du mir eine Bombe beschaffen?«

Fardan wölbte nur kurz die Brauen. Er schien jemand zu sein, der sich nicht so leicht aus der Ruhe bringen ließ. »Ich schlage vor, du erklärst zunächst die Situation.«

Paronn nickte. »Zuerst einmal: Danke, dass du uns verständigt hast.«

»Ich bin ein Freund der Sternensucher. Und ich weiß, dass ihr alle Außenstationen – eure ebenso wie die des Raumfahrtsolidars – gebeten habt, Ungewöhnliches zu melden. Das Artefakt erschien mir ungewöhnlich genug.«

Deshan sah kurz aus dem Fenster. Draußen, auf dem Start- und Landefeld der Station, stand ein kleines interplanetares Raumschiff, das Levian Paronn für Flüge nach Sternensucherbasen bei den äußeren Planeten verwendete, deren Besatzungen eng mit den Stationen des Raumfahrtsolidars zusammenarbeiteten. Sie waren eingerichtet worden, um den Exodus-Schiffen Hilfe leisten zu können, wenn es während ihrer kritischen Beschleunigungsphase zu Zwischenfällen kam. Andruckabsorber, künstliche Gravitation und leistungsfähige Triebwerke verkürzten Reisen, die früher Wochen oder gar Monate gedauert hatten, auf Stunden oder einige Tage.

»Das Solidar schickt ebenfalls ein Schiff«, fügte Fardan hinzu. »Es wird morgen hier eintreffen.«

»Wisst ihr, wie lange sich das Artefakt schon im Krater befindet?«, fragte Paronn.

»Nein. Wir haben es vor wenigen Tagen gefunden, durch Zufall.«

Düstere Ahnungen regten sich in Deshan. »Vermutest du einen Zusammenhang mit dem Feind?«

»Ja«, sagte Paronn. »Ich glaube, das Artefakt ist eine Art Relaisstation, das Signale empfängt und sie per Hyperfunk weiterleitet.«

»Hyperfunk?«, wiederholte Enno Fardan verwundert.

»Signale, die schneller sind als das Licht«, erklärte Paronn widerstrebend, und Deshan gewann kurz den Eindruck, dass er bereute, zu viel gesagt zu haben. »Ich fürchte, die Relaisstation empfängt die Signale von Sonden und leitet sie weiter.«

»An wen?«, fragte Fardan.

»An die Wesen, die vor einundsechzig Jahren mit dem Kugelschiff kamen.« Paronn holte tief Luft. »Vielleicht hat der Feind auf diese Weise die Kursdaten der dreiunddreißig bisher aufgebrochenen Exodus-Schiffe in Erfahrung gebracht. Das wäre eine unvorstellbare Katastrophe.«

Plötzlich verstand Deshan, warum Paronn so bestürzt gewesen war. Hunderttausende von Kolonisten, die mit den Generationenschiffen aufgebrochen waren, um die Spezies Mensch zu den Sternen zu bringen und ihr Überleben zu sichern ... Vielleicht waren sie alle in den Tod geflogen!

»Es wäre aber auch denkbar, dass die Relaisstation die empfangenen Daten sammelt und erst sendet, wenn ein zweites Schiff des Feindes in diesem Sonnensystem eintrifft. Deshalb muss das Artefakt sofort zerstört werden!«

»Aber von welchen Sonden sollte die angebliche Relaisstation Signale empfangen?«, fragte Fardan. »Wir haben nichts bemerkt.«

Paronn deutete aus dem Fenster zu Anunnas Ringen. »Es wäre leicht, dort kleine Ortungsstationen zu verbergen. Neberus Ringsystem käme ebenfalls in Frage. Wären eure Messinstrumente imstande, einen zwei Meter großen Satelliten in den Myriaden Gesteins- und Eisbrocken dort draußen zu orten?«

»Das bezweifle ich sehr«, gestand Fardan.

»Habt ihr Sprengstoff?«, wiederholte Paronn seine ursprüngliche Frage. »Oder siehst du irgendeine andere Möglichkeit, das Gebilde zu zerstören?«

»Wir haben die notwendigen Chemikalien, um Sprengstoff herzustellen«, sagte der Stationsleiter. »Aber es gibt bei dieser Sache auch einen ... politischen Aspekt.«

Deshan hatte selbst darauf hinweisen wollen und überließ es Fardan, die Hintergründe zu erläutern.

»Zum ersten Mal in ihrer Geschichte sieht sich die Menschheit einem Objekt gegenüber, das ganz offensichtlich von einer anderen Intelligenz geschaffen wurde. Dadurch wird es unermesslich kostbar. Die Entscheidung darüber, was damit geschehen soll, gebührt dem Großen Solidar, den dreizehn Solidartamanen des Koordinierenden Konzils als Vertreter der *ganzen* Menschheit. Wenn die Sternensucher das Artefakt zerstören, ohne dass Wissenschaftler des Großen Solidars Gelegenheit bekommen haben, es zu untersuchen, könnten erhebliche Spannungen zwischen euch und den Solidartamanen die Folge sein.«

Paronn öffnete den Mund, aber Deshan kam ihm zuvor.

»Er hat Recht«, sagte er. »Wir sollten warten, bis das Solidarschiff eintrifft. Nur ein Tag. Seit fast sechzig Jahren schicken wir Exodus-Schiffe zu den Sternen. Ein Tag mehr macht sicher keinen Unterschied.«

Einige Sekunden lang rang Paronn mit sich selbst. »Na schön«, sagte er schließlich. »Ein Tag.«

Das Schiff des Großen Solidars stand unter dem Kommando von Talia Tali, einer bemerkenswert jungen und für ihr Alter sehr abgeklärten Frau, die zu einer besonderen Mischung aus Abenteuerlust und Besonnenheit gefunden hatte. Sie schien die ganze Zeit über einen weiten Overall zu tragen und ließ es sich nicht nehmen, den Erkunder selbst zu fliegen: ein kleines Beiboot, ausgestattet mit einem der neuen Antigravgeneratoren, deren Entwicklung auf technische Innovationen der Sternensucher zurückging. Der Erkunder schwebte über die Landschaft des Mondes hinweg und kam wesentlich schneller voran als der Transporter, den Mandao gefahren hatte.

»Dort ist der Einschnitt«, sagte der im Kopilotensessel sitzende Paronn und deutete auf das V in der Kraterwand.

Talia steuerte den Erkunder durch die Öffnung und

landete dort, wo die vom Transporter zurückgelassenen Spuren endeten. Eine Minute später standen sie, Paronn und Deshan, in Schutzanzüge gekleidet, draußen und näherten sich den Felsen.

Dort erwartete sie eine Überraschung.

Das schwarze Artefakt war nicht mehr da.

Wo es am vergangenen Tag gestanden hatte, zeigte sich jetzt eine leere Lücke zwischen den Felsen.

Deshan hörte, wie Paronn leise fluchte. »Manchmal macht ein Tag *doch* einen Unterschied!«

»Wie kann das Artefakt verschwunden sein?«, fragte Deshan Apian, als sie in der Kommandozentrale der LEMURIA saßen, des kleinen interplanetaren Schiffes, mit dem Levian und er zum Ringplaneten Anunna geflogen waren. Sie hatten bereits Neberus Umlaufbahn erreicht und näherten sich Zeut. In einigen Stunden würden sie das System Lemur-Suen erreichen. »Es verfügte doch nicht über einen Antrieb, oder?«

»Über keinen sichtbaren«, sagte Paronn und überprüfte die Anzeigen. »Aber das bedeutet nichts weiter. Vielleicht wurde es abgeholt. Oder es schwebte in einem Antigravfeld fort. Oder es ging in einen Nulltransfer.«

Deshan musterte Paronn, der um so viele Jahre jünger als er selbst wirkte. Und schließlich wiederholte er eine Frage, die er ihm vor genau 100 Jahren gestellt hatte: »Wer bist du? Hyperfunk. Nulltransfer ... Du sprichst von Dingen, die außer dir niemand versteht. Du kennst den Feind, obwohl ihn noch niemand gesehen hat. Du hast sogar seine Sprache verstanden! Wer bist du?«

Paronn seufzte, und wieder hörte Deshan eine gewisse Müdigkeit, die ihm schon einmal aufgefallen war.

»Glaubst du, dass ich Vehraáto bin?«

»Viele Menschen sind davon überzeugt.«

»Was ist mit dir?«

Deshan zögerte. »Du bist unsterblich. Und als die Erste

damals auf dich geschossen hat, konnte sie dich nicht töten.«

»Ein Schirmfeld hinderte die Kugeln daran, mich zu erreichen. Und was meine Unsterblichkeit betrifft ...« Paronn trug ebenso wenig einen Schutzanzug wie Deshan. Er öffnete die Jacke, griff unters Hemd ...

Zum Vorschein kam ein Zellaktivator, der praktisch genauso aussah wie das Gerät, das dem Chronisten relative Unsterblichkeit bescherte.

»Ich bin auf die gleiche Weise unsterblich wie du«, sagte Paronn.

»Eigentlich habe ich dich nie wirklich für den zurückgekehrten Zwölften Heroen gehalten«, erwiderte Deshan. »Mythen können eine starke Kraft entfalten – wer weiß das besser als ein Chronist? –, und die hast du für deine Zwecke genutzt. Ein Grund mehr für die Frage: Wer bist du?«

Diesmal lächelte Paronn, und es funkelte in seinen grauen Augen. »Ich bin Levian Paronn. Ich bin gekommen, um ...«

»Ja, um Lemurs Kinder zu den Sternen zu bringen und das Überleben der Menschheit zu sichern«, sagte Deshan. »Das weiß ich alles. Du hast es oft genug betont. Aber wer bist du *wirklich*?«

Paronn blickte aus dem Bugfenster ins schwarze All. Zeut war bereits von einem Punkt zu einer kleinen Scheibe geworden und schwoll immer mehr an. Jenseits davon warteten Lahmu und Lemur. Die Gasriesen des Apsu-Systems lagen weit hinter der LEMURIA.

»Wenn ich mir vorstelle, dass der Feind tatsächlich den Kurs unserer dreiunddreißig Exodus-Schiffe kennen könnte ...«, sagte er. »Sie hätten nicht die geringste Chance gegen ihn. All die Mühen, all die Opfer, all die vielen Jahre ... Völlig umsonst. Und wer weiß, wann er beschließt, hierher zurückzukehren, vielleicht mit einer ganzen Flotte ... Wir müssen das Projekt Exodus noch schneller vorantreiben. Die nächsten Schiffe, Deshan, werden den Kurs ändern, sobald sie das Apsu-System verlassen haben.«

Eine Zeit lang lauschten die beiden Männer dem Summen des Triebwerks und dem Flüstern der Bordsysteme, während sie Zeut so nahe kamen, dass sie seine Wolkensysteme sahen.

»Seit fast hundertzwanzig Jahren arbeite ich als Chronist für dich«, sagte Deshan. »Glaubst du nicht, dass ich ein wenig Ehrlichkeit verdient habe?«

»Mehr als das. Du verdienst Antwort auf alle deine Fragen. Aber ich *darf* dir nicht alles sagen, Deshan. Manchmal genügen kleine Dinge für eine große Wirkung. Ich habe bereits viel verändert, aber das ließ sich nicht vermeiden, denn es geht um das Überleben der Lemurer. Das ist wichtiger als alles andere; dafür müssen wir bereit sein, jeden Preis zu zahlen. Ich habe ... einen Teil der Zukunft geopfert.«

Paronn sah Deshan an, und wie in der Forschungsstation auf dem Anunna-Mond gewann der Chronist den Eindruck, dass er mit sich selbst rang. Deshan fühlte sich wie unmittelbar vor dem Sturz in eine tiefe Schlucht, in der eine schreckliche Wahrheit auf ihn wartete, und plötzlich war er gar nicht mehr sicher, ob er wirklich Bescheid wissen wollte.

Schließlich traf Paronn eine Entscheidung. »Ein Stein, den man ins unbewegte Wasser eines Teichs wirft, erzeugt Wellen, schafft Veränderung. Worte können Wellen im See der Realität bewirken, und sie sind um so höher, je mehr Informationen die Worte enthalten und je bedeutender diese Informationen sind. Ich könnte dir Geschichten erzählen, die phantastischer sind als alles, was du jemals gehört und gelesen hast, und mir ist durchaus klar, dass gerade du als Chronist viele Geschichten kennst – der Turm der Wahrheit in Marroar ist voll davon. Doch gewisse Dinge dürfen nicht bekannt werden, denn sie würden zu viel ändern und könnten Lemurs Kindern schaden. Deshalb bitte ich dich noch einmal um dein Vertrauen, Deshan. Ich versichere dir, dass ich mich mit meiner ganzen Kraft für das Wohl unseres Volkes einsetze.«

»Das glaube ich dir«, sagte Deshan. Er war gleichzeitig erleichtert und enttäuscht. »Inzwischen kenne ich dich zu gut, um etwas anderes anzunehmen. Du bist nicht Vehraáto, aber du bist auch kein einfacher Lemurer.«

»Vielleicht bin ich der Verkünder, wie ich dir vor fast hundert Jahren im Proklamat von Marroar gesagt habe.« Paronn lächelte bei diesen Worten, aber sein Lächeln war schief, fast ein wenig wehmütig.

»Ich verstehe. Ein Mann auf halbem Wege zwischen einem gewöhnlichen Menschen und dem Zwölften Heroen.«

»Eine ... angemessene Beschreibung.« Paronn blickte wieder nach draußen. »Nun, eins kann ich dir sagen, und es ist nur recht und billig, dass du darüber Bescheid weißt. Hast du dich nie gefragt, weshalb ich dich als Chronist in meine Dienste genommen habe?«

»Aus Eitelkeit?«

Paronn lachte. »Das glauben manche Leute, aber du bestimmt nicht. Du weißt, dass ich nicht eitel bin.«

»Weshalb dann?«

»Du hast allen Grund, stolz zu sein, Deshan. Die Geschichten, die du über mich und uns erzählst, sollen eine ferne Zukunft erreichen und ihr vom Exodus der Generationen berichten. Deine Aufzeichnungen werden sich an Bord des letzten Exodus-Schiffes befinden, das zu den Sternen aufbricht.«

39

Jorgal

Dies war die Welt der Maschinengesänge, die *wahre* Welt, eine Welt ohne Ungewissheiten und ohne Schmerz. Memerek war bei ihm, und Darhel mit dem schweren Kopf voller Wissen, und die kleine Alahandra, und die Maschinenmutter, nach der sich Jorgal immer gesehnt hatte. Dies war die Welt seiner Träume, die Wirklichkeit wurden, zu einer Realität, die ihn ganz vereinnahmte, seine Gedanken und Gefühle über die Grenzen des Physischen hinauswachsen ließ. Jorgal schwebte in einer Sphäre, die ihm Erfüllung brachte und Glück bescherte, umgeben von Liedern, in denen es keine Dissonanzen mehr gab. Und während er noch damit beschäftigt war, auch die letzten krummen Linien der Formenechos gerade zu biegen und der Symphonie, dem ehemaligen Chaoslied, eine durch und durch harmonische Struktur zu geben, stellte er plötzlich fest, dass an der Peripherie seiner Wahrnehmung Lieder verschwanden. Dadurch entstanden neue Misstöne in der Symphonie.

»Was geschieht?«, fragte er.

Das von der großen Alahandra entzündete Feuer zerstört Maschinen, antwortete die Melodie namens Darhel.

»Die Symphonie ... bricht auseinander!«

Ich habe gesehen, gehört und geholfen, sprach eine andere Melodie, und Jorgal glaubte, zwischen den wogenden geometrischen Formen das Gesicht eines Mädchens zu sehen, ein Oval dort, wo sonst nur gerade Linien existierten. *Die Lebensformen sind in Sicherheit.*

Wir sterben, sang Memerek sanft, und Jorgals Erinnerungen zeigten ihm große grüne Augen. *Unsere Körper sind tot, und jetzt sterben auch unsere Seelen. Unsere Lieder verstummen.*

»Nein!«

Vielleicht haben wir noch eine letzte Chance, sang Darhel. *Der Station bleiben nur noch wenige Sekunden, und ihre Zerstörung bedeutet auch das Ende der großen Alahandra. Sie ist es, die uns zusammengeführt hat; ohne sie brechen wir auseinander und ... verstummen. Wenn wir ihre Energie konzentrieren ...*

Jorgal nahm Aufregung wahr.

Könnt ihr mir die Kontrolle überlassen?, fragte das Darhel-Lied. *Kleine Alahandra, die du gesehen und gehört hast ... Zeig mir den Weg zu den Sendern der Station.*

Jorgal schwebte auch weiterhin in der Maschinenwelt und fürchtete nichts mehr, als aus ihr herausgerissen zu werden und in die *andere* Welt zurückzukehren, die voller Ungewissheiten und Schmerz gewesen war. Er fühlte Dinge, die um ihn herum geschahen, hörte mit wachsendem Entsetzen, wie weitere Lieder verstummten, nicht nur in der Ferne. Lücken entstanden in der Symphonie, die er aus dem Chaoslied erschaffen hatte, stumme Löcher ohne einen einzigen Ton.

Plötzlich kam ein Heulen, wie ein Sturm in dieser Welt der Gesänge. Er wirbelte die vielen Formen durcheinander, ohne die Verbindungen zwischen ihnen zu zerreißen, und seine Stimme übertönte die zarteren Klänge der Symphonie. Jorgal fühlte, wie der Orkan ihn mitzureißen versuchte, und instinktiv widersetzte er sich, suchte irgendwo nach Halt ...

Leiste keinen Widerstand, Jorgal!, rief Darhel, und der Maschinenflüsterer fühlte in seinem Lied auch die Präsenz von Memerek sowie der kleinen und großen Alahandra.

Komm zu uns, jetzt sofort! Zögere nicht! Dies ist ein Sendeimpuls. Er trägt uns fort von der Station, und seine Energie wird uns erhalten.

Der Sturm packte Jorgal, fügte ihn den Melodien der anderen hinzu. Er fand sich in einer kleineren Welt wieder, die jedoch alle Klänge enthielt, alle Formenechos, und die Maschinenmutter streckte die Arme für ihn aus, für sie alle, und Jorgal lief ihr entgegen, ließ sein Lied mit dem ihren und den anderen verschmelzen, auf dass eine gemeinsame Melodie entstand, komplex und schön.

Zum ersten Mal in seinem Leben fühlte Jorgal vollkommenes, uneingeschränktes Glück.

Ein elektromagnetischer Impuls verließ die Antennen der Station, bevor sie in einem Glutball verging, und flog mit Lichtgeschwindigkeit durchs All, so wie die Archen, die vor vielen Jahrtausenden ein fernes Sonnensystem verlassen hatten. Er gesellte sich der kosmischen Strahlung hinzu und trug ein Lied zu den Sternen.

40

Deshan Apian

Lemuria 4653 dT (51 747 v. Chr.)

»Was hat das Projekt Exodus jetzt noch für einen Sinn?«, fragte Deshan Apian, als sie den Astrolift an seinem stationären Ende über Lemur verließen und in einen Shuttle umstiegen, der sie zum Werftenkomplex in Suens Umlaufbahn bringen sollte. »Es heißt, die Entwicklung eines überlichtschnellen Antriebs durch das Raumfahrtsolidar steht kurz vor dem Durchbruch.«

»Der Hyperantrieb wird die Raumfahrt erheblich vereinfachen, das stimmt«, sagte Levian Paronn, als der Shuttle beschleunigte und Lemurs Mond im Fenster erschien. »Aber wenn die ersten überlichtschnellen lemurischen Schiffe fremde Sonnensysteme erreichen, wird der Feind das früher oder später bemerken und den Weg hierher finden.«

»Kennt er ihn nicht längst?«

»Um ganz ehrlich zu sein: Ich weiß es nicht. Ich bin mir nicht mehr sicher, ob das Artefakt auf dem Anunna-Mond wirklich eine Relaisstation war, dazu bestimmt, Ortungsdaten weiterzuleiten. Vielleicht diente es einem ganz anderen Zweck. Und das Kugelschiff, das drei lemurische Transporter zerstörte ... Es war beschädigt, erinnerst du dich? Es könnte das Apsu-System durch Zufall erreicht haben.«

»Seit hundertfünfzig Jahren weist du darauf hin, dass irgendwann der Feind kommen wird, ein schlimmerer Feind als die Konos, und jetzt überlegst du es dir plötzlich anders?«

»Nein«, sagte Paronn. »Der Feind *wird* kommen. Das *weiß* ich. Es ist keine Meinung, sondern Gewissheit. Aber vielleicht sind es die mit dem neuen Hyperantrieb ausgerüsteten lemurischen Schiffe, die ihn hierher locken. Wenn der Feind hier eintrifft, müssen wir fort sein.« Er deutete nach draußen ins All, zum Werftkomplex über Suen, der auf die Größe einer Stadt angewachsen war. Halbautomatische Fabriken auf dem Mond verarbeiteten Suens Rohstoffe und lieferten ihre Produkte nicht nur den Werften des Exodus-Projekts, sondern auch dem Großen Solidar von Lemur. »Jene beiden Schiffe dort werden die letzten sein. Mit ihnen endet der Exodus der Generationen.«

Der Shuttle hatte schon mit der Bremsphase begonnen, ohne dass man an Bord irgendetwas merkte. Andruckabsorber, künstliche Schwerkraft, Antigravgeneratoren – all diese Dinge waren längst selbstverständlich geworden.

Zwei große Schiffe hingen neben den Werften im All, das eine röhren- und das andere ringförmig, umschwirrt von Montagerobotern und semiautomatischen Konnektoren. Das hauptsächlich aus Röhrenelementen konstruierte Generationenschiff wies für Deshan geradezu verblüffende Ähnlichkeit mit der Raumstation auf, in der es damals zu einer Explosion gekommen war, die Professor Luban und sein wissenschaftlich-technisches Team getötet hatte. Das Schiff war natürlich viel länger, aber wie jene Station bestand es aus einzelnen miteinander verbundenen Zylindern, Ringelementen, Projektorkränzen und Antennenbünden: ein Koloss, der gleichzeitig seltsam fragil wirkte. Dieser Eindruck täuschte, wie Deshan wusste. Die neue Technik machte diese Schiffe wesentlich stabiler und widerstandsfähiger als etwa die AKAN HATA oder HENTECK AVRAM.

»Das ist die ACHATI UMA«, sagte Levian Paronn. »Das letzte Schiff des Exodus-Projekts. Mit ihm werde ich das Apsu-System verlassen.«

Deshan richtete einen erstaunten Blick auf ihn. Aus irgendeinem Grund hatte er angenommen, dass Paronn auf Lemur bleiben würde, um gegen den Feind zu kämpfen, wenn er schließlich kam.

»Und ich werde deine komplette Chronik mitnehmen«, fügte Paronn hinzu.

Der Shuttle glitt an den beiden Schiffsgiganten vorbei, an den einzelnen Elementen und Modulen, die zu einem größeren Ganzen zusammengesetzt wurden. In einigen Wochen würden die beiden Schiffe fertiggestellt sein, Nummer 46 und 47, und damit gingen die 150 Jahre des Exodus-Projekts zu Ende.

»Die Werften, die Fabriken auf dem Mond, unsere Stationen bei den äußeren Planeten ... All diese Ressourcen stehen bald dem Raumfahrtsolidar zur Verfügung«, sagte Paronn. »Damit zahlen wir ein wenig von dem zurück, was Lemur uns gegeben hat.«

Der Shuttle blieb außerhalb des Konstruktionstanzes, den die zahllosen Montageroboter im All vollführten, passierte ein Ambientalmodul, hinter dessen transparenten Wänden Pflanzen im Licht von Sonnenlampen gediehen. Menschen bewegten sich im Grün, winzig, wie zweibeinige Ameisen. Er flog an den Fangfeldprojektoren vorbei, und dann blieb die ACHATI UMA hinter Paronn und Deshan zurück. Sie näherten sich dem anderen Exodus-Schiff, dem vorletzten, das auf die lange Reise gehen würde: die GALAN BAL. Sie wirkte ein wenig schlanker als die ACHATI UMA und war etwas kürzer, doch bei der allgemeinen Struktur gab es große Ähnlichkeiten. Auch bei ihr konnten die einzelnen Elemente gedreht und in Rotation versetzt werden, obwohl es längst nicht mehr nötig war, Gravitation mit Zentrifugalkraft zu simulieren.

»Die Ziele sind bereits programmiert«, sagte Paronn.

»Und du wirst sie nur den Kommandanten mitteilen.«

»Ja. Je weniger Personen davon wissen, desto besser.«

»Und die Kommandanten sind unsterblich.«

Paronn nickte. »Während an Bord neue Generationen geboren werden, leben und sterben, müssen die Kommandanten wachen und bewahren, über Jahrhunderte hinweg, während außerhalb der Schiffe Jahrtausende vergehen. Sie sind die Garanten für Kontinuität bei ihren jeweiligen Populationen.« Er betätigte die Navigationskontrollen, und der Shuttle entfernte sich von der GALAN BAL, flog zum Werftkomplex.

»Wann wird der Kommandant der GALAN BAL seinen Zellaktivator erhalten?«, fragte Deshan. Er blickte nach draußen und beobachtete das schrumpfende Exodus-Schiff. Apsus Licht tastete über seine Flanken, die sich daraufhin wie in Silber und Gold verwandelten. Plötzlich erschien ihm die GALAN BAL wunderschön.

»Er hat ihn bereits bekommen«, sagte Paronn.

»So früh? Normalerweise wartest du mit der Zeremonie immer bis kurz vor dem Start.«

»Normalerweise. Diesmal liegt der Fall anders.«

»Wen hast du zum Kommandanten ernannt?«, fragte Deshan. »Kenne ich ihn oder sie?«

»Es ist ein Er. Und du kennst ihn ziemlich gut.«

Deshan dachte an die Sternensucher, die dafür in Frage kamen, die GALAN BAL zu den Sternen zu bringen. Und dann verstand er plötzlich.

Er riss die Augen auf. »Du meinst ...?«

Paronn lächelte. »Ja. Du sollst der Kommandant der GALAN BAL sein.«

Deshan Apian prägte sich alles ein, jede Einzelheit, jedes noch so banale Detail. Er sah die Umgebung wie jemand, der wusste, dass er bald erblinden würde und deshalb versuchte, memoriale Bilder festzuhalten.

Wind wehte an diesem Tag, bewegte das Wasser und hinderte ihn daran, sein Spiegelbild im See zu sehen, und das andere Gesicht mit den großen braunen Augen, umrahmt von schwarzem Haar. Das Schaukeln des Bootes gefiel Deshans Rücken gar nicht, aber er drängte das Stechen an den Rand seiner Wahrnehmung. Ein anderer Schmerz rückte in den Vordergrund, der des Abschieds.

Miras Tod hatte ihn zum ersten Abschied von ihr gezwungen, und dies war ein zweiter, ebenso endgültig wie der erste und nicht weniger schwer. Halb in sich zusammengekauert saß er im Boot, in eine dicke Jacke gehüllt, die ihn vor der Kühle schützte. Der Schnee an den Hängen der Berge kündigte den nahen Winter an, und vielleicht wurde es diesmal so kalt, dass der See im Tal der Stille gefror. Die Vorstellung einer unter dem Eis gefangenen Mira gefiel ihm nicht, obgleich er wusste, wie unsinnig sie war.

»Ich komme heute zum letzten Mal hierher«, sagte er, und selbst die Worte waren schwer. »Morgen brechen wir auf, Paronn und ich. Morgen starten die ACHATI UMA und die GALAN BAL. Als Kommandant eines Exodus-Schiffes werde ich fast zwanzigtausend Lemurer zu den Sternen bringen. Und es ist gleichzeitig eine Reise in die Zukunft, Mira. Jeder Tag an Bord der GALAN BAL bedeutet hundert Tage hier.«

Er sah übers Wasser und lauschte dem Klatschen der Wellen am Bootsrumpf. Mehrere Vögel ließen sich weit oben vom Wind tragen, und einige Sekunden lang beneidete Deshan sie. Vögel lebten einfach nur, mussten weder schwierige Entscheidungen treffen noch Verantwortung tragen. *Aber vielleicht gibt es selbst für solche Geschöpfe leichte und schwere Dinge,* dachte er.

»Ich werde nie hierher zurückkehren, Mira. Von jetzt an bist du allein an diesem Ort.« Deshan lauschte dem Klang dieser Worte; sie hörten sich schrecklich falsch an. »Nein, das stimmt nicht«, fügte er hinzu. »Du wirst *nicht* allein sein, denn ich trage dich in mir, in meinen Erinnerungen, und im Herzen. Solange ich lebe.« Er tastete kurz nach dem Zellaktivator auf seiner Brust, ließ die Hand dann wieder sinken. »Und vielleicht lebe ich sehr, sehr lange.«

Er starrte ins türkisfarbene Wasser und suchte nach Worten. »Zwei unserer Ururenkel befinden sich an Bord der ACHATI UMA, außerdem auch mehrere Angehörige des Hauses Rusun, das seit der Heirat von Morneas Enkelin Gildia mit unserem verbunden ist.« Mornea, ihr elftes und letztes Kind, geboren im Jahr 4534. Sie war schon seit einigen Jahren tot, wie alle anderen Söhne und Töchter Deshans. Er stellte sie sich gern bei Mira vor, die Familie vereint – es fehlte nur der Lebenspartner und Vater. »Und einige Mitglieder deines Hauses sind unter den Reisenden meines Schiffes, der GALAN BAL. Stell dir vor: Die Namen Lemroth, Apian und Rusun werden die Sterne erreichen.«

Er schwieg eine Zeit lang, und bei den nächsten Worten war seine Stimme nicht mehr als ein Flüstern. »Aber du bleibst hier, allein.«

Der Wind schien ihm zu antworten, ein Raunen und Wispern, das übers Wasser strich, den Wellen Kronen aus Schaum gab. Er erzählte von Kälte, von Eis und Schnee, von Einsamkeit.

Deshan spürte, wie ihm die Wangen feucht wurden. »Es tut mir Leid«, sagte er. »Es tut mir Leid, dass ich dich hier allein zurücklasse. Bitte warte auf mich, auch wenn es ein wenig länger dauert.«

Und dann gab es nichts mehr zu sagen, und gleichzeitig mehr, als man an einem Tag sagen konnte, und Deshan kehrte zum Ufer zurück, zum letzten Mal.

Levian Paronn blickte von dem fast 100 Quadratmeter großen Bildschirm an der vorderen Wand des Kontrollzentrums.

»Wohlergehen dir, Deshan Apian«, sagte er. Seine Stimme tönte überall an Bord der beiden letzten Exodus-Schiffe aus den Lautsprechern. Tausende von lemurischen Emigranten hörten sie, und sie wurde auch nach Lemur übertragen. »Ich danke dir für die geleisteten Chronistendienste. Deine Geschichten reisen mit mir in die Zukunft, um Lemurs Enkeln und Urenkeln vom Exodus der Generationen zu berichten. Wohlergehen euch allen, die ihr aufbrecht, um Lemurs Saat auf fernen Welten auszubringen. Meine guten Wünsche begleiten euch alle.«

»Wohlergehen dir, Levian«, murmelte Deshan Apian, als Paronn vom Bildschirm verschwand. Das Weltall kehrte zurück, und die fernen Sterne.

»Alle Systeme bereit«, meldete der Cheftechniker der GALAN BAL.

Deshan nickte und straffte seine Gestalt. Er trug einen uniformartigen schwarzen Einteiler, schwarz wie das All, schwarz wie die Kleidung des Verkünders, der vor 150 Jahren damit begonnen hatte, das Projekt Exodus ins Leben zu rufen. Ein Kreis schien sich zu schließen.

»Fangfelder aktivieren«, sagte er.

An den Flanken der GALAN BAL entstanden grauweiße Trichter und drehten sich.

»Initialreaktion einleiten.«

»Initialreaktion wird eingeleitet.«

Deshan stellte sich vor, wie die Fänger ihre Abhijn-Kraft nutzten, um die Wechselwirkungswahrscheinlichkeit der eingefangenen Neutrinos zu erhöhen. In den Fangfeldern glühte es, als Neutrinos und Antineutrinos zerstrahlten.

»Beschleunigungsphase hat begonnen«, sagte der Cheftechniker.

Andruckabsorber, künstliche Gravitation, Navigationsschilde, ambientale Systeme – alles funktionierte einwandfrei. Andere, kleinere Bildschirme zeigten, wie die ACHATI

UMA, Suen und Lemur hinter dem kilometerlangen Schiff zurückblieben.

Deshan Apian drehte sich zu den Männern und Frauen im Kontrollzentrum um. »Wir sind unterwegs.«

Zwei Stunden später leuchtete die Initialreaktion in den Fangfeldern der ACHATI UMA. Das letzte Exodus-Schiff verließ das Sonnensystem, änderte anschließend den Kurs und beschleunigte auf fast Lichtgeschwindigkeit. Die Reise zu den Sternen und in die Zukunft begann.

41

Levian Paronn

ACHATI UMA: Zwölf Jahre nach Beginn des Dilatationsflugs; 5853 dT (50 547 v. Chr.)

Dieser Raum war speziell abgesichert und konnte nur vom Kommandanten der ACHATI UMA betreten werden. Die aktiven Sicherheitssystemen hätten unbefugte Personen bei dem Versuch, ihn zu betreten, erst gewarnt und dann eliminiert.

Levian Paronn saß an einem hufeisenförmigen Tisch mit diversen Schaltelementen, und als er eins von ihnen berührte, wurde es dunkel, und die Wände schienen an Substanz zu verlieren. In Wirklichkeit entstanden an ihnen holografische Darstellungen der Umgebung des Schiffes, und der Beobachter gewann den Eindruck, mitten im All zu schweben. Paronn lehnte sich im Sessel zurück und blickte zu den fernen Sternen. Hier am Rand des Spiralarms wuchsen die Entfernungen zwischen ihnen, und voraus lag ein leerer Bereich, der diesen Spiralarm der Galaxis vom nächsten trennte.

Die Erhabenheit des Alls schenkte ihm Ruhe, selbst nach all den Jahren. Eine Zeit lang genoss Paronn die stille Pracht, beugte sich dann wieder vor und berührte eine Schaltfläche. Direkt vor ihm bildete sich ein weiteres Projektionsfeld und zeigte Apsuhol in ihrer ganzen Pracht: die Galaxis, ein riesiges Feuerrad aus Milliarden von Sternen. Und darin blinkten 46 Punkte, zeigten die errechneten Positionen der anderen Exodus-Schiffe an.

»Lemurs Saat ist ausgestreut«, sagte Paronn leise. Er hatte sein Werk vollbracht. Bis auf das, was noch vor ihm lag: die Zukunft. Für viele war sie ungewiss, er indes glaubte zu wissen, was sie für ihn bereithielt.

Levian Paronn lächelte. Er war heute zuversichtlicher denn je. Aber die endgültige Bestätigung, dass er das Richtige getan hatte, würde er erst erhalten, sobald er den Freund wieder traf, der noch gar nicht geboren war.

Seine Finger tasteten zu einer weiteren Schaltfläche, und ein Fach im Tisch öffnete sich. Darin lag das Aufzeichnungsmodul, das er vom Chronisten Deshan Apian erhalten hatte, und die Hälfte eines Zellaktivators, den er wahrscheinlich nie fertig stellen konnte, weil ihm zu viele Komponenten fehlten. Er hoffte inständig, dass die anderen dem Original an seiner Brust nachgebauten Geräte wie vorgesehen funktionierten, denn Materialmangel hatte ihn gezwungen, hier und dort zu improvisieren.

Warum hatte er mit dem vierarmigen Freund nicht darüber gesprochen? Er hatte das versäumt, als es noch möglich gewesen wäre, und dann hatten sich die Ereignisse überstürzt und ihm keine Zeit mehr dazu gelassen.

Keine Zeit ...

Das klang wie eine Ironie des Schicksals. Jetzt, nach dem Beginn der Großen Reise, hatte er mehr Zeit, als ihm lieb sein konnte. Kinder würden an Bord der ausgesandten Schiffe geboren werden, heranwachsen, alt werden und sterben, auf der Flucht vor einer Bedrohung, die das Volk von Lemur an den Rand des Abgrunds brachte. Die Wahrheit über die Bestien, die wie eine Heimsuchung über die Galaxis kommen würden, hätte ihm niemand geglaubt.

»Wenn es mir doch nur möglich gewesen wäre, dir alles zu sagen, Deshan«, murmelte Paronn.

Bilder flimmerten vor seinen Augen, so schnell, dass er

keine Einzelheiten erkannte. Levian Paronn hatte jedem aufbrechenden Exodus-Schiff den bis dahin fertigen Teil der Chronik mitgegeben, in speziell präparierten Datenspeichern untergebracht, die auf das Hirnwellenmuster eines bestimmten Menschen programmiert waren. Die vollständige Chronik des Exodus der Generationen lag nur ihm selbst vor. Aber genau das war zu wenig. Der Hinweis auf das letzte Schiff, die ACHATI UMA, musste weitergegeben werden. Andernfalls, so fürchtete er, geriet die Zukunft in Gefahr.

Eine Zeit lang hatte Levian Paronn nur Augen für den unscheinbaren Datenspeicher. »Das ist mehr als meine Geschichte«, murmelte er leise und lauschte dem verhallenden Klang der eigenen Worte. »Das ist unser aller Leben.«

Er hatte sich entschlossen, nicht nur das Original am richtigen Ort zu deponieren, sondern zudem einige Kopien zu verteilen. Einfach, um sicherzugehen. Wo, das würde er erkennen, sobald es so weit war, bislang wusste er es noch nicht.

Wegen der speziell präparierten Datenträger nahm der Kopiervorgang geraume Zeit in Anspruch. Levian Paronn fragte sich, was er selbst empfinden würde, falls er eines Tages dem Empfänger der Aufzeichnung persönlich gegenüberstand. Das Gefühl, den anderen auszunutzen, hatte er sehr schnell verdrängt.

Sein Blick kehrte zu den Sternen zurück. »Überlebt«, flüsterte er Lemurs Saat an Bord der vielen Generationenschiffe zu. »Überlebt und überbringt meine Botschaft.«

42

Perry Rhodan

Dies war der Ort, wo Erinnerungen Bilder malten, und jetzt verblassten ihre Farben, verwischten zu einem Grau, das Einzelheiten verlor, und doch blieben Details und Farben erhalten, an einem anderen Ort, im Bewusstsein eines fast 3000 Jahre alten Menschen.

Perry Rhodan schlug die Augen auf und war von einem Moment zum anderen hellwach. Ein akustisches Signal kam vom medizinischen Syntron, mit dem er verbunden war, und wenige Sekunden später erschien Dr. Hyman Mahal an seiner Seite.

»Ich weiß Bescheid«, sagte Rhodan. Er stellte fest, dass er auf einem Diagnosebett lag. Entschlossen schwang er die Beine über den Rand der Liege. »Ich kenne die Geschichte der Sternenarchen.« Er wollte aufstehen, doch der Mediker drückte ihn mit sanftem Nachdruck in eine sitzende Position zurück.

»Immer mit der Ruhe«, brummte Mahal und blickte auf die Anzeigen der medizinischen Geräte. »Wie fühlst du dich?«

»Ausgeschlafen und ausgeruht.«

»Was *hast* du gefühlt?«

Rhodan hob die rechte Hand zur Schläfe und ließ sie wieder sinken. Er bemerkte die kleinen Datenspeicher auf einem Tisch in der Nähe und beobachtete, wie sie grau wurden, so grau wie die Bilder, die er empfangen hatte – und die in seinem Gedächtnis mit ihrer ursprünglichen Farbenpracht existierten.

»Levian Paronn«, sagte Rhodan langsam. »Der Mann, der damals das Projekt Exodus der Sternenarchen ins Leben rief ... Irgendwie ist es ihm gelungen, mir eine Botschaft zu übermitteln. Sein Chronist hat alles festgehalten. Ich weiß, wie die Generationenschiffe gebaut wurden. Ich kenne die Hintergründe des Projekts. Paronn, ein Unsterblicher ... Er verteilte Zellaktivatoren an die Kommandanten der Archen.«

Rhodan stützte sich mit der Hand ab, als ihm plötzlich schwindlig wurde. Die Verbindung mit dem Syntron bestand nach wie vor, und der Mediker beobachtete, wie sich die Anzeigen veränderten.

»Dein Bewusstsein hat die vielen empfangenen Informationen noch nicht verarbeitet«, sagte Mahal. »Fast zwanzig Stunden hast du in einer Art Koma gelegen. Wir waren nahe daran, die LFT zu informieren und um Hilfe zu bitten.«

»Zwanzig Stunden ...« Rhodan stand auf. »Ich muss mit Sharita reden.«

Mahal verzog das Gesicht. »Da gibt es ein kleines Problem. Sharita Coho ist verschwunden. Zusammen mit Echkal cer Lethir und einigen anderen, unter ihnen auch Denetree und ... Icho Tolot.«

Rhodan musterte den Mediker mit der Gelassenheit eines drei Jahrtausende alten Mannes. »Es scheint viel geschehen zu sein, während ich ... geschlafen habe. Auf dem Weg zur Zentrale kannst du mir alles erklären.«

Pearl Laneaux führte das Kommando, und außer ihr hielten sich nur noch der Funker Alemaheyu Kossa und der Ortungsspezialist Omer Driscol in der Zentrale auf. Sie wirkten sehr erleichtert, als sie Rhodan sahen.

»Dein Erwachen und Wohlergehen ist eine weitere

gute Nachricht«, wandte sich die zart gebaute Laneaux an Rhodan. Als sie seinen fragenden Blick bemerkte, fügte sie hinzu: »Sharita und die anderen sind hierher unterwegs. An Bord von Icho Tolots Schiff. Es klang so, als hätten sie viel zu erzählen.«

»Und noch etwas«, sagte Kossa. »Die Akonen von der LAS-TOÓR gehen derzeit recht großzügig mit Informationen um. Sie teilen uns mit, dass vor Akon eine Arche aufgebracht wurde.« Der Funker deutete auf den Bildschirm seiner Konsole. »Diese hier.«

Rhodan trat neugierig näher, betrachtete Bilder der Sternenarche und schnappte nach Luft. Ein langes, röhrenförmiges Gebilde mit einzelnen Segmenten, unter ihnen auch Ringelemente. Kein Zweifel.

»Das ist die ACHATI UMA«, sagte Perry Rhodan. »Levian Paronns Schiff.« Er atmete tief durch. »Damit steht unser nächstes Ziel fest. Wir müssen nach Akon.«

Epilog

Die Kluft

26. April 1327 NGZ

Die Kluft erstreckte sich als eine grabenartige Zone der Dunkelheit neben dem bunten Glanz des galaktischen Zentrums, in dem die Abstände zwischen den Sonnen schrumpften, manchmal auf nur wenige Lichtmonate. Sie bestand aus Dutzenden von Globulen, Dunkelwolken großer Dichte, die sich irgendwann einmal zu Sonnensystemen entwickeln mochten, wenn sie nicht von vorbeiziehenden Sternen auseinander gerissen wurden. Der Frachter SAMARKAND pflügte durch die Peripherie des Grabens, und der alte Vincent beobachtete das Glühen der Navigationsschilde, bewunderte das subtile Farbenspiel von Reibung und Auflösung. Er sah nicht auf, als Lola aus dem Dorn kam, der die Kugel mit dem Gerüst des Schiffes und den daran befestigten mehr als 100 Frachtmodulen, Habitatzellen und dem Triebwerksflansch verband. Sie trat durch die halbdunkle Pilotenkugel und nahm im Sessel des Kopiloten Platz.

»Es gibt so viele schöne Dinge«, sagte Vincent nach einer Weile. »Und manche von ihnen kosten nichts.« Durch das transparente Aluminium der Pilotenkugel deutete er nach draußen ins All.

Lola drehte den Kopf. Mit ihren 87 Jahren war sie nur drei Jahre jünger als Vincent, und Falten bildeten ein komplexes Muster in ihrem Gesicht. Sie wog ein paar Kilo mehr als in ihrer Jugend, und das schwarze Haar hatte seinen Glanz verloren, aber für Vincent war sie noch immer so schön wie damals vor fast 70 Jahren, als sie sich kennen gelernt hatten. Lola trug ihre Schönheit nicht außen, sondern im Innern, in Herz und Seele. Dort gab es keine Falten. Dort blieb sie für immer jung.

»Andere hingegen sind ziemlich teuer«, erwiderte Lola. »Zum Beispiel die Freiheit unabhängiger Spediteure. Raten für das Schiff müssen bezahlt werden. Und das geht nur, wenn die Fracht pünktlich ihren Bestimmungsort erreicht.« Sie beugte sich vor und sah auf die Anzeigen. »Wir sind spät dran.«

»Mit dem Kurs so dicht am Graben entlang sparen wir mehrere Tage Flugzeit« sagte Vincent. »Und sieh nur, wie schön es ist.« Er zeigte auf das Wabern und Flackern an den Navigationsschilden vor dem Bug der SAMARKAND. Regenbogenartige Farbmuster entstanden und schimmerten vor dem Hintergrund der Kluft.

Lola runzelte die Stirn. »Hast du das gesehen?«

»Den silbernen Funken im violetten Streifen?«

»Nein. In der Kluft. Ein kurzes Aufblitzen.«

Akustische Signale kamen von den beiden Pilotenkonsolen. Lola beugte sich vor. »Die Sensoren der Fernerfassung orten ein Objekt, das aus der Kluft kommt.«

Vincents Interesse erwachte. »Die normalen Schifffahrtsrouten führen weit an der Kluft vorbei. Wer oder was ist außer uns hier draußen?«

Vom Bordsyntron verarbeitete Daten wanderten durch holografische Anzeigefelder.

»Ein Raumschiff«, stellte Lola fest. »Konfiguration unbekannt.«

Dieser Hinweis war ungewöhnlich genug. »Das Raumschiff ist nicht zu identifizieren?«, fragte Vincent überrascht. »Kann es in dieser Galaxis noch unbekannte raumfahrende Völker geben?«

»Die Milchstraße ist ziemlich groß.« Lola betätigte die Kontrollen. »Das fremde Schiff gerät in den Nahbereich. Es hält direkt auf uns zu.«

Vincent blickte zur Kluft, als wäre er imstande, das unidentifizierte Raumschiff mit bloßem Auge zu sehen. Und er sah tatsächlich etwas: Vor dem dunklen Hintergrund blitzte es.

»Energetische Schockwellen«, sagte Lola an seiner Seite. »Das ist ein Angriff!«

»Aber wer ...«, brachte Vincent noch hervor.

Es waren seine letzten Worte.

Ein graues Etwas huschte heran und zertrümmerte die Pilotenkugel der SAMARKAND. Nur einen Sekundenbruchteil später brach das Gerüst des Frachters auseinander, und die Transportmodule platzten. Der Triebwerksflansch explodierte, und die energetische Druckwelle schleuderte Trümmer in alle Richtungen.

Das fremde Raumschiff verharrte in einer Entfernung von einigen Lichtsekunden, und Sondierungssignale rasten durchs All. Nach einer Weile nahm das Schiff Fahrt auf und kehrte in Richtung Kluft zurück – noch war es nicht so weit, die Zeit des Versteckens zu beenden.

Anhang

An den Grenzen der Zeit

Über Raumreisen unter relativistischen Bedingungen, Zeitdilatation und damit zusammenhängende Gegenstände

von Hartmut Kasper

»Achtung!!«, warnt Karl-Herbert Scheer in seinem Exposé zum PERRY RHODAN-Roman »Die flammende Sonne«: »Die von W. E. (d. i. Walter Ernsting) in Band 81 angegebene Geschwindigkeit des Auswandererschiffes ist von Herrn Schelwokat ... geändert worden. Im Original heißt es, der Raumer sei lichtschnell!! Diese Angabe ist auf *halbe* Lichtgeschwindigkeit umgeändert worden, da die Auswanderer sonst der Einstein'schen Zeitdilatation unterlegen wären ...!« Mit insgesamt fünf Ausrufezeichen ist Scheers Mahnung versehen. Warum bremsen Scheer und Schelwokat, der Chefautor und sein Lektor, das von Ernsting so flott gemachte Raumschiff aus. Warum schrillt der Alarm beim Thema Zeitdilatation?

Wenn es dreizehn schlägt

Als Dornröschen die Spindel angerührt hatte und auf das Bett niedergefallen war, verbreitete sich ihr Schlaf über das ganze Schloss: »Da schliefen auch die Pferde im Stall, die Hunde im Hofe, die Tauben auf dem Dach, die Fliegen an der Wand« und – vielleicht das Erstaunlichste von allem – »das Feuer, das auf dem Herde flackerte, ward still und schlief ein«, »der Wind legte sich, und auf den Bäumen vor dem Schloss regte sich kein Blättchen mehr«. Die Reglosigkeit selbst der unbelebten Natur zeigt: Die Zeit steht still. Außerdem halten im wirklichen Schlaf die biologischen Funktionen ja nicht an, sondern der Schläfer atmet, wächst und altert. Dornröschen aber, die nach ihrem Erwachen eigentlich 115 Jahre zählen müsste, ist jung und schön geblieben, und sogar die Fliegen, nun über hundert Jahre alte insektoide Methusaleme, beginnen sich wieder zu regen.

Märchen sind oft aus Märchenbausteinen zusammengesetzt; manchmal sind diese Bausteine undurchsichtig, hier hingegen ziemlich transparent: Am Spinnrad sitzen in allerlei Mythologien die Schicksalsgöttinnen – die Moiren (griechisch), die Parzen (römisch) oder die Nornen (germanisch). Je eine von ihnen

Wo die Zeit schläft ...

spinnt den Lebensfaden, eine zweite erhält ihn, die dritte schneidet ihn ab.

Im Falle von Dornröschen vermischt sich das Bild der drei Schicksalsschwestern von Beginn an mit einem Zeitmotiv: In diesem Königreich nämlich gibt es zwölf goldene Teller – wie der Tag zwölf Stunden hat und das Jahr zwölf Monate –, aber dreizehn Weise Frauen. Die überzählige, dreizehnte Fee wird nicht zum Fest geladen und erscheint doch. Und so schlägt es in diesem Märchen gewissermaßen dreizehn, die Stunde also, die niemals schlägt, die Stunde jenseits der Zeit.

Immer schon haben uns Geschichten fasziniert, in denen etwas mit der Zeit nicht stimmt, in denen sie irgendwie in Unordnung geraten ist. Vielleicht, weil in ihnen eines unserer grundlegenden Ordnungsmuster verzerrt wird oder ganz außer Kraft gesetzt ist:

Odysseus verschlägt es auf seiner Heimreise nach einem Schiffbruch auf Ogygia, die Insel der Nymphe Kalypso mit dem schön wallendem Haar. Sie lebt in einer schön gewölbten Grotte, singt und spinnt »ein schönes Gewebe mit goldener Spule« und hält Odysseus sieben Jahre fest. Erst auf Geheiß der Götter lässt sie ihn frei (Odyssee, V. Gesang).

Wilhelm Hauff (1802–1827) erzählt im Märchen »Zwerg Nase« die Geschichte von einem Jungen, der einem alten Weib Kohlköpfe vom Markt nach Hause trägt und in diesem Haus unbemerkt sieben Jahre verbringt. Danach geht der Junge, seinem Selbstbewusstsein nach immer noch ein Kind, als verunstalteter Zwerg Nase in die Welt. Die Alte ist nämlich die böse Fee Kräuterweis, die nur alle fünfzig Jahre zum Markt kommt und ihre Boshaftigkeit auslebt.

Der amerikanische Autor Washington Irving (1783–1859) schließlich berichtet über »Rip van Winkle«, einen am Fuße der Catskill-Berge am Hudson River gemütlich vor sich hinlebenden Zeitgenossen, Nachfahr holländischer Einwanderer, der eines Tages und wie so oft vor seiner keifenden Frau in die Wälder flieht, um in Gesellschaft seines Hundes zu jagen. Im Wald begegnet ihm ein sonderbarer und in altniederländische Tracht gekleideter Herr, der ihn bittet, für ihn ein Fass Wacholderschnaps in eine Schlucht zu tragen, wo ebenso alter-

Einstein am Strand – Gedanken über Raum, Zeit und Relativität

tümlich gekleidete Gesellen schweigsam Kegel schieben. Rip trinkt ein wenig mit und schläft schließlich ein. Als er aufwacht, findet er die Schlucht von Felsenwänden verschlossen, seine Büchse verrostet, im Dorf sein Haus verfallen, seine Frau tot, seine kleine Tochter als Mutter eines Kindes – nur für ihn sind die vergangenen »zwanzig Jahre eine einzige Nacht gewesen«. Irvings Geschichte ist wahrscheinlich angeregt durch die Sage von Kaiser Friedrich Barbarossa (Rotbart), der im Berg Kyffhäuser schläft und nur alle hundert Jahre einmal wach wird, um nachzusehen, ob es an der Zeit sei, das deutsche Reich zu retten.

Danke der Nachfrage, dürfen wir dem Herrn Kaiser ausrichten, abgesehen von einer etwas prekären Finanzlage geht es Deutschland auch ohne ihn ganz gut, ja, einer der größten Söhne des Landes, der Ulmer Physiker Albert Einstein (1879–1955), hat sich Gedanken darüber gemacht, warum die Zeit derart aus den Fugen geraten könnte und wie sich das Verschlafen kompletter Jahrhunderte physikalisch begründen lässt.

Einstein am Meer der Zeit (vereinfacht gesagt)

Albert Einsteins grundlegende Einsicht ist, dass Zeit und Raum keine absoluten, das heißt für sich bestehenden unveränderlichen Größen sind, die man nach einem einheitlichen Maßstab messen könnte, sondern relative, das heißt aufeinander bezogene Größen, die zudem von der Geschwindigkeit abhängig sind, mit der sich ihr Betrachter bewegt.

Je schneller der Betrachter ist, desto langsamer vergeht für ihn die Zeit, desto langsamer lebt und altert er. Dies gilt immer und überall: Wer im Café sitzt, der altert schneller als ein Spaziergänger, der am Café vorübergeht. Erheblich wird dieser Unterschied aber erst bei sehr hoher Geschwindigkeit, zumal in der Nähe der Lichtgeschwindigkeit.

Das Licht können wir uns vorstellen als einen Strom von Teilchen. Diese Teilchen heißen Photonen, und ihre vornehmste Eigenschaft ist, dass sie keine Masse haben. Deswegen können sie sich so schnell bewegen, wie es überhaupt möglich ist – und das auch nur unter den dafür günstigsten Bedingungen, nämlich im leeren Raum. Schon in der Atmosphäre oder im Wasser wird die Geschwindigkeit des Lichtes abgebremst.

Alles, was Masse hat, braucht für seine Fortbewegung Energie, und zwar umso mehr Energie, je größer seine Masse und je höher seine Geschwindigkeit ist. Denn die Energie selbst macht den Gegenstand, den sie antreibt, wieder schwerer: Je mehr Energie zugeführt wird, desto schwerer wird das beschleunigte

Objekt; je schwerer das Objekt wird, desto mehr Energie wird für seine weitere Beschleunigung benötigt. Wollte man irgendeinen Gegenstand, der überhaupt Masse hat, auf Lichtgeschwindigkeit beschleunigen, brauchte man dazu nach Einsteins Überlegungen unendlich viel Energie, was offensichtlich mehr ist, als das ganze Universum vernünftigerweise zur Verfügung stellen könnte. Daraus folgt der Schluss, das kein Teil mit Masse Lichtgeschwindigkeit erreichen, geschweige denn sie überschreiten kann.

Stellen wir uns nun vor, wir könnten beliebig nah an die Grenze der Lichtgeschwindigkeit heran und diese sogar erreichen – was würden wir erleben? Die Zeit würde für uns Reisende immer langsamer vergehen – das heißt, die Zeitdilatation setzt ein; bei Lichtgeschwindigkeit stünde die Zeit sogar still. Wir verbrauchten also keine Zeit mehr, um an jeden beliebigen Ort zu gelangen, das heißt: Wir wären überall zugleich.

Im Vergleich zur ablaufenden Erdzeit wäre demnach der Passagier eines lichtschnellen Flugzeugs unsterblich – hätte allerdings wenig davon, da auch sein Bewusstsein still stehen würde: Es wäre in seinem augenblicklichen Gedanken eingefroren. Sogar der Raum änderte sich, er würde für uns und vor uns – also in Reiserichtung – zusammenschrumpfen.

Für einen vergleichsweise langsamen, still stehenden Beobachter würde sich andererseits das Flugzeug verändern: Es würde in Fahrtrichtung zusammenschnurren; bei Lichtgeschwindigkeit hätte es zwar noch Höhe und Breite, aber keine Länge mehr: Der Beobachter würde eine unendliche dünne Scheibe sehen.

Eine weitere Einsicht der Einstein'schen Überlegungen ist, dass die Schwerkraft den Raum und also auch die Zeit beeinflusst, die, wie man gesehen hat, miteinander verwoben sind: Die Uhren auf einem Himmelskörper mit hoher Gravitation laufen langsamer als die Uhren auf einem Himmelskörper mit niedriger Gravitation. Würde die Uhr hinter dem Ereignishorizont eines Schwarzen Lochs aufgestellt, dann stünden ihre Zeiger dort still. Da das Gravitationsfeld eines Sterns oder eines Planeten mit zunehmender Höhe abnimmt, kann man sagen, dass bereits in einem Turm die Zeit schneller vergeht als auf dem Erdboden.

Dies alles hat für einen möglichen interstellaren Raumflug folgende Konsequenzen: Die fernen Sterne rücken umso näher, je schneller man zu ihnen unterwegs ist; die schier unvorstellbaren kosmischen Distanzen nehmen ab; fremde Sonnensystem wären innerhalb der Lebenszeit normal sterblicher Raumfahrer erreichbar, aber zu Hause vergingen Äonen.

Zeitdilatation & Geldanlagen über längere Zeiträume

Merkwürdigerweise aber spielt dieses naturwissenschaftlich verbürgte Modell – wie sich der unvorstellbare Raum zwischen den Sternen überwinden ließe, binnen menschlicher Lebensspanne ein anderes Sonnensystem zu erreichen und auch noch weit in die Zukunft vorzustoßen wäre – in der Science Fiction eine untergeordnete Rolle. In aller Regel warpen, tunneln, transitieren sich die phantastischen Fahrzeuge der Utopie am Geltungsbereich der Einstein'schen Relativitätstheorie vorbei in die Tiefen des Weltalls. Und so bringen sie den leeren Raum zum Verschwinden, dem sie keine dramatische Spannung abgewinnen können.

Dabei ist die große Ungleichzeitigkeit ein literarisch wirkungsvoll-witziges Motiv, wie schon Heinrich Heine in seiner Gestaltung der Kyffhäuser-Sage gezeigt hat. Heine lässt den ewigen Kaiser Barbarossa in seinem Wintermärchen »Deutschland« anlässlich seines Besuches im Kyffhäuser aufwachen und durch die Reihen der schlummernden Soldaten gehen: »Ich zahle einen Dukaten per Mann, / Als Sold, nach jedem Jahrhundert«. Anschließend fragt der Kaiser den Dichter nach einigen seiner damaligen Mitmenschen, die aber unterdessen, wie ihn Heine unterrichtet, längst das Zeitliche gesegnet haben. Womit Heinrich Heine bereits zwei der wesentlichsten Motive andeutet, die in der Science Fiction hinsichtlich nahezu lichtschneller Flüge ausgeführt und miteinander verknüpft werden: das Überdauern des langsamer bewegten, daher schnelllebigeren Teils der Menschheit, und die temporalmonetäre Frage, inwiefern Zeit und Geld zusammenhängen.

Im Jahr 1961 erschien Stanislaw Lems »Powrot z Gwiazd« (»Rückkehr von den Sternen«). In diesem Roman kehrt der Sternenfahrer Hal Bregg von einer Weltraumexpedition nach Fomalhaut zur Erde zurück. Sein Flug – immerhin dreiundzwanzig Lichtjahre hin und dreiundzwanzig Lichtjahre zurück – hat etwa zehn Jahre gedauert – an Bord; auf der Erde sind 127 Jahre verstrichen. Die menschliche Zivilisation hat sich inzwischen grundlegend geändert, sie ist Bregg fremd geworden, und Lem lässt den Leser diese Fremdheit spüren.

Immerhin gibt es noch Nachrichten, die über das Wichtigste vom Tage informieren; sie lauten in dieser Zukunft so: »PETFIFARGUE BRACHTE HEUTE IN AMMONLEE DAS ERSTE ENSOM ZUR SYSTOLSISIERUNG. DIE STIMME DES GROSSEN GRAVISTIKERS BRINGEN WIR UM SIEBENUNDZWANZIG UHR. SIEG ARRAKERS. ARRAKER WIEDERHOLTE SEINEN ERFOLG ALS ERSTER OBLITAERITER DER SAISON.«

Bregg versteht die Gespräche dieser Zeit nicht, er versteht nicht einmal die Anlage des Bahnhofs und der Stadt: »War es übrigens eine Halle? Keinerlei Wände; eine weiße, glitzernde, in der Höhe aufgehaltene Explosion von unwahrscheinlichen Flügeln, zwischen ihnen – Säulen, die nicht aus irgendeinem Material, sondern aus Schwindel erregender Bewegung aufschossen. Hochstürmende, riesige Wasserfälle einer Flüssigkeit, die dichter als Wasser war, von innen her mit bunten Scheinwerfern erleuchtet? Nein: gläserne senkrechte Tunnel, durch die verwischte Unmengen von Fahrzeugen nach oben flitzten? Nun wusste ich nichts mehr.« Hinter dieser Architektur mit ihren mobilen Immobilien stehen ebenso viele Fragezeichen wie hinter dem Sozialverhalten der Menschen: »Ich befand mich in einem ganzen Wald von Springbrunnen; weiter fand ich einen weißen und rosa Saal voller Frauen. Im Vorbeigehen schob ich wie von ungefähr meine Hand in den Strom des beleuchteten Springbrunnens ... Ich spürte aber nichts dabei; denn dieser Springbrunnen hatte kein Wasser. ... Das Mädchen ... hielt einen Strauß blassroter Blumen, streckte das Gesicht hinein und lachte ... Im letzten Moment, als ich bereits ... den Mund aufmachte, erkannte ich, dass die junge Dame diese Blumen aß.« Frauen nehmen ihnen unbekannte Männer von der Straße aus nach Hause mit, verabreichen ihnen aber zuvor »Brit«, ein Getränk, das vorübergehend impotent macht. »Und wenn er nicht trinken will?«, fragt Bregg. »Wie kann er nicht wollen?«, fragt das Mädchen fassungslos zurück: »Hier endete jede Verständnismöglichkeit.«

Für Lem ist Zeitdilatation eine wissenschaftlich genehmigte Zeitreise in die Zukunft, allerdings eine Zeitreise ohne Wiederkehr; er überträgt damit das Rip-van-Winkle-Motiv in die Science Fiction. Bei Dornröschen konnten die Schläfer noch sicher sein, dass sich ihre Welt in einhundert verschlafenen Jahren nicht verändert – die Prinzen standen bereit. Schon bei Irving aber hat sich die Weltgegend weitgehend ent-prinzt: Verdutzt findet sich ein königstreuer Rip in einer amerikanischen Republik wieder. Breggs Prinzenkuss ist nicht gefragt. Er ist – wie auch der Kaiser Barbarossa bei Heine – zum Anachronismus geworden ...

Immerhin hat Bregg über hundert Jahre Dienst getan; er geht zur Bank und erfährt, dass sein Vermögen im Laufe des Jahrhunderts über Zins und Zinseszins auf »26 407 Iten« angewachsen ist. Aber was ist diese Summe wert, wie lange kann man davon leben? »Solange du willst, das Leben kostet doch gar nichts.« Bregg ist reich, doch die kostenlose Verfügbarkeit aller Dienstleistungen und Waren entwertet jeden Reichtum.

Bregg hat übrigens noch eine sonderbare Begegnung am Rande: In einem Park kommt ein frei laufender Löwe auf den erschrockenen Raumpiloten zu, er schnurrt, reibt seinen Kopf an Bregg. Löwen sind wie alle anderen Tiere ebenso wie die Menschen seit ihrer Geburt »betrisiert«, das heißt vermittels einer Droge aggressionsfrei gestellt und unfähig zu töten. Eine gewaltfreie Welt hat sich schon Jesaja erträumt: In der messianisch-paradiesischen Zeit herrscht Tierfriede, es »wohnt der Wolf beim Lamm, der Panther liegt beim Böcklein, Kalb und Löwe weiden zusammen, ein kleiner Knabe kann sie hüten. Kuh und Bärin freunden sich an, ihre Jungen liegen beieinander. Der Löwe frisst Stroh wie das Rind.« (Jesaja 11, 6–9) Das Paradies, in das Bregg sich verschlagen sieht, fußt jedoch auf biochemischer Manipulation.

Am Ende macht sich ein Teil von Breggs alten Raumfahrtkollegen wieder auf den Weg in den Kosmos; auf der neuen Erde haben sie nicht mehr heimisch werden können, da diese »ganze Welt in der anderthalb Jahrhunderte tiefen Zeitschlucht zerfallen und verschwunden war«, wie Bregg sagt, der kosmische Rip van Winkle.

Im Jahr 1963 veröffentlicht Pierre Boulle »La Planète des Singes« (»Planet der Affen«). Der Elektroingenieur Boulle (1912–1994) durfte die Verfilmung zweier seiner Romane erleben: »Die Brücke am Kwai« und »Planet der Affen«; eine seiner Kurzgeschichtensammlungen trägt den Titel »$E = MC^2$«.

Ulyssee Mérou, der Ich-Erzähler des kosmischen Reiseberichtes, ist ein wahrer Ulysses, das heißt Odysseus: Zunächst unternimmt er als journalistischer Begleiter des wissenschaftlichen Raketenbaugenies Professor Antelle im Jahr 2500 einen längeren Ausflug zum Beteigeuze. Die dreihundert Lichtjahre zu diesem Stern legt man dank nahezu lichtschnellem Raumflug und daher einsetzender Zeitdilatation in etwa zwei Jahren zurück, und der Flug braucht auch nur deshalb so lange, weil man ein Jahr lang beschleunigen, das folgende Jahr die Rakete abbremsen muss; die eigentliche Strecke braucht nur wenige Stunden Bordzeit; der Professor erläutert seinem Protokollanten: »Theoretisch könnte also der Fall eintreten, dass die Zeit für uns stehen bliebe, ohne dass wir etwas davon bemerkten. Was für Sie und für mich nur ein paar Minuten, einige Herzschläge lang dauert, kommt einer irdischen Zeitspanne von mehreren Jahren gleich.«

Im System der Riesensonne Beteigeuze entdeckt man einen erdähnlichen Planeten, Soror, und auf diesem Planeten erfreulicherweise zuerst eine nackte Frau. Soror ist bewohnt, allerdings von diversen Primaten-Gruppen. Und von diesen sind die Menschen die primitivste: Sie laufen nackt herum, sind der Sprache nicht mächtig und hausen in Wäldern. Hochzivilisiert dagegen sind die Affen: Schimpansen, Orang-Utane und Gorillas, die auf das Erscheinen eines intelligenten Menschen mindestens mit Verwunderung reagieren.

Im Laufe des Romans erhellen sich die Hintergründe: Auch

auf Soror hatte es eine fortgeschrittene Menschenkultur gegeben, von der jedoch nur noch Relikte vorhanden sind. Die Affen sind zunächst gezähmt, dann immer eigenständiger geworden und haben schließlich die Herrschaft übernommen; die Soror'sche Menschheit dagegen ist in eine Art Wildheit zurückgefallen.

Als Odysseus muss Ulyssee Mérou selbstverständlich eine Heimreise antreten, obwohl auf der Erde natürlich keine Penelope mehr auf ihn warten kann, sind dort doch inzwischen über dreihundert Jahre verstrichen. An ihrer Statt hat er sich mit einem Sorormädchen liiert, hat sie geschwängert und ist mittlerweile Vater geworden. Die Creme der Affenwelt wittert die Gefahr, dass mit dem neuen Kind eine neue intelligente Menschenrasse entstehen und die äffische Vorherrschaft bedrohen könnte. Mérou reist mit der Familie ab; Zeitdilatation; als man auf der Erde landet, hat sich dort jedoch eine parallele Entwicklung abgespielt: Der Eiffelturm steht zwar noch, aber Mérou wird auf dem Raumflughafen von Orly von einer Gorilla-Delegation begrüßt.

Die Filmversion rafft die Handlung zu einer anderen Pointe: Hier entdeckt der irdische Raumfahrer am Ende, dass der Planet der Affen selbst nichts anderes ist als die Erde der Zukunft; in dem berühmten Schlussbild entdeckt er im Sand die versunkenen Trümmer der Freiheitsstatue. Doch auch Boulle nimmt die Zeitdilatation im Grunde als Zeitreisemotor in Betrieb, um mit einer nachgeäfften Erde der Menschenwelt einen Eulenspiegel vorzuhalten.

Wenn es einen wahren Klassiker der Zeitdilatationsreise-Literatur gibt, bei dem die Zeitdehnung nicht nur Mittel zum Zweck, sondern wesentliches Erzählmotiv ist, dann Joe Haldemans Roman »Der ewige Krieg« (1972–1974). In diesem großen Anti-Kriegsroman lässt Haldeman, der den Vietnam-Krieg als Soldat erlebt hat und darin schwer verwundet worden ist, William Mandella seine Lebensgeschichte erzählen. Mandella dient – mehr als ungern – als Raumsoldat im Krieg der Menschen gegen die Taurier, und zwar über ein Jahrtausend lang. Er selbst wird in diesen Jahren nur unwesentlich älter, verbringt er diese Zeit doch überwiegend im nahezu lichtschnellen Flug zu und von den interstellaren Schlachtfeldern.

Die Tachyonentriebwerke beschleunigen die Schiffe mit bis zum fünfundzwanzigfachen der irdischen Schwerkraft, was kein Organismus überleben würde. Und so verbringen die Männer und Frauen ihre Zeit an Bord entweder (in Zeiten erträglicher Beschleunigung) mit sexuellem Zeitvertreib, oder sie liegen suspendiert in den Lebenserhaltungstanks. Haldeman beschreibt Weltraumschlachten, die unter relativistischen Bedingungen einmal nicht den Eindruck vermitteln, als wären Fliegerduelle des Ersten Weltkriegs in den erdnahen Raum verlegt worden. Annäherungen der verfeindeten Schiffe brauchen Wochen; Ausweichmanöver müssen mit einer derartigen Beschleunigung geflogen werden, dass die Mannschaft tatenlos in ihren Tanks liegen muss, während die Bordcomputer navigieren und den Fall ausfechten.

Für diejenigen, die Gefechten überhaupt aus dem Weg gehen möchten, böte die Zeitdilatation allerdings auch einen innovativen Ausweg: Mandella überlegt, ob nicht die meisten der offiziell verschollenen Schiffe »mit Fast-Lichtgeschwindigkeit durch den normalen Raum kariolten« und auf eine zukünftige Erde zuhielten, die den ewigen Krieg hinter sich hatte/haben würde.

Andererseits sorgt die Zeitdilatation für einen unangenehmen Nebeneffekt: Während an Bord der knapp unter der Lichtgeschwindigkeit fliegenden Schiffe kaum Zeit verstreicht, vergehen auf den Planeten Jahre und Jahrzehnte – die von den Bewohnern unter anderem zur Konstruktion und zum Bau neuer Waffensysteme genutzt werden/wurden: »Da wir während dieser Periode an Bord keine wichtigen Forschungs- und Entwicklungsprojekte durchführten, kommt das feindliche Schiff – technisch gesehen – aus unserer Zukunft« – und hält womöglich unliebsame Überraschungen für die technisch mittlerweile zurückgebliebenen Schlachtschiffe bereit.

Auch das gesellschaftliche und private Leben ändert sich langsam/rasend: Die Menschenwelt erlebt einen Umschwung von einer dominant heterosexuellen Lebensweise zur Homosexualität; diese sexuelle Revolution geht so weit, dass an ihrem

Ende Exemplare, die noch am jeweils anderen Geschlecht interessiert sind, als pervers betrachtet werden.

Schließlich transformiert sich die Bevölkerung der Erde zu einer sozialen Einzigartigkeit: Die zehn Milliarden Menschen der Erde sind sämtlich Klone eines einzigen Individuums. Nur auf einigen entlegenen Kolonialwelten wird noch nach altem Brauch begattet, gezeugt und geboren – und auf eine dieser Welten wandert der ewige Krieger Mandella mit seiner ewigen Lieblingskriegerin aus und pflanzt sich fort.

Denn am Ende ist Frieden geschlossen, der ganze 1143-jährige Krieg hat sich als die Idiotie herausgestellt, die Kriege auch auf der Erde zu aller Zeit und in der Regel gewesen sind. Und der Weltraumsold? Der ist weiter ausbezahlt worden, und das Konto hat astronomische Höhen erreicht. Die Inflation leider auch.

Zeitdilatation made in Germany

Der von Scheer wegen unplanmäßiger Beschleunigung arkonidischer Raumschiffe gescholtene Clark Darlton schrieb im Jahr 1971 mit »Das Meer der Zeit« doch noch seinen Zeitdilatation-Roman – allerdings in der Reihe der PERRY RHODAN-Taschenbücher, für die die amtlichen Vorschriften der Exposé-Redaktion nicht immer gelten. Der Roman handelt von einem Explorerschiff und seiner Besatzung, das in Folge des Totalversagens seines Sternenantriebs auf unterlichtschnelle Fahrt gehen muss und dabei so märchenhaft-wunderliche Dinge erlebt, dass selbst eine Begegnung mit Dornröschen den wackeren Kapitän nicht mehr hätte überraschen dürfen.

Zunächst einmal gibt der Kapitän einfach Befehl, nicht weiter knapp unter der magischen Grenze zu bleiben, sondern direkt auf Lichtgeschwindigkeit zu beschleunigen. Gesagt, getan. Und was sehen die verblüfften Raumfahrer? Hören wir Dr. Lin, den Bordzoologen: »›Die Kalenderuhr!‹, sagte Dr. Lin plötzlich und sah zur Wand. Sie sahen alle zur Wand. Die Uhrzeiger waren stehen geblieben.« Man sieht: »Jetzt steht die Zeit ... still. Wir altern nicht mehr. ... Wir sind gestrandet ... im Meer der

Zeitdilatationsidylle mit Adam, Eva & Saurier

Ewigkeit.« Dennoch gilt: »Auch wenn die Zeit bei uns still steht, müssen wir essen und schlafen.« So rast man satt und ausgeschlafen voran in die fernste Zukunft. Plötzlich aber geschieht, was wir vorläufig »Darltons großen Anti-Einstein'schen Schwupps« nennen wollen: Das Schiff rappelt etwas und befindet sich hernach einige Millionen Jahre in der Vergangenheit. Der allwissende Erzähler kommentiert: »Niemand wusste, was eigentlich geschehen war.« Also muss man jetzt nur noch mit normalem zeitdehnendem Unterlichtflug in die Zukunft vorstoßen, die ja nichts anderes als die eigene Gegenwart ist; man landet zwischendurch auch mal auf der urzeitlichen Erde, wo man einen possierlichen Dinosaurier für den heimischen Zoo einsammelt, und setzt eine kleine Gruppe Damen und Herren ab, die den spontanen Entschluss gefasst hat, sich als vor-zeitige Adams und Evas auf dieser paradiesischen Erde ansässig zu machen.

Als man jedoch ein paar Millionen Jahre später wieder vorbeischaut, findet sich von der kleinen Kolonie keine Spur. Und zurück in der Gegenwart wird man von einem väterlichen Großadministrator Rhodan empfangen, der kalkuliert: »Sie waren schätzungsweise drei Milliarden Jahre für uns tätig, da haben Sie siebenundsiebzig Jahre Urlaub schon verdient.« (Woraus wir ersehen, dass terranische Forschungsoffiziere sich eines Urlaubsanspruches von etwa einem Tag in je hunderttausend Dienstjahren erfreuen.) Und das letzte Bild dieser Zeitidylle zeigt den Kommandanten, der dabei ist, »den seit dem Jahr 2424 fälligen Sold für sich und seine Mannschaft auszurechnen«.

Nicht ganz so unbekümmert wie in Darltons heiterem Zeitverwirrungsspaß geht es im Roman »Pulaster« von Angela und Karlheinz Steinmüller zu. Hier erfährt man, wie sich eine Gesellschaft unter den Bedingungen zunehmender Ungleichzeitigkeiten organisieren könnte: »Planeten waren anstrengend. Bunt zusammengewürfelte Menschen aus den unterschiedlichsten Jahrhunderten mit allen möglichen Marotten trafen hier aufeinander.«

Einer von ihnen ist der Weltraumtechniker Fabius Grosser, den es auf die Sumpfwelt Pulaster verschlägt, einen Plane-

OLD MAN – ins Gigantische angewachsenes Militärkapital aus ferner Vergangenheit

ten, auf dem die Entwicklung einer Dinosaurier-Fauna ohne störende Unterbrechung durch Asteroiden verlaufen ist und zu einer vernunftbegabten Dino-Rasse geführt hat, den Hrengeng.

Auf dem Raumhafen von Pulaster weisen sich die irdischen Neuankömmlinge aus: »›Grosser, XXVI.‹, stellte Fabius sich ... korrekt mit Namen und Stammjahrhundert vor. ... ›Ich bin Georgia Tufail, XXVII.!‹ ... Ein jugendlicher Mann in einem sahneweißen Anzug trat durch die Glastür. Feiner Duft aromatischer Essenzen strömte von ihm aus. ... ›Oh, darf ich mich vorstellen? Lich Oulemm, XXX.‹ Sowie er lächelte, blitzten computergesteuerte Synthesebrillanten an den Ohren auf. Was für ein verweichlichtes Jahrhundert, in dem solch neckische Spielerei Mode war!« Pulaster birgt, wie man bald erfährt, möglicherweise noch ein Geheimnis, Spuren einer Superzivilisation, die es verstanden hatte, Relikte des Urknalls auf elektrische Flaschen zu ziehen. Aber Grosser lässt das große Rätsel eher kühl: Nach ein paar weiteren Flüge mit Zeitdilatation »und den entsprechenden Sprüngen in die Zukunft erführe er ohnedies die Lösung« aller möglichen Mysterien.

Übrigens hat es schließlich auch im PERRY RHODAN-Universum wenigstens einmal einen offiziell erlaubten Zeitdilatation-Flug gegeben. Als Perry Rhodan im Zuge seiner Auseinandersetzung mit den Meistern der Insel 50 000 Jahre in die Vergangenheit geschleudert wird, schickt ihm die Flotte einen Flottentender zur Hilfe, doch das Rendezvous in der Historie platzt. Die gestrandete Besatzung des Tenders verbündet sich mit den Lemurern und gibt einen Roboter in Auftrag, an dem 20 000 Jahre lang gebaut wird: OLD MAN, eine raumflugtüchtige Halbkugel mit zweihundert Kilometer Grundflächendurchmesser, die über 15 000 Ultraschlachtschiffe mit sich führt und die »nach einer sorgfältig programmierten Sequenz von Linear- und Dilatationsetappen« durch Raum und Zeit dem Solaren Imperium im Kampf gegen die Meister von Andromeda zur Hilfe eilen sollte. Bekanntlich kommt OLD MAN dann doch zu spät; die Meister sind längst geschlagen, OLD MAN ist zur Gefahr für die Terraner geworden, und Scheers Misstrauen gegen die Zeitdilatation hat sich wieder einmal als berechtigt erwiesen.

Aber wer weiß, das Perryversum – wie die Rhodanauten ihre Version der Schöpfung nennen – ist groß, und vielleicht trudeln irgendwann in ferner Zukunft all die Raumfahrer über der Erde ein, die sich mit nahezu lichtschnellem Flug einst auf die Flucht begeben haben vor zu ihrer Zeit akuten Gefahren: Vor den Fragmentraumern der Posbis, gatasischen Molkex-Diskussen, Dolans, Manipulatorenschiffen des Schwarms, vor SVE-Raumern, den Toten Zonen und anderen Bedrohungen für das Solare Imperium – für einen Staat also, der in jenen fernen Tagen nur noch eine kuriose Fußnote sein wird in den universalhistorischen Annalen der Menschheit.

PS: Es geht auch langsamer!

Aber es muss nicht immer Zeitdilatation sein, wenn man unterlichtschnell fliegt. Mit den Nummern 251/252 legte William Voltz den skurrilsten Doppelroman der PERRY RHODAN-Serie vor; die Helden dieser Nummern sind Raumfahrer vom Planeten Ollura, die lediglich die unterlichtschnelle Raumfahrt beherrschen – wobei »beherrschen« die Tatsachen etwas beschönigt. Angetrieben von Photonenprojektoren, bewegen sich die schrottreifen Pyramidenraumschiffe der technischen Improvisationskünstler seit Jahren auf die Kosmische Werft »KA-preiswert« zu. Auf dieser Weltraumwerft hat zu dieser Zeit Rhodans Flaggschiff, die CREST III, einen Stützpunkt in Andromeda gefunden. Die fremden Astronauten beschließen kurzerhand, das Schiff zu erobern – schließlich halten sie sich »für das einzige Volk innerhalb des Universums, das überhaupt die Fähigkeit besaß, den Weltraum zu erobern.« Die Olluraner prallen ungebremst auf die fliegende Werft und sterben; allerdings ist der Tod für diese Geschöpfe nur ein vorübergehender Zustand. Sie sind in der Lage, sich aus den biologischen Resten ihrer jeweils vorherigen Existenz zu regenerieren. Bei dieser Regeneration werden Gase frei, die jeden, der sie einatmet, hypnotisieren; kurz: Die Olluraner erobern mittels entweichender, eigenartig riechender Körpergase das terranische Ultraschlachtschiff.

Weltraumeroberungsverbände, unterlichtschnelle Abteilung – das Leben im Einstein-Raum als Parodie

Voltz spiegelt und verulkt damit die Anfänge der PERRY RHODAN-Serie selbst: Wie jetzt Ollura-Kommandante Blitzos, so hatte auch Rhodan sich handstreichartig diverse Kugelraumer einer technisch höher stehenden Zivilisation angeeignet, allerdings ganz ohne Einsatz ihm entweichender Körpergase. Günter M. Schelwokat hatte im »Werkstattband« zur Serie verraten, »dass Jux und Tollerei bei PERRY RHODAN-Meetings von jeher eine Rolle gespielt haben – und der Alkohol«. Und so liegt denn auch hier die Rettung nahe: Alkoholisierte Besatzungsmitglieder nämlich erweisen sich als den hypnotischen Winden gegenüber immun. Und als schließlich auch noch ein aus Millionen erinnerungsfähiger Muscheln zusammengesetzter bionischer, selbstbewusster, leicht melancholischer Computer Rhodan beisteht, ist die CREST so gut wie zurückerobert und das Universum wieder fest in der Hand überlichtschneller terranischer Raumverbände.

Das in Sachen Raumflug eigenwilligste Stück Science Fiction überhaupt aber dürfte Colin Greenland 1993 mit seinem märchenhaften Roman »Harm's Way« (»Sophies Kurs«) vorgelegt haben. Greenland überwindet den Einstein-Raum nicht einfach, sondern er schafft ihn ab und ersetzt ihn durch einen Kosmos mit völlig anderen, spleenig-nostalgisch anmutenden Gesetzen: Hier beherrscht immer noch das britische Commonwealth die Welt, und zwar bis über den Jupiter hinaus. Die Raumschiffe sind wirklich noch Schiffe, ballonbestückt segeln sie durch den Weltenäther, angetrieben von seinen unsichtbaren Strömungen, dem Flux. Denn »der Ätherflux fließt zwischen den Sternen. Es ist ein merkwürdiger mineralischer Magnetismus, der selbst Menschenblut zu polarisieren scheint. Er befällt nur vereinzelte Personen«, und so besonders Begabte werden von der Gilde zu Äthernavigatoren ausgebildet. Auch die Heldin dieses Buches besitzt diese eigenartige Begabung: Sophie Farthing, Tochter einer Hure, aufgewachsen auf dem künstlichen Erdmond High Haven, macht sich an Bord des Sternenschiffes Unco Stratagem auf die Suche nach ihrem verschollenen Vater.

In diesem All sind natürlich sämtliche Planeten bevölkert, und zwar so, wie es sich das 19. Jahrhundert in seinen kühnsten Träumen vorgestellt hat: Auf dem Mars beispielsweise leben geflügelte Menschen, Engel; man bewegt sich in Kutschen, die von riesigen Eidechsen gezogen werden, an den Marskanälen entlang, und der rote Planet wird von den Franzosen erobert, übrigens auch missioniert, auf dass er endlich katholisch werde. Und wenn man hier auf dem Flug zum Jupiter etwas außer Atem gerät, dann nicht der Zeitdilatation wegen, sondern weil geheimnisvolle Assassinen einem auf den Fersen sind und weil hinter der eigenen Familiengeschichte noch ein geradezu viktorianisches Geheimnis lauert ...

Greenlands Weltall ist ein liebenswert-kauziges Universum mit Retrokult-Charme, eine literarische Singularität. Einen Einstein hat es hier nie gegeben – schade eigentlich, er hätte sicher manches merkwürdige Gesetz entdeckt.

Anderzeiten

Der Psalmist singt über Gott: »Denn tausend Jahre sind für dich / wie ein Tag, der gestern vergangen ist, / wie eine Wache in der Nacht.« (Psalm 90, Vers 4). Mit den Menschen ungleichzeitig und über den alltäglichen Zeitstrom erhaben zu sein, gilt als göttliche Signatur. Kein Wunder, dass Alica Butterworth, die Heldin aus Gregory Benfords utopischem Wissenschaftsthriller »Cosm« (1998), der Blasphemie geziehen wird. Immerhin entsteht bei ihrem Versuch, mit einem Teilchenbeschleuniger die Bedingungen bei der Entstehung unseres Universums nachzuahmen, gleich ein ganzer Kosmos – der Cosm eben, der in unserer Welt von einem glänzenden Ball mit der Größe einer Bowlingkugel repräsentiert wird. Alica bringt diese kosmische Kugel (oder dieses dreidimensionale Fenster in das andere Universum) vor der Regierung und dem FBI in Sicherheit. Aber das FBI wäre nicht das FBI, wenn es nicht alsbald auf die Jagd nach der Entwenderin eines ganzen, regierungseigenen, da mit Steuergeldern erzeugten Universums gehen würde.

Alicas Beobachtungen ergeben nun, dass sich das Zweituniversum Milliarden Mal schneller entwickelt als seine Ursprungswelt, das heißt, dass dort die Zeit Milliarden Mal so schnell abläuft. Man kann zusehen, wie sich das neue Universum strukturiert, wie Sonnen und Galaxien entstehen und wie, als am Ende das Licht im fernen Kosmos erlischt, offenbar geordnete Muster sichtbar werden, die das Vergehen ihrer Welt überdauern – Zeichen von Bewusstsein und Intelligenz. Alicia und ihre Mitarbeiter überlegen, ob auch in jenem Cosm Teilchenbeschleuniger gebaut und darin neue Universen generiert worden sind – und ob, naheliegende Schlussfolgerung, auch unsere Welt im Teilchenbeschleuniger eines anderen Universums entstanden sein könnte. Und so entsteht die Vision einer endlosen Kette von aus- oder ineinander hervorgehenden Kosmen, deren Evolution jeweils ungleichzeitig zu der Eigenzeit ihrer Herkunftswelten verläuft, sodass für die beobachtenden Wissenschaftler in Hinsicht auf ihre Tochterwelten immer wieder gilt: Tausend Jahre sind für dich / wie ein Tag.

In der Neuzeit: Schneller als Licht, aber in höherem Auftrag?

Nun mag es sein, dass wir als Menschen mit Einstein die Grenzen unserer Bewegungsmöglichkeiten in der Raumzeit wohl einsehen, sie jedoch nicht überwinden können. Aber was wäre, wenn andere Lebewesen über andere Einsichtsmöglichkeiten, über eine un- und über-menschliche Vernunft verfügen? In letzter Zeit sind es daher immer wieder Aliens, die sich schneller als das Licht durch den Weltraum bewegen. Gelegentlich sind sie bereit, die Menschen von dieser Geschwindigkeit profitieren zu lassen.

In »Diamant«, dem ersten Band seiner monumental angelegten Space Opera um die Kantaki, erzählt Andreas Brandhorst von einer galaktischen Zeit-Verschwörung, und darin eingeschlossen die Geschichte der Menschenfrau Lidia DiKastro, die sich, eben unter dem Namen »Diamant«, zur Pilotin eines überlichtschnellen Kantaki-Raumschiffs ausbilden lässt. Die Kantaki nehmen gegen eine Fährgebühr (und gegen die Versicherung, sich an den »Sakralen Kodex« ihrer Zivilisation zu halten) Passagiere in ihren Raumschiffen auf und transportieren sie an interstellare Ziele. Dank dieses kantakischen Speditionsunternehmens ist es den Menschen im 5. Jahrtausend gelungen, über achttausend Planeten zu besiedeln und weitere zwanzigtausend als Ressourcenwelten zu nutzen. Die Kantaki sind nahezu konkurrenzlos; zwar beherrscht eine weitere Alien-Rasse den Überlichtverkehr, die Horgh nämlich, aber deren Reisemethode ist für menschliche Organismen schwer verträglich, wenn nicht tödlich.

Im Sternenreich der Menschen kämpfen zwei Wirtschaftskonglomerate um die Vorherrschaft. Doch Valdorian, den designierten Leiter des einen Verbandes, plagen andere Sorgen: Er hat sich in Diamant verliebt, die Kanataki-Pilotin. Ein Kantaki-Schiff ist jedoch nicht mehr nur Teil des Einstein-Raumes, es besitzt »eine hyperdimensionale Struktur ... Flüsternde und raunende Stimmen begleiten sie, sie kamen sowohl von den vielen Segmenten des Schiffes, durch die Bindungskräfte existenzieller Harmonie zusammengehalten, als auch aus dem Transraum und seinen zahllosen Fäden, die sich zwischen allem Existierenden spannten.« Das »Schiff fühlte sich wohl«. Das Raumschiff als metaphysisches Gebilde, als fliegendes Paradies unterhält eine ganz besondere Beziehung zu seinem Piloten, und zu seinem Eigner ebenfalls. Als Valdorian im Zuge seiner liebestollen Fahndung nach Diamant den Eigner eines Kantaki-Schiffes tötet, schaut die Pilotin »aus wie eine Priesterin, deren Gott man gerade umgebracht hat«; das Schiff verliert seine »Seele«, es stirbt – und fliegt als Leiche weiter.

Wie an vielen Schnittpunkten sind auch hier Science Fiction und religiöses Gedankengut miteinander verknüpft: Der »natürliche« Kosmos bietet seine eigenen faszinierenden Spielräume, wie Einstein sie beschrieben hat: Reisen bis an die Grenze der Lichtgeschwindigkeit, rapide schrumpfende Entfernungen zwischen den Sternen, Zeitdilatation und damit Expressflüge in die Zukunft. Wer diesen natürlichen Raum übersteigt, gerät in den übernatürlichen, wo theologische Begriffe begreifen helfen.

Am Ende von M. John Harrisons neuem, phantastischem Roman »Light« (»Licht«) etwa startet Ed Chianese, vormals Wahrsager im Zirkus von New Venusport, mit einem ungeheuren Raumschiff: »Ein Schiff navigieren ist wie eine Prophezeiung machen ... Ed ging auf Schiffszeit. Zehn Dimensionen des Raumes legten sich ihm wie Beine auseinander; vier Dimensionen der Zeit. Dunkle Materie kochte und flackerte auf... Die SCHWARZE KATZE erhob sich von der Oberfläche des Asteroiden. Sie suchte wie eine Kompassnadel, dann richtete sie sich langsam aus, bis sie auf ihrem Heck stand. Dreißig Nanosekunden lang, die einer Million Jahre dort unten bei den kleinen Dingen entsprachen, geschah nichts. Dann ... sprang sie vorwärts auf einem Strahl aus blendend weißem Licht und riss für einen Augenblick ein Tor ins Nichts.« Und so sind auch hier wieder, wo der Navigator den Weg prophezeit/der Prophet das Schiff navigiert, tausend (Millionen) Jahre wie ein Tag (dreißig Nanosekunden). Und die Zeit ist der Ewigkeit schon ganz schön nah.

Tausend Jahre in die Zukunft – oder tausend Kilometer in den Süden?

Wenn Andreas Brandhorst selbst an Bord eines fast lichtschnellen Raumschiffes ginge, einmal nach Epsilon Eridani und zurück flöge und eine Erde des Jahres 2205 wiedersähe, was würde er vermissen?

»Vermissen würde ich nur meine beiden Kinder Clarissa und Valentino, meine Freunde, das familiäre Umfeld. Nein, sonst würde ich nichts vermissen. Ich lebe zukunftsorientiert und stehe allen Überraschungen eher optimistisch gegenüber. Vermissen würde ich also wenig, erhoffen aber vieles: eine Welt vorzufinden, in der Demokratie nicht nur ein Wort ist, sondern Wirklichkeit; eine humanere Welt als diese, eine solidarischere.«

Inwieweit ist die Naturwissenschaft, zum Beispiel die Einstein'sche Theorie, überhaupt eine Quelle für einen Science-Fiction-Autor wie Sie?

»Mich interessiert eher die psychologische Seite, das Schicksal. Wir leben oft, als ob wir unsterblich wären, alle Zeit der Welt hätten und es im nächsten Leben besser machen könnten. Aber wir haben nur den einen Versuch, aus unserem Leben das

Beste zu machen. Ich will wissen: Wie sehen diese Versuche aus? Und was ist mit denen, die mit ihrem Versuch gescheitert sind und ein Leben leben, das sie so eigentlich gar nicht leben wollen? All das will ich literarisch verarbeiten. Deswegen sind mir auch solche Figuren die liebsten, die ihren ganz eignen Weg gefunden haben, so wie Esmeralda, die über siebenhundert Jahre alte Kantaki-Pilotin in ›Diamant‹. Ich habe keine literarischen Vorbilder im engeren Sinne und halte es mit Andreas Eschbach, der einmal gesagt hat, dass man erst schreiben soll, wenn man selbst gelebt und etwas erlebt hat. Wenn ich jemanden als Autor bewundere, dann Terry Pratchett, den Erfinder der Scheibenwelt. Pratchett schreibt psychologisch, seine Figuren leben, sogar ›Gevatter Tod‹, übrigens einer der besten Romane des Scheibenwelt-Zyklus. Und ich ziehe meinen Hut vor Dan Simmons und Alastair Reynolds.«

Sie waren selbst einmal als Serienautor für die ›Terranauten‹ tätig – wie arbeitet es sich nun für den damaligen Konkurrenten PERRY RHODAN?

»An die ›Terranauten‹-Zeit habe ich nur angenehme Erinnerungen. Wir haben damals ja bewusst eine Alternative zu PERRY RHODAN gesucht und Romane schreiben wollen mit einem politisch-ökologischen Anspruch. Die Arbeit für LEMURIA ist wie eine Hommage an meine Jugend, ein Rücksprung in der Zeit, denn wir sind ja alle irgendwie mit PERRY RHODAN aufgewachsen.«

Sie leben seit zwanzig Jahren in Italien. Ist das eine andere Welt als Deutschland?

Brandhorst lacht. »Darüber könnte ich ein Buch schreiben. Ja, das sind andere Welten. Deutschland ist kühler, nicht nur vom Klima her, sondern auch in seinen menschlichen Beziehungen. Besonders in Norddeutschland, von wo ich stamme, spürt man eine Vorsicht voreinander, eine deutliche Distanziertheit. Auch Norditalien kühlt langsam ab, gleicht sich Mitteleuropa an, und ich überlege, ob ich nicht noch einmal einen Schnitt mache, tausend Kilometer in den Süden ziehe, nach Kalabrien vielleicht. Es gibt übrigens auch eine SF-Szene in Italien. Die ist aber, soweit ich sie wahrnehme, sehr von *Star Trek* geprägt – Signor Spock und Signora Janeway.«

Wie geht es mit Diamant und den Kantaki weiter, und mit der Zeitarche, dem fast lichtschnellen Habitatschiff, das laut den Annalen des Brandhorst'schen Universums im Jahr 2429 gestartet ist?

»Im Januar 2005 erscheint der zweite Band des Kantaki-Zyklus, ›Der Metamorph‹, der dritte Band wird ›Der Zeitkrieg‹ heißen und soll im Herbst 2005 herauskommen. Und die Zeitarche – die ist unterwegs, und ich lasse mich mal überraschen, ob und wann und wo sie auftaucht.«

Und bis dahin gilt, dass wir aus unserer Zeit das Beste machen – sie nutzen!

Tipps zum Weiterlesen:

Gregory Benford: Cosm, München 2000

Andreas Brandhorst: Diamant, München 2004
–: Der Metamorph, München 2004

Pierre Boulle: Planet der Affen, München 2001

Clark Darlton: Das Meer der Zeit, München 1971

Colin Greenland: Sophies Kurs, München 1996

Joe Haldeman: Der ewige Krieg, München 2000

M. John Harrison: Licht, München 2004

Stanislaw Lem: Rückkehr von den Sternen, München 2002

Angela und Karlheinz Steinmüller: Pulaster, Berlin 1986